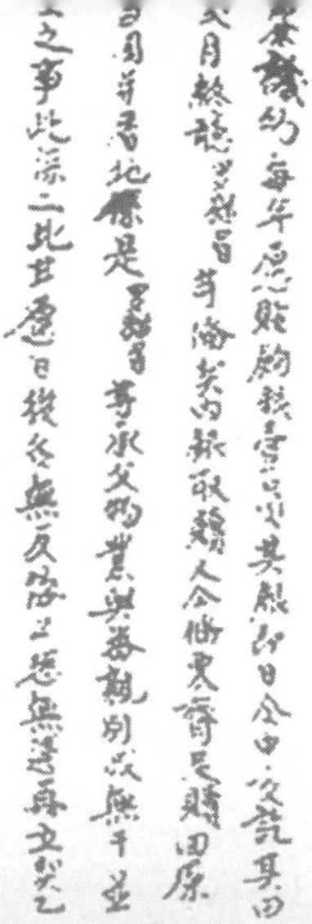

天上卷軸

上卷

宋澤萊 著

目／次

代序 宋澤萊與胡長松的文學筆談——005
手札一 迷離花香——025
手札二 水面戰爭——125

（代序）宋澤萊與胡長松的文學筆談

——台灣的魔幻寫實主義小說、基督教小說、西拉雅書寫

●筆談時間：二〇一〇年九月十六日—九月二十一日

宋老師平安：

我很欣喜收到您正進行中的長篇小說作品《天上卷軸》的部分稿子，精細深邃的書信體散文一下子吸引了我。我發現這裡頭有許多我們共同關心的東西，比如魔幻寫實主義小說、基督教信仰、西拉雅書寫等等，所以有一些問題迫不及待地想要請教你。在接下來的發問之前，您是否願意先為我們大致地談談這篇小說呢？

胡長松二〇一〇年九月十六日

＊

長松平安：

這篇小說叫做《天上卷軸》，是六年前動筆開始寫的小說，估計要寫到四十萬字左右。當它被寫到十七萬字時，因為條件十分苛刻，而寫不下去，就擱下來，覺得很絕望。

最近重新檢討，感到也許還可以繼續寫，又開始動筆，大概已經寫到二十萬字了。我寫小說從來沒有這麼困頓過，像《血色蝙蝠降臨的城市》二十三萬字，我在一個暑假（兩個月）就完成，《廢墟台灣》十萬字，只寫了一個月就完成。真是不可同日而語。

本來，一篇小說除非寫完才發表以外，是不應該事先張揚的。但是我恐怕永遠也寫不完這篇小說，將來只會變成是好夢一場，所以才決定先發表寫好的一部分，以作為一種紀念。其實到如今，我還是懷疑我能將它寫完，它太難了！

如你所說，這是一篇具有魔幻寫實主義、基督教、西拉雅書寫成分的小說。

裡頭的主角被設定是一個外省籍第三代的子弟，年紀在二十五、六歲上下。他不知道他的母親（在六歲時他的母親就去世了，母親生前具有靈媒的體質和能力，是族內看好的一個尪姨姑娘；但是由於她忠於愛情放棄故鄉，壓抑了自己的神異能力，在巨大衝突中心力交瘁，導致年輕時就死了。）是西拉雅族的女人，誤認母親是閩南漢人。故事開始時，他因台灣藍綠衝突的政治因素，離開北部，流浪到南部，意外發現了自己的身世，知道整個西拉雅族被漢人迫害、屠殺的事實，改變了自己的認同，重新反省自己的一切想法，也重新用另一種眼光批判了島嶼上整個吃人的漢文化！

故事中的主角是外省人或非外省人其實不重要，問題在於想揭出在台灣，以血統、文化來論身分可能是毫無意義的，那是一種謊言和建構，也是陷阱，我們其實是四海之內皆兄弟式的存在，沒有哪個人能確實知道他本人是什麼樣純種的哪個民族的人。

有一個重點是，我假定了以前鳳山八社到現在仍存在著他們的村落和後代，只是沒有被人發現而已，主角的母親就是鳳山八社的族人。主角也被設定是一個很會反省，而且很肯學習，願意順從良心，調整自己認同的善良青年，在這個觀點上，它是目前西拉雅書寫的一部小說。

另外一個重點是，它也寫了一個人在基督教信仰中的悟道過程，由「初信」到「得救」，其中的奧義都會寫得很清楚。在這個意義上，它是基督教小說。

另有一個重點是，這是一篇滿是異象、神蹟、法戰的小說，有大量的奇異視景。在這個意義上，它是魔幻寫實主義小說。

還有一個重點是，我更改了寫作的方法，使用了照片寫實，採用散文的寫法，文字變成一種精工，算是一種法國新小說的變形技法。在這個意義上，它是一種實驗小說。

我打算先發表最前面的部分，看過這部分，也大抵可以揣測全部了。

這篇小說保有許多我以前的小說元素，也有許多是全新的元素。

宋澤萊二〇一〇年九月十六日

*

宋老師平安：

看到您提起絕望和困頓的字眼，這很讓我驚訝，也教我想起了多年前拜讀您寄來的那份《天上卷軸》初稿前幾萬字的心情，當時只是覺得文字太流暢了，你大概會像過去一樣一口氣就把小說寫完吧……今天再讀到這份稿子，心裡彷彿在延續一場多年前的對話，只是一回頭，發現幾年下來，我作為一個您的作品的讀者和自己的小說寫作的參與者，像是穿越過了一個巨大變化的時空隧道，以致我自己也嘗試用了一種不同的眼光來面對您的魔幻寫實作品，我想，這其中的關鍵差異在於，幾年之後，我這個讀者也成為了一個基督徒，當然，我只是知識和體驗都很粗淺的一個初信者，不過，這個差異大概足以教我開始更進一步來理解你的魔幻寫實主義小說。

比如多年前您曾提起時下的「魔幻寫實」作品和《聖經．啟示錄》的不同。您說：「〈啟示錄〉不是幻想的，而是聖徒約翰的宗教經驗，是他『經驗到的景象』，不是幻想出來的，約翰再有想像力，也想不出那麼繁複的景象；而阿斯杜里亞斯和馬奎斯的小說則是想像出來的。我的《血色蝙蝠》的書寫條件比較接近〈啟示錄〉，有時我不願意說《血色蝙蝠降臨的城市》是魔幻寫實小說，我寧願說它是『異象小說』。（《宋澤萊談文學》p.120）」這句話在《天上卷軸》還是適用的吧？

這種和經驗連結的「魔幻寫實」乍看之下帶著神祕主義的色彩，但它其實並非全然不可理解。就像我過去在讀「諾亞方舟」的故事時，總覺得那只是希伯來人的一個古老神話，但是，當信仰中的「我」發現諾亞方舟是我個人信仰在面對世界的這場大洪水的一種信心的隱喻時，它居然穿越國度，成了活生生的屬於我個人的神話，這時，「方舟」這個古老希伯來神話的異象在此時此地的我的腦海裡復活了。

我也可以說您的魔幻寫實小說是您個人的基督信仰藉由異象的書寫「復活」或「再現」的形式嗎？

胡長松二〇一〇年九月十七日

*

長松平安：

的確，我常說以前我寫的魔幻寫實主義小說是一種「異象小說」，也就是接近聖經〈啟示錄〉的那種奇異視景的小說。

其實，小說這種藝術，也無非是依賴無數「形象（意象）」所構成的一種藝術，就像是電影一樣，由一幕又一幕的視景累積而成，它可以完全沒有對話，就是不能缺乏形象。重點是，每個作家的形象的來源都不大相同。比如說，一篇生活寫實的小說（比如說舊俄作家高爾基的《母親》），它的形象大抵都是來自於生活所見。又比如說，一篇民間傳說小說（比如拉美的魔幻寫實作家阿斯杜里亞斯的《瓜地馬拉傳說》）許多形象就來自於民族的精靈鬼怪形象。

由於我的魔幻寫實小說大半都牽涉了基督教的深層體驗，所以會有許多神異的形象被寫出來，這些神異的形象就很雷同《聖經》裡的異象。

聖經文學當然有大量的一般的生活形象描寫，但是有時（特別是牽涉到世界末日的描寫）也會大量出現異象描寫，叫人驚訝，它們密集出現在《聖經》裡，看起來很不可思議，有些很容易理解，有些很神祕。比如說《舊約》的〈約珥書〉，作者描寫了上帝宣稱的末日的景象，說：「以後（注：指世界末日時）我要在天上地下顯神蹟，有血，有火，有濃煙。太陽要昏暗無光；月亮像血一般的紅。」這是比較能理解的異象描寫。但是像《新約》的〈啟示錄〉裡描寫了約翰所看見的耶穌，說：「我轉身要看誰在向我說話，我看見了七個金燈台。燈台中間有一位像人子的，站在那裡，身上著垂到腳的長袍，腰間繫著金帶。祂的頭髮像雪，也像羊毛一樣的潔白；祂的眼睛像火焰那樣閃耀；祂的腳像經過鍛鍊又擦亮了的銅那樣明亮；祂的聲音彷彿大瀑布的響聲。祂的手拿著七顆星，口中吐出一把雙刃鋒利的劍。祂的臉像中午的陽光。我一看見祂，就仆倒在祂腳前，像死人一般。」這個異象就比較難解，耶穌的變貌為我們思議所不及，和我們一般人想像的耶穌形象毫無聯繫。又比如說〈啟示錄〉裡也描寫了天上的四種活的動物，說：「寶座的四邊有四個活物，前後都長滿了眼睛。第一個活物像一隻獅子；第二個像小羊；第三個有一副人的臉孔；第四個像一隻飛鷹。那四個活物，每個都有六隻翅膀，裡面都長滿眼睛。」這個異象也令人很驚訝。

我曾經注意到，聖經文學的異象描述，往往會重複出現在許多不同的作者之間，這就表示，這些異象不是一個人所獨自看到的，是很多人都曾經看到過的。換句話說，許多人儘管生存在不同的時代，年紀相差百年千年，但是所看到的異象是雷同的。這就反映出，基督教的異象有一定的範圍，不是雜亂的。也同時告訴我們，以前先知看到的異象，我們現在的信徒也可以重複看到，並不是任意的。

很意外的，在我信仰基督教以後，有過許多的異夢和異象經驗，所見的圖像大抵都是這類圖像，密集構成了我的基督教體驗。起先，我並不覺得對我的小說會有影響，不過，慢慢的，它們的滲透力越來越大，到現在，已經無法排除，凡是小說涉及了基督教，就會出現這些異象的大量書寫，到現在已經積重難返了。就如同你所說的：「可以說您的魔幻寫實小說是您個人的基督信仰藉由異象的書寫『復活』或『再現』的形式嗎？」我想正是如此。

因此，我才說我的魔幻寫實小說是「異象小說」。也就是說，我的魔幻寫實小說其實就是基督教魔幻寫實小說，宗教元素在裡面是很重要的。

最近，我也注意到，魔幻寫實小說彷彿還有一個元素，就是「地方歷史」。拉美比較好的魔幻寫實小說家就是馬奎斯、阿斯杜里亞斯、波赫士這三個人，我發現他們都很擅長寫作地方歷史。馬奎斯就寫他的故鄉馬康多的歷史；阿斯杜里亞斯不但寫地方歷史，還寫當地傳說；波赫士就寫牧馬民族高喬人的歷史。我懷疑，凡是寫地方歷史或傳說，就很容易陷入魔幻寫實之中，比如說林燿德的《1947高砂百合》就是一個例子，那是很典型的一本魔幻寫實小說作品（當然，我的意思不是說凡是地方歷史小說就是魔幻寫實小說，也不是說魔幻寫實主義小說一定是地方歷史）。不久前，我還發現，台語小說也有這個現象，我寫的〈抗暴的打貓市〉也是魔幻寫實的，因為它涉及地方歷史；也發現陳雷的《鄉史補記》大長篇西拉雅歷史書寫，也有魔幻的成分；同時，我也閱讀了你的最近出版的長篇南部地方歷史小說《大港嘴》，也是魔幻寫實的。

我在想，為什麼會如此呢？可能地方歷史追記，都涉及到集體潛意識的挖掘，本身就含有楊格心理學的那種神話性的夢幻，裡面既有神靈現身，也有鬼蛇竄沒，甚至有大水洪荒肆虐的視景，本來就很魔幻。

你要不要現身說法，略談《大港嘴》的大概地方歷史內容，和實際的若干寫作經驗？

宋澤萊二〇一〇年九月十七日

＊

宋老師平安：

您提到「地方歷史的追記，都涉及到集體潛意識的挖掘，本身就含有楊格心理學的那種神話性的夢幻」，這實在是再真實不過了。我發現，小說的創作者做為一個地方歷史的挖掘者，一個不小心沉沒在記憶洪荒的海平線，居然是很常見的事了。

我也發現，我們在談魔幻寫實主義小說（異象小說）、基督教信仰、西拉雅書寫，它們似乎有一個共通點，就是都和我們的「自我追尋」的過程有關。我想，您提到「集體潛意識」的挖掘，也可以看成是一個地方、族群的群體自我追尋的過程；這個過程有時候是形而上的「我是誰？」的追尋；有時候，則會在族群、歷史、文化尋根的過程中碰觸到；總而言之，我認為這個「自我追尋」的動力，可能和我們自身對於「身分」的失落感有關。我覺得「身分」是值得探究的概念，在信仰的形而上思維裡，我們的「身分」是什麼？在文化歷史的血源脈絡裡，我們的「身分」是什麼？在國際政治的現狀裡，我們的「身分」是什麼？「身分」的不確定常常教我們不安。有時候這些問題是很個人的，就好比一個基督徒居然很容易就會去懷疑自己的被救贖者的身分；又比如某些人在家裡會去懷疑自己身為兒子的身分，這些都是一個人生存的大挑戰，而且我發現，這種對於「身分」的不確定和不安感，也常常是集體性的焦慮。因此，當我看到您在前頭也提到「沒有哪個人能確實知道他本人是什麼樣純種的哪個民族的人」的這個觀點時，我就察覺，我們似乎同樣關心著自我（或身分）追尋的議題，而且這樣的議題，可能已經擴及到集體的層面。

就我個人的寫作而言，「身分」的不安感一直是我的挑戰。怎麼說呢？比如在挖掘地方歷史的過程裡，會發現自己是漢人的這麼一個身分可能是個很大的謊言，而漢文化本身，居然有一套相當堅固地去維繫這個謊言的體系，比如父系思維的家譜、禮教等等，當我們忽然有一天拆穿它的時候，自我就呈現出一種失落感或空洞感，覺得自己被打了一記悶棍，而最糟的是，還可能找不到一個什麼去填補空掉的那個洞，這麼一來，危機就顯得更大了。開始創作了許久之後我才發現，我的小說《大港嘴》裡的洪荒景象，說穿了，正是這類身分失落的反應，它其實也可能是我的異象，而我的整個魔幻寫實書寫，就建立在這個殘破的洪荒異象上頭。《大港嘴》前後斷斷續續寫了十二年，回想起來，我就是在和一場身分失落的洪水搏鬥。小說裡的「我」，是講台語的這個族群的「我」。

在《大港嘴》裡，「我」為了要找尋自己的身世而來到一個名叫烏索仔的港村，卻發現那裡的一切都殘敗了，那是一個受著地層下陷之苦的村莊，魚塭及荒田錯落，到處都是繚繞在各個角落的鬼魂竊竊私語的聲音片段。藉由這些片段，讀者可以拼湊出「我」的身世：「我」表面的父親李碌，是某個日本殖民警察和早期抗日勢力林大貓的女性後代生下的「雜種」，是鄉里經營酒家賭場的惡霸；但「我」真正的父親其實是一位姓潘的漁夫，是平埔族的後代。其實對歷史熟悉的明眼人都看得出我筆下的烏索仔，就是平埔族鳳山八社之一的放索社一帶，現在一般的人類學者把鳳山八社歸類在馬卡道族，有人說它是西拉雅的亞族，有人說它是獨立的一族，總而言之，它就是分布在高雄屏東一帶的平埔族。放索社分布於林邊溪畔的海邊，淵源相當久了，在荷蘭人的《熱蘭遮城日誌》多次地提起它，例如在放索社西邊的海上有一個小島Lamay，就是現在的小琉球，一六三六年被荷蘭人、漢人和平埔族組成的聯軍剿滅，當時放索社就是聯軍的成員之一，這件事就被記錄在《熱蘭遮城日誌》。而現在呢，我們幾乎可以說，放索社實質是已經消失了。

有時候我真的感覺寫小說是神祕的事。一九九九年開始，我用北京語在您主編的《台灣新文學》發表《烏鬼港》，就是《大港嘴》的前身（《烏鬼港》可說是局部），我還記得會寫那部小說，是因為某天夜裡漫遊似地造訪了放索社一帶的西南海邊，那時甚至還不明白放索社的過去，內心就莫名其妙被一種奇怪的絕望和悲傷包圍，彷彿眼前整個台灣就要在台灣人自己的手裡毀滅的那種絕望感……現在想起來還覺得可怕，我不清楚那算不算是異象，不過我的「自我」曾經如此真實地經歷過（身分）失落的洪荒和空洞，幸虧那個空洞，在書寫《大港嘴》時，似乎已經被基督教的信仰和平埔族的身世填補了起來。我們可以看見，似乎有許多地方歷史書寫的小說，同時也就是我所經歷的這種身世拆毀、填補、重現的過程，這種現象在近期的台語歷史寫作特別明顯，不只是小說，尤其一些平埔族的詩作也是如此，像是我近期讀到了詩人張德本先生剛完成的台語長詩《累世之靶》，就具備了這種身世拆毀、填補、重現的過程，這種對於弱小族群自我身世的形而上的關注，是一個值得我們注意的大現象。

這裡頭有一個重要的技術特點是：即使先不管信仰異象的書寫，我們一般所見的歷史既是強者寫的歷史，要教一個不斷被強勢族群同化、消音、剿滅的弱小族群的精神樣貌穿越時空，勉強從這種強者的歷史敘述荊棘裡重現，顯然很難只憑藉傳統的「寫實」歷史式的敘述，因此小說家只好借重「魔幻」，讓消失的真實活過來。這是我個人推測魔幻寫實有利於地方歷史小說的一個可能性的看法。

我不該在這裡談太多自己的小說，其實我們更應該多談談您的《天上卷軸》，我簡直就是雀躍地知道您把故事帶向了鳳山八社，因為其中有一個重要的情節是，男主角也遭遇過一場中部城市的洪水。假設洪水的異象象徵了自我崩落，那麼我在《大港嘴》書寫的洪水和您在《天上卷軸》書寫的洪水，豈非對照出「講台語的」和「外省籍後代的」二個族群各自的認同危機的挑戰？我在想，基督教的信仰和西拉雅書寫，是不是就是您抵拒這場認同危機的洪水的方舟呢？

我忽然慚愧於如此針對您進行中的作品大肆談論，這顯然是太過於無禮和武斷了，只好先懇求您的寬容。

胡長松二〇一〇年九月十八日

*

長松平安：

你提到「自我追尋」，於我心有戚戚焉。

有關自我的追尋，特別是台灣人的血緣、文化的認同追尋，確實是當前台灣人的一個重大課題，許多人已經長年走在這條路途上，我們也都不能例外。

尤其是八〇年代中期以後，台灣人原住民運動如火如荼展開，所拋出來的議題不但是影響了原住民本身，也影響了其他族群的人。對於原本自認是漢人的我們而言，在心裡頭開始引發一種反省，不確定感跟著就產生了。

如果從血統方面認真追究起來，這個不確定感難免越來越重。

我常說，以本省人的我們為起點，如果向上追溯三代，到我們的曾祖父、曾祖母，直接給我們血緣傳承的祖先就有十四個人，如果往上追溯四代，就變成三十二個人，難保這個十四或三十二個人當中，沒有一個不是平埔族。何況古時候的人，生兒育女的死亡率過高，過繼或收養的習俗很普遍，有些祖先我們根本很難確認他們的原生父母，在這個情況下，要說自己有什麼「純正」的血統是沒有意義的。

又假若說，有人能完全確定他本人在台灣的祖先血統，那麼在福建、廣東的祖先的血統仍然是一個疑問。古代的廣東、福建、浙江是越族的故鄉，誰又敢保證自己沒有越族的血統？

又假若台灣人的祖先不來自於廣東、福建、浙江，而是來自其他中國內陸省縣，也難保不染上其他民族的血統。古代的南蠻、東夷、北狄、西戎、匈奴、鮮卑、氐、羌、羯、滿、蒙、藏、苗、傜……都可能混入祖先的血液中。

在這種情況中，要說什麼純種的漢人是沒有意義的。從文化上來說，更是如此。到現在為止，台灣的文化混入了多少荷蘭、日本、美國，以及當今世界各國的文化，簡直難估計。在今天，只要你說我們的文化是「純粹的」漢文化，馬上就會被譏笑。

因此，在血統和文化上尋求一種純粹的民族認同幾乎是不可能的。今天，我們還會認為自己是純粹的某種人或純粹某個族的人，其實多半是用日常語言或居住的區域來劃分。求生的慾望、政經的利益、權力的奪取、識別的方便、論述的指謂逼得我們不得不選擇族群認同和劃分。但是我心裡卻深知，這種劃分是禁不起真理上（實情上）分析的。其實，說我是炎黃子孫，並不會比說我是上帝的兒女要更真實，本質上都是一種信仰。說我是混合許多民族血統、文化的人，反倒比較誠實。

因此，我要說：認為自己是什麼族的人都是可以再商議的，因為這只是一種自我身分認同的假定；但是，反過來說，也是被允許的，因為我們可以改變我們的身分認同，因為這也是假定的。

你說，最近詩人張德本寫了台語大長詩《累世之靶》（這篇詩作我已經詳細閱讀了大半），以原住民（平埔族）的眼光重新審視台灣的歷史，也慢慢把自己原本是外省人的身分調整到原住民身分認同這一邊來，他的想法一定和我的想法有雷同之處，是完全可行的。張德本不是單一的例子，已經有不少外省人這麼做了。

你的《大港嘴》長篇台語小說裡，追尋生身父親的青年（他誤認自己是純粹閩南人的後代），最後卻發現了自己的父親原來是西拉雅族人，大概也有這個意思吧！

同時，最近的台語文學作家，有許多人都知道自己有平埔族的血統，也認同自己是平埔族的後代，慢慢捲起了一波的西拉雅書寫。由於目前，台語文學作品日多，所有詩、小說的字數加起來，也有日本時代文學作品的好幾倍；加上現在台灣文學研究已經進入了學院，變得精密嚴謹起來，不懂台語文學的人，就算不得是精通台灣文學的人了。你是台語文學作家的核心分子，又主編《台文戰線》這個文學刊物，實際上比我更加了解台語文學的創作現況，是否也可以請你略述一下當前台語文學創作界的西拉雅書寫呢？

宋澤萊二〇一〇年九月十八日

＊

宋老師平安：

的確，近幾年的台語文學蓬勃發展，教人不可忽視，這其中，平埔族／西拉雅的書寫相當值得我們關心。我認為在詩和小說方面，台語的西拉雅書寫都有相當的收穫。

先談小說的部分，這是從陳雷先生的小說《鄉史補記》開始的，最先他是把五萬字的中篇發表在二〇〇〇年秋季號的《台灣新文學》，最後逐漸擴大，形成了超過三十萬字的大長篇，在二〇〇八年集結出版，非常驚人。《鄉史補記》在企圖上顯然就是為了要重現西拉雅自我的原本面貌而寫的；在內容上，作者挖掘了很多的史料鄉談，把西拉雅如何被漢人欺騙、誘拐、剝削、最後被漢人同化的過程寫得很深刻；在語言上，我們很難找到比他更生動滑溜的道地台語；總之，這是一本所有台灣「漢人」都該看看的小說。我相信，有不少「漢人」看完會發現自己原來不是「漢人」；另外，或許還有一些「漢人」看完之後，會深自反省自責不已，最後乾脆寧願選擇說自己不是「漢人」，而是西拉雅人！我們甚至可以說，《鄉史補記》具體影響了很多台語作家，開啟了台語的西拉雅書寫的大浪潮。

其他關於台語的平埔小說創作，近年還有幾篇有代表性的作品，像是吳國安寫的〈烏色的日頭〉是一六三七年荷蘭人攻打華武壠（Favorlang，在今褒忠、虎尾、二崙一帶）的歷史；我寫的〈金色島嶼之歌〉是一六三六年荷蘭人消滅小琉球Lamay社的歷史；陳金順的〈伊的名號做Siraya〉則是書寫西拉雅人的當代生活真相。這幾篇各自在不同面向上描繪西拉雅，都頗具意義。至於我今年出版的《大港嘴》，則著墨在自我追尋的這個形而上的含意，前面談過，這裡就不再多談了。綜觀近十年來發表的台語西拉雅小說，累積五十萬字以上，規模可謂龐大，具有議題性。

再談詩的部分，近幾年我知道不少台語詩人也寫過西拉雅題材，例如方耀乾寫過〈我是台窩灣擺擺〉、〈伊咧等我〉；陳正雄寫過〈平埔夜祭〉、〈遙遠的歌聲——予李仁記尪姨〉；陳金順寫過〈Siraya之歌〉、〈九層嶺的胭脂葉〉；林央敏寫過〈絲拉野求雨祭〉；陳秋白寫過〈夢想的翅股佮愛的詩篇〉；張德本寫過〈雨落佇咱查某祖的腹肚頂〉等等；這些詩作或以西拉雅為第一人稱，或以作者的口吻側寫，都企圖傳達出西拉雅的歷史或精神，可說各有殊勝。因為出土的資料和語言越來越多，也就越寫越精細豐富。在詩的創作部分，前面提過的張德本的大長詩《累世之靶》有起始神話的營造和族群命運的鋪排，現代詩的技法突出，是目前篇幅最大的代表之作。

舉這些例子，只是要說明，西拉雅的族群自我覺醒，正透過越來越新的台語文學技法在實踐。您說得對，既然過去被灌輸的身分可能是一種虛假、多混雜且不確定的東西，難道我們不能大膽主張：這種身分的認同，本質上就可以是一種選擇？就像我們基督徒可以選擇相信耶穌從死裡復活一樣，我們是否有權利選擇做為西拉雅的身分從歷史的塵埃裡復活？甚至於，這種選擇的覺醒，有沒有機會擴展到您《天上卷軸》裡的主角所代表的外省第二、三代？

我有一個外省第二代的老同事，和我感情不錯，我們常常一起騎腳踏車，他的體力很好，總是讓我懷疑他是原住民，但他堅稱不是。二個月前他拿到我送給他的《大港嘴》，起初我們都不知道那篇小說和他可能有什麼關係，可是我忽然想起他的母親是屏東大武山下老埤一帶的人，便靈光一閃懷疑起他母親會不會姓潘（人類學者認為那一帶姓潘的人家多半是平埔族的後代），於是隨口問他。結果他母親果然姓潘，這讓我驚訝得跳起來。我就說，八成他的母親有鳳山八社的平埔族人的血統，而我的故事多少和他的身世有關。但他只是很疑惑地表示，他的母親和他的幾個舅舅，從來沒有人提過這類的事。

我是不是離題了？關於《天上卷軸》，既然男主角是追著花香展開他的身世發現之旅，您是不是會回頭來談談女主角阿紫身上的花香？我一直在思考您把花香和使徒保羅突然轉往馬其頓去傳教的環節作連結的用意。我剛才還想著，您的《天上卷軸》完成時我一定要買一本送我的那位同事讀讀，說不定，它就是我同事的花香呢！上帝的美意常常很難理解不是嗎？

胡長松二〇一〇年九月二十日

＊

長松平安：

有關「花香」這回事，只是一種神的救恩臨到時的具體顯現而已，你可以說它是一種「徵兆」或是一種「訊息」都可以。

按照我的基督教經驗，當神要顯現救恩時，往往不是抽象的。祂會藉著我們可以感知到的種種內外在的事務而顯現出來，有時是突然而單獨的，有時則是一連串的。譬如說是以視景，或者是以夢境，或者是以語言，或者是我們的日常生活中正在進行的工作、活動……來顯現它，總之祂能讓你感知它，絕非是抽象的。

當然，我們也許不會當下就完全明瞭，但是到最後，我們會恍然大悟這就是神救恩的臨到。我在這篇小說所安排的救恩臨到相當龐大，不僅是花香而已，常態的甚至超越常態的都有，故事就按照這些救恩一路推展下去。

有關救恩的顯現，比較神祕，也不是那麼容易書寫，我必須仰賴大量相關的基督教文獻，我希望這方面的專家能夠給我多多指教。

……

這次我們的筆談大概要在這裡暫時休息了，雖然談的不多，但是有關「魔幻寫實主義小說」、「基督教小說」、「西拉雅書寫」我們也都言簡意賅地談到了，更詳細的部分，我們留待將來有機會再談。

宋澤萊二〇一〇年九月二十一日

手札一

迷離花香

1

敬愛的麥格那牧師，多麼欣喜我現在終於能寫信給我的導師您。以前我還不能領會您的話，對您的話總是半信半疑。當時我以一個二十五、六歲剛剛信主才兩年的青年人的經驗，想評判你六十歲的人生智慧，實在是太看得起自己了。關於我剛離開北部山上教會以前，您對我說：「當我們赤裸裸地、直接地面對這個人世時，我們就會被傷害。因為這人世的大半東西，都是一根一根的釘子，無情的將我們釘在十字架上了。但是假如我們能透過天上來看人間，我們的傷害就會減低到一個限度。在天上，我們藉著屬天的恩光，明顯的看出哪怕是最巨大的釘子，都不過是一根小小的針，要傷害神的殿——我們的肉體和靈魂，哪怕是一毛一髮，也斷然是不能的。」您的話，我剛開始的時候是不很懂得的，因此我否定了你的話！

我為我的淺薄再表歉意，其實，當時您已經很明白的為我做了說明，您告訴了我什麼呢？您說十幾年前，當您離開英國，繞過非洲西岸，抵達澳洲，再一路循著太平洋西岸的群島向北旅行，終於抵達到這個島國時，你一路上大抵是心情愉快的，因為您是「國際先知佈道團」的一員，負有向各教會宣達「預言」的使命，因此受到各教會熱烈的招待，您說以前從沒有像這次旅行一樣，心情是這麼的駭，說的預言又多又準，許多的教會因著您的預言而認罪悔改，甚至改變了他們的教會結構和傳道方式，許多的教會都復興起來了。但此期間，您曾經掩飾了您的身分，進入伊朗一次。您說進入伊朗是您最大的錯誤！

您在伊朗看到什麼呢？

您說，靠著朋友的幫助，懷帶著異常興奮的心情直抵德黑蘭，雖然伊朗人的信仰和您不同，但是您相信這樣一個宗教信仰至上，幾乎是「國教」的國家，一定會給您很深的啓示，因為您以前也曾經努力的宣揚過：歐美國家應該恢復到羅馬時代，以基督教為「國教」，才合乎主禱文所宣稱的「願祢的國降臨」這句話的旨意。可是，當您到伊朗的第一天，您就失望了。

2

您說您和朋友下榻在德黑蘭的凱悦大飯店（這家飯店已經改名為阿扎迪大飯店了），一住進裡面，就感到不對勁，飯店的升降梯地毯很髒，汙漬斑斑，飯店的侍者一律穿開領襯衫，領子如同十六、十七世紀流行的高硬的輪狀皺領，這是回教革命時候的衣服，標示了直到如今革命還進行未休。搬運行李的僕役不刮鬍子，臉上髒膩，有些侍者對您擺出了很難看的一張臉；收拾房間的女子，穿著長可及膝的袍子，披帶黑頭巾，好像專業服務的僧人，根本不想理會旅客。大廳有一塊告示牌，寫著「DOWN WITH U.S.A」的牌子。在這個社會裡，任何不利專制統治的東西都要檢查，每本書都要送審，不能出錯；即使下棋都要非常小心，因為違反了回教世界「不可賭博」的規約。

在飯店附近的遊樂園，您和朋友終於遭到了盤查，起因是您攜帶迷你收音機，他們不准任何人手裡攜帶電子儀器。此外天空還明顯的飛翔著直升機，到處監察住户是否安裝小耳朵；在那萬里碧藍的城市天空，無端掠過的直升機姿影，啪啪作響的螺旋槳切割著悶熱異常的空氣，如今都還有如刀刃一樣，狠狠的割著您的心。

您最失望的是什麼呢？您說伊朗的社會已經成為何梅尼一人偶像的社會了。您說有人提議到何梅尼的「聖墓」去參觀一趟。這座何梅尼的墳墓就坐落在德黑蘭南方的沙漠中，位於通往聖城庫母的公路旁邊。由於伊朗的大白天氣溫太高，會將人給活活的烤成肉乾，因此，你們趁著天還沒亮的時候就驅車出城。平坦的沙漠一望無際，直伸展到不知所終的地方。暗夜被黎明的曙光打破後，在遙遠深邃的公路那端，如同幽暗海洋的特殊照明設施，亮起了一排低低的、連綿的藍色或黃色的燈。您開始看到了「聖墓」周遭的所有細節。聖墓最突出的就是一個古銅色的圓頂，周圍有四個光塔，用黃色的燈做裝飾，光塔上面還有一種尖塔，飾有阿拉的象徵，再上面一點就是藍色的燈。停車場很大，停了許多老舊的汽車，許多家庭的人都睡在汽車旁邊的地面上，簡單的幾間棚子是用來存放祭品的。聖墓前有一個大庭院，鋪著混凝土，庭院中央有一口赦罪池，混凝土地板上到處破損，到處都是水坑，破散的砂礫土東一塊、西一塊，根本沒人打掃。露宿的朝聖者起床了，都是貧窮的村民，其中有人開始祈禱。穿黑色衣服的的女人的披風偶爾被風吹起，看起來似乎身軀高大，但靠近他們身邊一看，才知道是一些身軀瘦小、面有菜色的女人。他們由遠處的村莊前來朝聖，革命的苦難仍沒有在這些百姓的臉上逝去，實際上看不到任何的幸福，只有空茫。在這裡除了何梅尼的墳墓以外，其實還有埋在許多人心裡的小小的墳墓，當然，最重要的還是外在那個非常巨大的何梅尼的墳墓。

3

您說，這趟的造訪伊朗，使您崩潰了，你一直思索在那裡為什麼何梅尼的權威竟會高過他們信仰的耶和華（阿拉）？在那裡國民所得何以低到一個月只有幾塊美金？在那個社會何以允許男人娶三妻四妾終而造成了普遍的家庭破碎？在那裡何以竟發生歷經八年使青年男子死亡、使年輕女子找不到結婚對象的兩伊戰爭？以及那個國度何以女性人權竟那麼的低落？……您就這麼的崩潰了：忽然短暫失去了再奢言「國教」的言論，短暫失去了宗熱的熱誠……。由回教的身上，您終於失落了「宗教可以救濟俗世」的慣有說法。[1]

您說您失魂落魄，一直抵達這個島國還是失魂落魄。但是就在住進北部有著神學院的這個山上教會的第三天晚上，您看到天上的神蹟了。那是一個春寒料峭的時節，距離海平面一千餘公尺的山區有著紅白的杜鵑花，沿著山上的每條小路開放，野百合和繡球花也悠然綻放在每塊青綠的草坡上；帶著香味的習習山風，似乎可以將一個人的生命融化在她的香味中。雖然如此，失魂已久的您倒是無法一時之間就領受山上的美好，您的心底世界是黑暗的，找不到任何光亮。您不再對教堂的負責人和信徒說預言，您甚至喪失禱告的能力，您沒有想到幾十年隨您身邊的屬天恩光竟會消失得點滴不存。從早到晚，您把分配到的宿舍的房門緊閉，生怕接近任何人。到了第三天晚上，當夜色剛低垂時，您早就熄燈，準備再迎接失眠的一夜。可是，就在那天晚上，當您扭熄唯一還亮著的桌燈時，忽然，聽到一陣聲音說：「我要在天上地下顯神蹟，有血，有火，有濃煙。太陽要昏暗無光；月亮像血一般紅。在上主那偉大可畏的日子來到以前，這一切都要發生。」同時您彷彿聽到眾水的聲音由天際流瀉下來，您立刻辨明這些聲音來自窗外；於是，馬上打開窗子，在幽黯的夜色中，您瞧見了一團有幾公尺燃燒的人形白光躍離您的窗户，飛過教會外面的湖面，飛過對面的山頭，冉冉的升高，終而消失在燦爛的群星之間。雖然您知道這些話本來就存在於《舊約聖經》的〈約珥書〉第二章30—31節，您也早就耳熟能詳，但您知道這不是您的幻聽，而的的確確是來自天上的那個神。馬上，您就像被人從沉醉中喚醒一樣，得以重新站在天父上帝的立場來思考您在伊朗所見，您頓然釋懷了！也就是說，打從您進入伊朗開始，您就遺忘了上帝即將審判這個世界的事實，從而也忘記了您一向思想的制高點，看不開這個世界所有表現的第一因，您被困於這個沒有答案的人世間，被困於這個貧乏的必死的自己內心，終而在鬱鬱的情緒中找不到出路。但是如今，上帝藉這些聲音和異象，重新提攜您到天上，以炯炯的目光來看著這個人世，您頓然可以明白這一切表現的背後的神意，您因此不再埋怨，不再沮喪了。您說，上帝對世界是有計畫的，自創世紀以來，祂從不亂了腳步，祂早有安排，要藉著人類的惡行來展開祂的審判，就是一髮一毛的罪惡祂都不放過；倘若這世上沒有惡行，那麼最終的審判就要落空。換句話說，只要由上帝的立場來看萬事，一切都可以洞然明白，今天的惡豈不是明天的審判嗎？如此，就沒有任何一樣的事務可以叫我們跌倒。您於是勉勵我，除了要有屬天的能力以外，還要有屬天的眼光。您說自從那夜以後，您徹底的打開了山上教會的房門，就感到您來到了一

1 以上伊朗概略性實況描述取材自奈波爾〔V.S. Naipaul〕著，朱邦賢譯《超越信仰》（台北：聯經，二〇〇三）。

個好地方，山上教會的確是一個美麗的地方：一個漾滿碧綠湖水的深潭就在教堂的前面，風兒不斷吹動漣漪，看得到魚兒擺尾彎身的游動姿影；還有一列列青色山脈隨著霧氣蜿蜒陳列向不知所終的地方；還有晨霧和暮靄籠罩在這兒有如一首輕歌。您終於感到又再度置身天上，把重擔都卸下了，確實看清了您的腳已經踏上這個千嬌百媚的島國；同時也決定在這個島國長期的居住下來了，你決定開始學習這裡的地方語言文字，甚至於終老於此了。

4

敬愛的麥格那牧師，我要為我的匆匆離別表示歉意，除了當時我正逢無法解決幾個重大的神學問題而變得煩躁不安以外；也是因為近日的政治問題一時擊垮了我，使我無心再待在北部的山上教會。當中尤其是後一個因素使我哭了好幾天，就像本來行走在一片錦繡的花朵大地，一陣天崩地裂後，所有的美景立刻消失，壯麗的景色瞬間被天地所吞噬，來程全被截斷了。有關於這個晴天霹靂的事件我曾經對您提過，您也曾勸我要放下激動的心，以免影響生活。但是，您知道，當時我很激動，在聽到結果公布時，我渾身顫抖得無法自止，好幾天說不出一句話，甚至有尋短的企圖。那時，我就知道我需要離開山上教會一陣子，止痛療傷對我是必須的；我必須想辦法度過我的黑暗期，就像您度過到達伊朗後的黑暗期一樣。如今回想起來，我當時的脾氣未免太偏激，但是您總知道，當那試煉來臨，我們在黑暗中竟至於找不到任何可以逃避的一絲絲光芒了。

我為我無法與您有更長的共聚說抱歉。您是知道我的政治取向的，我一向敬仰泛藍的「戰哥」。在山上的教會，我曾仔細的向您解釋這個人的優秀，也教您欣賞這個人的豁然大度。幾十年政治歲月的磨練已經使他沒有一絲絲的火氣，年紀當然是大了一點，但他可稱之為溫文的臉、可稱之為高大的身材，使他在一言一語舉手投足間顯得特殊的沉穩，何況他的出身橫跨大陸和島國之間，何況他又是美國政治學的博士，何況他曾當過副總統。我說您看看福爾摩沙的政治明星們，還有誰有他的風度；您用不著查考他的過去，只要聽看他眼前的談吐，就能感受到他有叫四海歸心的那種氣質，我說我們慶幸有這麼一個儒者出來競選總統，福爾摩沙就要走向幸福了。還有「宋哥」，這個前省長，他也前來搭配做為競選的副手，歲月也將昔日這個英俊的流亡學生磨練成一個老當益壯、凡事練達的政治家了；自從跟隨在一九八八年逝世的蔣經國總統身邊以及李登輝總統身邊以來，層峰的政治競爭以及如何擄獲選民的心已經造就他成為一個高瞻遠矚的英雄，他的政治經驗無人可比，他的優秀除了「戰哥」以外，在政治界已經可算不做第二人想。我堅決的告訴您，倘若在英國的政治史上恐怕也難以找到這麼美好的搭配，福爾摩沙的幸運不是就要來臨了嗎？

果然，您也看到，自從投票前的九個月以降，他們深受選民愛戴，民調一向比綠營的對手高，所到之處，受盡了選民的歡迎，在每個大街小巷，凡是他們所到之地，都響起了無數的鞭炮聲，那些鞭炮的碎紙倘若都聚攏起來，恐怕也有一個大雪山那麼高；即使在我最昏沉的睡夢中，也能明明白白的感覺到他們是維繫著我國命脈的貴人。在這麼一個風雨如晦、雞鳴不已的時代裡，神推舉了這麼一對美好的人出來競選，一定有很深的含意。我滿臉笑容，沉醉在勝利的未來之中……誰知道，就在三月二十日那天，開票的結果出來了，他們竟落選了，以不到三萬票的差距！

5

敬愛的麥格那牧師，您一定還記得我當時的慘相。就像是個被抽光了氣體的塑膠囊假人，我一下子萎頓在滿是長椅的禱告室，整整的一天，我跪在那裡，無法抬起我的頭，也無法站立，一天之中不吃不喝。之後，您和教會的執事只好將我抬入我的寢室，我終於爆發一聲又一聲的嚎啕了。

的確，我猜當時您和教會的執事一定聽了太多我的哭聲，所以你們才花那麼多的心血為我禱告。在我的記憶中，有一個清晨裡，我短暫恢復了平靜。那天，山上落著稠密的雨霧，像霧一般的雨整天落著，落在開滿山花的教堂小徑上，落在湖上，落在山脈上，濛住了大地，也濛住了我人鬱鬱的心。我倚在寢室的窗前，觀看窗外無力的雨景，發現教堂區異常濕漉而孤寂，竟感到在雨中所有山景都癱瘓了，再也沒有任何的東西可以撐住這種軟軟的崩潰。可是，當我探頭往那個禮拜堂瞧，卻發現禮拜堂前的水泥柱如是貼著被雨霧渲染開來的紅紙黑字告示：「為阿傑弟兄禱告進入第三天，請加緊禱告，願神給他再站起來的勇氣。」原來，你們歇下了一切的工作，已經整整為我禱告了三天，這樣的恩情一剎那叫我慚愧不已，我慚愧自己的脆弱帶來你們連續三天的勞頓。

同時，更教我慚愧的是，我無法抑制住喃喃的詛咒。我怎麼的咒罵著整個福爾摩沙當前的政局和社會呢？我說這個島嶼充滿自愚和自殘，為什麼竟放棄一位廓然大度的儒家總統候選人，盲目的選上一個心胸不廣的法家候選人？就像我的族群的一個教授所說，這個島嶼的人全是「一島主義者」，在他們的心裡除了自己這群人以外，再也沒有其他的人存在；而這個當選的總統能做什麼呢？他除了搞民粹以外，還有什麼政績呢？我懷疑他有真正的才能。他似乎如同他的名字所顯示的，是扁平的，淺碟子的。他似乎沒有世界觀，沒有政治觀，沒有文化觀，沒有人生觀，沒有藝術觀；即使是他出版的書籍，他的言論，可能都是別人為他擬好的，他只是一個空殼子。最後我咒罵起這個當選的總統的族群了：我說我看不起總統這個族群，它沒有歷史；即使有歷史，也沒有文化；即使有文化，也沒有英雄；即使有英雄，對人類也沒有貢獻。我甚至對您和教會的執事說：小時候，有著烏黑深邃眼睛的媽媽（她在我六歲上下去世了，是當選的總統這個族群的人）偶爾揹著我回南部的娘家住幾天。在我模糊的記憶中，那是一個位於河口附近極其封閉的村莊，群樹如同燃燒的綠火，將整個村落都包圍住了，必須走過河口彎彎斡斡的狹長泥土農路，才抵達聚落裡。除了一間供奉著不知名的神的公共祠堂外，沒有任何文化氣氛。到處都是磚塊和竹子搭構而成的矮屋，砂磧由海邊漫掩過小村莊蔓延到每戶住家，野草花到處生長，庭院角落養著一群群豬仔和鵝子。娘家的餐廳裡一大堆的農具漁具，屋板、餐桌都快朽爛了；最可怕的是，他們一家十幾口共用一條毛巾一枝牙刷。在我戰慄的、被驚嚇的印象中，除了一個嚼著檳榔的大嗓門的老阿嬤外，娘家還有一群吵雜的強壯女人和過度粗礪的舅舅們，他們除了談農漁事以外，再也沒有其他額外的話題。整整幾天，我緊緊的抓住我漂亮母親的手，不敢離開她身邊半步，宛如進入了一個不文、魔魅、原始的部落中，要我不想逃離那兒是不可能的……我如是抱怨著，剛開時聲音細碎而無力，後來竟變成一種咆哮和低吼，最後我發現你們張大了眼睛，用一種意外的吃驚的眼光看著我。最後您溫柔的說：「孩子，你已經說出了你最深的潛藏在心底的話了。可惜，這些話不會是上帝所喜歡的話。你知道，耶穌生前所喜歡的就是這些人，祂的門徒都是這種出身的人，即使是聖徒彼得和約翰也都是貧窮的漁夫啊！」麥格那牧師，我永遠記得您當時說話的神情。就在您說完了話的當時，我看到您至極為難的表情，那種可惜又疼痛難言的表情，一剎那之間，我知道我說錯話了，於是我又放聲的大哭了一場！

6

麥格那牧師，當時，如果可能，我真希望我立刻消失在人間。在那無可抑止的悲痛時刻，我竟不自覺的犯下了耶穌不喜歡的罪，我應該用多少的懺悔才能贖回我的罪於萬一。不過，儘管慚愧，這些都不是促使我離開山上教會的即刻性原因，我離開那兒的直接原由是因為我發現我就要死了，因為我開始吐出了血。剛發現時是不經意的，就像是偶爾午寐醒來時，或是晚飯後，伸手無意間往嘴角一抹，總會發現手指頭一片渲染開的血紅。而後是一些教友會當著我的面驚呼起來，因為他們偶爾會看到血由我的唇間滴落，斑斑地汙染了我的衣襟。我確信那些血是由我激動的內臟流出來的，那些血由內臟溢到我的喉嚨，終而不可壓抑的流出了我的唇齒間了。我猜想當時我蒼白的臉是如何的可怖，該是病了一百年的人差可比擬吧！剛開始，我不放在心上，可是有一天早上，我醒來，發現床下有一攤血，那血還有溫度，它殷紅的流向門縫，流出寢室，流向小路水溝，最後流入了湖裡，我蹲身在湖邊，就看到血幾乎把岸邊幾尺內的水草染紅了，成群的小魚洄游在血水的四周，似乎是為了吞飲這些溫暖的血而捨不得離開。我即刻意識到我再活已經不久，於是收拾了行李，來不及向你們一一告別，在選戰結束後的第五天，我收拾僅有的雅痞財產——素淨包面與巧克力色皮革拼貼的背包；米色休閒長褲；藏青白線條紋襯衫；深藍馴鹿皮皮帶；咖啡色綁繩休閒鞋……，離開我所摯愛的山上教會，也離開了您。

如今想來，我為什麼那麼急於離開北部的山上教會呢？原來也不過是為了不想連累教會。當時我想，這個我是必死的，而且是每時每刻都會死去。我不想要在某天的某個時刻，同學或教友竟至發現我陳屍於寢室，或者竟是沉睡於湖底。我總想，在我尚未能報答教會於萬一的時候，我不該反向給教會惹麻煩。我想避免任何人對教會產生誤解。血啊血啊，它一直不停的流，流淌出我的嘴角，流淌向著我所站立的地面，流淌向著我周身的每個角落，流淌向著青山綠湖，流淌向著天空，流淌向著我的夢啊……。

我先在我生長的北部大城市裡流浪幾達一個月，並拒絕與所有的人互通音訊；然後流浪到中部的大城市，空茫的心指導我行走在大街小巷，有時仰望著一幢幢高樓大廈發呆一個鐘頭，或者登臨三十層的大樓上，俯視著廢墟一般的城市風景；我的淚流乾了，喉嚨枯索了；我餐風飲露，渾身破爛；最後形銷骨立，萎頓在人群雜沓的街角。在一文不名之中，我墮落了。已經毀滅的世界給了我無意識的勇氣，我開始坐在人群最多的街角，蓬頭垢面一如丐子了……血啊血啊，它流淌在天空，流淌在我的夢，流淌在整個廢墟一般的城市啊……。

7

麥格那牧師，我很抱歉向您提到這麼不堪的我的情況，但我相信您能瞭解當時的我的心境，因為您曾一度那麼認真的教導過有關《聖經》裡「猶太人被俘往巴比倫」的大災難的歷史。

當時，猶記得在山上教會研究所的課堂上，您先為基督教的特質做了一個極其令人難忘的解釋（如今我還覺得那是基督徒都不應該或忘的道理）。您說：「世界的宗教之中，有夏天性質的宗教，歌頌著征服和聖戰；也有秋天性質的宗教，嚮往著離世和末日；也有冬天的宗教，在寂靜的萬籟中消滅了自己。而基督教的特質是春天。」您說世上林林總總的宗教隨人們的性向而被選擇，如果有一群人認為征服殺伐是快意的事，那麼他們就會選擇夏天性質的宗教；另有一群人認為哀愁是極美的事，那麼他們當然選擇秋天的宗教，這是各宗各教所以形成的原因，如同四季的變遷，春而後是夏；夏而後是秋；秋而後是冬；冬而後又是春，各宗教的良窳也因此判然分明，無法雷同。您十分反對宗教的混同主義，說那是極端的無知了。麥格那牧師，當時，您至極精微的道理是我無法理解的，為此，我向您提了一個問題，我說：「何以見得基督教是春天？」於是您開始說「死而復活」的道理，您說捨開「復活」的道理之外，基督教就不能再談什麼了。《新約聖經》裡有頗大的篇幅都提到了耶穌在歷經十字架後死而復活的事情，也提到信徒在末日審判之前必將復活的道理。《新約聖經》甚至強調人因為信耶穌復活就必得救。復活之道也正是使徒們最早宣傳的福音，不論保羅、彼得、雅各……都宣講這個道理。在使徒保羅宣教的時候，假如有人相信耶穌死而復活，就是基督教徒；假若不信，則是異教徒了。因此，您又一次的重申：「除了復活之道，基督教已經不能再有什麼高超之道。」而後，您彷佛是對著無窮深邃的自己，或對著至極愚蠢的我下個結論說：「一如萬物表現，死就是冬天，復活當然就是春天了。」

啊，當時，我真的是遲鈍，為了表示異議，我抬槓似的又問：「如您所說，假設基督復活是象徵春天的來臨，從而規範了往後基督教的特質，那麼就表示耶穌以前祂所屬的猶太族群有過冬天的遭遇，請問《聖經》的哪個部分是冬天？」您立刻就翻到了《舊約》的〈耶利米哀歌〉說：「從這兒開始，《舊約》的猶太人進入了冬天。從這兒開始，猶太人開始進入了死亡。」您解釋說：大約在主前六一二年，來自兩河流域南方的加爾底亞人攻陷了北方的亞述帝國的首都，建立了「加爾底亞帝國」，也就是「後巴比倫帝國」，猶太國就面臨新的形勢，不但往日的所羅門時代早已經灰飛煙滅，又何況巴勒斯坦的猶太民族早就分裂成北方的以色列和南方的猶太兩國，單獨的南方的猶太國已經無力抵抗外族的侵入。當時，猶太國的朝中大臣分成兩派，一派主張和南方埃及聯手，抵抗強敵；一派則是主張依附北方的加爾底亞帝國，以求苟活。後來在迦基米平原上的一場大戰，埃及人被加爾底亞的尼甲布尼撒王所敗，猶太國立即進入了水深火熱之中。加爾底亞的大軍開始侵吞巴勒斯坦的土地，擄掠猶太人，將他們送到首都巴比倫，淪為奴隸，即使是有名的先知但以理也難逃被擄的命運；最慘的是約雅斤王，當他剛繼位三個月時，加爾底亞的大軍攻陷了耶路撒冷，各地首領和工匠都被擄往巴比倫城，國王約雅斤也被囚禁在巴比倫三十七年。後來，猶太新王希底家再度反抗加爾底亞，尼甲布尼撒派出大軍懲罰他，圍攻耶路撒冷三年，主前五八七年城破，希底家被挖掉雙眼；此時，國中有大批人民又被擄往巴比倫城當奴隸。您說：「我們可以想像當時猶太的慘況，幾萬人被押著，成群結隊送往異鄉，沿著茫茫的道路一面行走，一面死亡，這是如何一幅人間悽慘的地獄圖！」您這麼詳細的說著，聲音由溫和變成激昂，我便在那時瞧見您棕色捲曲的頭髮幾乎豎立起來，整個眼眶都被淚水沾濕了。您用多毛而強健的手沙沙沙地矯捷地翻動了〈耶利米哀歌〉，說：「看看這個經文吧！當時，先知耶利米怎麼陳述猶太人的苦難呢？他說：『猶太人是可憐的奴隸，他的敵人成為主人。城門被埋在瓦礫堆裡，門閂都粉碎了。君王都被放逐。沒有人講授律法。先知得不到從上主來的異象。耶路撒冷的父老坐在地上，默默無聲，他們都身穿麻衣，頭灑灰塵。我的眼睛因哭泣而失明。兒童和嬰兒在街上昏倒，他們又飢又渴，向母親哀求，在母親懷裡慢慢死去。』」隨著您如是念著〈耶利米哀歌〉，您的聲音又慢慢變成哽咽了，說：「猶太人在那個時候走進死亡了，就像萬物進入了漫長的冬天，再沒有一絲絲的生氣，直到耶穌被釘死在十字架上又復活為止。」

8

我想您對於一個人或一個歷史的死亡一定有異於常人的領悟，否則您不會在那個時候顯露那麼大的憐憫和悲傷。果若如此，那麼您就不難瞭解當時我流落在城市裡的心境。的確，我當時就像是被擄的猶太人，我的故鄉荒廢了，眾人俯首在那兒，看不到一絲兒希望。而福爾摩沙城市已經變成巴比倫城將我擄獲，我在憤怒的心底如同聖徒一次又一次的吶喊著：「妳這可惡的巴比倫城啊，我願妳倒塌吧，巴比倫城倒塌吧！妳已成為邪魔的窩，邪靈的穴，汙穢可憎的鳥類的巢！」而後，一次又一次我總是嚶嚶地哭泣起來。的確，當時我算是死掉了，常常癱倒在街角，正等待野狗來收拾我的屍體。

敬愛的麥格那牧師，如果那時候就這麼的死掉，我是甘心的，那時的我已經沒有盼望，沒有去路，我的死將會帶給我無限的釋放。假若真的死了，今天我也就不可能寫這封信給您，我們的會面或將是在天國的那一邊。但是，神在默默中看到了這一切，祂彷彿還不讓我死。就在晚春一個炎熱的星期日，我的靈魂竟被某種東西所吸引了，宛若落入一個強力的夢境，竟然能站起來，且急切的離開了中部城市，進入了南方海湄和小市鎮了。

説來還真離奇。我記得那是一連串十分燠熱的日子，中部的天空在晚春的午後總是群聚著烏雲，之後雨就開始落下，一直到黃昏。做為一個將死的人，我不想逃避雨水對我的懲罰。我仍兀立中部大城的街頭，萎頓在街角，不肯逃離整個下午熱帶雨水的沖刷，我希望暴雨也許能將我擊昏、窒息、溶解，將我毫無遺留的消除於城市中，那麼我將卸掉一切人世的負擔。當然，我彷若凋落的花朵的嘴唇仍不時的吐出血，並且力竭的向天空呼喊著：「這可惡的巴比倫城啊，這可惡的巴比倫！願妳和我一同沉淪，一同急速的滅亡吧！」

記得是星期六的那個下午，雨又落了。仍像前幾日，這次的雨剛開始是溫和的，但經過一個鐘頭之後，開始變得激烈起來，鋼絲一般的雨箭急射在城市的柏油路面，似乎要將城市擊成千瘡百孔。後來雨更形成一束束的雨束，彷彿有人從天上倒下了一桶桶的水，我所站立的火車站的圓環立即變成一片水鄉澤國。在暴雨聲中，我的眼睛半盲了，只看到巨大的雨幕遮蔽了這個城市。我的耳朵也聾了，只聽到暴雨震耳欲聾的聲響。我先是站著，而後暴雨擊軟了我的頸子，將我的頭和臉埋向我的胸，而後更大的雨束打垮我的瘦癟的脊，將我上部的身體折彎，叫我整個身子仆向地面，而後在轟然的雨聲中，軟軟的倒向地面。我的腦海第一次出現熟悉的已死去的祖父的影子，他枕戈待旦，軍裝筆挺，刮得乾乾淨淨的絡腮鬍子仍泛出鐵紅的顏色。他從那北部的新村走出，搭上軍車，回到部隊，肩上兩顆星的光芒不停的閃爍在陽光下，我在那殘留於空氣中的光芒的後面叫著：「爺爺，爺爺。」他回頭看我，愉快的笑容彷彿太陽。而後是父親，他穿著一身青灰色的長袍，準備到兵役部門上班，五十幾歲的頭髮已全然的花白了，淡淡的身影如同他褪色了的灰色的公事包投射在早晨的地面。而後是整個被拆毀的新村圍牆，幾條道路從四面八方將新村切割成支離破碎，無名的野花野草生長在路邊，住户破散飄零，竟至找不到昔日的隔壁鄰家。

而後，是我寄住的大學校舍和我離開學校後第一次上班的電腦公司。我想我正逐漸加速進入深沉的夢境：我先夢到我低頭的走離了所住的新村，緩慢的沿著車輛疾駛的城市道路走，後來加快了腳步，千軍萬馬的車輛火速的與我擦身而過，那道路的盡頭有一條河，我跑到河岸，登上一個竹筏，逆著兩岸的激流，彷彿要去尋找一個未曾去過的遙遠的故鄉。那昏暗的河面，一片大水茫茫，竟而看不到前面的去處，我被孤立在滔滔的河水之中。動盪的水屢次將我舉高到天際，我發現陰沉的兩岸天際飄浮著無數似曾相識的古代屍體，他們張大無語的眼睛瞪視著我，叫我猜不透他們的心。在一個洶湧著河水的激流區，我的竹筏撞在一塊岩石上，我被拋擲起來，落在河面上。汩汩的河水立即灌進我的嘴巴和鼻子，整個肺都是水，我已經無法呼吸。在急沉河底時，我彷彿有一陣子本能的掙扎……。

9

我醒來，發現正躺在一張病床上，模模糊糊的看到幾個穿白衣的護士的臉，她們在我眼前交換身影走過，偶爾她們的溫暖的慈愛的手會翻動我的眼瞼，探查我的呼吸，我的身邊緊鄰著許多躺在床上受傷的人；四周圍人聲此起彼落，許多的人影低著頭，呆坐在巨大屋頂下畫滿紅黃線條的水泥廣場上。

原來，星期六的那場大雨，一直下到深夜，釀成巨大的水災，城市中間緊鄰大排水溝的一些社區因為河水暴漲，房子被摧毀了，幾個人被大水沖走，市政府漏夜開放了市內體育場，將河邊的住戶和遭難的人遷移到這裡來避雨。城市的中心也不能安然無事，巨大的雨潦攻占這個市中心，使街道變成滔滔的溪流。在火車站一帶特別嚴重，鐵路的枕木被雨水動搖了，所有的信號燈無法指導方向，遙遠駛來的火車不明白路況而出軌；我所站立的圓環大水滔滔，所有的雜物都被漂起，擱淺了來自四面八方的垃圾袋和保麗龍，沿著路邊停留的一輛輛轎車浸入大水，飄蕩如同廢棄物；我先被大雨擊昏，而後被流進圓環的大水沖到旁邊的商店門口，在入夜後，路過的人打了電話，由災害防治中心的人員將我送到體育場急救。我想，護士必花了許多的功夫才清除了我肺裡的積水。當我的視力慢慢恢復正常時，我發現一個護士全身是水，她的頭髮散落到白色的帽子的外頭，手裡仍拿著我被換下來濕漉不堪的衣服，她必然替我做過許久的人工呼吸。

10

啊，敬愛的麥格那牧師，假如我還有一點點屬天的性靈，就應該要在那時立刻抱病離開城市，因為就算是外邦人也可以看出是神的恩典將我救出那場暴雨的死難。神豈不是還眷顧著我嗎？否則在那場暴雨之中，為什麼我整個臉已經浸入了洪水，卻猶能被救活過來？當時，醒來的我是不明白這個道理的，仍然一心求死，並為無法在那場洪水中喪生而暗自抱怨。可是，一群人來看我了，他們很快的更改了我的未來的路向。

就在星期日向午時分，由於打了幾支針劑，在逐漸復元中能完全打開眼睛，我明顯的看到所有的陽光透過四周高高的體育場的窗，越過了觀眾的看台，照到運動場上五顏六色的區塊上。想來，暴雨後的城市，必定又是面臨另一個豔陽高照的天氣。空曠的體育場慢慢來了許多的人。官員、慈善團體相繼到這裡來探視受災戶和被洪水所傷害的居民。我仍記得，最少三十個的一大群充滿喜樂的人來了，他們走到我的病床邊，和護士談話，我注意到幾個小孩，他們各人的胸前都抱了一束花。最令我驚訝的，許多的男士和女士手上都拿著《聖經》，穿著白衣黑褲，結著領帶。帶隊的那個中年人開始和我談話，他自我介紹說他是當地教會的傳道，並大略向我介紹他們的教會，他說今天是他們的聚會日，也是台灣南部其他教會人士來訪的日子。當他們知道這場暴雨釀成大災害時，就決定前來慰問受災的人。他們立即在我的身邊放下了一束鮮花。領隊的人說他們無法由護士的口中知道我的身分，不過護士認為我已經在城市遊蕩許久，假如不是遊民必也是乞兒。他這麼說，叫我一時驚懼起來，只因我意識到，我絕不能讓他們知道我是教會的人士。麥格那牧師，您曾在山上告訴我，既然我已經受洗歸主，就應該記住，我已經是教會的一分子，不是僅僅屬於替我洗禮的這個教會，而是屬於這個世上所有歸屬在基督名下的所有教會的一分子，從此我務必以所有的基督徒為念，凡事小心，凡事端莊，凡事聖潔，凡事要顧念不使任何一個基督徒丟臉，不使任何一個基督徒跌倒。因此，就在那個時刻，我感到特別的驚懼，要是當下被他們認出我是基督徒，那豈不是極其難堪的事情。如果就這樣讓他們看到一個已經受洗的基督徒，竟過著這種崩潰的日子、這種遊蕩墮落的日子、這種一心求死的日子，他們豈不是要為基督的信仰感到懷疑，說不定信仰不堅定的人會即刻改變他們對耶穌的信心也不一定。同時，我也相信，就在這刻裡，沒有人會認得我是誰，即使任何熟悉的教友，也不能在匆匆的照面之下就把如同屍骸一般的我認為是以前教會的我。因此，當傳道問我是不是基督徒時，我毅然的否認說：「我不是基督徒！」傳道笑一笑，說：「不要緊。」他又說：「你在意和我們一起禱告嗎？」我就說：「我不是基督徒，不會禱告，但不在意你們為我禱告！」傳道向我致謝，然後所有的人為我做了一次復元身心的禱告。然後，傳道又問我唱過聖歌嗎？我說：「我不是基督徒，不會唱聖歌！」他又說：「不要緊，不過你可以和我們一起唱聖歌。」這是一首我耳熟能詳的聖歌了，由一般歌曲改編而來，叫做〈耶穌恩友〉，我看到護士和旁邊更多的無關教會的人都加進了唱歌的行列，但是我堅決不唱，為的是要讓他們無法瞧出我是一個基督徒。一直到他們離開，我才鬆了一口氣。不過後來我發現，短短不到十分鐘的時間，我竟然在一群基督教徒的面前三次否認我是基督徒！

11

我是該當墮入地獄的！麥格那牧師。很少人會否認他的基督教信仰的，世界上的基督教徒都是勇敢的，即使在羅馬皇帝大肆逮捕基督徒，將他們送進圓形競技場餵食獅子時，殉道者也沒有否認他們是基督徒。但是我竟在沒有明顯的威脅之下否認了我的身分，我該擔何等的重罪！我的罪也許是彼得才可比擬的吧！在〈路加福音〉第二十二章55—60節如是記載著：「當耶穌被猶太人的祭司長、聖殿警衛、長老抓到大祭司的官邸時，情況變得兵荒馬亂，彼得一直跟在耶穌的後面，也進入官邸。一群猶太人在官邸的院子生了火，圍坐著，彼得混在他們中間。當時一個婢女懷疑他和耶穌同夥，起來質疑他。彼得否認說：『你這個女人，我不認得他！』而後，又有兩個人同樣懷疑他，彼得都一口咬定說：『我不是！』」我總想，彼得當時應該是氣急敗壞的，他的大腦似乎十分的混亂，也許包含了對耶穌生命的擔憂（因為耶穌可能被處死）和對耶穌的失望（因為耶穌可能不是政治上拯救猶太人的王）。他在擔憂和期望破滅時，口氣當然會變得非常堅決，他的否認似乎非常大聲，急於將他的身分撇開。也因此，當他聽到雞啼聲時，就想起以前耶穌曾告訴他：「在雞啼前，你要三次否認我。」他猛然警覺他竟然如他老師所做的預言，如此懦弱的背叛了他的老師時，禁不住痛哭起來。我想我的罪就和彼得一樣，既背叛了自己，也背叛了基督。不！我恐怕比那個彼得還不如，當時的彼得是面臨著生命威脅的，而我並沒有被誰所威脅，我完全出於自然，這種罪就更無可赦了！同時，假設當時我有彼得一般的敏捷，在否認自己是基督徒後馬上知道自己錯誤的話，也許還有救，可惜，當時我不知不覺，絲毫不覺得自己是錯誤的，只覺得自己這麼做是正確無比的！要說我的罪，大概是用出賣耶穌所賺的錢買了血田的猶大才比得上吧！

不！當時，我絕對不曉得我是有罪的，也絕對不是因為如此使我離開中部的城市；反倒是不斷憐憫著罪人，一再赦免罪人的神開了一扇天窗，將我引離那個沒有任何希望的天地。

12

就在那群不知道我也是基督徒的教友離開我的剎那，我發現他們群眾中有一個姑娘回頭看我。一剎那間，我幾乎叫起來。那姑娘有一雙黑亮有神的眼眸，細長的眉，長弧狀優美的臉形，夢一般溫柔紅潤的軟軟的嘴唇。她穿著一襲紫色的軟薄貼身及膝裙子，無袖的上衣露出白膩的肩背，黑亮的短髮捲曲在那光裸的肩背上，銀色的耳環左右搖晃。當她轉動她充滿喜樂的眼睛對著我微笑時，那貼身的紫色軟薄裙子波紋一般的動盪起來了，我的心急速的跳動著：「那不是阿紫學姊嗎？那不是阿紫學姊嗎？」我想爬起來追過去，才發現我渾身乏力，洪水已經剝奪了我所有的力量，迫使我整個身體痠軟而癱瘓了，竟至想大聲呼喚她的力量也沒有，只能看著她轉身過去，走出光影斑剝的體育場，走向陽光亮晃的門口，終至於她的背影消失了為止。

是的，當時，我彷彿親眼看到了阿紫學姊，而且那麼正確的看到她的眼、臉、嘴唇、裸的肩背和頸子，以及那個恐怕我一生都忘不掉的紫色裙子（雖然後來我知道那不是她本人）。麥格那牧師，您是見過阿紫學姊的，就是前不久到北部山上教會來演奏的那個女提琴手，也是兩年前帶領我受洗歸入基督教的姑娘。她在山上教會的主日，曾為我們演奏了一曲〈在以馬忤斯的路上〉，這首歌訴說著耶穌被釘十字架復活後，在路上靠近愁容滿面的門徒，和他們談了許多的話的故事：由於門徒沒有人想到耶穌可以叫自己死而復活，雖然走路直到天黑，甚至進入了人家的村子去歇息，竟然沒有人發現耶穌正與他們同行。這是學姊阿紫所寫的一首歌曲，她的琴韻悠揚，紫色衣裙隨著動作不斷動盪，修長細膩的身子隨著琴聲被拉得更長了，彷彿以馬忤斯那條顫動的蜿蜒的小路，一直通向光輝的耶路撒冷，許多人聽著，不禁都熱淚盈盈了。演奏完畢，您在台上這樣的稱讚阿紫：「啊，就是在歐洲，我也很難聽到這麼好的小提琴，這個女孩是神賜給人間的禮物，她是該受神的祝福的。」

是的，學姊阿紫是該當受神祝福的。因為她，我才開始閱讀《聖經》，又因她的提醒，我才受洗。假若沒有了她，至今我猶是一個外邦人。

13

我是在大學三年級的時候才認識她的，雖然她也是現任總統那個族群的人，但是我在心裡頭否認她出自於那個族群，因為她優秀得令人不敢想像。當時，我念資訊系，按一般大學生的習慣，從大學一年級開始我們都會找到一個自己喜歡的社團，並且加入它，以使自己在課外有所歸屬。從大一開始，我已經參加了過多的社團，大抵都不能叫我滿意，我不喜歡那些浪費體力、只管瞎鬧卻沒有深度的社團。因此，直到大三時，相當長的時期，我不願染指任何的社團，終而落入了沒有課外團體歸屬的狀況中，心裡盤算著從此大概要過著無趣的日子。可是，就在第二個學期開學後，我注意到校園的布告欄貼出了小提琴發表會的佈告，由學校的音樂系主辦，提琴社和舞蹈社協辦。布告上明寫著演奏會將在晚上於音樂廳舉行，將邀請來自日本的名家演奏。對於小提琴這種樂器，我是略懂得的。還記得我五、六歲時，學過這項技藝。那時，祖父帶著我，前往新村裡的一個音樂老師家裡去學習。祖父雖身為軍人，卻希望他的孫子有一些藝術涵養，他感嘆他的一生戎馬倥傯，常不能在家，已經失去教育自己兒子成為多才多藝的人的機會，如今希望在自己的孫子身上找到補償。祖父是逼著我去學習的，即使我哭泣拉著琴，也不准我打退堂鼓，相當表現了他身為軍人的那種意志力。我一學就是七年，實際也參加了一兩次的兒童小提琴演奏比賽，還得過獎項。但就在我十三歲時，祖父亡故了，父親停了我的小提琴學習，以後在成長的歲月中，我曾短期再找其他老師學習，試圖改善我的演奏技術，但進步不大，最後我放棄了努力，想當小提琴家的願望終於成為我幼年的一個夢。我自己知道，停了那麼十來年，就是讓我有機會重拾小提琴，也不能有所成就，我早就死心了。

可是，不知道為什麼我居然在那天晚上打扮起來，先穿上了一套以前親戚買給我，當成是考上大學獎勵品的淡白獵裝，還特別從服飾店買來了一個藍色蝴蝶結，甚至到理髮店梳理了一向桀驁的頭髮，使自己看起來略具風雅。我陷身在夢幻中，彷彿把自己也當成是那場小提琴演奏會的演出者了。總之，我帶著很深的對於童年的懷念打扮了自己，在演奏會還沒開始時，我就選了一個靠近台前的座位，一如回到了童年演奏比賽的會場，如夢似幻的坐在那裡。會場果然洶湧著人潮，大概風聞外國的提琴手也將參加，校長和院長們都西裝革履的坐在席上。

14

顯然這是一場日本大學和我的母校之間音樂系的交流表演，演出的大半都是音樂系的師生。或許是因為演出的學生都很年輕，或許是為了想和來賓取得共鳴，所選的樂曲除了古典樂派之外，還夾帶了許多的流行樂曲，他們必是經過許久的籌劃和精準的計算才做這場的演出。因為雜有舞蹈社的學生參加了演出，所以許多的場次有點亂（你也可以說更具聲光效果），可是我看得出那是非音樂性的胡鬧，那不是我喜歡的，我仍喜歡單純以鋼琴或其他樂器伴奏的小提琴演出，我驚訝的看著一些來自東洋的名家神乎其技的表演，我瞭解，就是再給我多年的功夫，也未必能趕上他們。音樂造詣這個東西是很嚴酷的，不只牽涉到須有時間練習的問題，還牽涉到個人的條件和修養，它叫你無法自認天才，只要條件不足，一站上台，就必無法掩飾自己的任何缺點……這場演奏竟使我陷身在無法逃避的自我批判中，隨著更多人的演出，我竟至於越發自形慚穢了！

節目最後的演出是一場協奏曲表演，除了小提琴擔任主奏以外，還有吉他、低音提琴、聲樂、手鼓的伴奏。我能感到這是一場壓軸的演出，因為燈光剎那之間都熄掉了，然後亮起了一束圓形的立體光柱，打在舞台上，在地板上映出一個僅容個人站立的光圈。在黑暗中，我看到許多的樂手像影子一般登上了檯面。一個女提琴手進入了光圈，我的眼睛亮起來了。那是一身都是紫色打扮的女提琴手，裙裾印染著黃綠小蝶；光滑無遮的肩頸僅餘紫色的肩帶，在光束中特別的耀眼。她把藍色的小提琴放在她的肩上，我才發現她纖細修長的身子顯得更為高瘦，像是一葉狹長的紫色葉子，向上斜斜生長，估計她的身高不亞於中等身材的男士。我聽到有小小的聲音說：「她是提琴社的社長阿紫。」然後，樂聲響動起來了，起先是吉他輕快的彈奏，接著是女提琴手悠揚拉長的提琴聲，伴著乒乓敲動的手擊鼓，彷彿是一艘船，輕快的駛入了藍色的大海；又像一個騎兵，單獨挺進向一個綠色的草原。不久吉他聲轉為千軍萬馬，小提琴聲也隨著轉成激越，竟至於讓人感到彷彿遭到了一場的狂風暴雨；最後低音提琴響起來了，小提琴聲越發悠揚，轉變成一種高亢的哀傷。我不曉得為什麼單憑這幾個人，尤其是一支小提琴，竟可以使樂曲變化如此多端，時而低吟，時而跳動，時而萬馬奔騰，時而哀傷。我忽然明白過來，它是一首仿拉丁浪漫風格的悼亡曲。匆忙之間，我翻閱曲目介紹，原來是一首日本女作曲家的流行浪漫樂曲。所有會場的人的情緒都被煽動起來，再遲鈍的人也感到這是一曲天衣無縫的協奏，它的每一個階段的情緒都由小提琴加緊發揚，帶向一個情感的高原地帶，倘若提琴手沒有掌握一個完整的絕美的故事，她必不能掌控每個翻轉的情節，我驚訝這個女提琴手異於尋常人的詮釋能力。我這麼想：即若讓我用一輩子的努力，恐怕也沒有辦法做出如此精微細膩的演奏。一時之間，我迷失在樂聲之間不可自拔，等他們演奏完畢之後，我才清醒過來，心裡大聲的叫好！

15

不知為什麼，當演奏會結束時，我竟然不肯離開會場，我站在演奏廳的門口，一直等著觀眾離開，而後是貴賓離開，而後是演奏者離開，最後終於瞧見社長阿紫由舞台走出來，她加披了一件白色外衣，準備離開，我如幻似夢的走向前去，對著她說：「我能加入你們的提琴社嗎？」她先是感到意外，停在演奏廳外廊道的水銀燈下一會兒，愉快的看了看我，她說：「啊，歡迎，當然可以，我們正招不到社員呢！」我又問：「要不要通過檢定？」她說：「我們會有一個小小的檢定，不會很困難，你不用擔心。」她說完，向我微笑，說她要立刻送日本的提琴手離開學校，沒有更多時間向我解釋；她急速向前走過我身邊，卻回頭說：「明天下午三點到女生宿舍來找我。」就在那時，我看到晚風吹動了她那紫色軟薄貼身裙子，現出了水似的波紋，一路漾開來，在水銀燈下她的身影彷佛動態雕塑，我的耳邊彷佛還聽到她藍色小提琴千迴百折的樂聲，竟呆呆的兀立在那兒。

到女生宿舍去找她?!對她而言，這是如何簡潔而輕易的話；可是對於當時的我而言，卻需要百般的勇氣。我不是一個拘謹的人，也非固執不通的人。不！我寧願說，當時我並不是一個對自我有定見的男生，還沒決定自己應該做怎樣的人，簡單講，我不在乎別人怎麼看我。但是，那時，男生跑女生宿舍而終於演出緋聞或鬧劇的事特別多，正逐漸釀成一種風暴，我害怕被當成他們的一分子，心底早就恐懼著這種行為，因此，每當女生有事要我到女生宿舍找她們，哪怕只在女生宿舍旁邊站立一會兒，我都會婉言謝絕。可是，不知道為什麼，當學姊阿紫說要我到女生宿舍去找她時，我竟然沒有任何的意見。不！豈只是沒有任何意見，我非常興奮，因為我或者竟有一個機會，可以當面請教學姊阿紫小提琴，哪怕只是三言兩語的指導，那麼我失落了十年的小提琴之夢或許就能得到某些補償也說一定！

為了通過學姊阿紫的測驗，我超乎尋常的慎重，第二天我竟然託病請了假，又透過朋友的關係，找到一家樂器行，我說我要買一支上好的小提琴，不過因為沒有錢，請先讓我賒欠，我會盡快償還這筆帳，老闆居然說：「好。」

帶回了小提琴和兩本基本的樂譜，不管學校宿舍的規定和同寢室同學的抗議，我宛如沉入夢境，在男生宿舍裡埋首於小提琴的練習中。我猜想我的舉動必定驚動了許多人，竟然好幾次引動舍監來查看，我一次又一次向他說抱歉，然後又火急的練習我一度拉過的幾首曲子。我無法確定我的指法正確無誤，相隔十年，小提琴與我之間的會面即使不是恍如隔世也已經是人面桃花了！

女生宿舍位在學校一個僻靜的角落，本來是一排高大的鳳凰樹和校外的馬路隔開，後來為了減少校外人士對女生的窺伺，又在那排鳳凰樹之外加上了一層的圍牆，因此反倒使女舍看起來像監牢。自從男生一再在女舍鬧出緋聞以來，校方不得不嚴格管理，這裡其實已經成為男生害怕的禁地。我內心的興奮戰勝了忐忑，來到女生宿舍的玄關。女生宿舍比我想像中要寧靜，甚至有那麼一點寂寞的味道，廣闊的天井裡有一庭假山水，黛藍的小小的池面上浮著幾朵白色睡蓮。各樓的欄杆上，垂下了扶疏的花木，綠葉和紅花在瀉下的幾脈日光中連綿的相接到了五樓，廊道旁邊溝渠響動著流水聲。站進了玄關後，我居然感到彷彿置身在一個深宮裡。女舍監問我要找誰，我說阿紫。又問我是約在樓下見面或她的房間，我竟說在她的房間。女舍監張大眼睛注視著我手上所提的琴盒和樂譜，衡量了一陣子，說：「你等一會兒。」於是撥了女舍內電話，聽了一陣子，說：「行了，她在，三樓第五舍，你可以上去，不過，半個鐘頭後你必須離開女生宿舍。」我不敢多看這個女舍監嚴格的臉，立即從樓梯快步走上去。

16

在三樓，我進入了她的過度狹窄深幽的房間，當時高大綠色的鳳凰樹枝葉籠罩住了窗外，一脈脈的日光投射到室內來，陽光變成了透明的綠色。窗邊的桌上除了一個桌燈和一個書架外，還有一個青花頸瓶，瓶上插著一束高大的綠梗白花的菖蒲，有一種幽微的花香。意外的，她換掉了紫色衣服，穿了白色絲質上衣、遍滿熱帶紅綠花朵的寬裙，坐在菖蒲花下擦乾她剛洗好的俏髮，當低下頭去的時候，就露出一截長而細白的頸子，使得室內竟至一下子變成了光影浮動。

她抬頭，向我說抱歉，說她晚上還有家教課，她必須先把自己頭髮梳洗好，叫我等她一會兒。她離開窗邊，進入小小的梳洗室，開始去烘乾她的髮。我放下書本和琴盒，坐在門邊的一張椅子上，環顧四周，才發現堆疊得很乾淨的這個室內，除了一個半遮的床位外，牆壁上靜靜的掛著一些樂器，顯然都是她主修過的樂器，最奇特的是，有幾幅油畫也掛在牆壁上，清一色都是熱帶明亮的海灣海港的風景，漁船和古老的紅磚屋有力的散布在墨藍色的海洋邊緣，銀色的浪花躍起在深遠的海面上，讓人聯想到寬闊的海洋必定深不可測。這些具有後期印象派風格的作品竟會出現在這個小小的宿舍裡，它們明顯超出了我可見的生活範圍之外，我竟無法確定這是台灣的風光或者是歐洲的風光了。

不久，她回到窗邊，側靠著椅背，重又在菖蒲花下坐著。室內略暗的光線剪影了她溫柔的側身玲瓏曲線，就像剪影一幅精巧的圖畫。我能看到她黑亮的髮覆蓋在明亮的額頭，形成了美麗的

劉海，以及在微光中輕輕晃動的耳環和她美麗的眼睫。她表示要聽聽我演奏。我拿出小提琴，開始拉起了一首十年前參加比賽的歌，在慵懶的午後，陌生的樂音在狹窄深長的這個宿舍裡響動起來，就是我自己也暗感吃驚，我從未想到，我的小提琴會拉得這麼生疏而艱澀。

出乎意料之外，她很滿意，一直誇讚我的基礎很好。然後，她在書架上拿出裝訂的一本琴譜，她說那裡頭有她寫的幾首歌，大半都是聖樂。她向我解釋為什麼要演奏聖樂的原因。她說自提琴社創立以來，首任的社長就是教會出身的青年，和教會有一種策略性的聯盟。提琴社的設備都由教會供應，也常常在北部的教堂演奏。因此，她希望我能將這些樂曲練熟，音樂系裡的提琴教室就是社員練習的地方。於是我打開了那本琴譜，第一眼就看到了〈在以馬忤斯的路上〉那首歌。

要我演奏這些歌曲，老實說我還做得到，因為只要有時間，加上小時候已經養成的那種認真的學習的態度，我就能達到學姊阿紫對我的基本要求，更何況我們還有十個左右的社員一齊相互學習。不！演奏歌曲的聲音和節奏是容易的，可是要演奏出其精神和氛圍是艱難的。我被這裡頭的幾首深沉的樂曲所困住了，那些歌曲的背後都各自有一個故事，諸如〈加利利湖邊的漁夫〉、〈光榮進入耶路撒冷〉、〈巴底買的叫喊〉都超出了我的理解之外，尤其是〈在以馬忤斯的路上〉這首歌已經超出我當時所能相信的範圍，歌曲一無懷疑的敘述了耶穌玄妙的行誼，由於太過神妙，於我看來卻是萬難相信，其情況正如我無法把任何的希臘神話當真一樣。不！甚至它們比希臘神話更難掌握，對於希臘神話，不論哪個神祇，我還能以「神就是人的性情的化身」來加以瞭解，可是對於基督教的事蹟，我卻無從瞭解起，它代表什麼呢？當時的我一無所知。

17

我怎麼演奏都無法如意的進入狀況。學姊阿紫安慰我說不要緊，因為社員並不都是基督教的信徒，也照樣能演奏這些歌曲。可是，不服輸的我卻要求學姊阿紫無論如何要幫我克服這種困難，我幼稚的說：「即使花掉我所有的時間，我也一定要跨過那道鴻溝！」

敬愛的麥格那牧師，我不知道您當初是怎麼信入基督教的，我猜測您在這方面一定頗有敏捷的天分，否則今天您不會成為「國際先知佈道團」的一員，就像是教會常說的：神特別的揀選了您，所以祂特別賜給您信仰天分。可是，對於我而言，當時我不覺得神賜給了我什麼，我的宗教資質可說是極端的平凡，甚至平凡到了貧乏的地步。為了協助我進入歌曲的意境，學姊阿紫拿了幾本當時很流行的、相當淺白的《巴克萊四福音註解》讓我參考，我拚命的念著、思考著，終至於整個詳細的故事情節都記在心裡，甚至當場將重要的章節背給學姊阿紫聽，可惜我心裡知道：耶穌於我仍是個謎語，我仍不知道真正的耶穌是什麼，連耶穌究竟是一個人或一個神都搞不清楚。這種情況甚至維持到了我大學畢業為止！

那段提琴社的日子說來慚愧，以提琴社的名義，我竟能魚目混珠的在北部各教堂和社員們一齊演出。更奇怪的，就在這一年，以新進社員的名義，我竟能常常和學姊阿紫相處在一起。

是的，我常跟在學姊阿紫的身邊，就像一個跟班一樣，凡是她在校內或校外的演出，我都在旁邊幫她攜帶一些東西或收拾一些東西，我絲毫不以為委屈，反視為極美的事，別人也沒有閒話，畢竟我們是同一個社團的人，何況學姊阿紫還大我兩歲，別人或許會以為她正照顧著我也不一定。

不但是我，其實社員們也都是和學姊阿紫混在一塊的，我們約有十個人常常一齊練習，一齊聚餐，一齊演出，一齊胡鬧，我們之間不分彼此。剛開始，我搞不清楚這個團體為什麼會有這麼大的向心力，成員間幾乎像個家庭，身處在裡面感覺不出任何的疏離，日後我當然知道這是基督教團體的特性。簡單講，它表現了是一種團契的精神，因為我們的成員有半數是基督教徒，而學姊阿紫更是長年熱心於基督教工作的女子，他們把基督教的團體精神帶到社團裡來了。

18

我們的確是如同弟兄姊妹一般的處在一起，說說心底話，開開玩笑是家常事。剛開始，他們對我比較陌生，常因為我是資訊系的學生而叫我「科技新貴」，為此叫我很尷尬。在他們的眼中，將來我注定是要大富大貴，至少也要小富小貴的人；卻不知道在這個競爭的年代裡，資訊工業已經是人滿為患，我們念資訊的人早已經不是寵兒。我告訴他們，念資訊是我的興趣，但將來未必是我的職業，我甚至坦白的告訴他們如今所謂的「科技新貴」事實上都是廉價勞工，所賺已經不多，更可怕的是他們日夜上班，足以將自己磨得不成人形。我說應該叫我「勞力士」，而不應該叫我「科技新貴」，於是他們終於在我的名字之前加一個封號，叫我「勞力士阿傑」了，老實說，我還頗喜歡這個稱呼。

的確，我們偶爾也會談到前途問題，因為它是一個迫切的問題，學姊阿紫也談自己的未來。據我們的看法，像她這麼有才情的女孩子，前途對她來說不是一個問題，她要嘛繼續念完研究所後留在學校服務，要嘛出國留學，要嘛找個很好的對象嫁了，都不成問題。可是，偏偏在談話之中，她會流露出過多的猶豫和不確定，我們很難在她的言談中得到她對未來的篤定看法。她不是不在意前途，而是有一種更重要的事讓她把前途擺在第二條線上，這件極重要的事就是她的宗教信仰。她曾不只一次對大夥說：「你們不要太看得起我才好，簡單講我是一個可以不要一切的人，前途堪慮的那種人——不要音樂、不要婚姻、不要家庭，只要有神就行。」當時的我完全不能理解學姊阿紫究竟在說什麼，我認為對一個女孩子而言，這種話簡直天方夜譚，是不可信的。有一次，我以我對《聖經》粗淺的理解說：「這種話除了約伯外，誰都沒有資格說。」阿紫學姊笑了一笑，說起她的故事了：

她說她看來是北部人，但真實的她是在台灣極南方的縣份出生的，故鄉是海邊一個美麗的小聚落，就是我在她的宿舍裡所看到的她二哥所畫的印象派風景畫，附近有一個小海灣和小港口，到處是椰子樹、小花黃蟬、墨藍色海洋的風景，還有那永不缺乏的陽光。她的祖父身材高大壯碩，本來只是一個漁夫，帶著妻子在近海用著舢舨和竹筏捕魚，和港鎮附近的人一樣，辛苦的過著每個日子。有一天，祖父由海上回來，竟預言某一艘漁船將在海上出事，他一一勸告該船的每個船員，叫他們不要出海，可惜，他的勸告無效，最後船還是出事了。從此，這個祖父就超乎一般人之上，擁有神明一般的地位，他變成了一個有名的乩童，除了捕魚外，在家裡設了神壇，可以替人消災解厄，預言吉凶，慢慢的，港鎮的祭典都不能沒有他。十幾年以後，同樣有一天，這個祖父從海上捕魚回來，宣稱他在海上遇到了一道光芒，那道光芒來自海上的一個雲層，不斷盤旋在他的漁船兩天兩夜，他說：「我知道祂是來自上帝兒子的光，是所有的光中之光。祂叫我奉祂的名為港鎮的人『收驚』。」並表示他的奇遇有妻子和三位隨行捕魚的人作證，而不是他自己隨意的閒話。他說那道光將以捕獲一隻大魚作為祂的話語的憑證，要叫所有港鎮的人都啞口無言。於是，這位祖父在三天後，用舢舨從黑水溝拖回了一尾大型的抹香鯨，當這隻鯨魚抵達沙灘時，還不斷的跳動。當時，人們根本不知道這位祖父如何能用一艘舢舨帶回這麼龐大的一條鯨魚，終於，港鎮的人就將這件事歸於神蹟。

在教會的牧師還沒有前來輔導他時，這位祖父就無師自通，開始改造神壇成為上帝兒子的神壇，竟能廢除一切的偶像，神壇內除了十字架以外，什麼裝飾也沒有。他開始奉上帝兒子的名，以薄酒為所有前來祈求的人服務。老一輩的人都還流傳，這位祖父精通為人趕鬼，並且善於治療當時十分盛行的瘧疾、肝病、烏腳病，凡是喝了他的薄酒的人大抵都有療效。六十歲那年，他在一次出海後沒有回來，人們懷疑他在海上捕魚，遭到海盜搶劫殺害，當時，也正是太平洋戰爭要爆發的時候。

19

這位祖父有三個兒子，隨著自己的喜好，加入了各個不同的教會。老大、老二留學日本，在二次大戰後回到台灣，成了宣教士，遠赴他鄉傳教，對基督教會的貢獻很大。小兒子初級農漁業學校畢業，隨即被徵調到南洋當兵，戰後回來，結婚，曾進入教會學校念書，但卻沒有獻身當牧師，他想在漁業上有一番的表現。他先在學校教書，後來辭職，和朋友投資遠洋漁船公司經營，也在海邊經營近沿海魚塭養殖事業。這個小兒子的事業一帆風順，只有一件事加苦了他，因為按照教會的規定，他和妻子不得採用任何節育或避孕的措施，結果，他生了十二個子女。學姊阿紫說，這位甚多兒女的先生就是她的父親。

學姊阿紫說，在七〇年代的後期，她出生，是父母生的最後一個孩子。當時，父母親都已經逼近六十歲，卻仍然生了她，一時之間變成港鎮很大的新聞。幼年時，她想不通父母親怎麼有這麼多的子女，而且她一出生，兄弟姊妹就已經這麼多。她說，儘管小孩這麼多，但是，父母都非常愛他們，尤其父親更是喜歡她。她記得，每天睡覺前，父親都要在大廳裡親自點名一番，看看十二位小孩是否都在家裡。她是最後最矮的一個，排在隊伍的最後一位，當點到她的名時，父親一定要抱起她，隨即叫其他兄姊解散去睡覺；然後父親會坐下來，將她放在大腿上，去抽屜拿一些她愛吃的東西給她，一直等到她睡了，他也才睡去。學姊阿紫說：「我的幼年，充滿了父親慈愛的記憶。」她最記得的一件事是父親幾乎每天都為她禱告，即使長大成人，她彷彿還能看到父親當時蠕動的雙唇和緊握著她的溫潤微顫的大手。她知道，父親對她的愛裡包含了對她無限的憐憫，也許是憐憫著最後的這個女兒終究無法多待在年老力衰的他的身邊吧。果然，當她八歲時，父親就去世了。

還好，她的母親是一個非常強壯高大的女子，有一些來自神的特異能力，她才是真正家庭的支柱。平常既喝酒也吃檳榔，很善理家，雖然丈夫去世了，依然活得相當有力。同時，最大的幾個兄姊都已經三十歲以上了，可以照顧他們，家庭並沒有陷入困境。隨著時光的流逝，十幾年以後，有些兄姊受父母的影響進入各種不同的教會服務，有些兄姊到海外去求職求學定居，甚至年近八十歲的母親也到美國去和二哥住在一塊兒，幾乎所有的人都離開了那個令人無限思念的海邊港鎮。在北部外商公司服務的大哥一向和她比較投緣，在大哥的要求下，她早就北上，念完國中、高中，並且考上了這個國立大學的音樂系，一向她都和大哥一家人住在一起，可是這裡畢竟不是她的故鄉。學姊阿紫遺憾的說她算是失去故鄉的人吧，尤其是在父親去世的那時，她感到異常的無依，她就知道失去了一種幾乎是永恆的東西，即若怎麼呼喊也不可能再取回。也因此，她會找時間回到南部的故鄉，偏僻海邊的那裡還有一兩個親戚，每次，她都會住在親戚的家裡，一住就是幾個禮拜，為的是彌補她對父親的想念。不過，學姊阿紫也說，就在念高中時，她在耶穌的信仰裡終於找到了她所失去的東西。有一個覺醒意外的來臨了，她終於在一家北歐來的教會受洗，在上帝的懷中重新取回父親的慈愛，從此再如何也不肯讓那樣的東西失去了。

從前，我曾百般的推求學姊阿紫語中的含意，顯然的，她話語裡所謂的「失去的東西」是極其難解的。當她這麼說時，她的臉上會立即蓋上了一層神祕的顏色，彷彿被提升到一個很高遠的境界裡去，我一時竟會對她感到陌生遙遠，甚至還有一點點暈眩的感覺，那種情況就像我第一次在演奏廳裡聽到她的演奏一樣：她的身形被拉高了，有如一片狹長的紫色葉子，一直延伸到另一個高闊的空間，那個空間除了樂聲以外，還有其他我所無法攀援的永恆的東西。

20

我們的社員如此的生活在一起。一年多以後，是學姊阿紫念了音樂研究所的第二年，仍待在學校，我也畢業當兵去了，看來彷彿是各奔前程，聚在一起的機會已經不多，可是逢著放長假，我會到宿舍或提琴社找她，有時，她甚至會個別或帶著社員到軍中來探視。我和他們仍東南西北無所不談，就像以前在學校裡一樣。說來慚愧，我出身軍人家庭，但卻沒有任何繼承祖業的想法，在當兵期間，我的表現意外的優異，在軍官戰技演示上得過幾次首獎，曾代參加幾次師部青年軍官的沙盤推演比賽，同僚不敢相信的說我是「天才兵」，長官說我是當兵的料，希望我繼續留任軍役，但是我一口回絕了。兩年兵役的歲月如果要說有收穫，大概是我逐漸能體會祖父為什麼把軍役當成畢生職業的原因，因為那正是他的「長才」。總之，兩年軍役，彷彿是為了證明我的確是將軍之後，並無更大意義；最為我所懷念的仍是多次放假後和學姊阿紫、提琴社社員相聚的記憶。

當兵後，學姊阿紫在學校擔任助教，我在一家電腦公司上班，大概她覺得我對基督教已經有些瞭解，邀請我受洗入教，我答應了。後來我不滿意電腦公司事務繁忙，學姊阿紫知道了，她建議我投考教會學校，繼續念書，我竟然也答應了；因此，我才有機會常到山上教會來求學，甚至修習您所開的有關「先知與預言」的學分。不久前，學姊阿紫也申請到日本音樂大學的獎學金，她出國去了，至今許久，我沒有她的消息，不過我有一個非常堅強的直覺，我們不久又會聚在一起。

麥格那牧師，我不曉得您對人間的情愛持什麼態度，也不知道您和夫人以前是怎麼邂逅的。不過，您在上課中一再提到人類的情愛問題，認為亞當和夏娃的專情關係乃是上帝所應允的真正的愛情，亞當和夏娃自始至終，都分享了雙方的快樂和痛苦，他們並沒有單獨的迴避；不過，自從罪進一步在人間猖狂起來以後，這種專情的關係就被打破了，您認為任何不忠於感情的事都不被神所允許。因此，我推測，您必有一個相當美好的愛情故事，並且您始終能讓這個故事更加的生動和璀璨。

果若如此，我也就不必在您的面前掩飾我對學姊阿紫的愛。的確，我承認我對學姊阿紫的愛是一往情深的。我沒有能力來否認她對我生命的重要性，正如同亞當不能否認夏娃是他的一部分一樣，不，不！應該說學姊阿紫是我的全部才對，並且自從我第一次聽了她的演奏以後，就逐漸發現了這個無法更改的事實。雖然也許有人察覺不到我對她的情愫，但是我深知這是因為我和她之間存在著學姊和學弟的關係，同時，我們之間還掩蓋了一層彬彬有禮的宗教對待，然而，只要拿掉這些表面的因素，我知道我永遠都無法割捨這份的情愛。

我究竟是被她的哪一點所吸引呢？外貌嗎？可能是吧。可是除了外貌又有什麼呢？琴藝嗎？應該也有可能。可是除了琴藝以外呢？應該還有許許多多的方面。我常思索這個問題，最後只能又回返到最淺顯的方面來思考，首先應該是她在宿舍裡那穿著熱帶衣裙的裝扮令我迷戀，我被滿室綠色光線所吸引，我被她擦拭著頭髮時露出的一截白色頸子所吸引，我被那來自於南方的寬闊的海景所吸引了（這是一個我無法理解的世界）；再者是來自她的演奏，我被那不斷漾開的紫色衣裙的波紋所吸引，我被那放在白色肩上的藍色小提琴所吸引，我被那不斷拉長拉高的樂音所吸引，我被那無限崇高的空間所吸引……。啊！我總是不斷思索這些神祕的情愫，它們在呼喚著我什麼呢？它們在引導著我什麼呢？最後終究還是無法徹底理解。我想起您曾說的：「男人對女人的愛戀很難用理性加以瞭解，他們就像是亞當千辛萬苦要找回失去的肋骨一樣。」我認為您說的很有道理，一言以蔽之，學姊阿紫就是我要找回的唯一！

21

因此，在體育場的病床上，當我忽然看到極像學姊阿紫的那個女孩後，我的心境難以形容。當然我的確是極其震驚，在剎那之間驚訝於她竟會在這個時候這個場合出現；繼而是害怕，怕她已經認出我，看到我這種落魄的模樣。如今想來，當時極端虛弱的身體阻擋我前去追她，或許是一件好事，否則與不是她的陌生女孩面對面，我不曉得第一句話該怎麼說。不過，隨著那個女孩的影子消失在體育場，我的心境轉成了悲傷，假若說真正的她能在我的身邊，她或許能評析我所有的痛苦，即使她可能會責備我的偏激，我也會甘心領受，在學姊阿紫的面前，我不會以自己的意見為意見。最後，不知道為什麼，我忽然想到前來體育場的那位牧師說，那群信徒中有來自南部的人士，就忽然堅信學姊阿紫必定已經由日本回到南台灣，並且已經住在南部的故鄉了。有一道神祕的靈光閃擊了我衰弱的腦子，心底出現了一種幾乎是能叫我躍動起來的話語，轟轟然回響在我的思緒中，說：「應該到南部找她！應該到南部找她！」我的心也隨著這句話變得興奮異常了。

我顧不了身體的衰弱，第二天清晨，當我意識到可以起身走路的時候，就向護士們要回已經洗淨的我的衣褲，告訴她們說我要走了，她們的臉上露出不敢相信的神色，一個好心的護士還塞給我一些錢，卻警告我，認為以我身體的狀況應該接受社會醫療機構所安排的治療，不要憑著己意行動，假如和從前一樣，繼續流浪，終有一天會真的死在路途上，再也沒有人能拯救。我不願多說話，背著我簡單的背包走離了體育場，幾乎是爬行一般，我掙扎著走向街路。當時，早晨的陽光剛剛降臨這個中部的城市，洪水後的路面泥濘一片，住戶人家忙著在屋前清除汙泥，我的嘴角又繼續流出淫淫的血，它流出向著地面滴落，向著我要離開的街道，向著晨曦的天空，向著我痛恨的大巴比倫，向著老舊熏黑的火車站，向著我站立的月台，向著蜿蜒的鐵路，向著我所未知的南方，血啊，血啊……。

22

猶記得那是一個多麼哀傷的鐵道旅程。我登上了一輛莒光號的列車，相當快捷的車子嘩啦啦有如一支響動的箭，劃開了空間，急速的向著南方行駛。車廂滿是南下的或站或坐的旅客，隨著列車的搖擺輕輕顫動他們的身子。我搖搖晃晃地站在車子的走道上，偶爾看著車窗，想辨別我的面容，我企圖看清楚這個必死的我的臉面究竟枯萎到什麼程度，在一明一滅急速反照的車窗影子中，我能感到自己的確已經清癯異常，臉面的顏色褪盡，塌陷的眼眶空洞得一如骷髏之眼。就在那時，我看到車影反照出一個非常標致的女孩，她顯然正在化妝，偶爾也抬頭朝著車窗玻璃望。我轉頭過去，就看到走道對面的那幾個座位上有一群男男女女，提著許多的道具，凌亂擠在一起。從他們的談話中，我知道他們是一群即將赴會的表演者，大概由於時間不足，當中被包圍住的那女孩正在急速的打扮，她穿著一襲水綠低胸無袖時裝，玲瓏的身軀因緊身的金黃色束腰越發玲瓏，隨著她的化妝，她鵝蛋型的面容越加脫俗，終至於達到異常清麗的地步，伴著她嬌小靈活的身段，變成一個宛如可以放在掌中仔細觀賞的女孩模型；我對女孩子真正的化妝技巧所知不多，竟然可以如此的鬼斧神工，不禁驚叫起來。不過，馬上我就知道他們正趕著要出席總統當選後的一場慶祝會，在他們的座位旁，插有幾支綠旗，車內的目光都被吸引，彷佛看見一群英雄。我知道我不應該搭上這輛車，他們的歡樂適足以將我推入地獄，無論如何我都不能原諒這場荒唐的選舉，也無法認同這場選舉的任何慶祝。我抑制我的激動，在暈眩中站起身來，就像擺脫一場荒謬劇一樣，向著最後面的一節車廂發抖地走去。

最後的這節車廂乘客比較稀疏，車內看起來顯得開闊。我選擇一個無人的座位，靠在窗前坐下，因為見到那女孩的化妝，使我又想念起學姊阿紫，不禁眼眶濕濡，寂寞的看著窗外。是的，此時此刻，再也沒有比迅速消失的風景更能合乎我的心境，那些綠色的、紅色的、灰色的風景掠過了我的眼睛，哪怕是再巨大的高樓，哪怕是再巨大的山丘，哪怕是再洶湧的長河，轉眼間在嘩嘩然的列車聲音中都告消失，就像物換星移一樣，瞬間流失的點滴不存。我這麼懷想著：也許就像《聖經》所顯示的，在末日來臨的時候，世界瓦解的狀況也是如此的吧！……不知不覺，列車在中途停在一個有名的南方城市，我的目光由透明的窗戶中可以看到火車站前面的景色，感到南部的這個城市，的確和北部中部不同，陽光如此肆意的灑落在這裡，叫人忌妒它所分享的光亮要比別處多。然而，我無法遮掩的眼睛也看到這個城市終告被綠色的勢力攻占了，在那車站前街道的兩旁，綠旗迎風招展，而藍旗和橘旗則委地破碎一片狼藉，我的眼眶已經流不出淚來。隨著車子再度的開動，我的心裡吶喊著：這淫蕩的大巴比倫，你有禍了！這愚蠢的大巴比倫，你倒塌吧！……終於，我沉沉的昏睡過去了！

當我醒過來時，車子已經抵達南部最大的巴比倫城，這是典型綠色勢力的城市，熱帶的氣氛更形明顯，整個城市的高樓大廈沐浴在炙熱的陽光中，雖然是四月，但是汗衫隨處可見，鄉土語言沿街叫囂。我一刻也不想在這兒停留，立即換上了一輛慢速度的柴油動力小火車，向著更南方奔走。

柴油小火車雖慢，但是逐漸行遠了，將最後的大巴比倫城拋在遠方，任它消失在熱帶天空一片逐漸厚實起來的積雨雲下。慢慢的，我的眼前現出一片海線的風景，沿著鐵道，我能看到右手邊壯麗的海洋和不停跳動的海上銀色浪花。我的心立即寬慰了起來，感到正進入一個我想要到達的區塊。

如果情況不變，估計我將不斷換車，直達到不能再前進的島嶼的最南端，因為，我並沒有明確的目的地，不過，當柴油小火車停了幾個站後，我突然下車了。

的確，我突然下車了，沒有什麼更好的理由，只因我忽然聞到了一陣「花香」。

23

麥格那牧師，我不知道人是否永遠都必須以理性和計畫來安排我們的旅程，並且竭力貫徹他的行路。但您曾說，基督徒並不一定總是按著計畫來安排旅程，相反的，基督徒是最常更改旅程的人，為什麼呢？因為基督徒聽從神的旨意行事，假如神要改變行走的路向，那麼基督徒就得遵守，即使不明白原因，但是當那神的話語臨到身上時，最好立即更改。您念了《新約聖經》的〈使徒行傳〉第十六章6—10節：「他們（使徒保羅和提摩太許多人）取道弗呂家和加拉太地區，因為聖靈不准許他們在亞細亞傳布信息。當他們到了每西亞邊界時，想進入庇推尼省，耶穌的靈前來禁止他們。因此，他們繞過每西亞，到特羅亞去。當天晚上，保羅得到一個異象，在異象中看到一個馬其頓人，站著懇求他們說：『請你到馬其頓來幫我們吧！』保羅一有了這個異象，眾人立刻準備往馬其頓前去，因為眾人知道上帝呼召他們去傳福音給當地人。」您說，耶穌的靈叫保羅更改行程是很重要的，當時，馬其頓充滿了古希臘文明的餘輝，偶像到處充斥，邪書流行，從沒有聽説過有耶穌這個神，完全是外邦人的城市。幸好有了耶穌的靈前來更改行程，基督教才傳進了馬其頓，日後，在雅典、在哥林多才播下了基督教的種籽，甚至建立了首代教會。我認為您的説辭非常重要，因為神的事只有神才能計畫，人永遠難以完全明白。

因此，我依賴花香的指引而下車就不顯得突兀，固然當時我不認為花香和神意有什麼關係，可是，這陣花香對我而言，具有和神意相似的力量。

那是一種花香，究竟是百合或者是瓊花或者是桂花的香味，我怎麼也搞不清楚，也許茉莉花香比較多一點也不一定，它是混合的一種花香，由列車的外頭傳過來，像是一種暗暗的有形的水流一樣，從遙遠的地方流過來，叫人彷彿能分辨出它的來處。它很快的攫奪了我的嗅覺，最後瀰漫全身的皮膚，使人身心為之搖盪起來。就在那剎那，我決定下車。

如今想來，當時的我為什麼突然變得那麼決斷呢？原來，這花香強烈的告訴我，學姊阿紫就在附近不遠的地方。是的，這種花香本來就和阿紫學姊同在，它帶給我極大的鼓舞。

24

還記得，第一次注意到這種香味是在畢業當兵不久的時候。那時，我正在中部的成功嶺受訓。我曾聽過許多人對於如今部隊中心訓練的批評，認為現在的新兵的訓練過於寬鬆。可是，當時我還是被磨慘了，像緊急集合、洗戰鬥澡依然叫人頗感神經緊張。我記得一個入冬的假期前，一位相當強悍的值星排長帶領我們在野外的乾河溝走著，河溝的卵石纍纍，一走起路來，部隊七零八落。也許因為這麼散漫的軍紀惹火了這個值星官也不一定，他下了一個命令，要大家在卵石上匍匐前進。幾乎沒有人敢表示懷疑，大夥兒立即開始爬行，一百公尺後，他叫我們起來，這時，所有的人都發現手腳已經傷痕累累。第二天，放假，阿紫和提琴社的社團來中部，中午我們約在美術館見面。

我們坐在那裡談夏卡爾，談畢卡索，談音樂家，最後他們告訴我提琴社的新計畫。社員們問我將來退役後還能不能參加提琴社的演奏，我笑了笑說：「現在回答太早，要看能不能熬過軍隊訓練。」他們認為我還可以更樂觀些，大家對我很有信心，他們還看不出我的身上有不舒服的地方。

吃了午餐之後，我們走到老公園的池塘來，有人說要划船。我和學姊阿紫幾乎同時登上一艘小船。她穿了一套入冬的乳白套頭毛衣，孔雀羽印花的藍底長裙，外出輕巧的平底鞋，頸上圍一條粉紅色的圍巾，雙頰被冬風凍得微紅彷彿喝了酒，使得她的眼睛烏黑深邃格外漂亮，就彷佛我年幼時看過的標致的我的母親的眼睛，有一種無法言喻的風韻。我們對坐著，由我划動雙槳，朝著岸邊划去。也許她注意到我每划一下都格外的用力，忽然她示意我停靠在岸邊，要我上岸。在一棵凋殘的柳樹下，要我脫下藍色軍夾克。她靠過來捲起我右手草綠的軍衣袖子，我的手臂立即暴露在冬天的冷空氣中，手肘都爛了，關節處幾乎見到骨頭，被砂石磨破的皮肉隔了一夜後更加的血肉模糊。她繼續查看我的手腳，幾乎一無例外，沒有一處完好，學姊阿紫驚愕得不敢相信，一時說不出話，她紅著眼眶，問我痛不痛，我說：「軍人不怕痛。」她說：「你真蠻皮！」而後她小心的放下了我的衣袖，緊靠著我，拿起軍夾克，抱著我的手臂走出公園，她說：「我們去敷藥！」我們依偎著橫過馬路，到街對面的一家西藥房去。就在那時，我注意到已經出現在我們周圍很久的花香，彷彿我和學姊阿紫在小船坐下的那刻裡它就產生了，它遠遠不停的飄來，然後在四周飄蕩，產生一種無法言傳的振幅，可以觸動皮膚，給人一種真實無比的感覺。

這真是奇怪的事，要不是親自的經歷，我也會否認世上有這種離奇的花香。在那之後，我曾不只一次偷偷詢問一些人，我問他們有沒有注意到學姊阿紫四周有一種流動似水還會觸動皮膚的花香，他們立刻否認，認為也許我所聞到的只是普通的香水而已，在心底給誇大了。我卻不理會他們，我認為他們不夠仔細，否則他們也會察覺得到。這件事傳到學姊阿紫那裡去了，有一次，她單獨到中部的部隊找我，我陪她在商圈購物，她紅著臉站在一個騎樓下說：「我就是這麼香，有什麼辦法。不過，不准再對別人提起這件事了，否則勞力士阿傑就要變成過敏阿傑了！」

25

當然，我不是隨時都可以聞到這種花香，在這麼多年以來，大概也只有十幾次，但是只要這種花香出現，我幾乎可以斷定學姊阿紫就在附近。還記得有一次放假，我由軍營搭午間的班車回到學校，已近黃昏，暮嵐輕輕籠罩在校園的花木，所有的城市的鳥們都已經歸巢，校園先是吱喳成一片，後來逐漸寧靜起來，終至於有了一種安息的味道。我踏進校園，就聞到那股花香，由於來得十分突兀，我不禁站立在校門一會兒，仔細根據著花香的來處分析其來龍去脈，最後判斷它來自學姊阿紫。我先踏進音樂大樓的提琴社練習室，就看到提琴社的成員正在那裡練習演奏，昏暗的室內絲毫不減他們勤奮的練習，不過，卻看不到學姊阿紫在這兒。我以為她有事不能來，就告訴社員麼說要到宿舍去找她，因為她一定還在宿舍。社員們大惑不解，他們說學姊阿紫在中午時已經到校外的總教會去了，因為晚上有一個募款音樂會，她早就動身走了，學員還有人送她出校外。我硬不信，說她一定還在學校裡。為了證實這一點，社員打了電話到宿舍，果然，不折不扣，阿紫就在宿舍裡，原因是募款音樂會臨時取消，她剛剛回來。學員對著我睜大眼睛，表示不敢相信，當他們問我為什麼猜得這麼準時，我說：「花香。」

因此，在列車上聞到花香時，我即刻下車。這個車站雖然有一個新蓋的現代亮麗的大廳，也有一個高大的現代的前庭，但是月台和四周的景物仍然老舊，被煤煙燻黑的小辦公廳和小宿舍散落在鐵道的四周，帶著極深的日本時代的風味，主要的是多種顏彩的變葉樹和沿著圍籬生長的紅色燈籠花把車站整個包圍了。車站後面有漠漠的綠色的水田，還有斜斜瘦瘦的檳榔樹到處生長，標示這是一個典型的南方濱海農鄉小市集，熱帶的氣息在豔麗的陽光下隨處擴散。面對這個我所不熟悉的景觀，竟至讓我覺得來到了一個異鄉。

當我走到車站前庭，站在一個怒放著紅色雞冠花的花圃邊時，花香更加明顯，我能感到它如同一種透明的風，藉著極其乾淨的空間，從藍天下幽幽的傳來。我判斷它來自海邊的方向，彷佛一種召喚，牽引著我的知覺。當那花香不斷增濃而即將獨占我的感官時，我開始拖著殘敗的身軀，向著海的方向狂奔起來。啊！我生命裡唯一寄望的花香！

我先進入了海邊的村莊品味花香的幽微；然後機警的避開了村莊海防班哨的盤查，在海邊的堤岸上慢行，辨別花香的厚薄；或者在沙灘涉水，分析花香的來處。不過，漸漸的，我有一種迷失的感覺，就像是本來走在霧區之外的人，還能瞭解遠方有一片朝霧；但是當他走入霧區時，反而不知方向。不！應該説花香總是在前頭的地方，當我斷定它就在這個村莊或這個海堤或這個沙灘時，它總是更加的在前頭的地方，它無法讓我堅決的説：「眼前這裡就是了，我終於找到它！」因此，我只能一刻也不放棄它，即使偶爾我會感到殘敗的身體已經難以負荷如此的追尋，但是當花香又增濃時，我不禁就更加緊的把握住它，就像一個即將溺死的人一樣，緊緊抓住浮木不放，我跌跌撞撞，由海邊一個地方再前進到另一個地方。有時則是晚上，我露宿在人家的屋角或沙灘的竹筏上，當我感到花香似乎更為接近時，也會起身，仗著晚上的星光往前摸索，如此，我一直向著更南方行走。

26

如今想來，我當時對花香的追尋真是不可思議，我認定了花香必將我帶到學姊阿紫的面前，並且是一心一意毫無懷疑的認定，才能產生那麼大的勇氣，那種勇氣哪怕是遇到狂風暴雨都不會退卻。這種情況和保羅前往羅馬的行程頗有雷同的地方，在《聖經》〈使徒行傳〉第二十七章13—26節記載：「當保羅被解送到羅馬去問罪時，同船的人有兩百七十六人。他們的船行到克里特島，有一種猛烈的東北風從島上撲來，船被風襲擊，抵擋不住，他們無計可施，任由颶風把船颳著走，後來他們又怕船撞在賽而底的沙洲上，就落下大帆，任由船隻隨風勢漂流。風暴繼續襲擊，第二天他們開始把貨物拋入海中。再過一天，連船上的器具也都扔掉。好些日子，他們看不到太陽和星星，風浪繼續催逼，他們終於放棄獲救的希望，船上的人也好多天沒有吃到食物。但是保羅站到他們前面說：『各位，現在我勸你們放心，你們中間不會有人喪失生命，因為我所屬、所敬拜的上帝昨天差祂的天使對我說：「保羅，不要怕，你一定會站在皇帝的面前，而且，由於上帝的慈愛，祂已經定意保住所有與你同船的人的生命。」所以，各位可以放心，我相信上帝必會實現祂對我所說的話。』」保羅憑這個信心指導了船上的同行者，終於平安的抵達陸上，上岸了。我認為當時我的信心和保羅是一樣的，是如此的堅定而不移。所不同的是海岸線對保羅而言簡直是個噩夢，可是，海岸線對我而言卻把我帶進一個我想像不到的如詩如畫之境了。

27

麥格那牧師，您見過這個島嶼南方美麗的海岸線嗎？或者我應該問說您見過真正熱帶美麗的海岸線嗎？

我沿著海岸線追逐著花香，在一個清晨，由於體力不支，仆倒在海邊的野草叢中，所有美麗的壯闊的海邊風景不停的進入了我的眼簾：時值漲潮，太陽還躲在東邊的中央山脈裡若隱若現，一個岬角被海水所包圍，那海水如夢似幻異常飽滿，一陣陣波浪由遙遠的海面推湧而來，像是一件千里灰黑的狹長布幕，捲滾到沙灘前面，由於過於巨大，岬角頓時變成了一艘船，彷佛被海水高高捲到了天空，一會兒隨著潮退，又被輕輕的放下，在似睡還醒之中，我彷佛坐著雲霄飛車，一高一低的害怕得顫抖著身子。不久，太陽出來了，千里的金光立即灑遍整個海洋，將曖昧的不明的灰黑色除去，海水頓然因著金光而渾濁了起來，好像著了過多顏色的畫布，終至於辨不清它是什麼顏色。而岬角的人家的房屋和景色在金光下頓時明亮起來，高高的外邦人的紅色廟宇、稠密瘦細的綠色檳榔樹、白色蜿蜒的海堤、散落各處的灰色房子，清晰可見，而一律在金光下發出燦爛的光芒，變成彷佛海中的一頂金冠了。

一個夜晚，我休憩在港口一個廢棄的碉堡裡，岸上一片深黑。暗藍色的天空橫陳，一直伸展到宇宙的那一端，可是眾星卻異常燦爛，形成一道星兒雲集的銀河，霧白的星光也一直照亮到宇宙的邊緣。此時，所有海上的漁船幾乎都同時亮起它們的燈，一盞一盞的遍布在海面上，照出了捕魚船的輪廓，也照出了他們撒網的影子。猶如航行的水燈，那些船交織的穿梭而過，明明滅滅，在海上畫出一道道流暢的線條。忽然，一陣巨大的船笛聲音響起，一艘千燈輝煌的遠方巨輪由遠處慢慢靠近海邊，它滑行在黑雲母一般的海面上，依循燈塔的指示，如幻如夢的向著港灣靠近，我能夠聽到它輾過水面所濺起的水花聲音，以及它喘氣如牛的動力引擎的怒吼聲，我甚至以為那是空中馱滿金銀珠寶的夢幻的宇宙船，現在正要停泊向地面，我竟然忘情的叫喊著：「來吧！來吧！妳這千年的海妖，向著我的眼前來吧！讓妳的歌聲迷惑我吧！讓妳的燈光的髮絞死我吧！」我一下子衝出了碉堡，像一個被附身的人一樣，在海灘上手舞足蹈起來！

一個熱帶太陽明晃晃的午後，我追逐著花香，急走在迤邐彎曲的濱海柏油公路上，路上沒有任何車子。整個天空一片深藍，一絲雲兒也沒有。風靜止了，不知道躲藏在何方。巨大的陽光如同洪爐中鍛鍊過的發亮鐵泥，被傾倒在大地上。左邊的山上一片綠色的瓊麻林，茂盛的拉開它們修長寬闊的葉子，一葉葉向天生長，連綿成一片綠色的植物的牆。右邊的海洋，反照天空，變成一池藍色的墨水池，宛如千尋深潭正在飽滿的悸動。忽然，就在這個刀割不入的寧靜時刻，雲兒從海的那一端出現了，就像是噴泉一樣，它不停的湧出，增大增厚，變成灰黑，迅速向十面八方蔓延，以驚人的速度不斷吃掉藍天，吃掉海洋、吃掉瓊麻，將大地變成一片的幽暗。在你還沒有意識到情況不妙時，閃電明亮地擊打在黑暗的雲間，雷聲在天際響起，迅速傳播千里，一如要撞破天空的蓋子，轟隆作響。雨幕在遠方出現了，像是千軍萬馬，由海上渡來，迅速瀰天蓋地。你還來不及閃避，已經全身濕淋，彷彿剛從海水中被撈起來的人。不過，只有一會兒，雨停了，雲兒不斷破散分開，太陽又出來了，巨大的陽光又傾注到大地，剛剛歷經的雲湧雨來好像一場夢，除了地上的積水和身上的雨水，再也找不到任何的蹤跡。

這種景色在這裡到處都是，多到叫你訝異，由於不知道什麼時候又要出現美景，一想到就叫人心兒悸動。我從沒有想到，這個福爾摩沙竟有這種景色，以前的我從來未曾發現。後來，我才瞭解：也只有親自在這裡住過幾個晚上的人，才能體會這種美，走馬觀花的過客永遠沒有這個緣分。就在那美景中，我衰弱的靈魂彷若被吸出體外，飄浮在景色中不能自持，我能感到那唯一僅存的一口氣滲入了海洋，滲入了大氣，滲入了天空，滲入了草木，幾次，竟以為自己在那刻裡已經夭亡，不禁為之歡欣起來。可是，不久，靈魂又倏然回到我的身體裡。

28

如是，我追逐著花香，陷身在不可測的美景之中，共有四天三夜。不過，就在第四天的黃昏，我竟然失去了花香。

起先是不自覺的，只感到花香似乎移到更遠的地方，向著天空被吸捲回到它的本源，等到發現時，已經太慢。

如今回想，當時我正來到極南的一個海岸地區。它是由海底升起的一塊台地，沿著海岸線，到處散佈著千瘡百孔的珊瑚礁，那些高低不一的礁石被海水型塑成種種的形狀，有異常巨大的石林，有奇形怪狀的平板石塊，有頭角崢嶸的小小山峰，有深邃滴水的岩洞。台地上遍佈著瓊麻花、黃藤花、象牙樹、海芒果、毛柿等熱帶植物。礁石的岩壁攀爬著山豬枷、柃樹、三葉崖這些蔓生的灌木和藤類。我興奮異常，鼓起僅剩的力量，登臨到最高的巨岩上，對著萬里的洋面吸氣。就在那時我發現肺部充滿了海羶的味道，花香已經不見了。剛開始，我並不在意，後來才發現情況不妙。這時，太陽已經有一半浸入了西邊的海水中；巨大的分叉的晚雲已經升騰在西方，它們彷彿正在做一場海的葬禮，先是靛藍紫青五彩繽紛，繼而是慢慢褪成粉紅，褪成灰色，然後崩解垂落，藕斷絲連，變成一朵朵凋殘的花。我一剎那知道夜晚很快就要降臨，而花香已杳如黃鶴了！

我震驚起來，立即離開珊瑚礁地帶，沿著來時路往回奔跑，希望找回花香。我先沿著柏油路跑，任由粗糙的路面磨穿了我的鞋子；再循著漁村的沙灘奔跑，不理會貝殼的碎片刺傷了我的腳底；再進入開滿野草花的沙磧地急走，任由菅芒將我的褲管扯成碎片……我期望那花香會再度現身，期望它忽然又會如同流水一樣降臨。黑暗的夜色籠罩大地，黑色的海水漲起降落，我毫不氣餒，拚命奔走了整個晚上，在一個海堤上，自知體力已經耗盡，昏睡過去。

29

在一陣陣鳥們的叫聲以及海潮聲中，我醒來，已是早上。我勉強睜開眼睛，右手邊一片綿延的棕櫚樹，陽光由斜斜密密的樹隙中穿射過來，金色的光點跳躍在高大海堤下的陰影中。我掙扎的坐起來，感到渾身異常痠痛。這時，沙磧那邊棕櫚樹下跑來了兩個人，他們的手上提著一個籃子，細碎的腳步在沙磧上印出一個個腳印。他們站在海堤下，仰著頭向海堤上的我大聲的說：「這次你終於醒來了。」他們的聲音帶著海邊居民的腔調，再度提醒了我的確旅行到了南部一個

異鄉的海邊。我俯身往下看，就看到他們身上穿著粗布衣，蹬著雨鞋，看起來是村莊裡的一對上了年紀的夫妻，臉上遍佈海風刻鏤的粗礪皺紋。他們把籃子往高大的海堤上面送，裡面是一些早餐。他們說一大清早就發現我睡在海堤上，又叫不醒我，從我的渾身破爛的穿著來判斷，像是出事的船員，叫他們很擔心，他們一直守在那裡，等我醒來，想問明事情的由來。我氣如游絲，告訴他們，我不是船員，只是路過的人，因為太累，就睡著了。他們示意我用餐，我道了謝，避開米飯不吃，只喝了一小碗貝類的湯，再向他們道謝，又將籃子送到海堤下給他們。我由他們口中知道我來到了E港附近，一個非常古老的南方港口的轄區。

太陽剛出來不久的這個海邊早晨其實還籠罩著一種夢幻的味道，捕魚的人都還沒有上工，潮來潮去的海面上還看不到漁船的影兒，沙灘上冷冷清清，遙遠彎曲的遠方海堤陷落在第一道朝陽的微光中，甚至附近海堤都還有露珠的痕跡，我仍然沒有忘記轉頭向著海洋，大大的吸氣，仍然感受不到花香，估計，我失去花香至少已經一個夜晚，第一次感到我的失落就像海洋這麼巨大！

此時，村莊裡有更多人奔到這裡，他們一定是風聞海堤上有一個失事的船員才跑來這裡，因為他們還沒抵達堤岸下就大聲的相互詢問說：「失事的人在哪兒！」我由他們的語調裡聽出了他們的驚慌，感到深深的抱歉。不久，海防部隊的充員兵也來了，他們熙熙攘攘的圍在海堤下。那對夫婦一一的向他們解釋沒有什麼海難的事兒，他們才慢慢安靜下來。

兩個頗高大的中年人爬到海堤上，當中有一位著美好血氣，身穿蟠龍麻紗黯金上衣的漢子自稱是這裡的里長，他蹲下身子，仔細看了我腳脛的傷痕，笑了笑說：「你年輕人還真有氣魄，竟敢在滿是荊棘的高大雜草叢裡奔跑，幸好，它們沒有扯斷你的腳筋。」接著他問我來到海邊做什麼。我回答說要找一個叫做「潘紫音」的女孩子，她的故鄉就在極南部縣份的海邊，我說無論如何都要找到她，即使渾身是傷，都不會放棄。里長聽了，笑了笑，感到不可思議，他認為我是海底撈針，極南部的縣份不只是一個港灣或是一個村落，在這麼浩渺的區塊，想要找到一個自幼就遷走的女孩，假若沒有一個計畫，就不可能找到。里長這麼說，叫我一時間穎悟過來。我說：「沒錯，我應該有個計畫，請問你們這個地方最古老的教會在哪裡？只有在那裡，我才能找到她。」

30

麥格那牧師，如今想來，這都是神的旨意，就在那花香已杳的巨大的失望中，神藉著那位里長的談話給了我剎那的靈感，假若不是這樣，我要不繼續流浪在海岸線，就可能打起退堂鼓了。是的，就在里長剛講完話，我突然想起學姊阿紫似乎對我提過，她的家附近的地方有某一個港口或港灣，可惜，我想不起來。不！應該說她或許很鄭重提過，但我把她的話聽混了，或者把它忘了。因為，長久以來，我的成長環境教導我拒絕這個島上的一切地名和故事。還記得，在長久的求學階段，我聽到的外國地名總比台灣多，親戚朋友談的不是香港新加坡，就是紐約巴黎，我們翻開世界地圖，爭相鼓勵將來要前往國外留學，或者乾脆移民。記得我念北市的明星高中時，有一次國文老師發下了一首有名的我們族群裡的浪子之詩，要我們品味其三昧，由於意境太美，我們不能自已，整天對著台北的街道和高樓大叫：「我不是歸人！我是過客！」奇怪的是，當我們這麼叫囂的時候，就覺得心底升起了一股快意，就感到彷彿進入了我們族群的靈魂，感到一種痛切的愉快。如是叫囂三年，當然不記得台灣的任何地名，甚至是母親帶我回娘家的地名，我都不記得。我只記得聽到的不是今天舅公搭飛機飛到加拿大長住，就是明天二嬸婆到香港去看孫子。我們忌談台灣，認為口頭上掛著台灣兩個字就是一種損失，以至於除了台北市，任何台灣的地名都會由我們的腦中溜走（這種缺憾，使得我在認識學姊後，必須大量收集這個島國歷史民俗風物的解說和圖片詳加研究，以降低我對這個島國的陌生和無知）。長久歲月以來，我也不覺得有什麼奇怪，這一切都很自然，我從不後悔。不過，穎悟的這時，我就警覺到此時必須付出代價了。假如阿紫學姊真的講過她的故鄉附近有某個港口或港灣，那麼，我就應該先找幾個陌生的港口或港灣，然後往海邊廣泛搜尋，說不定竟被我找到了。其次既然她有個教會的身世，那麼，我再找教會來查詢，到最後，一定能找到她。

再其次，找尋教會還有一個理由，因為我發現我的身上的錢已經用完，甚至連搭車的錢都不夠。我需要教會替我想辦法，因此，我告訴里長，送我到學姊阿紫家屬信仰的教會，那正是最古老的台灣C教會。

當然，我也穎悟到，花香一定還會來找我，它不可能棄絕我，正如同耶穌基督不可能棄絕任何的小羊，這是我堅決不二的信心。我需要的是更多的休息，等到我的力氣恢復，一旦花香又來，我將追逐它直到天涯海角！

31

里長答應了我的要求，他徵求有沒有人要送我到教會。海防部隊立即有人自告奮勇，表示願意帶我到E鎮去。他們扶我走下海堤，一個充員兵將我放在軍用摩托車上，發動機車，彎彎斡斡的離開了沙灘，進入了村莊，來到了海邊的班哨。

在粗礪海石圍成的海防部隊班哨裡，充員兵對我還不錯，他們在士兵的通鋪寢室裡要我換上了里長送來的兩套牛仔衣褲，我想拒絕，但是他們說里長相當慷慨，很會照料別人，他的家族在海邊經營牛仔衣褲成衣廠已經十幾年，並不缺乏這幾件衣服，我可以安心接受。我由他們的話中聽出了這裡的軍民感情相當好，因而感到寬慰。

駐防海邊的中尉排長動作迅速而和善，他叫廚房的士兵端了飯菜，要我用餐，他自我介紹，說他叫做方承恩。我仍然避開米飯，又喝了湯，但是食欲實在不佳，只能向他們道謝和說抱歉。

於是，近午時，我換上了簡便的藍色的牛仔衣褲，之後方排長吩咐我坐進他的吉普車。我們離開海邊，迅速穿過小小的海邊小路，然後沿著海邊公路，朝著E港的鎮裡前進。

風景立即在吉普車的行走中交織變化，濱海公路分隔島上的變葉樹映著南島的陽光斑斕閃爍；進入E市集後，住家由稀疏轉向稠密，但是我的氣力的耗竭程度叫我暗中吃驚。在精神不濟之中，落入眼簾的街景變成無法統整的色塊，以殘留的影像短暫寄住在我的腦海。當車子進入鎮內，我勉強提振精神。

依我估計，大致上，這是一個至少有著兩百年以上歷史的市鎮，幾十年的經濟發展似乎並沒有完全更改它的容貌，在人口稠密的這個市鎮裡，我還能看到眾多清朝時期以來的外邦人的寺廟，甚至看到廟埕的青石路以及香爐裡正冒著的濃濃的紙煙。同時，日本時代的建築隨處可見，我們掠過了一條日式的老街，見到了許多甚至比日本時代更久遠的古老房子，有些房子甚至整個都以紅磚和楠木來建築，屋宇架構完全用榫頭接合，沒有使用任何一根釘子；甚至還有一幢寬闊的日本郡役所也在這裡，正面門口的屋牆盡是花卉浮雕，洗石子的梁柱厚實古拙，很有官廳的氣勢，二樓竟有小陽台，壁柱設計依稀叫人感到有一種東洋的嚴謹氣派。方排長熱情地說這些建築大半建於一九二〇年代以前，到現在依然存在。

在一個魚貨市場，排長故意停留了幾分鐘，我衰弱的眼裡出現了熙熙攘攘人群。幾個卸魚貨的揹魚郎穿著或黃或紅或藍的雨衣，腳蹬平底塑膠鞋，打彎身子，來回的將巨大的黑鮪魚放在肩上而後卸到攤位上，許多的幫手立即用冰塊蓋住卸下的魚；買家也拿著儀器，開始揀選魚貨，不斷在一些魚的身上取肉觀察，想辨明魚肉是否新鮮，魚貨的拍賣彷彿正要開始。方排長說，除了黑鮪魚之外，這裡的冬天還有櫻花蝦，這種蝦是日本人的國寶，棲息在陽光穿不透的海裡，在兩百公尺的深海活動，全身遍布紅色素，是這裡的特產，大部分外銷日本。至於E港的港口就在市場之外，許多的漁船排列在堤防之內，隨著潮水上下動盪，顏色繽紛。

32

吉普車繼續在鎮街前進，我問方排長為什麼對這個老鎮這麼清楚。排長說他就是當地人，住在E港附近不遠的村莊，當然很熟悉。他說他本來是自願留營的大專兵，由於必須多服幾年兵役，所以申調回到自己的故鄉，將來退役，他還是要在家鄉創業，故鄉對他是很重要的，所以他把我當成了客人，權充導遊，帶我大街小巷走一周，希望我滿意。他也問我，為什麼我有能力可以躲過班哨的偵察，獨自奔行在這麼狹長的海岸線，像這種事情，土生土長的他自認還沒有這個本領。我告訴他，我不清楚為什麼有這個本事，也許是退役不久，還沒忘記軍隊的戰技，所以躲開班哨的偵察是容易的。我也告訴他，在軍中我屬野戰部隊，參加過師對抗，成績不錯。我甚至說，我是軍人家庭出身，祖父是一位將軍。排長聽了愉快的笑了起來，說：「真是幸會！」不過他提醒我，從他見到我以後，除了注意我的眼睛深邃以外，就注意到我的嘴角常滲出血，他說我的身體某個地方一定出了問題，必須十分小心。我也笑了笑，不願示弱地說：「這是小事！」

這麼沿路和方排長一問一答，我的心境幾次感到極其深刻的落寞。排長和我幾乎同齡，卻與我完全相反。他無疑的是一個堅強有為的人，對於他所要做的事情，充滿了確定性，這個優點正是因為他有著一個確切無疑的故鄉。而我呢？我正是一個標準失去故鄉的人，雖然，我出生在那麼大的城市，但是自從這個總統當選後，大城市已經成為巴比倫了，只要我還活著一天，就無法原諒我已經被俘的事實，我絕對看不慣總統府出入那麼多非我族群的人，我一直想，如果總統由

「戰哥」當選，總統府或將成為我至尊至敬的聖地，我願意天天去凱達格蘭大道，就像朝聖者一樣的去朝拜「戰哥」和「宋哥」，但是，選戰的結果卻完全相反，我的故鄉到最後還是陷落了。今天，我逃出了巴比倫城的原因，正是我不忍看到故鄉痛失所導致。如果可能，我寧願是眼前這個排長，擁有一個小小的故鄉，能讓我生於斯，死於斯。唉！血呀血！它流出我的嘴角，流出巴比倫，向著南方，向著這個小港鎮啊！

我這麼想，吉普車已經來到最熱鬧的鎮中心。在這裡，新舊的高樓雲集，鎮公所、車站、警察局、百貨行、醫院、便利商店、海鮮店、遊樂場、學校、寺廟……群聚在幾條街上，構成雜沓繽紛的局面。有一條溪流就在鎮中心的北邊，一直蜿蜒的流入海裡。排長在幾條街環繞了一周，駛到橋上，此時，沿著河道，兩旁都是住家的建築，河裡擠滿了漁船，繩纜繫在兩岸，密密麻麻，一直連接到遠處。排長說，這條溪的出海口有個不小的碼頭，當慶典來臨的時候，所有鎮上的人都會跑到溪流的兩岸來放王船，他希望將來我有機會可以看到這個壯觀的場面。然後，吉普車停在河邊的一家百年以上的舊教堂門口，排長說：「到了，就是這裡。」

33

麥格那牧師，您一定對台灣這種百年以上的教會略有印象，因為我們的山上教會也是將近百年的教會。從前，我是不懂得欣賞這種老教會的人，總覺得這種教會徒然顯示漢人對基督信仰的貧乏。的確，漢人是不懂得信仰的重要的，自古以來，孔子就教育漢人不言怪力亂神，漢人只相信毫無罪惡的自己和短暫現實的人生，從而把神擺到一邊去了，以至於到了今天，台灣變成了神的硬土，基督信仰的人口竟然只占總人口的百分之二、三，而最古老的教會也從來不超過兩百年。您也說過，在歐洲，要找一個比聖保羅大教堂或科隆大教堂略小的教堂，到處都可以找到，它們大半都已經存在了幾百年，甚至是千年以上；兩相比較，不禁令人覺得台灣的寒酸。可是，慢慢的，我能反身思考，也許我們更應該珍惜這種台灣教會，它比一般歐洲教會更能使人感到神永不放棄任何卑微的地方，就在漢人思議未及之處，神默默的來了，在不起眼的地方建立了祂的地上居所，讓困苦的東方人也能找到福音，它的存在正是一樁樁無可否認的神蹟。我想您一定會同意我這種看法。

這所C教派的老教堂就建立在溪邊，相當寬闊，左右以圍牆臨著高高樓房的住家，雖然顯得低矮古舊，卻異常溫和的面對緩緩流動的溪水，我彷彿可以聽到信徒的讚美聲回響在溪流裡，再流向港口大海的景象。教堂是清末時代就存在的建築，經過日本時代的改建，染了仿歐風味，有著羅馬式拱形的門，門口上面矗起三角形的尖頂，尖端立了一個發亮的銀色大十字架，洗石子的正面牆上刻著「禮拜堂」三個字，扶疏的龍柏和棕櫚樹幾乎蓋住了兩側寬闊的拱形走廊，走廊上頭全是洗石子牆壁，鑲嵌著幾幅耶穌佈道故事圖，相當具有古意。

這裡的牧師很快的出來接待我們，方排長和他似乎是舊識，站在門口熱絡的交談，一會兒，排長説部隊還有事，他託牧師多照料我，然後就離開了。

我跟在牧師後面，由正面拱門走進寂然的禮拜堂，才發現禮拜堂比我想像的要更古老和寬闊，梁柱和水泥牆壁都很厚實，一個個的拱形的窗散發著古典的西洋味，窗櫺鑲著五顏六色的彩色玻璃，將熱帶洶湧的陽光加以過濾，乾淨的地面石板更使室內一片的涼爽。一排排禱告的高大的長椅大概是最近才換過的，仍然叫人可以聞到木材的香味。石砌老講台寬闊，木製的大講桌無聲無息的放在那裡發光。講台後面有兩扇彩色玻璃窗，其餘的牆壁完全由水泥漆刷白，只有一個上漆木頭的大十字架高高的嵌在最高處。我很能想像得到，當上百個信徒們一齊在這裡聚會禱告時，該是多麼的雄偉。

34

禮拜堂的後面，就是一個長方形、寬闊的院子，極像小小的校園，有許多的房間和一排洗石子的羅馬式的拱廊，許多的盆栽放在院子的邊緣，寂然的開花。拱廊前都種了棕櫚，相當有了樹齡，樹幹粗大，枝葉茂盛；和隔壁人家相鄰的圍牆都植了檳榔樹，尚有三棵高大的芒果樹，占據了庭院中央，綠色的枝葉投下了陰影，覆蓋整個庭院，陽光穿過葉隙落在地面，光點不停跳動。有幾輛腳踏車放在院子裡，有許多中學生在圖書室和自修室看書，沒有人講話，靜寂的空間使暮春的鳥叫聲顯得特別的響亮。

牧師帶我進入他的有水泥拱門的書房，牆面和四周都釘了書櫃子，放著聖經、圖書和各種刊物，拱形的窗用綠色的窗簾遮住，光線恰切，窗上的壁面鑲有一具耶穌戴著荆冠垂首張臂的哀傷十字架，電風扇在天花板無聲的旋轉著。原本在裡頭的牧師娘向我們打了招呼走出去，我才發現她似乎要練習鋼琴，窗邊的一台YAMAHA鋼琴被打開，黑色的外殼透出了黑色的光芒，鎮靜而氣派。牧師向我致歉，他說教會缺乏人手，每次的聚會都是牧師娘司琴，只好多利用時間練習。

我們在一張低矮寬闊的原木桌子旁坐下，這時我才發現牧師是五十歲左右的人，體魄高大而兩鬢皆白，臉面在一套格子的咖啡色西裝下顯得更加方正，額頭雖然已經有皺紋，但是開闊的眉目依然難掩年輕時的英氣和帥氣。他自我介紹說他叫做王仰輝，被教會派駐在這裡已經有五年了，對港區的教務還算熟悉。當我向他表明我是神學院的學生時，他非常高興。

他說：「那麼將來你一定準備當牧師囉？」我說：「還沒準備，還要向別人請教才行。」他於是說：「這種事很難勉強，當牧師的理由人人不同，有時它甚至不是你的自由意志所能決定。」

35

我們開始聊了起來，王牧師極其豪爽溫和，不知不覺中，他說起了若干他的故事。他說他是教會家庭出身的人，父親本來住在北部，受過日本教育，光復後在一家國營煉鐵公司上班，生活還過得去。由於父親熱衷傳道，到最後終於接受教會的差遣，進入東部山區傳道，因此，他們整家人都遷入山裡居住。由於傳道的薪水不多，生活本來就很不好，加上他的母親連續生了五位姊姊和他以後，經濟就變得相當的拮据，母親必須省吃儉用，才能撐過挨餓的痛苦。他和姊姊們必須走很遠的路，到山地小學上課。山裡的生活很封閉，沒有商店，也沒有遊樂場，甚至沒水電，他們幾乎是過著與世隔絕的生活。每隔一段時間，他都要跟隨父親，走很遠的山路，將幾天的糧食買齊，再揹到山上。也只有到了山下的市集，他才聽到人間的歡笑聲。山地的人對信仰本來就不熱衷，不上教堂的人很多，信了一陣又不信的更多，影響了父親的傳教成績。雖然如此，父親在山地還是建立了兩個教會，至今這兩個教會都還存在。但是，他在年輕時早就下定決心，絕對不願和父親走相同的路，他甚至決意要和教會劃清界線，讓自己不沾染上任何教會的氣息。

回到北部平地時，他已經是國中生，他的成績一向不錯，運動方面也很傑出。當他考上省立高中時，已經是頗有展望的網球選手，後獲准保送大學的體育系。他的母親曾經要他念神學院，都被他堅定的否決了。他一心想在體壇闖出一片天，根本不想離開體育。他開始參加國內及國外的網球比賽，贏了許多的獎盃。大學畢業後，他在母校擔任助教，前途看好。可是，不久母親生病了，在臨終的時候，母親告訴他一個祕密。母親說所以能生下他，是和神交換條件的結果。因為母親生了五個女兒後，希望再生一個男孩，她向神禱告，如果讓她生個男孩，將來願意讓他成為傳道者，好來報答神恩。果然不久，母親生下了他。母親最擔心的是，直到她死前，還看不出這個兒子有任何的宗教傾向。

但是，他還是執迷不悟，繼續在體壇闖蕩，並且嚴禁自己和宗教扯上任何關係。後來，他的苦果臨到了，在大學擔任體育助教時，他不該愛上一個不愛他的同事，在一番狂亂的愛情中，那個女孩嫁給別人了。在灰心喪志中，他開始抽菸、打牌，甚至於染上酗酒的習慣。他給學生上課時胡言亂語，在宿醉中無意識的上完課。一向高大結實的身體也出了問題，他變得非常衰弱乏力。學校幾次警告他，說要開除他，有一回在他宿醉不醒中將他送到毒品的勒戒所裡去，因為有同事誣指他吸毒。有幾次長期的休假，他沉溺在想殺死自己的情緒中。絕望反而使他開始懷念幼年時待在山區中與世隔絕的歲月，他感到那種生活也許才是美麗的，他非常想念一生刻苦的母親，也思索她臨終時告訴過他的話，覺得很對不起她。於是，他收拾好行囊，放棄就要升任副教授的機會，辦了離校手續，去念神學院。他想，在死以前，自己至少應該是一個傳教士，這麼一來，就償還了母親的宿願了。

剛開始在神學院裡，他還是常常酗酒，為了不被開除，只好盡量向別人請教戒酒的方法，用禱告的方法加強自己的克己毅力，最後他成功了，身體又健壯起來，能夠重回運動場上打球。他認為，神學院的兩年，他藉著戒酒的經驗來瞭解《聖經》的道理，和其他汲汲於理論研究的同學很不同，他比較講求實際。而後他畢業，先在一家教會的戒酒機構傳道，後來升任牧師，他成功的融合了禱告和運動方法，協助許多人戒酒。往後他一直在一些偏僻的機構裡服侍，包括協助受虐兒、雛妓的心理復健，既幫助別人，也使自己在基督的道理上有所長進。

王牧師告訴我，囿於他是一個學體育的人，一向注重生物科學，很遺憾的並沒有多少神祕的經驗，也不要求太多神蹟，他注重行為，偏重遵行基督的話語來行事，甚至將〈登山寶訓〉之類的教訓當成教條，極力實踐和克己，算是基督教裡的行為論者。他謙虛的說這一生除了愛人、克己、實踐、敬拜神以外，大概什麼教義也不懂。他非常抱歉沒有辦法給我什麼更大的指導，只能提供這些經驗給我。

36

我聽著他的敘述，感到非常驚訝，他的經歷必然非只如此，一定還有更巨大的人生經驗被他輕描淡寫的言詞給遮蓋或省略了。這個古老的教會真不簡單，我能感到喀爾文的教義是如何深刻的躍然在他們的思想和行動中。他的這一席話應該是針對著我特別說的，他幾次看著我，耐心地強調他曾經歷過的感情挫傷和克己之道，我猜想他已經看出我的頹唐和自戕傾向，也等於向我發出意味深長的警告，不禁令我十分汗顏。也因此，除了說「是」以外，我沒有辦法插上任何的一句話。

他又說，剛剛和方排長談話，知道我要找一個教會的女孩子，對我而言，這是來到南部的一件大事，但對他而言只是舉手之勞，他極願意幫忙，希望我再提供他一些線索。於是，我將僅知的學姊阿紫的家族情況略述一遍，我說在家族離散以前，潘家算是大家庭。他說在他的印象中，港鎮裡並沒有這個信徒家庭，但是也許他在港鎮只有五年時間，認識還不是很深刻，他願意把所有姓潘的信徒的資料給我一份，好讓我可以利用更多的時間仔細查詢，他也願意在每次信徒們的聚會中，叫弟兄姊妹幫我詢問這個潘家。同時，據他判斷，這個家族既然是港鎮附近的人家，那麼極可能就在E港左右幾個海邊鄉村，雖然他沒有牧養鄉村，但是他會想辦法找鄉村的牧師或傳道來協助我，透過大家的幫助，儘快可以找到。

談到這裡，牧師娘進來，給了我一杯茶。牧師順便吩咐她不要忘記給那些閱覽室念書的小孩茶點。這時我才仔細的看到中年的這位牧師娘，她滿頭烏髮，不超過四十歲，也有一副運動家的身材，相當健麗溫和，料想非常善於處裡教務。我把茶喝了，才知道她在茶裡頭放了人參，我一直向她說謝。

牧師站起來了，他對牧師娘說要帶我到醫院去一趟，因為排長說我必須做身體檢查，我想拒絕，但又怕辜負他們的好意，只好答應。

37

王牧師示意我整理好海濱村長贈我的藍色牛仔衣褲穿著，然後我們走向教會的後院的門口，牧師一邊走一邊介紹後院的使用狀況。他說這幾年升學競爭更加厲害，教友要求教會能幫忙學生的課業。他也有兩個孩子正在國、高中念書，才想到開放所有教會的房間，設立了幾個閱覽室，提供給學生自習用，他要教友幫忙認捐冷氣設備和桌椅，結果超乎預期的熱烈，教外和教內的學生都來自修，每個星期六的晚上都有英文、數學老師自願來教會幫助學生解題。他也透過學校的關係，每年都到學校辦夏令營，帶領學生歡唱和禱告，在精神上給他們幫助。

教會後院門口停了一輛教會用的廂型大休旅車，車的兩側外殼畫了各種顏彩的春天花朵以及橫空的彩虹，彷佛是幼教的專用車，卻在後頭有一幅耶穌牧羊圖和教會的名稱。王牧師向我解釋，這輛車是一個信徒提供給教會使用的，那位教徒用教會的資源經營一家幼教中心，到現在已經三十年，是港鎮裡最老牌的幼稚園，和教會有很深的淵源。這輛車原來是接送小孩子用的，近年因為小孩人數增加，車子的容積不夠，同時車齡已居中古，經過翻修後，就送給教會了。王牧師說這輛車很適合教會使用，慢慢就要變成教會的另一個標誌了。他笑著的說，現今的鎮民都願意將小孩往教會的幼稚園送，咸認教會的幼稚園比較有愛心，對幼童的管教比較合理；但是一旦向學童的父母們傳教，他們大半拒絕基督教，這是一個很大的遺憾。

我們坐上了車子，開始在鎮裡頭的街道繞了起來，王牧師打開車窗，沿途和許多人打招呼，終於來到了一家位於「三角窗」的醫院，下車。這是一個相當古老的十字路口地帶，我看到路口有幾户巴洛克式的建築相當古意地立在街邊，屋頂正面攀爬一片的精緻雕花，每一户屋頂上頭都塑有一隻展翅的老鷹，顯然是從前一個飛黃騰達的家族所遺留下來的密集建築。王牧師說這些房屋從日本昭和時期存在到現在，許多老一輩有名望的人都出身在這裡。譬如這家診所的陳醫生在戰前留學日本，非常有名，到今天已居八十餘歲高齡，還沒有退休。這個陳醫生當然也是教友。

38

診所在午間還沒有太多的病患，靜寂無聲，消毒酒精的味道濃厚，候診室外的鋼椅一片銀亮。有一排日本時代台灣畫家的東洋畫掛在牆壁，一個醫學期刊的書架放在牆邊，然後是綠色的黃金葛由掛號處的牆壁一路懸掛通到很深的後院。我們掛號後，王牧師走進診療室和醫生講了一些話，隨後醫生吩咐護士將我們帶到裡面的客廳坐。客廳以兩扇高大的東洋屏風和診療處隔開，屏風上面印有林木層次分明的山水畫，上書「東山魁夷」四個字，料想是該人的作品。似乎是為了使客廳明亮，在屋頂上有一個綠色天窗，明亮的熱帶陽光由空中透入了室內，使客廳光亮起來，牆上有許多陳醫師年輕時在東京醫學校的照片，以及戰後他與妻子穿著和服的美麗結婚照。婚照裡的高腳木屐和新式的皮鞋仍然是那麼明亮而沒有褪色。黑色精緻的雕花桌椅被擺在客廳裡，上面擺一副日本茶具。許多的植物在牆邊，有一盆火鶴紅正在慢慢開花。客廳後就是長長的通道，通向深深的後院，房子必定比我想像的還要狹長，這正是古老房子的特色。

我坐在醫師的客廳裡，心裡篤定地感到我的確來到這個古老的市鎮，出入在總統所屬這個族群的教會和家庭中。從小到大，我只模糊地知道母親的鄉下村落家庭，卻從來都不知道這個族群還有為數不少的東洋風的港鎮人家。我面對屏風的山水，宛若面對一個我所不知的世界，頓時感到異常寂寞起來。

醫生繞過屏風走進客廳裡來了，他坐在椅子的一邊，笑了起來。他說有兩位牧師光臨他的醫院，真是光榮，他認為這是神要給他福氣的表徵。我趕緊說我還在念神學院，不是真正的牧師。醫生卻說我太客氣。他說在客廳讓我們等這麼久很不好意思，不過他等一下會仔細替我診斷，以補罪過。醫生開始低頭為我們斟茶。這時我看到了眼前這個穿著白衣的醫生有著滿頭的白髮，果然是八十幾的人。不過，由他的深刻有力的臉上皺紋看來，他還沒有衰老，雖然手上有許多的老人斑，倒茶的手也有些顫抖，可是特大的骨骼依然有勁，我想，這是為什麼他年近古稀依然能行醫的原因。等我們喝完茶時，他開始拿起胸前的聽筒，為我聽診。許久，他恢復笑容，說我沒有毛病，身體的底子還相當好，衰弱的原因只是攝食不當，他認為我可能有「厭食傾向」，如果能改正飲食的習慣，使之正常，那麼就沒有什麼問題。

39

王牧師聽了，顯得放心起來，他一再向醫生致謝，而後順便問起醫生有沒有關於學姊阿紫家族的印象，醫師仔細的想了很久說沒有印象，他也認為應該往港鎮附近的鄉村去找。不久，我們在掛號處拿了藥，離開了醫院。

我們沿路拜訪了許多信徒的家，和他們話家常並為他們禱告和祝福。王牧師似乎有意為我示範牧師應有的愛心和耐心，在幾個有殘障小孩的家庭停留得特別久，同時他毫不避諱的把手放在有病的信徒的傷口上，跪在地上，一次又一次的禱告，我甚至看到他禱告完畢時，整個額頭都佈滿了汗珠。王牧師的愛心叫我十分震驚，因此當他禱告累了，我就接續為信徒禱告，竟至於讓我忘了我只是一個多麼缺乏聖靈恩賜的人。同時，我也深深感受到體力也是一個成功的傳道人所必須具備的條件。中午，我們在一家王牧師教會的老信徒家用飯。接著下午，王牧師不畏辛苦，又帶著我挨家挨户地進行拜訪禱告。

黃昏時，我們來到了碼頭區。這裡有許多的商店，王牧師沿路和大家打招呼，極其熱絡。王牧師說這裡有許多人是鎮裡頭「網球俱樂部」的成員，自從他牧養這個港鎮以來，就長期擔任網球的義務教練，也實際上訓練過幾個小孩參加了國家比賽，因此和許多人都混得很熟。

之後，我們在碼頭上一個由機車運載、設備精巧的流動咖啡攤停下來略為休息，要來兩杯義大利的卡布奇諾，椅在欄杆邊對著港口喝著。王牧師突然問我：「為什麼你有厭食症？」我起先不在乎的說：「我沒有厭食症！」但是王牧師不相信，他說陳老醫師的診斷從不失誤，倘若我有這種症狀而不及早糾正，就是為自己的將來放了一個難以排除的路障，一個傳道者如果有好身體，什麼都能；沒有好身體，就萬事不能！我沉默了一陣子，但是也許是咖啡因的力量，或者是在碼頭動盪的海水刺激下，我突然變得激越起來。我告訴王牧師，說我只是從上個月來就不吃米飯，不為了什麼，只是聽不慣總統這個族群的人的胡說八道，他們常說我們族群的人「喝台灣水，吃台灣米，卻不愛台灣」，這句話我不同意，世界上竟然有這種刻薄霸道的話，我的族群不是對台灣沒有任何貢獻，為什麼不能吃台灣米？更何況誰愛不愛台灣還很難講，只認為自己的族群愛台灣，說別人的族群不愛台灣根本就是盲目的沙文主義。因此，我用不吃米飯來抗議。我反問牧師，說他是總統這個族群的人，請他評判這個觀念是對的嗎？王牧師聽了，臉色嚴肅起來，他鄭重的告訴我說：「民間的人如何我管不了，但是教會如果也有這種胡說八道，我要以耶穌的名，首先斥責這種魔鬼的言論！」我聽了，萬分感謝，真的，王牧師，感謝你！

天色很快的黯淡下來，我們沿著河岸又回到教會，牧師娘已經為我、牧師、兩個小孩準備了很精緻的晚餐，吃過飯後，牧師又出去主持一個家庭聚會，我幫牧師的兩個小孩指導了一會兒的數學功課，之後，我走出教會大門，來到橋上，此時，熱帶的這個港鎮已經華燈初上，盞盞的路燈沿著河岸一直通向碼頭，我下意識的用手去嘴角抹掉血跡，在橋上跪了下來，對神做了一個深長的禱告：啊！主耶穌啊！

40

第二天，因為太累，在教會的客房睡過頭了，牧師娘來敲門時，我爬起身來，發現太陽已經高照。牧師娘向我說抱歉，她說不能給我多睡，因為牧師已經和鄰近海邊鄉村的一位傳道說好，要帶著我去拜訪該位傳道。這位傳道答應可以收留我，再慢慢幫我在港鎮鄰近的海邊找尋學姊阿紫。我起身，意外的發現我的體力恢復不少，身體的痠痛減輕。吃過飯後，牧師娘幫我收拾背包，塞了兩件短袖的繡金白色麻紗上衣和一雙強固的登山鞋給我，還給了兩罐健康食品和一些錢，她說昨夜已經為我打了許多通的電話，向弟兄姊妹打聽我要找的女孩子，可惜還沒有眉目。她握著我的手鼓勵我不要灰心，要我多禱告，託神的恩典就一定能找到人。牧師娘的熱心一時叫我不知道要如何言謝。

當太陽即將升到中天時，王牧師遞給我一份影印的港鎮教會信徒名冊，上面有每個信徒的住址和電話，要我找時間打電話向教友查詢學姊阿紫的家族。然後我們出發了，目的地是港鎮南方的一個村莊。牧師事先為我介紹該位傳道。他說傳道的名字叫做「許阿金」，來自西岸邊大小二島的人士，在這裡的海邊鄉村已經傳教四年。有關這位傳道的出身他並不很清楚，好幾次向別人打聽，也沒有人知道，只知道是最近才崛起的一個新的基督教派的事工。這個新的教派叫做「使徒復興教會」，在台灣也沒有多少人知道他們的來歷；可是據他所知，這個教派專門從事鄉村的佈教工作，逐漸有了成果，他們的總負責人自稱「使徒」，意思是具有保羅或彼得那種能力的人。他們的方法是借用每個村莊廢棄的房屋做為禮拜所，剛開始當然不會有多少信徒，但是只要有三個信徒，他們就開始聚會，當信徒有了十個，他們就建立了分會，由總會撥款發展教務，最主要是買下了廢棄的房屋，建立一個永久的聚會所，竭力和村莊的當地的民間廟宇周旋。他們不贊成信徒拿香祭拜祖先，也反對供奉神像，但不反對用花草歌舞供奉祖先的名，不過先決的條件是一定要拜上帝，也就是每個禮拜日都參加教會禮拜。據說現在至少有十幾個村莊有暫時的或永久的聚會所。王牧師這麼說，引起我的驚奇，我知道要台灣的鄉下人信基督教很難，這位傳道必定還有其他方法來發展教務，因此，我請王牧師就他曾聽到的有關許阿金的傳教方式向我再透露一些祕密。王牧師起先不肯說，但最後他壓低聲音說李傳道宣稱他可以為鄉下人「改運」，換句話說，他可以與來客論命，也鼓勵所有的人去任何命相館算命，當有人自認厄運難逃，就到他那裡「改運」，他可以協請上帝來更改任何人的命運。據說許阿金的改運術十分靈驗，有如古代的神算子，在鄉下地方很轟動，緊緊的吸引了港鎮左右的百姓。王牧師感慨的說，目前港鎮也有不少的「使徒復興教會」教徒，影響力日漸擴散開來，甚至搶奪了古老的C教會的信徒。王牧師說他並不反對C教會的人向別的教會請教耶穌之道，但是他還是不習慣教徒們去許阿金那裡算命改運，這種行徑違反了C教會百多年來優良純正的傳統。不過，王牧師自認自己也不是食古不化的人，他和許阿金維持了很好的友誼，因為只要基督徒多增加一個都是神所悅納的，很高興許阿金的教務一天比一天蓬勃。許阿金也是網球俱樂部的成員，他們偶爾一起打打網球。

王牧師這麼說，叫我思索了很久。不知道為什麼我的腦海浮起了許阿金的形象：那就是一個鄉下的草地人，赤著腳，抽著菸，用紅布綁著頭，坐在神明桌前，拿朱砂筆為人算命的樣子。他的桌面不是放著《聖經》，而是放著四柱推命、紫微斗數、奇門遁甲、陽神出竅、米卦占卜這些花花綠綠的五術書籍，甚至還有符咒和鯊魚劍這些玩藝兒。最後，我不禁在心底哈哈的笑起來了。

麥格那牧師，我還很少聽您說過您對地方巫術的看法，當然也不知道您對基督徒運用算命術來傳教的看法，甚至是商請上帝來改運的這種玩意兒，不過我猜測您對這些行徑一定也是嗤之以鼻的。這些迷信自古以來就為基督教所不取，更遑論今天。即使是使徒時代，保羅也是明顯反迷信的，《新約聖經》〈使徒行傳〉十九章11—20節如此的記載了他在希臘以弗所的反邪教壯舉：「上帝藉著保羅行了些奇異的神蹟，甚至有人把他用過的手巾或圍裙拿去放在病人身上，也會使疾病消除，使邪靈從附著的人身上出來。有些到處招搖、驅邪趕鬼的猶太人也想假借主耶穌的名來做這種事。他們對邪靈說：『我奉保羅所傳耶穌的名，命令你們出來。』做這種事的是猶太祭司長士基瓦的七個兒子。但是，邪靈回答他們說：『我認識耶穌，也知道保羅是誰；可是，你們是誰？』那個邪靈附身的人就猛烈地襲擊他們，制伏了他們。他們都受傷，衣服給撕碎了，狼狽的逃出屋子。住在以弗所的猶太人和外邦人聽見這事，都很害怕；主耶穌的名從此更加受尊重。有許多的信徒開始把他們以往所做過的事公開坦白的承認出來。許多行邪術的人帶來他們的書，堆在一起，當眾焚燒。他們計算這些書的價錢，總共約值五萬銀幣。」請注意當中「行邪術的人」、「焚毀他們的邪書」這些事。假如保羅所做的事是正確的，那麼許阿金就是錯的；假如保羅是正的，那麼許阿金就是邪的。這是非常簡單的道理。

不過當我向王牧師表示難以苟同李傳道的宣教方式時，王牧師卻雍容大度地表示所謂的「純正的唯一的基督教信仰」很難有一個標準，他提醒我：「使徒復興教會的信仰方式並不比如今天主教更為軟弱，至少他們還沒有允許信徒焚香敬拜和發展出明目張膽的女神崇拜！」我只好表示同意。

我再請王牧師提供更多的祕密給我，但是王牧師說他所知有限，因為我將與許阿金見面，到時候自然知道。因此，我就不再問了。

41

車子走上了濱海公路，海水在炎熱的午間一片湛藍，許多細碎的浪花閃爍在遠方的海上，令人眼花。不久，車子脫離了濱海公路的一個頗熱鬧的海產餐廳市集，轉進了蜿蜒的小路，兩邊都是收割後的水田。之後，進入海邊，停在一座頗高大的壩橋上，由橋上看到海邊，這裡又是另一番景致，沿著海邊，整片都是魚塭，一畦畦的掩蔽在海邊的木麻黃和蓮霧樹下。在壩橋這邊的這個廣狹海邊地帶，近海養殖漁業的興盛叫人驚訝，諒必都是養蝦和養蟳的漁户，他們每年的漁產收入一定達到一個極高的數目。王牧師說由於有這條河流出海，在這個海邊會形成右旋迴流，甚至產生漩渦，將游泳的人捲向深海，常常出人命，要我特別小心。我向他道謝。跟著，車子越過橋面，穿過了魚塭的小馬路，進入一個住家相當稠密的向著海面突出的小半島村莊。

大致看來，這個小半島村莊至少有千户的人家，密密麻麻的房屋堆疊在一塊，我們先在環海的海濱小路前進，發現這邊的路相當狹小而破碎，地勢向海邊傾斜得很厲害，起伏的地面影響了住屋的建築，不仔細看會覺得高房子是堆著矮房子再蓋上去的。我甚至看見靠海這一邊的房子居然有部分已經一半埋在地下了，至少地基已經不見，房柱爬滿了青苔，彷彿房子是「栽種」在地裡頭又生長起來的古代植物。王牧師說這裡的水漂沙太厲害，同時漁民猛抽地下水，使地基下陷，邊緣就陷入海底，再穩固的房子也只好往下沉，最靠近沙灘的房子早已埋入海中了。這麼說，不能不叫我擔心若干年後，這個稠密的村莊，將會消失在海中，我能夠感覺經濟的繁榮所帶給這個小半島村莊的壓力。

車子離開環海小路，沿著柏油小路，終於進入了小半島的中心地帶，這裡又是一番景致。有一個頗大的市集就在這裡，馬路相當寬闊，有一座十分壯麗的代天府在馬路的旁邊，占地面積廣闊，許多人正在這裡焚香膜拜，絲毫察覺不到這是一個地層下陷的危險地區。車站、鄉公所、火車站、分駐所、電訊局、郵局、西藥房、電子商品店、超商、服裝店、家具店、飲食店、糕餅店、肉鋪……林立在這裡，這裡顯然就是此鄉的中心點。

我也注意到有一條頗大的柏油道路一直通向東邊，大概是通到了濱海公路，新的建築紛紛蓋在馬路旁，成為一條很重要的新興馬路。

42

我們進入市集後面的小路，停在一個僻靜的大十字路口一會兒，王牧師說我們已經來到一個清代官家的聚落。這裡到處是老磚屋，由房屋來判斷，這個十字路口必然群聚著許多古老的家族，假若這裡是官家的聚落，那麼當中有許多人家可能就是小半島附近最原始的開發家族也說不定。我還看到有一個頗大的四合院古厝立在馬路旁邊，左右護龍形成一個外牆，門口牌樓上面頂著一個琉璃屋簷，雕龍畫鳳，飾以燕尾，十分氣派；門額上還有彩繪浮雕，楣上以行草書寫著：「丁家宗祠」。祠前就是一大片乾淨的韓國草地，上頭挖了一個兩儀造型荷花池，熱帶夏日的寬闊綠葉和紅色的花朵，迎風搖曳。這麼看起來，這裡大概有許多姓丁的人家了。

之後，我們來到了一個離開丁家宗祠有五戶開外的人家一個門口，王牧師說：「到了，這裡就是許阿金買下的佈教所。」我揹起了背袋，下車，抬頭看去，才發現這是一個典型的寬廣巨大的閩南三合院，由一個前庭、正身和左右護龍所組成的房子。前庭地面鋪著古舊的棕黃色砂岩石板，每塊的大小不一，破損的部分用新的石板填入，顯得色澤不一，但卻相當平坦。房屋牆壁上下分成了兩段，下半身一段仍然以大塊砂岩石板砌成，但是上半身一段就由大塊閩南紅磚砌成，牆壁上開了許多八卦竹節窗，每個八角形的窗相當齊整乾淨，窗緣和綠色的窗楞都是用觀音石構成。正身雄偉的屋脊和飛簷有著以前雕花的痕跡，現在雕花剝落了，用一道道優雅的白色水泥做修補，形成一道道潔白的空中弧線，但是由兩層燕尾靈活地飛躍於空中看來，原本屋主顯然在清朝時當官，難掩以前富貴一方的痕跡。兩側護龍最前面的山牆上還保留了格窗，顯得相當典雅。屋頂上古老的瓦脊都褪色甚至生了綠苔，但是屋主不願大規模翻修，只在脫落的部分補上一些灰白色的瓦片，唯恐更改了原貌，相當簡潔。整個看起來，這座三合院有一種樸素的味道，在陽光下發出了磚紅潔白光芒，令人想起這棟屋子古老的歷史。在房子的前面，馬路對面，有一口不規則的大池塘，占地最少有一甲，塘邊砌了一圈矮厚的磚牆，變成池岸，沿著岸邊種了結實纍纍的一圈檳榔樹，池水似乎頗深，可能有一個大人以上的深度，池面漂著一兩匹開花的綠葉菱角，有一些鵝子在上頭游泳，一時看不清裡面究竟養什麼魚，但由一些沒有拆掉的設備來看，可以想見這口池塘以前一定養過許多蝦或鰻魚之類的魚。池塘兩側，又是接連幾家新舊不一的古房屋。池塘的對面那邊，就是更密集的房屋，再過去就是市集了，我能看見市集中心那家代天府的屋頂矗起在空中的燕尾影子。王牧師說，這座三合院已經存在兩百年以上，約當滿清領台的十八世紀中葉，是閩南人來到這裡的最早建築之一，料想當時是獨立小家屋，建在荒涼的小半島之上，後來發展出三合院。許阿金買下這棟三合院是一件頗轟動的大事，因為這棟建築自六〇年代就沒有人敢住，是傳聞之下的「厲鬼之屋」，即使是已經搬遷到北部的舊主人也不願回到這棟房子來看一眼。王牧師指著護龍外頭的屋牆說：「你有沒有看到牆面有二十幾個孔洞，那個就是房屋主人自衛的砲銃。聽說清季以來，死於這些砲銃的人不少，也許包括有原住民、海盜、外地人。總之，這棟三合院的傳聞相當凶險。李傳道卻不怕傳言的恐嚇，用很便宜的價格買下了它。現在反而有許多民眾爭相來到這裡，為的是考察古蹟和前來請李傳道改運。」

王牧師這麼說增強了許阿金的神祕性，我彷彿可以看到一個手執桃木劍，焚香燒符，正和一群厲鬼搏鬥的草地乩童的樣子。的確，當我們走到門口時，就發現許多的車子已經將屋宇旁的道路擠滿，當中甚至有許多名貴的轎車，諒必是遠方城市的富豪前來改運；還有一些是青年學生，由老師領隊，觀看房子，當然是前來考察古蹟。我們走到正身前面，大廳早就塞滿了改運的人，沒法進入。一個曬黑皮膚，身體強碩的阿吉桑由廳堂走出來，大約六十幾歲，穿塑膠鞋、花格襯衫、口嚼檳榔，狀極愉快，他向王牧師打了招呼，他們必是舊識，很快就熱絡的談起來。王牧師說阿吉桑姓丁，是村莊的大姓人家，財力雄厚，以前當過村長，也是海邊的大漁户，如今已經是為人祖父，兒女成群，對地方的公共事務和公益事務很活躍，正主持村莊的一個慈善會，他前幾年歸信「使徒復興教會」，有空就會到這裡幫忙，有時甚至全天候服侍奉獻，為人熱心，凡是教友拜託什麼事，有求必應，是標準的神的僕人。阿吉桑則愉快的說李傳道知道我們已經來了，所以吩咐他帶我們到右側護龍的廂房暫等，他馬上過來。阿吉桑說完，高興的走了。

雖說是廂房，但是我們走進去後才感到空間頗廣，在雕花的楠木矮茶几和藤皮編製的靠背矮椅子前坐下來，才知道這是正式的會客地方，一定是舊屋主的重要會客室。這裡當然經過李傳道的一番整修，但是還相當保留原貌。有兩扇古門閂的松木門扉仍被保留下來，上面有鯉魚和藻類雕鏤；地板仍然是石板鋪成，相當古老。兩側紅磚壁面嵌入許多觀音石面的雕刻，麒麟、松鶴、靈龜、鳳凰的圖樣還很鮮明，刻鏤的文字流暢而有神韻。不過可能是為了遮擋某些圖案，正面的牆壁高掛了一幅巨大的基督牧羊油畫，很有氣派。油畫的兩側各有一個格窗，可以望見窗外綠色的香蕉樹的影子。為了降低暑氣，天花板上無聲旋轉著一具豪華裝飾的新吊扇。

43

不久，阿吉桑又進來，他的身後跟了一個人，身邊的王牧師很快的站起來，愉快得笑起來了。王牧師向我介紹說：「這位就是許阿金傳道！」我也站起來，想前去握手。可是，當我伸出手時，嚇了一跳，因為他的樣子和我所想的竟然南轅北轍。眼前這個李傳道竟是一個非常年輕的人，大約二十歲左右，身材適中纖細，皮膚潔白。他的頭髮蓬鬆，染成了金黃色，輕輕覆遮在兩邊耳際，垂到後頸，髮尖削薄，也略微披散在前額。額頭高闊，鼻子挺直，美麗的眼眸深邃而溫和，叫人懷疑他有原住民的血統。他穿著一件軟黑長西裝褲，黑色的皮鞋，黑色的外露的麻紗薄短上衣，繫一條銀色的腰帶。拉高的黑色領子下的頸子掛了一條極細的金鍊子貼緊皮膚，兩個手腕也掛著綠色手鐲，指頭甚至戴了綠翡翠的戒指。細彎的眉橫過他寬闊光亮的兩邊額際，由於眉毛過度的黑而明亮，好像精工畫出的炭筆，在額際渲染成兩道黑色優美的弧線，使眼睛周邊也罩上一層軟軟的朦朧的黑色陰影。他的外貌極像了東洋新一代些微頹廢的偶像明星，簡直能和影星比美。他站在室內，使室內頓時優雅起來。由於和我先前的想像很不同，一時之間叫我很無措，幸好他很熱絡的伸過手來握著，免除了我的一場尷尬。

我們坐下來，低低的藤桌椅使我們必須屈膝踞坐，卻因此使我的身體放鬆了下來。阿吉桑拿來了幾瓶的雪碧飲料，為我們一一的倒在杯子裡，我們都向他說謝。李傳道把背對著耶穌牧羊畫的座位讓給王牧師坐，阿吉桑背對門口坐在王牧師對面，我則和李傳道面對面的坐著。李傳道輕輕的拿起杯子，優雅的喝了一口飲料，先自我介紹：他說他來自西邊大小二島，已經有好幾年，隨行的還有一個他的姊姊。大約四年前他們兩人到這裡來，就看中了這棟古厝，租下來傳教。一開始教務很難推展，但是當他們開始為人「改運」時，就門庭若市，因為這世界痛苦、疾病、死亡也未免太多了。起先，他們無條件的為所有的人改運，方法是叫信徒攜帶乾淨的水壺，裡面放著白開水，經過他們禱告後，拿回去喝了，託神的福氣，許多久年疾病或是身染絕症的人竟然痊癒了，甚至厄運都不見了，效果不錯。在這個鄉下的地方，只要有若干的神蹟，就會廣傳開來。結果一傳十，十傳百，更多的人都來了，前來論命改運的人多得不得了，甚至南北各地的人都來了，有時到了深夜人群都不肯散去，他們又不好意思拒絕，實在不曉得該怎麼辦。後來，他們只好規定一個人只能改運三次，再多的話，就必須是基督教的信徒才行。於是，來訪的人就稍稍減少。不過，來訪的人當中居然有許多人開始要求李傳道施行洗禮，歸信基督。他們只好把正堂大廳規劃為禮拜的地方，開始為人施洗。在最初的三個月期間，受洗的居然有了一百個人左右。但是，隨著信徒的增加，這棟古厝再也容納不下這麼多人，只好叫信徒在所住的村莊各自建立聚會所，自行集會，並選出長老或執事維持教務，他們會定期而密集到村莊和信徒聚會，每隔兩個月這幢古厝只用來舉行一次隆重的佈道大會，屆時所有村莊的信徒再聚會到這裡來，這些都符合「使徒復興教會」的要求，因此，一個又一個村莊都有了他們教會的聚會所。李傳道說四年以後，由於各村莊信徒實在太多，教務變得很繁雜，所以現在他只好慢慢縮短了為人改運的時間，大概在每天中午十二點以前，他留在古厝做這種事情，而且前來的人必須先掛號，十二點，他就不再做這種事，只為各地的人所帶來的飲水做一個慎重的禱告儀式，之後就請所有的人用餐後離開。下午，他就必須趕到各村莊的聚會所去堅固信徒們的信仰。也因此，只有下午，這幢古厝才能恢復平靜。

我問他，他真的替人算命嗎？到底是用哪一種算命術為人算命？算命術是哪兒學來的？他們的教會的傳道都為人算命嗎？李傳道聽了，靦腆的笑著說：他真的和人論命改運，而且不拘任何的派別。他說他很羨慕我有機會念神學院，有個正規的基督教訓練，出來傳教時就不會出錯。可惜，他沒有這個機會。他說，由於「使徒復興教會」興起得太快，沒有人可以歸納它的神學思想，沒有辦法理出一個系統來。他以前只在C教會接受幾個月的訓練，就出來傳教，並且開創全新的教派，他還必須一面傳教一面看著《聖經》自我學習。不過，在未信教以前，他倒是學過民間的一般五術學理。因此，他可以使用任何一派的民間算命術和他人論命，所算的結果和一些命相館沒有多大的差異，因為算命不過就是一種簡單的公式，並不比解析一道數學題目要困難。不過，他並不需要為每個前來改運的人算命，因為台灣人每個人幾乎都請過別人算命，心裡頭大抵有一幅關於自己命運的圖譜，有些前來改運的人甚至會攜來命相館用硃砂筆書寫的批命結果，裝訂整齊，竟像是一本書，從一歲到八十歲的每年運勢歷歷分明。他說，不論什麼人算命，到最後都歸結到「你信不信？」這個問題上，所以，他不問信徒請誰算命，只問「你信不信你會有這個命運？」出乎意料之外，台灣人幾乎都相信他們的命運，而且是越大災難的預言就越能取信於他們，到最後，這些命運的預言會給他們一種極大壓力，就會要求改運。他說他的教會是允許傳道和台灣的鄉下人論命的，因為這是一個極好的溝通的管道，這條管道可以打開信仰之門，也因此，「使徒復興教會」比其他的教派更能夠在下層社會發展。

李傳道說著，微笑站起來，在藤椅底下拿出了一本鑲金的大開本相簿，翻開，裡面有許多信徒的合照。他又坐下指著相片說，他的信徒不是腳穿雨靴就是趿著拖板或是赤腳的人。他們所以信得住神，關鍵點還在於「改運」有效，神藉著他這種無足輕重的小使徒的手，靠著禱告，常常改變了人的命運，要他們不信也不可能。

說到這裡，李傳道把深邃的眼眸望向我，他說只要我多住幾天，就會瞭解他們教會的做法，到時要請我多加評判。他說他早知道我會來這裡，對於神的神祕意旨，他一向瞭解有限，但是他知道我來到這裡是對的。他說：「阿傑先生將會有大收穫，只要鍥而不捨，就會找到所要找尋的。到那一天，不但是別人要請教阿傑先生有關神的道理，我也要和他們一樣的請教！」李傳道說到這裡，優雅地笑起來，眼神越發深邃。他說大家都叫他阿金，以後我這麼稱呼他就可以。他說還有幾個人要改運，要過了午時他才有空，到時再聊。

王牧師也說他要走了，請我在這裡安心的住幾天。他和阿金傳道以及阿吉桑走出去了，然後消失在庭院。

44

會客室只剩我一個人，室內清靜起來，但是在豔陽天的這個南部，空氣有著濃濃的溫度，雖然吊扇無聲的在天花板上迴旋，卻依然叫人流汗。我打開了背包，將藍色的牛仔衣脫下，換上牧師娘送我的繡金薄紗白短上衣，才發現我的身體已經出汗，同時意識到身體已經瘦得厲害，像這種以前可能太小的衣服，如今都變成蓬鬆而巨大。之後，我打開許阿金剛才所翻閱的相簿，就看到這裡海邊十幾個村落的聚會所圖片，這些聚會所各個不同，固然有廢棄老屋，卻也有新型的建築，也有失修倉庫，甚至還有舊的廟宇，足可叫人驚訝不已。我沉沉的思索起來，也許我只要依次在這些村莊走一趟，說不定就找到了學姊阿紫。這麼想著，我的心也就也跟隨著躍動起來。

丁姓的阿吉桑又來了，這次他顯得有些不好意思，他說廚房正忙，阿金傳道的姊姊商請我是否可以前去幫忙，同時她也想看看將會有「大收穫」的我的樣子。我趕緊說沒問題，立即站起來，揹起背包，跟著他走出了會客室。

廚房就在正身的後面。這棟房子的正身，除了李傳道為人改運的正堂大廳之外，左右各有兩間甚大的空房，如今已被規劃成餐廳和改運處，所以我們必須穿越過餐廳才能到後頭。當我踏入餐廳時，才發現彷彿回到了古代。這裡頭剝落的閩南磚和砂岩石板都已經修補好了，連牆壁上的漁釣、扇女的雕刻也重新又描筆了一次，最特別的是在八卦竹節窗下還保留有一口紅磚和砂岩混合砌成的百年老灶，不論爐口、灶孔都同樣被修補好；暗紅的閩南菜櫃就靜立在大灶旁邊；之間還有一個大水缸和使用的水瓢。灶上一管磚造的四角形大煙囪依在牆壁，穿出了屋頂。阿吉桑說，這個餐廳應該就是古時候的廚房，現在當然已經不在這裡煮飯，有人曾建議李傳道將大灶毀掉，以增廣餐廳空間，但是為了讓古蹟完整，李傳道沒有這麼做，仍然保留原貌。甚至這裡頭的十幾座餐桌椅都使用了新製的仿古的黑色木頭雕鏤桌椅，整齊的排開在廚房的大空間裡。

當我們走出了餐廳，果然就看到了後面寬廣的後院。這個後院以一道重新整修的紅磚圍牆圍住，牆邊種滿了香蕉樹，和隔壁人家的紅磚屋隔開，地上就是一片綠色草皮。在靠近餐廳的這邊草地上另外有一列修復好的平頂的閩南磚屋，被作為廚房用，有一對夫妻正在煮食。磚屋前有一口井，如今已被封了口，改用自來水栓，周邊種幾棵香蕉樹，巨大的綠色蕉葉低垂下來，結了幾匹黃蕉。我看到四個婦女蹲在井邊的砂岩小池子洗菜，綠色的巨大的香蕉葉子的陰影浮動在她們的頭上，看不清她們的臉龐，沖瀉的自來水在午間閃出跳躍的銀色亮光。

45

當我們走近她們的身邊時，這些在砂岩地板上洗菜的婦女一齊抬頭看我們。當中有一位大約是三十歲的中年女士站起身來，從池子裡走到草地上。她趿著紅色的拖板，手腕滴下發亮的水滴。她說：「你一定就是阿金口中常說的阿傑了。很高興見到你，我們都歡迎你。」當她這麼說時，我馬上注意到這個中年少婦儀態非凡。她穿一件深黑色撒金麻紗無袖上衣，微微露出豐滿的銀色胸衣的影子，一件及地的藍薄裙，上面明顯的浮出鳶尾花圖樣。眼睛亮而黑，眉細而長，額骨高闊，一樣讓人想到她有原住民的血統。大概是天氣的炎熱所致，她梳攏了所有的髮，在後頭盤成一個四、五〇年代女人的古式精緻髮髻，上頭插了金色的髮簪和步搖，但是這麼一來，她一無遮攔的白膩的臂膀和頸項就露在外面，耀眼生花，顯出了古典而優雅的韻味。阿吉桑介紹說她就是李阿幸大姊，是許阿金傳道的姊姊。

我們在香蕉樹下談了起來。阿幸大姊說自從他們從西部大小二島到這裡傳教以來，來訪的人如過江之鯽，他們也無法瞭解誰將來訪，卻獨獨在很早以前他們就知道我會來訪，他們也做了準備要協助我找到所要尋找的，實在是一件極其愉快的事，很少事情會引起阿金傳道這麼重視，大抵上有些事如果是阿金所重視的，就必然很有意義。她神祕的說，沒有人真正知道他們現在正在做什麼，即使有許多的傳道者、學者來到這裡，他們所能看到的只看到事情的表象，並不真正的瞭解，但在基督的恩典下，我將會瞭解這一切。

我聽了她的話，更感到疑惑，說真的，他們所做的事絕大部分叫我無法瞭解，我不能無條件相信他們所說的話；因此，她這麼說馬上引起我更深的疑惑。於是，我坦白的對阿幸大姊說：就目前看來，不論是他們的教會本身的組成或是傳教的方式，對我來說都是一個謎語，超出了我的神學認知太多，但是我願意多看多學，希望有一些東西會給我益處。

阿幸大姊優雅的笑起來，說她能完全諒解我的想法。她繼續介紹了這些在廚房裡工作的姊妹，說這些姊妹都是村莊的人，在這裡工作已經很久了，四年前只有她一個人在這裡煮飯，但是自從這個古厝忙碌起來以後，一個人要煮這麼多的東西來招待客人實在有所不能，可是慢慢的，她們來到這裡義務幫忙，現在的她反而空閒起來了。她說，等一下要用飯，由於人手不夠，她要麻煩我和阿吉桑把餐廳打理好，再把飯菜端到餐廳。我立即說：「沒問題。」

46

當我們擺好了飯菜之後，也剛好是阿金傳道結束他替人改運的時候。這時，阿金傳道離開論命房，去休息一會兒，準備去正廳做一個禱告儀式。

於是，我們順著房間，走過正廳右手邊的論命房子，我想看一看這個地方。這間論命房子本來是正廳右邊的一間臥房，與左邊的另一間臥房相對，將正廳夾陷在中央，形成一個凹字形，凹下去的地方便是正廳。這間論命的房子空間很大，兩個八卦竹節窗透進了滿室陽光。室內仍然用大塊閩南紅磚鋪成。如我所料，李傳道仍然沒有廢棄原來室內的擺設。在室內的左壁下仍然擺著修復過的一座亮紅色的梳妝台，上面鑲框的銅鏡依然明可鑑人；旁邊面盆架上則放著一個補了缺角的水綠瓷盆，釉色依然明豔；右壁下有一個重新修補過的木造黑色五斗櫃，銅環有被手掌廝磨過的光亮。最奇特的是一座閩南木造的安眠床還陳列在內面牆下，床面由漆紅的松木拼板構成，花鳥藻魚被精雕在赭紅色的木板上，床前的腳踏凳居然還被保留下來，當然處處有修補過的痕跡，但不失古意。在一個八卦竹節窗下，就有一個黑檀木辦公桌，上頭放著青花瓷瓶，插著盛開的幾株素色百合；一組古老的茶具就擺在瓷瓶底下，好像剛斟過了茶；另有兩張旋轉靠背青色鐵椅子。我想許阿金就是在這張辦公桌上替人改運。

走過論命的房間，就是略為凹陷在裡面的正廳，這是一個頗為古老的大廳堂。在大結構上看來是由許多的梁枋組成，中脊大樑圓直，橫放最高處；其他左右較小的五根後付梁遞次向下平行斜放，這些屋梁都是紫色；至於屋頂上的屋板都呈紅色，屋頂下的大楣、付束、大通、瓜筒、壽梁，以及許多的雕花組成了繁複的屋頂抖拱看架，也大半由紫色和紅色構成，凡是顏彩剝處都被修補，令人目不暇給；大概是舊日屋主常常在這個正廳燒香，看得出被熏黑的痕跡，散發古色古香的味道。左右牆壁大塊閩南紅磚都重新磨亮，磚與磚間的縫隙用紫色補描，不落補痕；在左右牆的正中間部分，留了一個六角形的石造壁面，有一對麒麟浮雕，左邊是雄麒，右邊是母麟，四蹄生雲，不踐花草，皆是獨角，舉頭望日，神情溫順，雖然古老，但栩栩如生，顯然是舊日屋主用這兩幅圖畫來祈求多子。在正面的那堵牆中間，有一座巨大而豪貴的雕花金色神龕豎立在那裡，簡直是縮小版的玲瓏建築，有屋頂，有橫披窗，有抱編花柴，有格扇；那神龕小龍柱用著娟秀的隸書寫了對聯：左邊是「紅毛回棹剩孤城，一隸皇輿是海清」；左邊是「映日蜃樓開宿霧，乘風雀舫泛滄瀛」，意境極為寫實悠遠，顯然是出於清代官家手筆。尤其是神龕兩邊對稱格窗的數對螭虎團爐木雕構成繁複的香爐圖案，雖然年代久遠而褪色，但仍然金碧可見，輝煌地包圍了裡面的公媽龕神位。這個豪貴神龕占據了大半正面的牆壁，祖先的神主牌當然已經撤走，由一幅基督升天圖所代替，這張圖的耶穌畫像仍然是金髮高鼻的外國人形貌，但是穿著卻變成了本島衫，似乎是出自當前本地有名的油畫家的手筆，具有濃重的本土性。神龕底下就是亮黑狹長的雕花翹頭案，上供兩瓶白色菊花。翹頭案之前就是牧師講道的木製獨立樸素講桌；講桌之前有一張巨大鑲著黑雲母石桌面的不規則圓木矮桌，許多人把幾十個飲水壺堆疊放在上面。所有的人都已在正廳就座，甚至擠站到外面的門口來。

在接近中午十二點時，阿金傳道由外面跨過戶碇，進到這個禮拜廳來，雖然已經工作近四個鐘頭，精神和體力必然耗損了不少，可是表面看起來並不如此。他仍然不失優雅，一身黑色的名貴的打扮，似乎更加的散發了光彩。在司琴的引導下，唱了聖歌後，他開始作了短捷的講道。我還記得他講的正是〈福音書〉的最後部分，宣講了基督復活升天的經過。

麥格那牧師，如果我還沒有記錯，他所談的道理也正是您一再提過的，他說今天來到這座古厝的我們，大部分都瀕臨死亡了，正如同耶穌在十字架上的情況，血一點一滴的從身上流光，唇舌漸漸的乾渴，但是，我們卻不知道只要將心望向神，我們就很輕易的能如同耶穌一樣地死而復活，仰仗著神的恩典，我們就能輕易地和耶穌一樣，又活過來，再升到高高的天上。他說這個復活升天的大能，神已經為我們準備好了，近在我們的身邊，神叫我們一起與耶穌被釘在十字架，又允許我們一起與耶穌復活升天，我們豈能坐失而不去領受。說到這裡，他先帶著大家做了一個禱告。而後，他來到了放滿乾淨飲水的桌邊，開始大聲禱告，大略是祈求神復活的大能進入這些飲水中，叫那些飲水的人恢復健康，改變他們不佳的命運。之後，在「阿門」的聲中，結束了這場言簡意賅的講論。拿了飲水的人和我們依序走出這個禮拜廳，走到餐廳，開始用飯。

麥格那牧師，如果要說許阿金傳道的這場道理有什麼叫我驚訝之處，就是我不明白一個為人改運的地方傳道和飽學的神學博士的您所說的聖經道理居然有了極其相同的地方，而他所強調的「我們已經瀕臨了死亡」這句話彷彿正是針對我目前的心境所說的一番描述啊！

47

因為時近中午，近百位的訪客都留下來用餐，一時之間，餐廳就擠滿了人，這時我才發現，不是信徒的人比真正的信徒多出了好幾倍。

用飯的方式是自助餐式的，餐盤和食物都放在大灶旁邊的一張長桌上。當時，我和阿吉桑將食物端進餐廳時，沒有意識到食物的特色，但是等到我們用餐盤去選取食物時，才知道主廚用過了一番的心思。這些用幾個鋁製四角大淺箱盛著的食物，幾近有二十道不一樣的菜色，不是很有技巧的人是煮不出來的。有一半是海產，包括有清蒸白醋紅蟳、烏魚子、黑鮪魚生魚片、糖醋石斑切塊、蔥蒜炒魷魚、黑胡椒魚下巴、蜂巢沙蝦、燻烤薄片油魚、蒜醬干貝　；另外一半是花椰、高麗之類的白紅綠色的青菜，大半混著羊肉和雞肉炒過，就是不用豬肉，甚至還有一大鍋紅燒大山羊肉香氣十足。這時，我才知道前來幫忙煮食的是一位餐廳的老闆。

我和阿吉桑在一張四人圍坐的桌前坐下吃飯，和其他兩位前來改運的朋友攀談起來。當中一位中年人士打扮不俗，穿著義大利名牌雪白襯衫，繫一條幾何圖案的藍色領帶，臉色白皙，顯然不常曬到太陽，我們很投緣，很快的談開來。原來他也是電腦業人士，是一家小公司的老闆，姓楊，出身南部，北上創業。我好奇的問他，什麼原因竟吸引他來到這裡？他起先吞吞吐吐，後來我說我是神學院的學生，他才大方的笑了起來，開始說他是一個很糟糕的人。自從幼年伊始，他不曾有過安全感，總之擁有的東西很快就會喪失掉，「人生無常」這句話自幼就有很深的體會。因此，他養成了拜拜和算命的習慣，他是有神必拜，有命必算的人，凡是國內略有名望的神壇和術士他幾乎都請教過，甚至遠赴泰、星就教於更高明的人士；尤其厄運總給他莫名的畏怖，堅信人無論如何都擺脫不了厄運的羈絆。他說依據他的經驗，如果有三個以上不同流派的術士診斷出他最近將有同樣的災殃，那麼無論如何，災殃就必然臨到。因此，每當他去到術士面前算命時，就感到如坐針氈。可是這種被逼迫的感覺卻更加刺激了他算命的欲望，終至於一個算過一個，繼續算個不停了。他說，在算到歹運時，他會央求術士替他作法改運，可是一般來說收效甚微，或者根本就無法改變。他說幾年前，他的女兒離世了，有關這件災難，早幾年前就有幾個有名的術士算出來了，甚至逝世的月份都讓他知道，他當然也請他們改運，但沒有半點功效，女兒最後還是在他的懷中離開他了，為此，他幾乎哭瞎了眼睛。他感慨的說：「不明白自己的命運是一件痛苦的事，明白了卻更加的痛苦。」因此，他曾克制自己，短期不再叫人為他算命，但是，不久以後，他又去算了。

就在去年年初，他記起了以前某位命相士對他所做的忠告，那位命相士說他將有個大災難，可能有一件牽涉到使他的身體殘疾的災禍會將發生，為此，他憂心忡忡，他另外找了兩位不同流派的人來算命，甚至找了通靈的人士來診斷，結果仍然一樣，他更加感到不安。他固然也請他們來改運，但是由於有了女兒事件的經驗，他打從心裡已經不敢相信他們有改運的能力。這時，他無意中聽人說南部有一位幫人改運的傳教士很靈驗，不妨去看看。他感到好奇，就趁著回鄉省親時到這個半島村莊來找阿金傳道。他非常小心，唯恐這位傳教士對他虛應故事。很意外的，阿金傳道比一般的命相士更有耐性的聆聽了他的恐慌，也更確定的告訴他說在夏天的一個下午，他將遇到一場不小的車禍，這場災難將會使路況癱瘓了一個晚上，直到清晨。許阿金坦白說實際上任何的牧師、傳道者都沒有能力為人改運，改運的權柄操在神的手中，但是，為人禱告是傳道者的天職，他本人會為他做一次長時間的禱告，不出三天，可以打電話來古厝詢問，就能知道結果。三天之後，他果然打電話來古厝，阿金傳道在電話中明明白白的請他放心，因為神已經答應救他，不會叫他的身體有任何的損失，就是他的車子和隨行的人也不會有一絲一毫的損害。

可是，他還是不相信阿金傳道所說的話。

就在一個夏天假日的午後二點，他驅車由北部回到南方鄉下，隨行的有他的妻子和一個孩子。那天的天氣大好，好到叫人心悸，外出時的喜氣無從掩蓋。他的精巧迷你的義大利製車子出發了，沿著高速道路向南疾馳，一路豔陽高照，毫無阻攔，道路兩旁的風景比往日更加明麗兩倍，車內的輕音樂聽來格外玲瓏愜意，終至於命相士再嚴重的警告也全然忘記。他和家人在一個休息站停了太久，只好加快了車速，努力趕路，在接近高雄時，已經黃昏。的確，天有不測風雲，這時，巨大的積雨雲從南方掩蓋而來再向下覆壓，迅如奔雷，頓時籠罩了高速公路的四周，使周遭彷彿提早入夜。狂烈的熱帶暴雨直下，瀰天蓋地，寸步之外看不到任何的東西。這時，所有的人都打開了車燈，努力瞪著前方，唯恐滑出了車道之外，釀成車禍。可是，這種努力是很耗心神的，精神不支的人只好在路肩歇下了車子，再也不敢前進。他卻仗著車子的體積迷你，在排列前進的巨大車陣中繼續穿行。雨無情的擊打著車子的外殼發出巨響，就是雨刷也似乎隨時都會被雨箭摧毀似的；流淌在四面窗户的雨水披散如同厚厚的雨幕，彷彿叫人覺得是行走在深深的水中。就在一個交流道附近，忽然所有的車都如同游魚一般，聚在一起。似乎是先有一輛準備下高速公路的卡車減緩了它的車速，後面的車子沒看清楚，就撞了上去，兩輛車岔出了交流道的出口，跟著所有的車都撞上去了，在一片混亂中，他看到左後方一輛巨大的貨櫃車朝他滑行而來，唯恐迷你車被輾過，他加快了速度想逃避，才發現前面擋了一輛更大的油罐車，他知道要逃跑已經無路，一時之間無措起來，在一陣天旋地轉中，他聽到了一聲轟隆巨響，頓時感到整個車子飛了起來，轉了幾個圈，然後他的意識停頓了，不知道經過多久，當他醒過來時，發現有人在外頭敲著車窗。他打開了車門，才發現他的車子整個高掛在分隔島上，就像是被起重機吊高起來，凌空輕輕的放在一公尺以上的分隔島上一樣。此時暴雨轉弱，小雨仍繼續下著。他小心翼翼爬到車外，爬下分隔島，才發現敲門的正是他的太太、兒子，不知道為什麼，他的家人比他更早下了迷你車。這時，他一眼望去，在模糊的燈光照明下，方圓幾丈以內，所有的車子都撞成一團，有一處的護欄已經被撞垮，兩輛大車子整個掉到高速公路底下，傾身倒在路基下面幾公尺的泥路上，堆疊在一塊。許多受傷的人相繼被抬出車外，在逐漸轉弱的雨勢中，人車一片狼藉。

48

楊先生停了他的故事，之後，感慨的說，他不知道在那場車禍中誰救了他一家人，是天雨路滑嗎？或是那輛大貨櫃車以極大的力量將他的車送上分隔島嗎？或者是自己加速終於衝破了車子陣仗的結果？或者單純只是自己的好運氣所導致？不過，他怎麼思考都無法瞭解車子為什麼竟能高掛在分隔島上的這件奇蹟，何況他的家人竟沒有人受到任何傷害，車子一點點刮傷的痕跡也沒有。這件事正應驗了阿金傳道先前對他所做的預告，絲毫不差。也許真的是神救了他也不一定，他不能不感謝神和李傳道，之後，他每回故鄉，就一定要到這裡來請教李傳道一些事。最近，他從李傳道這裡學到了一套的禱告方法，彷彿也開始信起神來。他卑怯的說，對於信仰他一知半解，或者可說完全不解，他沒有資格說任何內行人的話，但是他慢慢感到當他禱告時有一股力量支撐了他脆弱的人生，治癒了他對人世無常的恐懼，將他的命運坑洞完全填補起來，從未有的平安也跟著來到他的心中，他知道他「恢復了正常」，最近除了李傳道之外，他不再找任何人論命。

他說到這裡，話便完全停了。也許是受到了他的故事的感動，我們吃飯的動作慢了下來，但是，他的蒼白的臉龐開始有了血色，終於轉成了一種安詳和平。我問他是否準備受洗成為信徒，他說除了李傳道認為他已經夠資格以外，他不會隨便受洗。

吃過飯，庭院開始有人駕車離開，當楊先生向我們揮手告別時，庭院幾近淨空。所有的熱鬧霎時間不見，古厝頓時安靜了下來。

許阿金傳道一刻也不停，他立即駕著他的車，要到另一個村莊去參加一個聚會所的聚會，臨行時，他說阿幸大姊會招呼我，叫我跟著她做事，晚上他回來再和我閒聊。於是，我和阿吉桑又被阿幸大姊喚回餐廳，要我們把餐盤收拾起來，拿到後院沖洗，再將庭院內外都料理一遍，恢復庭院的乾淨。阿幸大姊說當所有幫忙的人都已回去，每天她都必須做這種工作，現在有我們的幫忙就顯得比較從容。這些瑣碎的事還真多，我們又重回香蕉樹下，將殘留的食物倒入餿水桶內，在砂岩池子裡拚命洗滌餐具；之後將所有用過的桌子都擦拭乾淨後復位，將庭院掃乾淨，將廂房打理整齊，使一切看起來都很妥當。當這些工作做完時，已經午間兩點半，我們能想像到每天阿幸大姊的工作是如何的細碎和吃重。之後，阿吉桑走了，阿幸大姊將我的背包拿到一個被改成通鋪的簡單廂房裡，說這幾天我就睡在廂房，每天要按時起床，但願我能原諒他們招待不周。她又說阿金傳道知道我正在找學姊阿紫，要我利用下午給港鎮的C教會的信徒們打電話，試一試能否找到，她說正廳另一個臥房裡有電話，我可以慢慢的查詢。我驚訝他們對我周到細膩的照顧，不禁一再的向阿幸大姊鞠躬說謝了。

49

於是，我走到正廳另一邊的臥房來打電話，這裡顯然是許阿金的書房。當我走進裡頭時，眼睛立刻明亮了起來。這個房間相對於論命改運的房子完全不同，大概是用來讀經的地方，空氣和光線都明朗許多，不再有過多的擺飾。四面牆壁仍由大塊閩南紅磚砌成；兩側靠牆的地方只簡單擺了四張厚重的深赭色太師椅，扶手、靠背有著精緻的雕花造型，以供來者安坐；桌與桌中間尚有一個高腳小方桌隔開，放了茶具。桌椅都是楠木做成，木質損毀剝落都盡力修補，甚至還可以看見原木的紋路，只是叫人無法猜出它們的年代。正方牆下仍然橫放一座骨董的紅色安眠床，圍屏精雕細琢，四角上有頂，床頂有許多精細的置物小抽屜，整個看起來就像是一個玲瓏的四方型的架子。除此之外，並沒有多餘擺設。在八卦竹節窗前有一張鐵製的現代書桌，上面書架上放滿各種版本的《聖經》，以及堆疊的許多基督教文獻，我赫然看到書桌前有一套瑞士改教家兼殉道者慈運理的全集，料想李傳道對慈運理必然很有研究，那麼豈不說明李傳道心儀的傳道家並非空談教理的人，而是一個劍及履及的實踐者。

電話就放置在八仙桌上，阿幸大姊早就把他們信徒的電話資料放在上面，我也把港鎮C教會信徒的名冊攤開在桌上，在桌前的大籐椅上坐下來，開始打電話。由於白天是人們上班的時間，很少人來接聽電話，即使偶爾幾通有人接，卻大半傳來年輕小孩的聲音，於是，想詢問學姊阿紫的家族變得十分困難。整整有兩鐘頭，問不出頭緒。後來阿幸大姊也來幫我打電話，她比我更有耐性，也問得更詳細，但接電話的人似乎都沒有留下絲毫的線索，沒有人可以肯定港鎮曾有過十二個兒女的家族。當我們不再打電話時，太陽已經偏西，庭院落下了古厝屋簷的陰影，我的期待的心變得有些茫然，終至於成為一種憂愁了。

阿幸大姊叫我暫時休息，於是，我走出了古厝的庭院，此時，暮春的熱氣稍高。我走出了三合院，到外面的馬路走走，最後選擇在旁邊丁氏宗祠前的兩儀荷花池邊的一個石鼓上坐下來，藉著兩株高大的棕櫚樹擋住熱帶的陽光，沉沉的思考起這幾天的事情。此時，夕陽已經略微偏西，南風吹來，到處散落了屋宇和熱帶花木斜斜搖動的影子。我用力的呼吸，想重新感受花香的味道，可惜，無論哪個方向，均無法感知任何花香的蛛絲馬跡，只能感到它距我已經渺遠的這個事實。這個星期以來，情況的變動叫人無從把握，我從沒有想到，短短的時間內，自從告別北部的城市以來，如今竟這麼急速的來到這個從來都料想不到的南部村落古厝裡，更沒想到我仍然活在人間。

雖然，循著花香找到學姊阿紫的我的信心絲毫都不動搖，可是，冥冥之中我也感受到當前的遭遇和當初我想找回花香的企圖似乎成了一種南轅北轍的關係。如果神還眷顧著我，祂就應該直接帶著我到花香的源頭，瞬間叫我見到學姊阿紫才對，不應該有任何的拐彎抹角。可是，我感到神並沒有意思這麼做，神的拐彎抹角似乎格外厲害，也許祂正帶著我遠離學姊阿紫也說不定。我的耳邊響起了許阿金傳道說的：「阿傑先生將會有大收穫，只要『鍥而不捨』，就會找到所要找尋的。」因而感到萬分的惆悵，假若他的預言是真的，那麼毫無疑問，找到學姊阿紫將費一番功夫，可是，我百般不願相信尋找學姊阿紫是一件困難的事。我倒希望許阿金所預言的不會成為事實，因為我不希望尋找的時間被拉長，同時阿金傳道看起來只是一個江湖的算命人士，並沒有受過很好的基督教正規教育，並不是一個我心目中的先知，他的預言無法取得我的信任。

麥格那牧師，我還記得，在山上教會上課的時候，您曾說到基督教先知預言的可畏，教導我們在察驗預言時，不應該以貌取人，反而要平心靜氣的去考量。你說《聖經》最叫人不可思議的預言家就是使徒時代的亞迦布這個人，他曾預言一世紀當時的羅馬將有一場大饑荒的災難，也預言保羅將被猶太人綑綁審問的事實，兩次都十分準確，但是這個人當時只是一個普通的信徒。您翻開了《新約聖經》〈使徒行傳〉第二十一章第10—11節念著：「有一個先知名叫亞迦布，從猶太省來。他來看我們，拿起保羅的腰帶，把自己的手腳綁起來，說：『聖靈這麼說：這腰帶的主人會在耶路撒冷受猶太人這樣的綑綁，然後被交到外邦人手中。』果然，當保羅到了耶路撒冷後，就被綑綁了。」的確，我們不該以身分、地位或者外貌來察看一個人預言的準確度，但是要我無條件就相信許阿金的預言，我做不到，因為他的算命行徑叫我信不住。尤其是許阿金有一種我無法言說的過分濃重的神祕氣息，譬如他的外表無法顯示他的年紀，先前，我認為他是只有二十出頭的人，這個看法必然是錯的，因為他到半島村莊已經四年，假如他今年二十歲，那麼無疑的他至少在十六歲時已經開始當傳道，一個青少年怎麼可能擔任傳道的工作？即使是優雅漂亮的阿幸大姊，我也懷疑她實際的年齡超過了她的外表，她梳攏髮髻的高超古典手法，絕非單純的現代女子可以簡單做到。總之，這兩個人叫人無從猜測他們的年齡和來歷，那麼，我何必盲目的相信他們所說的話？

我這麼地思想著，心中千頭萬緒，我知道我已經陷身在進退維谷的情況中。此時，夕陽已經慢慢垂掛在西天，料想半島村莊外的巨大海水的顏色必然已經渾濁起來；至於被市集所包圍的這個古厝地帶也開始罩上一片薄薄的金黃，道路兩旁的紅磚屋反照的暗紅光線活像一種古文明的迴光，極其燦爛炫目：丁氏宗祠的姿影開始明暗分明起來，如同潑墨古宅，剪影在邊牆花木的陰影包圍中；兩儀荷花池中的荷葉變成了暗綠，亭亭然如立體雕塑；不遠處古厝前的不規則廣大池塘的輪廓更顯得不規則，散發一種殊異的氣氛；要之，整個大地萬物的陰影都慢慢轉向濃鬱，夜的降臨只是瞬間的事，我想我必須稍事休息了。

§

親愛的麥格那牧師，我第一份凌亂不堪的手札就寫到這裡，即將郵寄給你，文字過分艱深之處，煩請同學代我翻譯給您瞭解。寄去手札的原因，除了我必須詳細交代我的行蹤讓導師的您知道以外，我企盼您能代我向研究所請假。依我估計，在這整個美麗的四月裡，我不可能回去上課了。一方面是我已經潰散無遺的心再也無法集中於課業之上；另一方面是我感覺到我必須走完這個南方的旅程。假如研究所不答應我的請假，那麼就幫我辦理休學。我其實是不願離開您慈愛的眼神的，但是環境逼迫我不得不如此。親愛的麥格那牧師，我相信當您慢慢閱讀手札時，必能瞭解我至極痛苦的當前心境。

手札二
水面戰爭

50

隔日，夜半，我在一個噩夢中醒來。

夢境彷彿將我帶回年幼的眷村歲月。身材不高、纖細美麗的母親在她的房子裡先收拾好她的行李，然後走到掛滿勳章、獎牌、國旗和反共抗俄標語的廳堂裡，戴上她銀色發亮的耳環，說要回去一個遙遠的地方，問我要不要跟她去；我猜想她又要回到南部有著粗礪皮膚、高大身材的舅舅阿姨的那個村莊去，就拚命地搖頭。母親這次並沒有強制我，她無限依戀地看著我，先抱了我又放開，然後一再回頭走離了眷村。我跑到木造的門口去目送她，就看到滿天落著細雨，而母親的身影就消失在眷村濛濛雨霧的出口處。我似乎曾用力叫著：「媽媽，媽媽！」但是嗓子卻啞了，叫不出聲。

我醒來，渾身大汗，覺得體力尚未恢復，渾身虛乏，卻睡意全無，就扭開通鋪上桌子的檯燈，想寫一寫札記。自幼以來，我知道一旦夢見母親悲傷地離去，就是我精神體力耗弱、心魔肆虐的一個表徵；換句話說，即使長大到現在，我假扮堅強的內心還是沒有辦法正面承擔失去母親的痛苦，我還是那麼地想她，那麼地捨不得她。我幾乎可以認定，直到老，這個內心的痛苦都不會消失。

對著檯燈和桌上的札記許久，我依然毫無睡意，就漫無頭緒地胡思亂想。到最後，兩件事猛力的抓住了我，那正是我一連串無法想通的事：頹唐的我為什麼到現在還沒有死去？

麥格那牧師，我是不該再活於這個人世的。打從我離開山上教會，我就遺棄了存活的觀念，將死亡視為必將來到的結果。因此，在狂亂的旅程中，倘若我不暴屍於北部街頭，也將沉淪於中部大水，或者死於極南部的海濱。即使當中有著花香勉強引領著我，進入這個異鄉，我也將會夭折於半路，結束了這個旅程吧。但是現在，我好端端的，竟置身於這個由古厝變化而成的陌生佈教所，這究竟是什麼因素所導致？

我對著窗外一列影子般的檳榔樹，思想著這個問題，得不到確定的答案；最後，我終於返歸到「復活」和「得救」的這個宗教的核心性的大問題上面來思考了。

51

麥格那牧師，在這裡，我必須再一次坦白地對您表示無限的感謝，同時也坦白地向您表示無限的抱歉。其實，我能初步相信「復活」的一些粗淺道理，完全是仰賴您的教導，這是我敢於告訴您的。然而，在相反的一面，我對「復活」深層道理的疑惑比誰都強烈，因為我覺得「我必不能得救」，就是這個嚴重的疑惑，使我日漸對基督教失去信心，就像黑天使，以閃電的速度，正在墜落深淵，這是我未能更全面告訴您的。

我要先告訴您，有關於我對「復活」道理的領悟以及對您的無限感謝。

還記得，當一年多以前，我剛來到山上教會念研究所的時候，我對基督的教義的理解非常粗淺。當時，與我同期的班上十二位同學可以說人才濟濟。他們要不已經是教會的傳道，就是在教會事奉多年的人，甚至也有三、四十歲的準牧師；即若是謙稱自己初信的人，在我看來，他們都不只是懂得《聖經》而已；他們似乎都有了一些為外人所不知道的神蹟啓示，以至於他們願意奉獻出他們寶貴的歲月，來到山上教會再接受神學訓練。我曾問一位最矮小、最年輕、毫不起眼的同學說：「為什麼你來念這個神學研究所。」他靦腆地說：「我將來要當傳道。」我又問他說：「為什麼要當傳道？」他說：「因為我聽到上帝的呼召。」我完全聽不懂他說什麼，又問：「什麼是呼召？」他說：「因為在一個午夜街道，神被包圍在一團燃燒的火光中，站在開著纍纍黃花的尤加利樹中，祂明確地說：『來，站在我身邊，把我的消息傳播給萬民！』那時，我彷彿是摩西親眼見到上帝站在火光焚燒的荆棘叢中；當時整個黯淡的街道充滿光輝，一如白晝。所以我大學未畢業，就來到這裡。」這真是叫人吃驚，我完全看不出這個尚未二十歲的同學竟有這麼神祕的經驗，他對神的領悟如此深沉，如此肯定，這就引起了我的無限焦慮。因為當時我對神的直接經驗一片空白，仍然只能疲乏地念著我的《聖經》，被圍困在一片的字海中，無法脫身。因此，當一年級第二學期一到，我看到選課表上有您的課程時，就毫不遲疑，選修了它，終於成為您的學生。坦白地說，當時我選修您的課是有些心術不正的。我為什麼選了您的課呢？因為我在電腦裡查到了有關於您的一些資料，您自稱是「國際先知佈道團的成員」、「協助信徒具有先知預言、神蹟治病能力的專業牧師」。那時，我當然想學習這方面的能力，以解除我的焦慮；然而在另一方面我多少想試探您是否真的有這方面的本事，因為當時我不信這個世界上有誰能教導他人施行神蹟！

52

因此，在第一堂課時，當您在課堂上問我為什麼選修這個課程時，我大聲地揶揄說：「我想知道以利亞怎麼教導以利沙。」同學都笑起來了，咸認為我的回答有趣極了。您也溫和地笑了，用著英國腔的中文回答說：「但是你不能否認，以利沙的的確確就是以利亞教導出來的，不是嗎？」

正式的上課開始後，課程也一堂一堂地展開了。本來我認為您一定會在課堂施行一次又一次的神蹟，可是情況叫人有些失望。您和一般的老師並沒有兩樣，只選擇了老生常談一些《聖經》章節，特別是著重於《四福音書》，要我撰述閱讀後的報告，您的講述幾乎不離耶穌的行誼，讓人以為沒有耶穌，您的課就要上不成。同時，您嚴謹要求我們要遍尋各種中西資料，必須尊重名家的先前論述，都讓我們感到您故意在吹毛求疵。我還記得，您分配了我要親手做的「耶穌的編年紀事」、「耶穌行道地名考證與繪圖」專論，都很普通，也加苦了我。我被迫在一大堆資料中，必須按著《四福音書》的有關耶穌記載，按文索驥，枯燥地繪製圖表，就像是一個小學生做著永不完結的家庭作業。唯一感到安慰的，您會在課堂之外，個別找到我們，針對我們的程度，單獨與我們做長時間的對談。

總之，在開始的幾個月，我對您的課程是很失望的，您的課目名稱不是寫著「先知與預言」嗎？那麼您所教導的，到底和先知、預言又有什麼關係呢？您不是把我們當成小學生，做著這些無聊的課業嗎？

有一天午後，您大概看出了我的困難，在上課完畢後，託同學找到了我。在開放著春天花朵湖邊的您的木造研究室，於一組低矮的沙發上，我們展開了一連串的辯難。當時，您剛蒔完研究室外頭的小花園，正準備休息，穿著牛仔布料的藏青色吊帶衣褲還沾滿泥土，看起來精神頗為健旺，談興似乎很高。我先喝了一口您為我精心煮好的咖啡，然後攤開了我隨時肩負的一大袋子的筆記和書冊，有如農夫打開百斤重量的糧袋，抱怨說資料不足，無法查考許多的說法；並且有些資料相互衝突，根本不知道要相信哪一個！我帶著挑釁的口氣，特別指出有關耶穌被釘十字架後，下葬的墳墓問題，說：「有關墳墓的地點，只有〈約翰福音〉才提到：『在耶穌被釘十字架的地方有一個園子，園子裡有一座新墳墓，是從來沒有葬過人的……又因那墳墓近，他們就把耶穌安放在那裡。』其他的三個〈福音書〉裡都沒有提到是在哪裡；既然如此，我怎麼知道應該將地點標示在哪個方向上，是在『髑髏地』或東或西或南或北的哪個方向呢？有幾個猜測也許有用，但是於事根本無補，是無解的，要在圖上標示出來簡直不可能！」當時我的口氣應該是粗大無禮的，甚至夾帶著一種怨氣。但是，您彷彿沒有聽到我的埋怨，溫和地微笑說：「那就要憑你的判斷。近期以來，有關這個考證已經很多，你應該多加收集，自己理出一個頭緒，不以這個困難為困難。」然後，您從沙發起身，在您的書桌上拿起筆，用您老去但仍不失強健的手，有如一個熟練的開藥單的醫生，在一張用箋上急速地列出了一連串外國期刊和書籍名稱，少說也有二十幾筆，然後遞給我，要我努力去查閱這些資料。我當場嚇了一跳，知道大半的這些期刊和書籍都不是我所認識的，不禁佩服您對這個小問題的熟悉程度，也暗想您對《聖經》的研究真是深不可測，不是一般的教授可以比擬。

53

但是，就是因為您列出這些資料，讓我更加不滿。我放肆地大吐苦水，說這些日子以來，由於對耶穌行止和地點的考察，日常生活已經被搞亂了，變得即使一口飯也難以下嚥，我的大腦填滿有關耶穌或是真實或是猜測的故事情節，簡直是漫天飛舞，支離破碎，更加難以想像整個基督神學了，幾乎要認不得基督神學是什麼了。我倒希望回到從前，只要有一幅簡單的耶穌形象描述就好。同時，我向您強調，上您的課的主要目的是為瞭解答什麼是「先知」，而不是要瞭解其他一般課程都可以學到的普通問題。您靜靜地聽了，坐回沙發上，說：「你說的對，你現在的大腦是一團亂了。我也知道你前來上課的真正目的，並且也知道你的苦惱。不過你終究會瞭解什麼是先知的。」您又細心地勸我再喝一些咖啡，並幫我把書單仔細地放入書袋子裡，彷彿要看穿這個內心無比淺薄混亂的我，說：「我現在要你暫且忘了你正在做研究，因為這些對你來說都是文字上的，本質是體力上的考掘工作。我現在請你把注意力轉移到心智上，只問你一個簡單的問題，你懂了，不久就懂得什麼是先知，甚至懂得整個基督教；不懂，就仍是全部不懂。」我聽了，以為您只是在為自己不符名實的課程找託辭，也誤以為當中有您對我的輕蔑，就毫不遲疑地說：「請發問吧！」之後，您突然用著藍色的略顯老去的眼睛，就像一隻遠古的鷹隼，隔著矮桌，嚴謹地注視著沙發這一頭的我，說：「你已經考掘了那麼久的《四福音書》，那麼我要請問你：你相信耶穌被釘十字架、埋葬之後又死而復活嗎？」

您當時的確是這麼問的。簡單地說，您在問我信不信耶穌死了後是否還可以復活。我還記得，您發問時，眼睛就盯著我看，沒有移開，也不再說話。我被問，立即陷入了思考。此時，春天草木的光影明滅在簡單乾淨的研究室裡，室內頓時安靜下來，靜到能聽及外面湖水湧動在岸邊的「啵啵」盪漾聲。

這個問題可以說非常突然，我沒有想到您會問我這麼淺薄的問題，因為不久前，在我閱讀《四福音書》時也曾做過長久思考，最後覺得這個問題沒有答案，早就將這個問題定調為信徒的良心上或者是感覺上或者是情緒上的問題，將它擱置下來，暫且不予考慮。

為什麼我會暫且不考慮這個問題呢？原來，在剛做耶穌行止的研究時，我也曾仔細翻閱過《四福音書》的最後章節，當我仔細讀完耶穌無罪被釘死在十字架時，心裡突然產生一種「不平衡」的感覺。我做個比喻，假如說耶穌救人無數的事實被放在秤子的左端，由於這些熱愛世人的事實很多，是真真正正具有重量的東西；那麼相對的置放耶穌最終命運的秤子右端，也應該要放上許多名譽、地位、權力這些有重量東西才對。如此，左右兩端才會平衡。可是事實上，耶穌是被判死刑的，最後與兩個糟糕的凶犯一起被處死，祂頭戴荆冠，血水直流，受盡言詞侮辱，不但死得輕於鴻毛，並且可說是惡名昭彰。這就使得秤子失去平衡，產生傾斜終至於要完全倒塌的危機了。

54

我曾經想過，要如何才能使秤子恢復平衡呢？那當然就是〈福音書〉裡記載的耶穌復活這件事。假如祂復活了，那麼就還給耶穌一個公道，結果這個彷彿置放在宇宙穹蒼中的秤子還是平衡的；假如不復活，那就是永遠的不平衡。可是，要相信一個死去的人可以再復活，這是多麼大的難題，在我們的人世經驗上根本找不出這個現象。所有的科學都告訴我們，人只要是真的死了，要復活根本不可能，何況是已經死了三天，屍體就要敗壞了；就譬如是一朵百合花，它枯萎了，顏色變黃了，香味消失了，到了第三天，已經從梗上掉落，你卻妄想它可以再生枝頭，並且重新綻放，根本是一場痴心夢想。我初步覺得：這是萬萬不能的！我這麼認定，就不覺得這是一個需要追究的問題，不可能的終歸是不可能的！我決定將它擱置下來。

但是，在心裡頭的那一端，我的「不平衡感」並未消失，而且似乎這個感覺有日日增大的現象。原因在於我為了研究耶穌行止，不可能不反覆看這段記載，每當我多加一次看這段記載，就增加了一些「不平衡感」，起初不以為意，但是日積月累下，感覺愈來愈不舒服，終至於形成一種具重量的東西，負荷在我的心頭上。不過，我還是百般艱難地將論斷強行擱置下來。

在這裡，我必須強調我本性上一個無法擺脫的缺點，那就是我對不平衡的東西過分敏感。從國小開始，我就常常被不平衡的東西所驚嚇，諸如一株傾斜的小草、一棟傾斜的小屋、一塊傾斜的高山岩石都會引起我的不安，有時在街上突然看到一個姿態傾斜的人由我面前走過，都會叫我害怕而暗自呼叫起來。國中時，我開始學會了用一些物理學的知識來解釋這些不平衡的東西在背地裡仍隱藏著平衡，否則我就不能泰然。在高中後，由於心智的成熟，這個缺陷慢慢被革除，不過還留有遺跡，在沒有防備下，它仍會造訪。大學時有一位哲學系的師長曾對我的缺陷做了一個諷刺，他說：「黑格爾曾謂：凡是存在的就是合理的。意思是說合理是存在的一個必要條件；而你則是不停對自己說：凡是存在的就是平衡的。換句話說你認為平衡是存在的一個必要條件。你這算是哪門子的真理呢？」我聽了，只能苦笑，無法加以回答了。對於這個缺陷所引起的種種困擾，我不想在這裡說得太多。我只是想說明，耶穌被處死的這件事，所引發的我的「不平衡感」絕對不是輕省的。

在這裡只有一條路，可以卸除我的負擔，那就是說我乾脆承認耶穌死而復活，問題就解決了，無奈我始終都不肯這麼做。具體地說，在良心、感覺、情緒這些主觀方面，我願意承認耶穌死而復活，以卸除負擔；但是理智上卻使我不能承認耶穌死而復活，因為人世上沒有這個例子。最後，我仍決定背負著重重的「不平衡感覺」，假性地取消了這個問題。

因而，當您問起這個問題時，我就陷入了完全沉默的思考了。不！不只是思考，而是那種「不平衡」的感覺突然回來了；並且由於面對您的嚴謹問話，那個感覺竟彷彿洶湧的黯黑潮水，逐漸變得澎湃起來，慢慢就要將我淹沒了。還記得，當時，您的研究室裡，有一道破碎的陽光從樹隙、再從木製的窗格子攀爬進來，落在桌上，閃閃爍爍，有如一群細小的發光珠子，跳動在桌面。我彷彿一株企圖避開陰暗無光世界的向日葵，彎著身子，低垂著越來越沉重的臉，一直向桌面破碎的陽光珠子靠近。忽然，不知道為什麼，也許是陽光珠子刺激了我的眼睛，或者我覺得重荷的日子結束了。我抬起頭來，打直了身子，毅然對您說：「因為耶穌是神，我可以相信他死而復活！」

55

我的話剛說完，奇怪的事情發生了。

麥格那牧師，如果不是寫這個手札，我是不隨便告訴他人這個奇怪的現象的，因為我害怕別人會批評我看到幻象，將普遍的經驗當成至深的真理。不過對當時淺薄的我來說，那的確是一個最大祕密，一個神蹟，是我信仰的起頭，為我揭開了千里黑暗的無知之幕，瞬間將我置放在朗朗乾坤的基督世界，我不願意隨便就告訴他人。

什麼奇怪的事情呢？

就在我的回話結束的那個剎那，我看到了（也可以說是黑暗心底顯現了）一系列光輝的影像，那是一連串的動態視景：首先有一個躺在襁褓中的嬰兒被放在非常接近地面的夜晚天空下，天空上群星閃爍，連成一條又一條銀河，每顆星子輝煌奪目，都像牡丹花那麼大。而後是一個打著赤膊的年輕人，在工作檯旁努力刨著木頭，那工作檯就在一個院子裡，旁邊就是一棟禾稭土塊搭構的房子，那個年輕人應該是個辛苦的工匠，他的顏面黑赭粗陋，有汗不斷從他年輕的額頭皺紋中滴滴掉落，每顆滴落的汗在地面上都凝結成一顆顆霧白的珍珠。我又看到一條溪流和沙漠包夾而成的蜿蜒小路，一隊人往前急走，彷彿要趕往遠方，他們穿著寬鬆的袍衣，頭上纏著頭巾，困苦地趕路，赤著的腳不斷揚起沙土，帶頭的那個人，手腕像匠人那麼強健，關節特大的手中握有一根杖，杖頭雕鏤著一條被馴服的張口無牙的蛇，那根杖彷彿是剛出爐的新鮮銅杖，被鍛鍊得閃閃發光，我不曉得他為什麼能舉那麼重的杖。我又看到，在一個石塊磊磊的丘陵荒地上，許多灌木到處叢生，遍地還長了許多荆棘，太陽十分炙烈，一大群包著頭巾的人站在一棵樹木下圍著一口井，有男有女，好像在圍觀什麼，原來有一個婦人生病了，躺在井邊，手中抓住一條繩子，繩子綁著一個木造的桶子，當中有一個壯漢，正低下身去看她，他伸開他粗糙的手（露在袍子外面的手腕上的細毛就被看到）拉起了婦人，那婦人就站起來，好像痊癒了，然後他接過了繩子，往井中去打水，分給大家喝，那倒出來的水彷彿是從他手中溢流出來的水，在苦毒的陽光中像是一小匹一小匹發亮的白緞布。我又看到一個古老小城，地形高低起伏不已，許多石頭、泥土的矮屋堆疊在那裡，看起來很雜亂，有許多彎彎曲曲的道路，有一群士兵，押解著一個人，後頭跟隨著許多人，有人垂頭不語，有人高興歡呼，他們走在一條街道，盡頭是一個往上的斜坡，從地勢看來，離開那個街道，應該就是郊外的山丘，那個被押解的人有一串鐵鍊繫住他的手腳，他的黧黑的臉面被毆打得腫脹起來，滿是血跡，就是單薄的衣裳也被血染汙，十分襤褸噁心，有一滴又一滴的血從他的臉上滑落下來，掉在腳上的鐵鍊上，再掉在街上的細石裡，濺開，就開了一朵朵霧白的花，好像番石榴花。……最後有兩個視景，最是難忘：有三個十字架，上面沒有人，被豎立在一個惡石磊磊的小高地上，烏雲密布，人們已經離開，四周空曠，看不到任何活著的東西，但是中間的十字架特別高大，彷彿是鐵做的，質地厚重，發出暗鬱色的光輝，一直矗向高高的雲端，我正驚訝世界上為什麼會有這麼大的鐵柱時，整個景色都移動起來，那個小丘逐漸往遠方移過去，到最後，再也見不到小丘，四周頓時被黑暗籠罩，彷彿午夜，只是還可以看見那遙遠鐵柱頂端發出的光輝，像遙遠的一盞燈，照亮在遠方的天際線。我又看到，在一個村子裡，似乎是鄰近中午的時候，有明亮的陽光，可以看到低矮的平頂房圍繞著村莊，許多草木都開了花，遠處還有一座山，先有一群人，站立在一個做粗活的年輕人身邊，聽他講話，然後天空有很大的聲響降落下來，好像雷聲，但是沒有雨落下來，那個做粗活的年輕人整理好他的單薄衣袍，好像要啟程離開，一一向他們告別，我以為他就將要向著離開村子的那條路走去，但是，在響雷的天空盡處，卻突然有一團發光的雲霧由天空捲落下來，將那人提高，逐漸向天空飛去，那個做粗活的年輕工人的身子像一隻鷹，衣服飄起好像兩隻翅膀，只是他十分粗糙的腳還可以被人看到，讓人知道那是走了許多路途的皴裂的腳，他飛起的速度不快不慢，最後消失在天空太陽耀眼的光芒中。

56

我在這裡說了這麼多的視景，事實上我看到的不只這些。我心裡知道，它們明顯地在述說耶穌一生的故事，從出生到復活升天，具體地用了視景，對著這個不信祂的我一一地顯現出來。雖然是這麼多的情節，但是卻不是紊亂的，它們非常有序，明明白白呈現在我的眼前，又像是一幅幅雕刻，生動有力地刻在我的心版上，叫我一看完，就記得它們。

麥格那牧師，我不瞭解，當時的您是否知道我已經看到了這些生動的視景，因為雖然這些有關耶穌的一生的事蹟如此之多，但是我彷彿只在一瞬間就看完了，也就是在我挺身說完「因為耶穌是神，我可以相信他死而復活！」這句話的下一秒鐘或幾秒鐘之間，我已經看完一切的視景，除了我的內在由不信耶穌變成信了耶穌以外，什麼也沒有改變。我猜測，也許您已經知道我看到什麼，也許根本不知道我看到什麼，這兩種都是可能的，因為當時我並沒有告訴您有關我所看到的。但是，您變得非常驚訝，站立起您老去但仍顯得高大的身子，用著一向洪亮的聲音說：「真的，阿傑，你竟然說你信耶穌死而復活了，這是多麼不可思議的事情！」您忽然變得年輕起來，好像一個雀躍的小孩，跑到我的前面，把我從沙發上用力拉起來，忽然就抱住我，一連幾次說：「多少年來，我不曾聽到有人這麼說了，這是多麼希奇的話啊！」您幾次熱烈地將我抱緊，只差沒有親吻我，叫我呼吸都要困難起來，然後又放開我，呵護地拉著我的手，要我坐下，彎腰下來，讓您多毛的大臉靠近了我的臉，細心說：「好！好！你說得真好。這是一個祕密，是你的最大祕密，也是我的最大祕密，我們是同一個人，在這裡，我們完全合一了！你這一生一定要記得你曾經在別人面前說過這句話，就是將來，不論你去到哪裡，都應該記得你說過這句話！」您變得越來越興奮，在研究室裡走了一個圈子，又走了一個圈子。然後，去您滿是文件資料的桌上，拿了一本和合本的《聖經》，您翻開了保羅所寫的〈羅馬書〉十章9—10節（那是您用紅色、藍色的鋼筆特別標示出來的一段文字），要我念一遍，文字上就這麼寫：「你若口裡認耶穌為主，心裡信神叫他從死裡復活，就必得救。因為人心裡相信，就可以稱義；口裡承認，就可以得救。」您堅定地告訴我，由於我相信耶穌死而復活，我不但已經免去原罪而「稱義」了，將來還會「得救」，我已經在一躍之中，離開了這個本質上由罪惡所構造完成的眼前世界，完完全全跨進基督的國度了。您還詳細地說，在這個世上，能信耶穌死而復活的人簡直是鳳毛麟角，即使是耶穌復活的當時，被告知的十二個門徒中，還是有人不信，就像是多馬這個使徒，非得要親眼看見身上有釘痕的耶穌本人才肯相信；因此，耶穌在責備多馬之餘，感慨地說：「你因為看見我才信；那沒有看見就信的人有福了。」您因此又堅定地對我說：「孩子，你就是那個更勝於多馬，為耶穌口中所說的那個有福的人了！這個福氣，將使你不久就懂得先知是什麼！」您說完後，我就在您的眼角，看到那閃閃發光的眼淚了。

的確，那天，我看到了您眼中所含的眼淚，就像是有人看到一個歷經難產折磨的嬰兒終於被生出來所流出來的那種眼淚，表示當時在那木造研究室裡的您的確萬分激動。不過，當時親臨其事的我倒不像您一樣地激動，我只是感到很意外，想不到耶穌竟會以活生生的影像，出現在我的面前，提醒了我：耶穌是可見的，他還活在這個宇宙中的每個角落，隨時都可以與我們見面，不只是一堆已經流行兩千年的文字傳說而已。

然而，假若不是隨後更深刻的一連串肉身經驗，經過了一段時間，我對那些視景一定會淡忘；或者竟認為那些只是過度研究耶穌行止所產生的幻象，不足以取信。幸好，過了幾天，情況有了更加意外的發展，將我帶入一個難以解釋的世界，使我對《聖經》的理解越來越透徹明晰，最後竟能理解先知的奧祕了。

57

就在我親眼見到耶穌一生事蹟的一個星期以後，我在山上教會的餐廳裡看《聖經》。記得那是一個陽光明麗的中午，由於用餐的人都已經離開，餐廳裡頓時空曠起來，只有洗滌碗盤的女服務生在廚房那裡工作，碗盤碰撞的細碎聲音不斷傳來。我為了趕一篇叫做〈摩西眼中的上帝〉的午後課堂報告，沒有時間回宿舍，就搶時間利用了餐廳，開始閱讀摩西所編纂的〈創世紀〉的篇章。那時，我不知道心竅被什麼東西蒙住了，竟然變成好像對《聖經》完全陌生一樣，翻開《聖經》的第一頁，就由〈創世紀〉第一個字念起。以往，我是不會在意《聖經》的起頭的，因為那些文字非常普通，不過就是一些無關緊要的傳說，而且因為寫在最前面，即使是非基督教徒都已經知道那些傳說的細節，甚至有些近代有名的基督教學者也堅持，這些傳說對基督教學說構成了阻礙，只有刪除這些傳說，基督教的教義才說得通。總之，摩西所編纂的這些傳說根本是不值得再看了。可是那時，我卻感到對這些文字有一種莫名的生疏，有再仔細看它們的義務。當我由第一句「起初，神創造天地。」開始看時，生疏感非常濃厚，彷彿是從來沒有念過的文字一樣，再接著念到「地是空虛混沌，淵面黑暗；神的靈運行在水面上。」時，更感到陌生，好像《聖經》裡根本沒有過這些句子。尤其是「神的靈運行在水面上」這一句，陌生感無比濃厚，使我頓時感到無措起來，我竟不知道它實際所指的是什麼。我當時憶起了教我們希臘文的教授曾解釋說：「這裡的『運行』這兩個字也有人翻譯成『覆翼』，意思是說，神的靈就像一隻鴿子，棲息覆蓋在水面上，好像要孵育出萬物一樣。」不過，當時我不覺得希臘文教授所說的「覆翼」這個解說是好的，因為過分靜態，缺乏了能動性。我還是喜歡「運行」這兩個字，它令人想到，在無窮黑暗的宇宙水面上，巨大的聖靈一刻不停地臨到每個地方巡行、看護、照顧，有如一種浩大滾動的動力。當我如是地辯證，心裡就禁不住活躍起來。忽然，我就感到頭頂上的天靈蓋不見了，彷彿整片被人拿開了，我的頭頂變得空空洞洞，好像敞開的一個容器；然後天空彷彿也同時裂開了，有一股很大的力量從天上降下來，有力地落在我的背後，像一座很高的山，它降下來後就不想離開，似乎在後面支撐著我，靜靜看著我。我大吃一驚，站起來，拚命回頭去觀看，只是什麼也沒看見。我看到的背後仍然是一排排發亮的餐廳桌椅，以及餐廳外無限的湖光山色，只是那股巨大高山一般的力量已經臨在了，並沒有要移動的意思。我非常的震驚，感到情況很不平常，臨在的那股力量雖然是完全的抽象，但是我似乎可以略為聽到千軍萬馬的眾水在背後流動的響聲，不是在那座山之外，而是在那座山裡面，似乎那座山就是眾水的出處。如此一來，幾度我竟認為來到了宇宙的源頭處，正置身在一道浩大的無形的瀑布底下，水正從天際直沖地面的湖海，能撼動了我的心魂。那個下午，我的報告完全失敗，我記得曾向同學勉強陳述了許多摩西對上帝的看法，但是我彷佛說不出什麼，也聽不到老師和同學對我說了什麼。

58

我承認，打從我進入山上教會求學以來，從來沒有一次這麼緊張過，即使是面對不留情面的希臘文聖經口考時，也不曾有這種亂了方寸的現象。這種情況就像是在毫無登山的裝備之下，突然攀登上一個萬峰絕頂，我不知道是怎麼爬上來的，現在也不知道怎麼攀爬下去。我忙亂地找到許多的同學和教授，要問明這究竟是怎麼一回事。我語無倫次地問著他們說：「你看！現在我的背後有一座無形的山，雖然看不到，卻可以感覺到。只要我往後一伸手，就似乎可以觸摸到了，只是我什麼也摸不到。它非常巨大，難以形容。這是我閱讀一段《聖經》之後所得的感覺，你們以前念《聖經》時也曾有這個現象嗎？您們要不要告訴我，它究竟是什麼東西呢？」許多的人聽了我的述說，都笑了，認為我無事找事，自尋煩惱。有些人則認為我已經落入神祕主義的陷阱，把虛空的東西當成真實來看待，大腦已經有問題了。甚至有些人認為我走入了邪道，無可挽回了，我還記得教導我們「基督教思想史」的教授用了整整一節課的時間，在教室裡當面給了我極其難堪的斥責，他詳細解說了公元一世紀到四世紀諾斯底教影響底下的摩尼教對基督教的嚴重滲透，然後不客氣地論斷我終將成為一位「泛諾斯底派」的基督教異端，他下了一個論斷，說：「現在，你會說你置身在宇宙的源頭，不久以後，你就會說你是上帝了！」他的說辭讓我慚愧得不知道該如何辯解！

的確，我不應該公開地張揚我的私人基督教體驗，特別是在那麼多資深的前輩之前，這種張揚除了顯示我的確是個初信者以外，別無意義。當時我退了一步，這麼想：固然我有我的神蹟啓示，別人也不乏有他們的神蹟啓示，彼此之間不一定會有公約數。當他人忽然間聽到我宣稱一則奇怪的神蹟啓示時，必然會引起探究性的緊張，跟著就以一己的經驗對之做出若干論斷，有時論斷可能是寬大的，有時是不客氣的，這是正常的，事主的我不應該有第二句話，唯一要做的大概是反躬自省，深自檢討。因此，我自覺並沒有權利反駁他們，特別是被那位教授斥責以後，我頓時沉默起來，不敢再張揚這個奇特的經驗。如此，沉默下來之後，我反而能靜靜地體察背後這股力量與我之間的微妙關係。我開始發覺，這股山一般高大的力量是溫暖的。當時，春天的山上氣候尚處於微涼之中，早晚溫差甚大，每當我的身子被冷涼侵襲時，陷入了冰冷之中，只要我意識到它挨近過來的時候，就有一股暖流明顯傳達到我的身體來，將冰涼降低，暖和的氣息會擴散全身，使精神振作起來，頭腦也因之變得異常清醒活躍。當我睡去的時候，它也沒有離開，好像將我包裹在一個毛毯裡，緩緩護送我進入夢鄉。這時，我才猛烈體會到「運行」這兩個字為什麼也可以翻譯成「覆翼」的原因：它的確像是一隻巨大無比的鴿子，用它的羽翼，將我整個遮蓋覆住（我終於慢慢知道這股力量的真正身分了）。最奇怪的是，我並沒有像那位教授所說的宣稱我是上帝，不！我不但不能稱自己是上帝，卻反向感到自己的渺小，在這股力量之下，簡直沒有我存在的餘地，我不過就是山下的一顆沙塵，是否存在都有問題：只有這座山，祂兀自高達天際，擁有無比的榮耀，只有它才是真真正正的存在。最後，只剩下您是我唯一敢於告知這個經驗的人。記得我又來到您的研究室——那個叫我承認耶穌死而復活的地方，同樣是午後，同樣有許多陽光珠子滾動的矮桌，我又坐下來，把我的感受詳細地講一遍，然後略顯擔憂地問您：「我是不是真的中邪了，要是它不肯離開，永遠站立在我的身後該怎麼辦？」您先是聽得非常認真，彷彿陷入沉思；不過當我問話完畢後，您笑得非常燦爛了，然後說：「孩子，我先不告訴你有關你的狀況，但是你自己會知道怎麼處理這件事。如果換上我，我才不要祂離開我的身邊半步。」您說完，拍拍我的肩背，一直說我果然是有福的人了。

59

麥格那牧師，您說我是有福的人，也許是對的。我並沒有付出任何的努力，就白白領受到這股巨大的力量的存在，真的，很少人像我這麼幸運。我應該感謝祂的臨到，並且永不離開祂半步才對。可是，我竟決定請祂離開了。原因是我已經知道祂臨在的目的；同時祂的臨在也讓我深感抱歉，我不應該叫祂與我這個不潔的人處在一塊，祂沒有義務護衛這個惡習甚多的我，對於聖潔的祂而言，這是有損的。記得，就在第三天，我利用課後的夜晚，去到了尚有明亮燈光的被稱為「方舟之屋」的教堂大廳裡，當時沒有人在那裡，所有的祈禱桌椅空空蕩蕩，只有十字架兀自高掛在多層次講台的牆壁高處，彷彿靜靜地等待有人前來哀告。我先跪在講台底下，做了深而且長的禱告，巨細靡遺地把近日所做的得罪神的事說了一遍，但願神永不記念我的這些錯誤。然後，我放大聲音，對著身後的那股巨大的力量說：「神啊！如果我猜得不錯，祢正是《聖經》所說的三位一體中的那一位——聖靈上帝，祢正是覆翼在黑暗的宇宙淵面上的神的靈，我要感謝祢這三天以來的照顧。我已經知道祢向我顯現的真正目的。祢向我顯現，好叫我能知道，在創世以前和以後，祢都是永在的。祢也告訴我，《聖經》上所寫的傳說，哪怕是多麼不合常理，也都隱藏了真實在裡面。這個宇宙正是由耶和華上帝的創造和聖靈上帝祢的覆翼而成，這是一點點都不假的事實，我終將不會忘記祢的垂訓，直到老死都不忘記。但是，現在我要請祢離開了，我多麼感謝祢！」我如此地說了三遍，聖靈就離開，讓我不再感到祂站立在我的背後了。

雖說是「離開我」，可是我知道祂並沒有完完全全地離開，只是不再站在我的背後而已，事實上祂仍在不遠處，還可以讓我感到祂的溫暖，隨時都可以回來。我能感受到聖靈彷佛有千言萬語想對我訴說，祂正伺機訓誨我、指導我，就像一個母親撫育祂的兒女，好讓祂的兒女能脫離無知，儘快長大成人。果然，我開始有了許多的神奇的異夢，每一個異夢都使我窺見了神的若干奧祕。比如說，那時我們的哲學課正在討論「當代反基督與無神論思想」的專題，教授要我們努力查考那些思想的深層歷史脈絡。無知的我立即被尼采、羅素、沙特、傅科甚至是海德格的思想困住了，一時之間看不出那些思想的本來面目。在課堂上，我參與相當激烈的辯論。由於我一向對這些哲學家存有若干的同情心，在上課時竟忘記了神學的立場，企圖在這些哲學家的言論裡找尋他們也有基督教信仰的蛛絲馬跡，好為他們做辯解，因此常受到老師和同學的譏諷。我毫無警覺，在不服輸底下，整天待在圖書館，甚至翻找資料直到三更半夜，緊緊抓住對我有利的證據，不肯罷手；我的頭腦變得異常雜亂，皮膚泛紅，就像一個追逐野獸幻影的獵人，深入叢林，到最後竟危及自身，找不到退路。這時聖靈會將我帶到祂所做成的夢境中，叫我恢復正常的心智。記得有一個夢境將我帶到一個藍色無限的海洋，我枕在一團海草上，海水不斷沖刷過我的頭部，有許多黑色的鰻類就被洗出頭部，在夢中，我可以看到那些鰻類的嘴巴上有一根根的細針，可以刺進任何人的神經，引發甚大的痛苦；夢醒時，我彷彿大病痊癒，決定放棄了一些過分異質的反基督論說，從此不再追究。還有一次，我火燙的身子被置放在一條清澈的小溪裡，隨著淙淙的溪水向下流，兩岸樹立的一座又一座的墓誌銘、樹木、房子、山丘慢慢都崩倒塌陷下來，溶化在溪流中；然後，我的身體在溪流裡也開始溶化，與溪水一齊流向寬闊的大海裡，我不再能抓住什麼，感到完全的自由了，那時朝陽正在升起，將大海照耀成一片的金色，風光無限；我從夢中醒來，就感到全身都輕鬆起來，再也不願回頭去瞻望那些無神論的哲學。這些教導，一個接一個深植在我的內心裡，慢慢將我從軟弱中拉拔起來，叫我面對一切的思想時能有取有捨，堅強自持。之後，我更常感到聖靈有一天終會給我更大的一個恩賜，將我帶入信仰的玄妙的殿堂中，這個日子不會太遠。果然，不到幾個月，一個異象的來臨，使我完全瞭解了先知的奧祕。

60

記得那是去年夏天，由於學期即將結束，您所教導的有關先知的課程似乎還沒有進入重點地帶。有太多耶穌事跡的考掘研究討論，把上課的時間吃掉了，我們幾乎可以感到，您所上的課即使不完全失敗，也將要名不符實。不過，就在這個時候，您開始拋開一切，努力地講論先知的道理了。我還記得您由舊約挪亞到新約的使徒為止，至少列出了《聖經》裡五十個以上具有先知能力的人，將他們分門別類，無比認真的談起他們的本身的條件和事工，甚至一一辨明他們能力的高下。剛開始時，我們沒有感到您的課程是奇特的，不過很快的，我們感到情況正在轉變。由於自挪亞以來，神的許多重大的意志和計畫都依賴這些先知傳達給人們知曉，這些先知的人生總是被一件又一件的神蹟所包圍，結果我們在課堂上討論這些人物的時候，就不知不覺中被一種莫名的氛圍籠罩，當中尤其是我所熟悉的聖靈臨在的那種感覺就變得明顯起來，叫我深深感到您的授課日漸具體而實際起來，的確異於其他依文解義的老師。有一次，由於我們有大半學生把先知的條件偏頗地放在個人的行為上來論斷，誤認每個先知人物品性的良好是成為先知的必要條件，使討論離開了方向，始終談不到重點，您立即終止了我們的討論。您明白地告訴我們：「神才是先知的決定者，與先知的品格無關，即使是一個被認為敗德的人也可以成為先知。不過，每個先知當他行事時，必須先有神的臨在和啓示，缺乏了神，什麼也做不成！」您舉證了被大魚吞食三天後又被救回來的約拿這個先知說：「在《聖經》裡，我們還很少看到像約拿這麼不聽從神意的人，他個性懦弱，缺乏替神服務的熱忱，將自己的利益置放在神的旨意之上，行為談不上怎麼好，可是神還是讓他成為先知，而且是《聖經》裡赫赫有名的先知。」為了更進一步說明先知與神的密切性，您又舉證了活在公元前六世紀的先知以西結，他一生對以色列人說了無數靈驗的預言，甚至能透過說預言使一大堆的枯骨復活成為活人，祕訣無他，就是神與他同在。您一面說一面用熟練的手，沙沙地翻到〈以西結書〉三十七章1—10節，大聲地念起來：「上主的靈臨到了我（注：指以西結本人）；他的靈帶我到山谷中。那山谷到處是骨頭。他帶我走遍山谷；我看見山谷裡鋪滿乾枯的骨頭。祂對我說：『必朽的人哪，那些骨頭能再活過來嗎？』我回答說：『至高的上主啊！只有祢才知道。』祂說：『要向這些骨頭說預言，告訴這些枯骨要聽上主的話。我——至高的上主對他們說：「我要吹一口氣進你們裡面，使你們再活過來。我要使你們生筋長肉，包上一層皮。我要吹一口氣進你們裡面，使你們再活過來。這樣，你們就知道我是上主。……」』於是，我遵照上主的命令說預言。正說的時候，我聽見了瑟瑟的聲音，一陣騷動，骨頭彼此連結起來。我看的時候，枯骨開始生筋長肉，包上一層皮，但是軀體沒有呼吸。上主對我說：『必朽的人哪！你要向風說預言，告訴它，至高的上主這樣說：「從四面八方吹過來，吹進這些軀體，使他們活過來。」』於是，我遵照上主的命令說預言，氣進入了軀體；軀體就活了，站立起來。他們的數目多得足夠編成軍隊。」您這麼念完，也許是大家已經瞭解您的意思，或是這段經文的事蹟相當驚人，教室裡頓時鴉雀無聲，那時，我就感到聖靈臨在的現象非常明顯，祂彷彿呼應您的念頌聲，正盤旋在教室的上空，覆翼著我們，使教室剎那之間神聖起來。那時，我才知道您是一個非凡的教授，在聖靈的經驗上難以測量。

的確，您的課變得越來越緊湊，也變得越來越精采。您開始告訴我們，一個先知就是能遵照神的指示，說著靈驗預言的人。這些預言的來源有四：一個是來自神給他的異夢；一個是來自神給他的異象；一個是來自神對他說的話；一個是來自日常生活的神蹟異事。您詳細為我們解說睡覺時發生的異夢和一般的夢之間的差別、白天時所見的異象和一般所見的萬象之間的不同、神的話語和一般人們語言的差異、日常生活的神蹟事務和日常的生活一般事務的分別。要我們在行住坐臥之間，體察我們可能獲得的神的細微啓示，一再地要求我們不能放棄神給我們訊息的蛛絲馬跡，您的教導竟然變成一種我們靈性的細密鍛鍊，使我們彷彿感到有一些奇異的事就要發生在我們的身上。

61

學期即將結束的那個星期，您突然停止課程，您說您應該教導給我們的基本先知認識都已經講完了，最後的一堂課可以放任我們閒話家常。您先剴切地說，按照馬丁路德的說法：在舊約的時代，非凡的人物才可以擔任祭司，但是如今，凡是基督徒就是祭司。馬丁路德的這個說法是正確無誤的。因此，您現在也要強調：在舊約時代，先知是具有非凡才能的人才可以擔任，但是如今的基督教徒，每個人都是先知。您因此要求我們每個人現在都可以登上講台，講一講自己的先知經驗，您輕鬆地說：「任何不起眼的經驗都可以說。」我們一聽，都呆住了，先前您一再申明真正的先知的人數是有限的，使我們對先知們感到高不可攀；現在卻網開一面，認為我們每個基督徒都是先知，這種教導真是出乎我們的意料之外。當下，我們只好每個人輪流上台，含糊其辭地講述我們不甚清楚的若干經驗了：

當時，有一位擔任傳道多年的同學站在講台上，他說在許多年前做了一個異夢，那個異夢將他置放在一個湖光山色的教堂區，他走遍夢中教堂台階的每條小路，手上拿著幾本書籍，那些書籍不斷變換顏色和形象，彷彿是紫的、紅的、白的、藍的洋繡球花，到最後再也分不清他手上拿的究竟是書籍或是洋繡球，由於那些花長得相當漂亮豐盛，是他很少見過的，所以異夢的內容一直保留在他的記憶裡，並沒有忘記；去年他考上了這個研究所後，攜帶著行囊來到這裡，發現他夢中所見的教堂就是山上教會的教堂，而教堂台階之外的那幾條小路兩旁的花圃，赫然種滿了一圃又一圃的洋繡球；他感慨地說，原來幾年前，神就在夢中告訴他，有一天他會來到山上這個神學研究所進修，人生豈非老早就掌握在神的手中？他問您這個異夢算不算是先知的一種異夢。

您聽了，非常高興，一直稱讚這位傳道同學的美好經驗，不過您也認為凡是先知的職責都是向別人說預言，對自己所做的預言固然也算預言，但還不算是很標準的預言。另一位女同學則披露了一則更為奇妙的生命經歷，她來自一家有幾百個信徒聚會的大禮拜堂，在那裡替人做業餘的禱告服侍；有一次，教會剛結束了禮拜，所有的人都蜂擁地走出門口；她就看到一個穿著潔白襯衫的中年男性教友提著淺黃的公事包，站在大教堂門口的走廊上；當時天氣良好，陽光充足，照得這位男士的頭髮、衣服、手錶發出了亮光，宛如站立在一團白光中；不過這時，她看到有一朵黑色的雲朵突然飛掠過來，貼在那位男士的背上，她本來以為是午間走廊的陰影遮住他，不過定睛一看，那黑色的雲朵變成一大頁的報紙，彷彿是一篇經濟理論的文章，密密麻麻的文字都刻寫在上面；她本來想走上前去，替這位男士把這篇報章拿開，這時才發現那些文字好像是一粒粒的鉛字，一字一句地地塌落下來，再也黏不住在紙面上，情況就好像是一棟現代規格的房屋倒塌了一樣；這個異象出現的時間維持很長，叫她能知道這位男士最近可能在工作上出了問題；異象消失後，她立即走到這位男士的面前，把她見到的異象說了一遍；她認為這是神給他的事先警告，凡是最近他經手的有關經濟方面的事務都要注意，因為這個異象可能預示他將會牽涉到財務上的一場失敗；由於異象沒有牽涉她自己在內，隨後她就將這件事忘記了；不過半年之後，那位男士教友送了一份禮物來答謝她，他說她所看到的異象幫他解決了一宗龐大的建築投資方案，當時他對這個方案疑信參半，陷入了猶豫不決之中，不能決定是否付諸執行，每天都做禱告，希望神能給他一個答案，在聽到她的勸告後，就斷然取消了；事後證明這是一宗錯誤的投資，如果實踐了，他的建築公司可能從此就見不到天日。她說完，問您說這算不算是先知的預言。您聽了，笑得很開心，不斷稱讚這位同學，明白地說這正是一個標準的先知預言了，也證明了「信徒皆先知」的說法確實無誤。您的鼓勵使大家的談興高昂，更多人都上台說了不可思議的經驗。

62

我是在末後才勉強上台的人，由於我正式接觸基督教的時間很短，從來沒有為他人做過服侍，沒有過任何的先知預言的經驗，根本不知道要如何談起。打從上您的課以後，神的確給了我一些異夢和異象，使我在很短的時間加大加深對神的認識，但是都只是涉及了我個人的靈命問題，對他人毫無助益，即使搜盡枯腸，終究想不出任何東西向大家訴說，在這個情況底下，根本沒有我說話的餘地；可是您還是不放棄我，一直鼓勵我說一說實際的經驗。在不得已的情況下，我只能在焦慮中說出最近所看到的一個異象，這個經驗是這樣的：

記得就在暑假前的六月的下旬，我們山上教會的氣候非常不穩定，一天之內，晴空萬里和烏雲密布交換好幾次，我們無法知道是什麼原因所造成，就把它歸之於全球氣候變遷所導致的結果，但也因此使得山上的湖色風光在流動變化中顯得格外美麗，尤其是傾盆大雨過了以後，太陽很快就露出臉來，洗滌後的山上風景會變得更加清新，所有的草木在飽滿的水氣中益發楚楚動人。有一個正午，我在圖書館大樓後面的宿舍小睡之後醒來，發現及時雨剛剛下過，空氣變得涼爽，我信步走出宿舍大門，就看到陽光把山區照成一片的清翠，我仰頭就看見宿舍後半山腰的那一片金雀花開得異常燦爛，目光立即被它們吸引住了。這種灌木花卉據說是在一九一〇年就被創會的牧師由高緯度的日本引進北部山區種植，在微涼的山上居然生長得甚為高大，變成一片花林。此時，它金黃的顏色把那個山腰處給整個籠罩住了，濃重的金黃顏色像一層會流動的色彩，自山腰的這一邊渲染到那一邊，在雨後的白雲藍天下更顯耀眼。以前我從沒有發現這種花卉如此壯觀，禁不住就穿上了運動鞋，沿著登山的小步道，走向那片高處的金雀花林了。

麥格那牧師，您一定早就去過那裡。確實的，金雀花林就在危崖的一塊狹長的台地上，看得出來是費了好大功夫才開闢出來的一個古老山腰平地，是步道的一個中間站，經由這塊平台可以轉入更高的後山裡頭。這些金雀花歷史悠久，灰褐色的老莖遍布地面，有些已經年代悠久而死去，但是新的枝幹卻生長得更加茂密，疊架的樹枝構成一個連綿的天然棚架，居然有二、三公尺的高度，由東到西，拚命生長；林木的樹冠幅度高出枝幹許多，像爆炸開來的煙花，望空亂竄，搖曳不停。有一些強悍的根幹甚至蔓延生長到巖壁下，顫巍巍懸掛在半空中，迎著山谷微風綻開絢爛的黃花，令人大感神奇。在靠近後面山壁的地方有幾棟單獨的平頂房，屋外的園圃都種了各色的花卉，住進來的幾戶人家大抵都是教會或神學院的長期事工人員；最引人注目的還是山壁最內側的那間簡潔的木造東洋式宿舍，據說是日本時代山上教會的那個日本創會牧師所遺留下來的財產。這位創會的牧師來自一個傳統的日本武士家庭，當時，明治維新已經推展很久了，新的國家編制的槍砲已經取代傳統的地方武士刀劍，武士階級沒落得很快，幾乎成為被遺棄的社會邊緣人，導致他們的子弟謀生也漸感困難。這位武士階級的後人有了基督新教的信仰後，就隻身離開了日本，來到台灣，開始傳教。由於他自認他和殖民地的台灣人同樣處在被棄的地位，對台灣人有很大的同情心，盡力讓這個教會在山地生根，最後竟把自己也當成了台灣人，自願終老在這個地方。二次大戰以前，他逝世在山上教會，遺體就葬在台灣本地的基督教墓園。為了答謝這個創會牧師，半山腰的這個宿舍被保存得很好，一再整修維持，看起來黑色的屋瓦、厚重的基底梁柱、格窗的門扇都還維持了原貌，裡頭他的簡單的書桌、榻榻米、書籍、茶几、衣服、鞋帽、手杖……都包紮上了一層透明塑膠布，被靜靜地放在宿舍裡，以供瞻仰。看到這些東西，直教人猶如回到無言的歷史裡，使人感慨。我在宿舍內外徘徊了一陣子，和住在這裡的幾個教會的事工打了招呼，就走到金雀花林外崖邊低矮白色水泥擋牆邊，看著四周的山色。

63

由這個半山腰的危崖往前、往下一看，底下整個山上教會區的湖光山色就明明朗朗地呈現在眼前。山崖底下的這個山上教會區明顯的是一個谷地，紅綠顏彩的方形房屋由低往高逐漸興造，錯落有致地分布在那裡，前面的那個湖泊事實上是由一個水壩所造成，由於河流由內山奔騰而來，為了調解水量，日本時代的官方用了巨資，在教會區前面的兩山之間興建了一個水壩好用來攔阻河水，使得這段河道變成彷彿是一個湖泊，沒有被汙染的河水靜靜貯藏在那裡，像是一個大鏡子，倒映兩側山脈的影子，變成碧藍色。從日本時代以來，對面山脈的原住民部落的人民，可以經過大壩的橋面，過到這邊的教會來做禮拜，這個教會就變成附近山區的一個重要的信徒聚會點，因之擁有許多原住民的信徒；戰後教會向山下拓展教務，平地的人也上山來做禮拜，就擁有更多的教友，尤其是神學院開辦後，它頓時成了重要的神職人員培訓所，在教會界裡聲名卓著了。

在山腰上，我不斷地觀看眼前的山區景色，雨後的山景的確十分明媚清麗，大半的烏雲都在雨後消散了，太陽當空，把附近的群山照得通明，就是遠方高峰上的群樹的纖細綠葉也彷彿可以清晰瞧見。尤其是河道上游，遙遠的群山萬巒中一些白色煙霧不斷出岫，以快捷的速度飄飛天際，形成新雲，更加顯得奇特。最引我注意的是，對面山脈的最高處，那裡有連綿的一大片高大的杉林和香蕉林，有幾間整齊的石板屋建在那裡，看得出是山地原住民的小聚落；沿著那片杉林底下，本來危巖聳立，但是卻有一處坡地被開發出來，種了不少綠色的茶樹和許多的蔬菜，幾個婦女和小孩在那裡工作，黃紅的衣服、暗鬱色的耕具在雨後的太陽下反光，相當醒目；由於山坡地十分陡峭，我頓時懷疑他們走在園圃中是否安全可靠，不過他們彷彿沒有這個感覺，忘情地在那裡出沒，顯得十分自在，叫人佩服。當我不斷昂首看著對面那個坡地的景觀時，心情好到極點，跟著整個人都變得輕鬆，精神因之而飛升起來了。

大概因為心無旁騖的關係，我感到以前已經離開的聖靈又慢慢地靠近過來，這些日子以來，我對聖靈的遠近已經培養出了一種頗為敏銳的覺察力。這次似乎和以前很不一樣，祂來得很快，瞬間就來到身邊，不是站在背後，而是整個將我籠罩住了，在我來不及驚訝中，像是一個蒸氣團覆蓋在我的頭上。這時，我的大腦更加清晰，對於四周的判斷更加敏銳。我能感到略有壓力的那股神聖的氣體盤繞在整個天空，也抓住了我的身體，使我的身體產生了一種規律性的愉快的震動，叫我不能不略為扶住水泥擋牆以穩定身子。最重要的是，聖靈以我的舌頭為出發點一直延伸到腹部，在身體的中央形成一條力線，牽動著身體的節奏。然後我忽然捲起舌頭，說出一種我不曾聽過的語言，然後拉長字句，開始反覆唱起悠揚高亢的一首歌——我從來沒有聽過的也沒有唱過的好歌。我的大腦更加清楚，這些語言和歌詞都不是出於我本意唱出來的，而是那個神的靈的意思。我也感到聖靈似乎有一些祕密，要向我揭露。這時，我再望向對面山脈的坡地，一個奇怪的視景出現了……

64

我彷佛聽見了天邊先有一陣鐵器敲打的聲音傳下來，接著看到一個很大的人家的後院洞開在半山腰之間。那個後院明顯的不是山坡地的茶圃或菜園子，而是一個古老的閩南式的人家後院，我同時看到旁邊部分的古厝姿影。那後院，全都荒廢了，雜草叢生，到處都是紅褐色的鐵屑堆。在那個庭院的一邊，有一個舊式的木頭矮圍籬搭成的四方形花園，圍籬都破落傾斜了。雖然日照充足，但依附在籬上的天堂花都枯萎了。我不知道為什麼會這樣，才看到這個花園裡也雜草叢生，鋪了一層鐵屑。我看到一群人在花園的周邊喧譁，好像圍住什麼東西在指指點點。這時我才看清楚那花園的旁邊有一口造景小池塘，池水乾涸，從池塘裡不斷跳上來一種麝香豬，不！不像是我們看過的那麼大的麝香豬，而是拳頭一樣大小、渾身透明紅的小豬，一會兒就變成了一大群，牠們的模樣很可愛，卻長了尖尖的獠牙。因為這些小動物看起來很凶，絲毫不怕人類，這群人只好一直圍著這群小動物喧譁，不知道怎該麼辦才好。這時，我聽到天空中有威嚴的聲音傳下來說：「這些動物是可以拿來做成標本的！」聲音過後，有幾個人就走出來，從一位長者的手中接過彷佛裝著福馬林液體的玻璃瓶罐，走向那群動物。那些拳頭樣的小麝香豬看到玻璃罐，開始害怕起來，退聚在池塘邊的一個角落。那幾人很有信心地走向前去，將彷佛是福馬林的液體都倒入池塘中，尚未爬上來的麝香小豬都爬上來了，牠們擠在一起亂竄，彷佛失去了寄居地。不久，我看到一隻為首的麝香小豬先長出粉紅色的翅膀，然後其他的小豬也同樣長出翅膀，像一群紅色胖壯的小鳥，搖搖晃晃朝著古厝的天空飛去，我在匆忙中計算牠們的數量，共廿四有隻。圍觀的人非常高興，開始唱著一首我聽不懂的歌，就像是我剛剛唱出來的那首歌。主要的視景就到這裡為止，之後就完全消失在對面山脈的坡地上，不留痕跡。我彷彿大夢初醒，就看到那山坡上仍然危巖聳立，有茶園和菜園，植物的葉子仍然翠綠。我努力思考，不瞭解這個奇異視景的真正意思是什麼，覺得它只是一個白日夢，不想理它。說也奇怪，這時，第二次那個視景又在同樣的山坡處出現了，情節和剛剛出現的一模一樣，絲毫不差。我又彷彿醒過來，又努力想它真正的意思，但是還是想不透，最後又想不理它。可是，說也奇怪，第三次視景又再度出現，這次的情節仍然一樣，只是結局不同，這個結局是那群麝香小豬飛入了一個山區，山區裡有一個教堂，我努力觀看，就看到那個教堂屋頂上的十字架彷彿是我們教堂上的十字架。

麥格那牧師，我不知道您是否暗暗嘲笑了我這番愚蠢的報告。那天，我的確是費了很大的勁，才竭力地把這些我站在水泥擋牆邊所發生的事和奇異的視景全部講完，由於我是初信者，有點害怕會在班上遭到這些前輩同學取笑，心情七上八下，說辭也變得斷斷續續，頗花了一些時間。在說完以前，我曾做了一個補充說：「我彷彿覺得那些在花園裡圍觀的人們當中有一些是我們的同學，就是麥格那牧師也在那裡！」我說完，才鬆了一口氣，抹掉額頭上的汗，就請大家指教了。

65

我的話說完，立即有幾位同學舉手發言。他們坦白地說我是一位在基督教裡尚未完全上路的人，常常不明白自己的所思所為，甚至走偏了道路，所以要給我一些嚴格的指導。我記得第一位發言的同學來自一個頗為有名的本地五旬節教會，有過頗多的神蹟啓示：她說我在異象（視景）發生之前，說的那些奇怪的話語就是「靈語」，唱的歌就是「靈歌」，是大半基督徒都具有的能力，班上的同學都有這種本事，甚至有人還會翻譯靈語和靈歌，本質並不是奇怪的現象；說靈語、唱靈歌也不一定和異象的發生有關，有時它們彼此是單獨發生的，並不一定要牽扯在一塊，這是我所不明白的地方；她還認為唱靈歌是聖靈為了釋放有內在憂傷的初信者而做的事工，對被罪綑綁的我而言能起治病療傷的作用，比看見異象更重要，因此不認為我所看見的異象有什麼價值；總之種種方面我都應該多向她的五旬節教會學習；她說完，好意地遞一本她的教會的小刊物給我了。第二位同學算是一個準牧師了，年紀不小於四十歲，他的聖經學研究頗佳，外文能力不弱，做學問很有一套；他認為我所看見的異象並沒有辦法被證明是一個預言，因為上課用的英文講義明明白白寫著：「凡是預言就會在現實中被實踐出來，是可以查驗的。」但是截至我上講台之前，這個異象並沒在日常生活中被實踐，何況我無法當下理解它所指的現實究竟是什麼，說了也等於白說；也許它不是異象也不是預言，只是我的幻覺；他還開玩笑地說，我敘述中的小麝香豬似乎很可愛，如果可能，他想要養一隻，不是做成標本，而是養大牠，讓牠繁殖；尤其是異象中的小麝香豬剛好是二十四隻，而不是二十三隻或二十五隻，使他感到不解，這個異象真是無聊；他說完，同學都笑起來了。第三位同學是我這一世代的年輕人，洋化的氣質頗為明顯，他上台就大吐苦水，由於他一向對當前流行於美國的「成功神學」很熱衷，很崇拜美國的富麗堂皇的「水晶大教堂」，對我見到的異象很不以為然；他坦白地說我們現代人信仰基督的主要目的和古代人是有所不同的，今天的耶穌信仰應該盡量把注意力置放在能多賺錢多升遷這些務實的事上，最起碼也要把身體健康、心理平安懸為基本目標，這才是正向的信仰；以這個標準來說，我的異象就是不及格的異象，裡頭充滿衰敗和不祥，將來縱使能變成一個預言，也是一個壞預言，令人倒盡胃口；尤其是這個異象把同學和麥格那牧師您都牽扯到裡頭去了，讓他心裡直發毛，他認為我大可不必說出這個異象，因為對現代人無益……。接著，仍有人繼續發言。

這時教室略顯紛亂起來，大家擺明不願在先知經驗上對我這個初信者做絲毫讓步或放水，終於有力地批判起來，很有「誰怕誰？」的那種味道，幾乎占用了剩下的課堂時間。當時，您靜靜聽著我們的談話，在下課鐘響了以後，您才從座位站起來，確證不再有人要發言，然後您走回講台，大大滿意地微笑起來。您似乎有意替我的異象做緩頰，說：「異象或預言的確要查驗，否則就會到處都是假先知；不過，預言總是在事情實現之前就被宣說，如果事情已經實現之後再說，就不成為預言了。」您表示對我的預言很感興趣，正因為它把許多同學都牽扯進來，就更加能叫人查驗真偽，您說假若我的這個預言實現了，就使您的課程增添光彩，也不枉費同學半個學期以來的勤奮用功。您也補充說：「有關於阿傑異象中所見到的那種小動物，最近我也在夢中見到，我也等著查驗這個異夢！」您說完，又引起了一陣同學的騷動，大家一時之間彷彿陷入了杯弓蛇影裡。不過，另一堂的上課鐘又響了，您只好收拾授課書籍，向大家珍重說再見，就結束一個學期以來您的授課了。

66

麥格那牧師，我真要感謝您為我的異象作背書，否則不知道又會受到多少的批評，我或許也會對自己的異象百般的懷疑起來吧！

不過，我的異象（或者應該說是您的異夢）果然在一個星期後，在現實生活毫不奇怪地被實現出來了：

記得那是學期休業式典禮的前一天，已經畢業的學長和有名的教會人士都會趕來參加典禮，所以我們寄宿生就必須在舉行典禮的教堂先做布置。

您是知道的，這個教堂是由日本時代逐步拓展而成的。原來創會的日本牧師曾用了巨款，在二〇年代先建築一棟小巴洛克房屋，外表由紅磚和白色洗石子的牆壁和柱子所構成，屋頂上部的山牆和女兒牆的雕花由伊甸園故事和聖經人物構成，雕鏤繁複，藝術手法高明；山牆之上，豎立了一個矗向高空的銀色十字架；大廳堂前有一個洗石子拱形構成的大門，大門外有十二級的石階，通到外頭的花園；整棟的小建築都被龍柏等植物包圍，看起來就在花木之中，散發一種優雅氣息。在七〇年代之後，因為信徒增加，這棟小巴洛克建築已經夠老不夠用，但是還有保留的價值，就慢慢轉變成為學校的校務會議大廳，不再供祈禱用。真正的教堂是配合七〇年代校舍的增建，在旁邊另蓋起一棟現代式的教堂；整個教堂的外觀就模仿一艘帆船而構成，房屋的主體外觀是長方形建築，在左右兩端呈現向上翹高的弧形。主體內部空間其實就像是一個小型橢圓的運動場，地面的中央部分較低，依次向兩邊呈弧狀升高，屋頂就像是一個橢圓形的穹蒼覆蓋下來，四周高大的窗户盡量使用藍色多層次的大型玻璃，讓陽光可以流動性地照進室內；而講台就在大廳的最前面，它稍微墊高，被設計成覆著黃色地毯、曲線柔美、多層重疊的大表演台，以供交響樂或合唱團使用。整棟建築最醒目的地方仍然是在建築物的外觀，有比房屋更高的白色三片弧狀的大牆聳立，就像張開的三片帆，配合船樣的藍色屋身，使得整個建築看來就像一艘三桅帆船，正行走在大海之中，頗有挪亞方舟的味道，我們就稱它為「方舟之屋」。這個建築不大，談不上有震撼力，然而它的玲瓏精巧是少見的，慢慢成了山上教會的一個標誌，在教界有了名氣。

記得那天，從午後開始，學生就陸續進入教堂工作，開始火速地布置教堂內外。有一組人馬負責廣大地面灑掃和桌椅擺置；有一組人馬負責音響、投影機、電腦的安裝；有一組負責海報的書寫和標語的懸掛；我和幾個同班的同學則負責一些盆花和植栽的布置。山區良好的夏日陽光透過多層藍色玻璃窗，灑落在教堂裡，陽光減低了熱度，光線卻十分足夠。此時校園裡的獻詩班早就搬來鋼琴，在講台上開始練唱了，音樂聲和談話聲交響在弧形的禮堂裡。

正當我們從外面搬進許多的花盆，安置在講台四周後，再要到教堂門口搬進一排數盆盛開的紅色荷包花的時候，我們發現門口石階下停了一輛平地教會用的寶藍大休旅車，大概是由山下的平地繞了很久的山路才抵達這裡，那車子熱度已高，正微微地冒著煙，接著有一行七、八個人下了車。當中幾個人簇擁著一個年輕女子，正走上大理石階梯，進入教堂門口。他們向我們說明要在講台前等一個教授，就很快地走進去了，我們並不覺得這些人有任何特殊。但是，當我們把那些鮮豔的荷包花排列好在講台上，使之和其他的花形成一個層疊的小型花海以後，我們望下看到最前排的禱告椅時，馬上被這七、八個人所吸引。

67

他們就在禱告椅子最前排的貴賓座那裡，或坐或站地護住一位女子，竭力勸她安靜地等待在那裡。可是那位女子就是不聽勸阻，反而用著銀鈴那樣好聽的聲音講著話，倒不是胡亂地說些什麼，而是異常冷靜有序地詰問著勸她安靜的那些人。這時，我們才看清楚，那個女子年紀不會超過二十六、七歲，體態玲瓏。她有大大的眼睛，鵝蛋型的臉，畫得格外細亮彎曲的眉，算是眉清目秀的那種女孩。身上穿了一件灰底色藍赭線條的亞麻拼接露肩連身洋裝，綁帶的馬甲把玲瓏的胸腰緊緊束住，露出了青春美好的身材，裸露的肩背則被一頭分垂兩邊的波浪狀及肩長髮遮住。下身穿著到達小腿的黑色緊身內搭褲，小腿以下光裸，現出一種肌膚的光輝，腳上穿著一雙優雅的寶藍色高跟鞋。她的夏天束身休閒打扮難掩女性的性感美麗，看起來頗為動人。不過，她的唯一缺點是過分的白皙，毫無血色；不但裸在外面的肌膚過分潔白，那臉面尤其冷白，像在寒天的氣候中一朵不對時開放的白色玫瑰，有一種刺骨的冷豔。

她不間斷的冷靜詰問很像是我們研究所課堂上的那種問難，有一種論述性和層次性，本來是不會吸引我們的，但是她的銀鈴似的聲音是那麼的好聽，叫我們不注意也難；尤其當我們聽到她的說詞中一再反覆「馬利亞」這個名字的時候，就加深了我們的注意，不知不覺，我們都走到講台下，一起圍住了她和這群陌生的訪客，想一聽究竟；就是唱詩班也停住了他們的練唱，不停地往講台下觀看。

這位女子坐著，左右旁邊一對穿戴不俗的上了年紀的夫妻扶住了她，料想大概就她的父母親；旁邊站了一個穿著牧師服的中年男士，明顯就是平地教會的牧師本人；隨著而來的另一些姊妹大概也是教會的事工。他們一直勸她不要説話，但是説什麼她也沒有意思要停止她的論述，她本來還只是詰問牧師，後來看到我們圍觀過來，就把話語對準我們，開始她頗帶挑戰性的問話。

她先冷靜而清晰地説：早在幾個月以前她就知道她會來到這裡，同時也知道這是一個神聖的地方，有許多自稱擁有神蹟異能的人住在這裡，她甚感佩服。但是她自覺沒有任何的軟弱害怕，而且想和我們做一場高格調的辯論，假若她輸得有道理，就會自動離開。她開始説她不相信馬利亞受聖靈的感孕終而處女懷胎生下耶穌的這件事，因為我們一般婦女生子的經驗告訴我們：這是不可能的！尤其是處在人類學、醫學、神話學極為發達的今天，這種天真的説法更是不攻自破。我還記得她用了兩個重點來駁斥這個觀念，一個是她使用了基督教的一些「偽經」來駁斥這個説法：她説〈腓力福音〉曾否認女性位格的聖靈能使馬利亞懷孕的事情，書裡頭如是説：「女子怎能使另一個女子懷孕呢？」足見耶穌的門徒腓力根本不相信他的老師耶穌是由聖靈感孕而生；至於〈多馬福音〉、〈多馬行傳〉裡頭提到多馬是耶穌的孿生兄弟，既然多馬沒有被認為是處女懷胎所生，那麼耶穌也不是。她的另一個駁斥則提到在馬利亞處女懷胎這個説法流行起來以前，世界上就已經有許多處女懷胎的神話，比如説古埃及的太陽神雷（Ra）為貞女所生；古印度的佛陀是王后「夢見一頭白象進入腹內」所生；古波斯祆教的創立者所羅亞斯德也是貞女和保護神所生；古希臘的戴奥尼索斯是由雷電感生；古中國的伏羲、皇帝、堯、舜、禹也莫不是受他物感孕而生。足見「耶穌由馬利亞處女懷胎所生」的神話只是一個抄襲的神話，焉有實在可言？總之，她要我們承認我們的信仰只是一個謊言！

68

這些駁斥其實都很普通，也是我們在神學院裡就一再辯正過的若干問題。不過為了替她「解惑」，我們之中的許多同學，都站出來委婉地說明我們的立場。這些說明無非是告訴她，「偽經」是不可信的，它們比出現在公元三十五年到一百年之間的正典〈馬太福音〉、〈路加福音〉都晚，是諾斯底教影響底下的異端思想，不但為早期跟隨耶穌身邊的人所不同意，就是晚期在教會中也被譴責，實在不宜過分重視。至於各種文化，當然都有處女懷胎的神話，讓人無法論斷真假，這只是一個文化的自我認定問題。基督教信徒不願草率論斷他教的自我認定是真是假，不過只肯定馬利亞的處女懷胎是真的。我班上來自五旬節教派的女同學則訴諸她個人經驗說：「依照我二十幾年與聖靈相處的經驗，聖靈從來沒有告訴我說馬利亞處女懷胎是假的，聖靈是不會欺騙人的啊！」

這個女子在聽到「聖靈」這個名詞時，曾略為停頓了她的談話，不過隨後她毫不示弱，又冷靜地舉出更多的例子來駁斥我們的論點。她甚至舉出希臘文《聖經》將〈以賽亞書〉裡的一段文字翻譯錯了，她說《聖經》的希臘文學者所譯的「必有童女懷孕生子」原來的希伯來文應該翻譯成「這年輕的女子懷孕了，會生一個兒子」，希伯來文並沒有提到「童女生子」這件事，足見《舊約》的〈以賽亞書〉不能做為《新約》馬利亞童女懷孕生下耶穌的預言和證據。她為了證明她對《聖經》有研究，還當場把這段話用字正腔圓的希臘語和希伯來語念了兩遍。我們一聽，都嚇了一跳，因為我們的希臘語和希伯來語不像她那麼好。場面立即變得很棘手，我們只能反駁說這兩種說法都是對的，前者是語意的翻譯，後者是文字的直譯，並沒有差別。她聽了，罵我們是一群白丁。接著又提出更多的論點來反駁我們。

本來，我們是可以選擇不繼續和她對話的，因為她有時會罵人。不過說也奇怪，她銀鈴的聲音實在好聽，並不亞於那些擁有眾多聽眾的電台播音小姐，聲音具有吸引力，永不使人感到討厭。在無法終止她的詰問的時候，那位說要「養小麝香豬」的準牧師同學先不耐煩起來，他站出來，直接問這位女子為什麼要反駁馬利亞童女生子的這件事，他大聲地反問說：「妳的目的是什麼？」

她被問，忽然兜攏了披垂在肩背上的所有頭髮，體態就更加玲瓏有致地顯露出來。她美麗而冷豔地笑起來，對大家說：「我當然有目的，因為在這個世界上，凡是人們所說的處女懷胎都只是傳說，是假的。只是我現在認識一個人，她已經處女懷胎，不久將生下兒子，這倒是真的！」

我們一聽，覺得不可思議，就問她認識的人是誰。

這時，她身旁的那幾個人趕快出來想制止她的說話，但是稍嫌太慢，她已經指著自己說：「就是你們看到的這個女人！」

她這麼一說，我們都譁然起來。她說了一大堆的話，原來是用來強調她自己將處女懷孕、生下兒子這種奇事。

69

當時場面立即混亂起來，站在她旁邊的那個父親立即出來澄清，要我們不必聽信他女兒的胡說，他說她神智不清已經很久了，無法知道自己說了什麼。

平地來的那位牧師也不好意思再沉默，他這時才小聲地告訴我們說，眼前的這個姊妹姓楊，住在北部，是一個富裕家庭的女兒。她先在聖母堂裡宣傳說她已經處女懷胎，因而觸怒了天主教會。她的父母在不得已的情況下，就轉送到他的基督教會來。她一直宣稱自己經懷胎的這件事其實是一個謊話，因為她的父母曾送她到婦產科醫院檢查，確定她根本沒有懷孕。可是儘管教會的姊妹們很有耐心，百般勸告她放棄謊話，都告無效，父母又不願將她送到精神科去診療，所以現在只好向有能力的人求救，半押著她到這裡來。牧師說他以前是山上教會的畢業生，已經打電話給麥格那牧師，希望能協助看看這位楊姓姊妹的病況。

這麼一說，我們才知道原來這位女子有些問題，可是，我們倒覺得她很正經、冷靜，彷彿是比正常的人更加正常。

麥格那牧師，正當我們在那裡喧鬧得不知如何是好的時候，您帶著三個助手，由教堂的門口走進來。我們當中有人叫著說：「麥格那教授來了！」於是所有的說話聲都變小，因為我們知道您是應邀來解決這個問題的人。記得您高大的身軀穿了一套乳白色的西裝，配著乳白色的皮鞋，將抹了髮蠟的褐色的頭髮都梳攏向後，看起來就像是一個尚未老去的安閒紳士，神情極為溫和爽朗。您朝著講台這邊走來，先親切地向我們打招呼，然後一一向這裡的人問安，說了祝福的話，之後，問了平地牧師一些事，然後與女子的父母親親切地握手。最後，您走到這位女子的面前，微笑地向她問安，說：「很好，很好，歡迎妳到山上教會來探討一些神的真理。」

那個女子看了看您，毫不畏懼地說：「您就是許多人口中的麥格那先生了，久仰大名，真是幸會！我的牧師說您是先知，能查明一些奧祕中的事，既是如此，就請不必客氣。現在就請您看看我是誰吧！」那女子說完了話，露出挑戰性的冷豔笑容了。

場面霎時就變得很嚴肅，有著暴風雨就要來臨的那種感覺。

不過，您倒是不慌不忙，客氣地要她的父母把這位小姐帶到講台上。合唱團的人早就離開了，講台頓時空曠不少，只有一座鋼琴還兀自優雅地留在最高處。她也毫不示弱，即刻坐在我們擺置的那片小花海前的一張雕花的素色木椅上，面對著十字架高掛的白色牆壁，神色傲然。此時，牆壁最上層的那排彩色玻璃窗透進了幾脈日光，多種顏色的光影浮動在整個曲線優美的多層講台上。我們就站在講台下，靜靜觀看，沒有人再出聲說一句話了。

70

一女二男的三個助手立即站到她的面前，面對著她排成一個縱向的先女後男的行列，背後的人舉直雙手搭在前一個人的肩上。以前我似乎在您的研究室看過他們，您曾說他們是我的學長，也是被您推薦到「國際先知佈道團」做太平洋西岸醫治事奉的成員，在醫病上頗有經驗。此時，您先去到十字架的面前，跪在地板上，做了簡單禱告，然後走到那位女子的身旁，對著台下的我們說：「這是值得大家警惕的實例！也是曠古以來就不斷重演的戲劇。」然後昂頭大聲地對著空中說：「這群小小黑天使的勢力！你們能囂張到幾時呢?!」記得就在你的喊聲結束後，我彷彿聽見千軍萬馬的風聲呼嘯起來，接著彷彿有巨大的風湧進了禮堂，牆壁也擋不住祂，立即將所有的教堂空間都充滿，在一瞬間，我辨別出那是聖靈的臨到，因為空氣有神聖的氣氛，我聽到有眾天使的歌唱聲從天降下來，聲勢頗叫人吃驚。那個坐在椅子上的女子幾乎要從椅子上跌下來，就是她的父母也扶不住。她變得非常緊張，卻毫不懼怕，睜大她的眼睛，不斷向四周瞪視，彷彿四周都站著她的敵人。此時，您絲毫不為所動，對著那個女子大聲說：「自墮落以來，你們遊行四方，尋找棲所，如乾涸池塘的魚，奮力尋找滴水。如今來到這位女士身上，依然只是找到乾涸池塘，這裡既沒有水，也沒有空間可以叫你們棲身，聖靈將帶著你們，離開這裡，去到你們該去的地方！」

記得那時，我就明顯地看到那個女子的臉面和裸露的肩背一下子轉成粉紅色，神采瞬間高揚起來，變得非常豔麗，並且不停向四周發出尖細的吼聲，彷彿在抵擋她的敵人。您嚴肅起來，不慌不忙走到縱向行列的最後頭，高舉雙手，我就感到那聖靈彷彿流動的電，瞬間沿著您的雙手，在您身上像水一樣沸騰起來。您再把雙手搭在最後那位男士助手的肩上，四個人立即陷入聖靈的包圍中，行列好像一座沸騰的小橋。最前面的那個女助手就把手放在那個女子的頭頂上，此時，那個女子忽然就像被軟化了的硬鐵棍，滑落地面，折彎了她的身體，跪在那片花海前面，開始嘔吐起來。她的父母也緊張地跪在身旁，手足完全無措了。我先看到那女子吐了一些黛藍色的穢物，又乾嘔了一陣子，而後皮膚越來越呈粉紅，像是將要盛開的花朵，最後，她的口中連續跳出了許多團狀的小紅色的光，越吐越多，我仔細一看，就分辨出那是一種小動物，就像我異象中所見的小麝香豬，牠們一陣亂竄，逃入那片多層次的小花海裡，在花叢中閃閃爍爍，不知道何去何從，後來，牠們飛起來，還不肯離開，圍著那女子繞著圈子，但是神聖的力量不允許牠們重回那女子的身上，一陣巨大的引力到來，瞬間將那些紅色的光捲向教堂的門口，和聖靈一起消失在教堂之外了。我就看到那個女子長長嘆了一口氣，軟弱地仰躺在那片小花海中，靜靜地睡了。您吩咐了那個可憐的母親，要她把她的外衣蓋在女兒身上，並且安慰她說，等到她女兒醒過來時，就可以離開了。

71

您和所有的人都走到講台底下，坐在貴賓區的椅子上小聲地談了起來。

那個父親變得很激動，一再向您道謝，坐在椅子上，斷斷續續談起這個女兒的一些事情：

原來這個楊姓的人家是北部地區一家傳統的五金製造商，本來是各種日常用品都做的，在戰前戰後那陣子，大概以販製農業器具為主要產品。但是，四十年前，嘗試研發鍛造寺廟的香爐，因為造工玲瓏精細，很受歡迎，慢慢取代其他的五金製造，變成北部各廟宇大大小小香爐最佳的供應製造商，甚至有了專屬的品牌。楊先生結婚後，繼承祖業，使鍛造香爐的行業更加蒸蒸日上，家境其實是富裕的。他們夫妻生了四個男孩後，好不容易才生了眼前的這個女兒。從幼年時，這個女兒就很受疼愛，除了她是唯一的女兒以外，也是因為她很聰明，學業成績一向名列前茅，頗具語言學習能力。在念大學的外語系時，曾以交換學生身分到過國外學習了一年，家裡的人也期待她能在語言學上有一番成就。不過，大學畢業後，她有了自己的看法，先休學了一陣子，到她的一個姑媽的家住了一段時間，這位姑媽經營一家女性舒壓按摩館，也代售一些女性芳香劑，在當地頗受歡迎。後來，她放棄外語的學習，考進一家以本地宗教研究為主的宗教研究所，念起宗教學，在課餘的時候，還是常常到她姑母的舒壓館幫忙做事。在宗教研究所畢業後，她轉而攻讀語言文化學博士學位，看起來對學術很有野心，不過，就在這時，她生病了。沒有來由的病起初不明顯，直等到她不諱言地對別人說她將要處女生子的時候，家人才知道這件事的嚴重性。起初，他們曾到許多有名的西醫那裡求治，可惜西醫幾乎都說她沒有病，不肯開藥；後來又央請中醫和各地的法師前來看病，可惜都告無效。可是這個女兒每個月都會大病一次，一躺在床上就是好幾天，然後無藥而癒，又從床上爬起來繼續求學。不過卻使她的課業成績變得很差，博士課程無法按時念完，放棄學位是早晚的事。這時，這個父親才想起以前的祖先曾經信過基督教，就轉而向聖母堂求助，可是在那裡，女兒和神父修女們起了激烈地爭端，她一再否認聖母馬利亞處女懷孕的說法，使聖母堂的人難以忍受，在不得已的情況下，就轉回基督教堂來求救了。

這個長相富泰的父親一面說著，一面擦著他的眼淚，讓我們深刻地感到那種疼惜女兒的父愛真是不可限量。您趕快安慰他，問他的女兒第一次發病到現在多久了。這個父親算了一下，說差不多已經兩年，總之，床上床下來來回回已經難以計算發病是第幾次。我卻突然想到夢中計算的小麝香豬總共有廿四隻，莫非是指她病了廿四個月了，就感到很神奇。您聽了，更加細心地安慰他，拍拍這個父親的背，說：「其實你女兒很了不起，如果是我的女兒，我會引以為傲。她既是美麗，又是絕頂聰明。你一定已經注意到她平常都很冷靜，這就是她應付撒旦的一個手段。她早知道自己的情況很糟，又不願讓自己陷入完全被撒旦控制的瘋狂狀態中，就用冷靜來抵擋，然後等待救援。她並不拒絕我們的禱告，這是因為她知道那是唯一的希望。她比撒旦要聰明多了！」您細心地分析著，然後彷佛是央求著這位父親，說：「我們保證她不會那麼容易再發病了！但是為了預防日後的不測，有幾件事你一定要做。一個是減少或不販製香爐給寺廟；另一個是禁止她繼續到姑媽的女性按摩館做事，因為這些對於聖靈來說都是有損的。然後就叫她常在教會姊妹的禱告小組裡聚會，一切就會穩當下來。」那個父親點點頭，他說聖母堂的神父也曾經這樣要求他們夫妻，他們一定會慢慢做到；當中不再販製香爐這件事比較困難，不過最近他和幾個兒子已經打算把鐵工廠轉型為高科技的不鏽鋼品製造，希望我們大家能為他多多禱告，好讓事情順利成功。我們一聽，都拍起手來，為他加油歡呼。您又對他說：「自從你的祖先歸信基督以來，聖靈就一直沒有離開你的家，只要不打斷信仰，再困難的事聖靈都會為你成全，你的家其實是蒙福的家。」那個父親聽完，感動地站起來，一再向您握手稱謝了。您也滿意地站起來，向大家道謝，然後對那位平地的牧師交代一些事，之後和三個助手就離開教堂了。

72

麥格那牧師，這件事是多麼叫人驚奇。本來，我們認為將有一場龍爭虎鬥的爭戰，卻在您舉手投足之間就被解決了。我們第一次親眼目睹撒旦如何以拙劣的手段，將一個優秀的女子的心智扭曲蒙蔽的事情；同時也認識到聖靈如何用了您的手，將一個女子由瘋狂邊緣扭轉回來的事件經過。我們也明白了您不但是個能發預言的先知，也是大有能力的神蹟治病專家。更令我意外的是，您在這件事結束後的不久，又央人到宿舍找到了我，表示要和我商量一件重要的事：

記得那是在放暑假以後的幾天，同學都回鄉了，校園頓時安靜了下來，整個山區除了和風吹拂的聲音外，就是湖水湧動的聲音；我能明顯地觀察出許多山鳥早出晚歸的規律，以及游魚成群在水草中覓食的動向；不知不覺，山上教會空靈起來了。我暫時歇下了繁重的希臘文研讀，又到您的研究室去一趟。

這是一個黃昏，我們坐在研究室外的湖邊的一列桌椅前，您忙著泡茶。太陽斜斜地掛在教會前那條河流的下游遠方，它的餘暉還能照得湖色昏紅，地平線上的雲正在不斷變換它們的顏彩，一片繁複的絢麗，分不清哪個色才是主色。

還記得，您一見我來就很高興，特別由室內拿出了幾組的茶具，詳細為我解釋那些茶具的由來，然後要我選擇當中最喜歡的一組，好用來泡茶。對於泡茶外行的我而言，這的確是件難事，最後我選擇了一組據說是您由一個小鎮閩南人家所購得的骨董茶組，那偌大的黑褐茶盤顯然是溪石雕鏤做成，很具重量，盤緣攀爬著綿密糾纏的水草，有一幅生動的鯉躍龍門的雕刻被塑在上面，看來十分昂貴；茶盤中大大小小的茶壺透出了古老的暗金色澤，我暗暗佩服您對茶具的內行。您笑著說我慧眼獨具，很能識貨。之後，您一面不斷用那組茶具仔細斟茶，一面告訴我說：來到台灣十幾年，您慢慢變成半個台灣人了。在當地文化上，除了學習了一些中文和不少在地的台灣話外，就學會了泡茶；也因此，您暗中收購了許多名貴茶具。您說認識泡茶對您是很重要的，是一個文化學習的開端。您先提到一個叫做陶德（John Dodd）的人，說他是十九世紀中葉來到台灣的蘇格蘭裔英國人，他一八六〇年到台灣來做茶葉出口的生意，到了一八六六年，由福建安溪引進烏龍茶樹到台灣種植，並嘗試改良生產設備。那些質地良好的烏龍茶就在大稻埕被烘焙製造出來了，由淡水出口運銷到美國，受到熱烈歡迎，終於引發了台灣北部山坡地大規模的烏龍茶種植風潮，改變了台灣整個產業結構，造成台灣經濟重心由南部轉向北部的局勢。您說，英國人曾在台灣做了無數的壞事，甚至將鴉片煙不斷輸入台灣，毒害了這裡的人民，神永遠無法原諒這件事，陶德的功勞也許可以略為遮罪。因此，您最先學習的一件事就是泡茶，不是為了誇耀，而是為了要反省英國人的自己，好讓自己能以陶德為師，做些好事，為自己的國家贖罪。您說著，臉上有些羞愧的神色。我對您說的話感到有些意外，因為這些故事對我來說是完全陌生的。在惶然中，我只能接過您遞來的茶，在清香無比的烏龍茶的氣味裡，細心地聽著您的訴說了。

73

接著您又說如果英國人和洋人要贖罪，大概也只能在傳教事業中去找尋。您客氣地說並不是所有傳教士對台灣就心無邪念，若干人都是侵略者現實利益下的爪牙，但是在做法上比較能留下正面性的貢獻，所以您很珍惜這些和您一樣來台的外國傳教士。您提到蘇格蘭裔的英國人馬雅各，他在一八六五年以長老會的傳教士、醫生的身分，開始在台南傳教，奠定了台灣南部長老會傳教的事業，除了帶來耶穌的信仰以外，也帶來人們對西醫的信賴，這也算是英國人的貢獻。您甚至提到蘇格蘭裔的加拿大人馬偕，也在一八七一年抵達台灣打狗，後來在滬尾（淡水）開始傳教，學會了閩南話，並且娶了台灣人為妻，他的一個女兒也嫁給台灣人，唯一的兒子創辦了淡江中學，繼續傳教，幾乎全家都貢獻給了台灣，他們奠定了台灣北部長老會的基礎，是真正了不起的傳教士。對於這些人，您非常地景仰。您說您所以喜歡這些人的緣故，除了西洋傳教士彼此惺惺相惜的心理因素以外，也是因為做為一個略有良心的外國人不提這些人便不知道如何自我肯定了。

您一面說著，一面走進去室內，拿出了一本書，是您和同學一起編寫的有關西洋傳教士在台灣的英文簡介書籍，叫做《在台灣的基督教西洋傳教士》，說要送給我（這本書以後就隨時放在我的行囊裡）。您說幾年前，您就在神學院裡開設了「西洋基督教傳教士在台灣」的課程，為的就是讓大家瞭解傳教士在台灣的辛苦，打破一般人所認為的西方傳教士在東方只是一派休閒的觀念，您認為傳教士在台灣實際上是付出生命代價的。為了這個課程，您除了搜找資料以外，也實地的跑了許多傳教士去過的平地和山地，事實上，西洋傳教士的傳教超乎了想像之外的困難，他們的事蹟都激發了您貢獻給台灣的決心。您說去年就帶著學生，去了一趟埔里。那是台灣中部的小地方，在清朝末葉的時候，是被漢人所驅趕的中部平埔族人一個重要的落足之地。您在一些清末西洋傳教士所寫的福爾摩沙報告中，知道這裡曾經出現過平埔族三百多人信仰了基督教，擁有一千五百名慕道友的事情，對當時只有五千多人的埔里社來說，這是一個神蹟。起因是當時有一位叫做老開山的平埔族獵人，生了潰瘍，就和他的二、三個朋友下山，走了兩百公里的路，到台南向馬雅各牧師求治療。老開山會說漢語，穿著長相形同漢人，馬雅各不知道到他就是原住民，就當成一般病患把他治好了。在治療期間，醫院照例送了一本《聖經》給他。誰知道，這個老開山回到埔里以後，很快就捲起了基督教信仰的熱潮，信奉的人越來越多，竟成立了五家教堂，甚至帶動了周邊的若干部落也跟著信了耶穌，很叫人意外。您和學生到了埔里，就按著記載，看了許多遺跡，也拍了紀錄片，很有收穫。不但如此，您更帶著學生，由埔里向東進入眉溪的賽德克部落，甚至去到海拔四、五千公尺的分水嶺的高山上，沿途要學生記下這些地方的地形風光。您告訴學生說，在一八七三年，當長老會的甘為霖牧師行走在這段路程裡，曾被當時的高山族包圍，差一點失去生命。在瞬間決定生死的時候，甘為霖牧師還勸解隨行的人不可以用槍殺傷任何想要獵取他們項上人頭的這些山地人，這種心胸除了是神的兒女以外，沒有人能做得出來。您一面說著，一面為我翻譯了《在台灣的基督教西洋傳教士》幾個重要的章節，那些章節都是古今對照，圖文並茂；既是考掘，也是新的發現。我頓時發現，這是一本價值不菲的書籍了。

我一面喝茶，一面告訴您說，下個學期我一定要選修您的有關「西洋基督教傳教士在台灣」的課程。

您聽了，非常高興。

74

接著您又帶著尊敬的語氣，提到在中部辦理重度殘障者撫育的瑪喜樂女士，您說幾年前，也親自拜訪她了。這個女傳道如今已八十餘歲，她一九六〇年隻身來台，先在埔里的基督教醫院當了三年的義工護士，妥善照料病患並且往往兼及照顧病患的家屬，出錢出力，不遺餘力。後來她到了中部海邊的二林做巡迴性的義診，意外發現一天中竟有兩百二十二個小兒麻痺的孩子前來求診；尚未矯治的小孩只能在地上爬，既無力行走也無法接受教育。她非常同情這些海邊的小孩，立即返回美國，變賣了部分的財產，到處募款。一九六五年借用了二林基督教醫院的一角，成立了「小兒痲痺兒童保育院」，提供醫療、教養、復健、心理輔導。三十年的歲月裡，受惠的兒童達到千人。一九七〇年，院址遷往中西里，獨自成立「私人基督教喜樂保育院」，剛成立時，人手、金錢都很缺乏，但是不論多麼貧窮的兒童，她都收養，因此一個人就必須兼任行政管理、司機、清潔婦的職務，忙碌不堪。一九八八年興建了一個啓智大樓，轉型收容了失智和智能多重障礙的兒童。她一生照顧這些無力生存的人，被稱為「台灣阿嬤」或「美國媽祖」，算是名副其實了。您說您帶著學生，以喜樂的心前去拜訪這位老人家。那時她衣著整齊，在會客室裡和大家閒話家常，說了許多年輕時代由美國到台灣來的回憶，語氣幽默，引起大家笑聲連連；之後親自帶著大家去通鋪或寢室裡為那些病患唱詩禱告，氣氛融洽平安到極點，頗引人入勝。但是，等到大家臨走時，她老人家背著一個手足不斷萎縮的小孩前來送行，那時，你們才看出瑪喜樂已經十分老邁，她為了工作，換穿一身素面灰色的農婦衣裙，臉面皺紋無數，白色的頭髮迎風飛揚，顯然身上已經有許多的病，看起來比台灣的鄉下阿嬤還要年老體衰；就像是一對彼此相依相偎的嬤孫，她和那個可憐的殘障小孩在路邊，向大家揮手告別：您和許多同學不禁都流下了盈盈的熱淚。你們料想不到起初以喜樂的心來訪，回程時卻以熱淚告別了。

您說到這裡，眼角有淚，唏噓地對我說：「啊！歲月無情，人很快就年老了。當人看到自己做了一些事，對上帝勉強有些交代的時候，生命也走到了風燭殘年。」又說：「相較於瑪喜樂，我更感到自己已經太慢了，來到台灣太晚，未能獻出什麼給這塊土地，卻不久就要回歸天家！」

您說到這裡，停了許久，慎重地注視著我，說：「阿傑，人不應該浪費光陰，立志應該及早啊！」

您說到這裡，我才猛然知道，您說了這麼多話，原來不是在誇耀您所開設的有關西洋傳教士的課程，而是為了勸告我要及時立志，對於自己的一生要及早有個奉獻的目標；原來您早就看出我對自己的未來沒有打算，是一個在徬徨中度日的青年。

麥格那牧師，我多麼感謝您對我的關心！我不否認長年以來我是一個對前途缺乏定見的人，就是念神學研究所後的我也是如此，雖然常常聽到師長說「奉獻自己」這個詞，但是仍然不明其意。若要說到奉獻什麼，一定也離不開要有對象，這個對象一定是眼前可以摸到、聽到、嗅到的人民和土地；但是我的家庭教育和學校教育都暗暗告訴我：我既不屬於這塊土地，也不是這裡的人民！我只是追逐遠方一棵橄欖樹的人，我的故鄉在遠方。我是明顯擺盪於空中的人，或左、或右、或上、或下，沒有定準。不過，或許被您肺腑之言感動了，我反躬自省了一會兒，覺得即使以前的我如何又如何，都不重要，或許將來會有所不同，我現在所認識的耶穌將會引導我怎麼行事，就說：「我瞭解教授所說的話，這些話我會記在心裡，既然我信了基督，就自認不會虧欠神以及這塊土地，我會努力糾正自己，好讓自己朝著瑪喜樂的道路前進，竭力不讓自己晚年時有所悔恨。」

您一聽我這麼說，就站起來，喜不自勝地替我倒茶，慢慢坐回椅上，說我既有後天所賦予的聰明又有上天所賦予的愛心，將來必會成為一個傑出的傳道人了。

此時，太陽完全滾落河流下游的地平線了，山色變成一片黯藍，涼爽的山風吹過來，所有的景物慢慢變成了幾何形狀的影子，多層次地剪貼在對面的高山和廣大的湖泊之間。我能看到一架亮著閃爍燈光的飛機，無聲地掠過河流下游已經灰暗的天際。

75

您繼續說，您對我有一個計畫，要徵求我的同意，希望我考慮後能歡然答應。那就是在畢業後加入「國際先知佈道團」，在太平洋西岸做教會的事奉工作，之後再回台灣來做本地教會的拓展工作，就會更有傳教經驗。您這麼說時，是充滿著期待的口氣的。我一聽，先感到意外，接著就說我也許沒有這個能力，因為我只是一個膚淺的初信者，比較他人而言，對聖靈可說完全不懂，談不上去做深奧的國際事工。您立即糾正了我的說法，說我明顯是一個有聖靈恩賜的人，正逐漸走向先知事奉的道路。您先稱讚我說，對於那個女子前來求治的預言，我比您所瞭解的更加清楚。有關那個父親的五金行業、圍觀的人群，我都比您事先要知道得更詳細，您不過只是預先看到那些撒旦的小動物而已，我卻能全盤預知，您說您遇到的基督徒無數，卻很少看到進步如此神速的人。這一點說明聖靈在我身上所彰顯的能力，正日日增強之中，即使將來我只是一個普通的教會信徒，也能發揮我的貢獻。您特別提到，我能「三次」看到同一個異象，在《聖經》中也是很少有的例子，就是您本人，也不是常常能如此。您去室內拿出燙金的英文《聖經》，在黯淡不明的晚間光線中，翻到〈使徒行傳〉十一章，舉出大使徒彼得「三次」看到同一個異象的事來做慎重的說明。〈行傳〉所記載的故事經過是這樣的：當公元一世紀使徒們還活著的時候，剛開始耶穌的福音只傳給猶太人，因為外邦人看來彷彿是不潔的動物，沒有人敢把福音傳給他們，那些使徒甚至不敢和外邦人坐著一起吃飯，就是有恩賜能使死者復活的大使徒彼得也持有這個禁忌。然而有一次，彼得在一個叫做約帕城的地方做禱告的時候，看見有一件東西從天上降下來，好像一塊大布，布的四角綁住，停落在他身旁；他仔細一看，裡面有飛禽走獸，又有爬蟲。接著，他聽到有聲音對他說：「彼得，起來，宰來吃！」彼得說：「主啊，絕對不可以！任何凡俗的東西，我都沒有吃過。」可是天上來的聲音又說：「上帝認為潔淨的，你不可當作汙穢。」這個異象，連續向彼得顯現三次，最後那些東西才被收回天上去。隔了不久，就有撒該利亞的外邦人哥尼流派人前來邀請彼得，要彼得把福音傳給他的一家人。彼得只好動身，去向哥尼流一家人傳福音了。從此，福音就由猶太人傳到外邦人的身上。對於基督教傳播史而言，這是一件絕頂關鍵的大事！

您愉快地對我說，「三」在《聖經》裡本來就是一個神祕的數字，凡是三次顯現異象，就代表著聖靈的一種慎重態度，對我或對那位女子一家人而言，都具有重大的意義。聖靈的真正意思我們現在當然無法猜透，但是日子久了，就會顯露出來。據您的看法，聖靈正對我展開大肆的教導，我不能辜負聖靈的一番美意，必須能做出準備，好讓自己更能日進千里。我聽了，似懂非懂，無法即刻肯定您所說的這些話。不過，我告訴您說，在您為那位女子治病時，我的確能看到聖靈和邪靈整個的爭戰過程，靈界的運動雖然很神祕，但是不知為何卻自然向我顯露出來。我大約把當天在禮堂所感受到的現象，再向您仔細地報告了一遍。您聽了，露出驚訝的表情，告訴我說，我已經具備了「辨別諸靈」的能力，日後聖靈和邪靈的運作都不再向我隱藏了。您語重心長地對我說：「那麼，你更應該考慮加入國際先知佈道團裡，先去做一段時間的事奉。」您說這個暑假，「國際先知佈道團」將來到山上教會，然後在本地的各大教會展開工作，我可以先和他們同工一陣子，向他們學習一些東西，然後再接受他們的邀請，畢業後加入他們的國際事奉工作……。

此時，夜晚已經完全降臨了，遠山頓時不見，湖水也沉入了一片黑暗中。天空開始出現許多的星星，山上教會和周邊的山區也亮起一些燈光；有些夏蟲發出幽微的鳴叫聲，室外草地夜間小動物不斷竄動，萬物進入一片夜晚的和諧中，夜霧慢慢地使得室外的桌椅和茶具微濕而冷涼起來。

您要我留下來吃飯。

飯後，在告別您的時候，我答應您在暑假時先與「國際先知佈道團」在本地各教會作工，如果情況還好的話，我再答應加入太平洋西岸的巡迴事奉，準備去外地尋求歷練了。

76

麥格那牧師，我真要感謝您對我的深切關懷，我長大到現在，還不曾遇到一個師長像您如此關心著我的未來。您就像呵護著自己幼兒學習走路的父親，不斷數算著自己兒子的腳步，唯恐他有任何的跌倒損傷。坦白地說，我但願永遠都不辜負您的期待，如果情況不變的話，那個暑假後，我必已經答應他們將來去做西太平洋的事奉工作，而七、八個月以來，我也一定與國際先知佈道團的人盡量維持著緊密的關係，因為再一、二個月我就要繳出論文畢業，走出神學院大門了。

可是，我在暑假時與國際先知佈道團的同工時，答應將來要跟隨他們去國外佈道了嗎？沒有！我先不敢答應他們，後來竟完全拒絕了他們的好意。因為一個極為深刻的懷疑臨到了我的心裡，幾乎就要打垮我的信仰，使我自顧不暇，談不上要去做什麼事奉。情況就像在平靜湖面划著船，突然被崩落的一塊巨岩擊中，船和人一起落入水中，在毫無防備下，視野全被湖水淹沒，手腳錯亂，竟不知道自己還浮沉在水面上，或竟是沉沒於百丈的湖底了。那正是我對我能「得救」的無邊懷疑，這個懷疑竟是來自您特別指給我看的那段《聖經》經文，那段經文就是保羅所説的：「你若口裡認耶穌為主，心裡信神叫他從死裡復活，就必得救。因為人心裡相信，就可以稱義；口裡承認，就可以得救。」

記得當初您在您的研究室裡是引用這段話來證明我「信耶穌死而復活」的重要性，並無其他多餘的説明和教誨。不過，當我看完您所指出的這段話時，反被一個問題所困住。

這段話其實可以縮減為「假如你信耶穌死而復活，再認耶穌為主，就必得救」這樣簡單的句式，表面並無深奧。不過很可惜，我只能瞭解其二，不能理解其一。具體地説，我能知道什麼叫做「信耶穌死而復活」和「認耶穌為主」的真正意思，但是卻無法明白什麼叫做「就必得救」。因為，前兩個我可以用肉身的感覺去經驗到，後一個我卻無法由肉身的感覺去體驗了。就在看到那段話後，一直到如今將近一年的歲月裡，我仍然處在這個困惑中，終至於慢慢墮落了。

的確，對於「信耶穌死而復活」的這件事，我能完完全全的用思想、肉身、理性感知到，因為當我彷彿大數的掃羅（注：就是保羅本人）付出短暫的眼瞎而親眼目睹耶穌現前的那刻，我就完全信了。我不但信耶穌死而復活，就是連其他《聖經》所記載的耶穌事蹟也信，而且變得十分堅固不動，甚至是大膽放肆了。還記得也是在研究所二年級的上個學期，我們上「牧會與宣教」的課程時，任課的老師要我們討論如何告訴一個平信徒到底是否已經真心信主時，許多同學都發表了他們的高見。有三分之二的同學無非都說，只要那個人相信耶穌可以改善他的財務、帶給他健康、剷除他的厄運、轉變人際關係、消除工作困擾……就算是真正的信耶穌了，他們拚命地把「信」放在日常的實務上來言說。我感到不服氣，在發言時，就拿出了公元二世紀教會完成的一頁〈使徒信經〉，將它放在桌上，說：「信都在這個桌上，這個桌上以外的，都不是信！」許多的同學們眼見他們的立論被否認，就像以前一樣肆意抨擊我，指摘我食古不化，是個教條主義者。可是，這時我已經完全不怕他們，就說：「既然這頁書只是骨董，只是教條，不再有用，那麼現在有誰上來放火燒了這頁〈使徒信經〉，我就閉了嘴巴！」他們聽了，就用眼睛瞪著我看。我也不示弱，挑戰地說：「燒吧！誰上來燒！」這時，他們只好嘆氣地把臉轉到旁邊去了。我故意大聲的恐嚇他們說：「假如你牧養的信徒無法相信〈使徒信經〉裡的耶穌事蹟，你卻說他信了，當心你這個傳道將來下地獄！」這時，上課的教授出來打圓場了，他告訴大家，引導人信耶穌的方法很多，都很有用；但是只有信〈使徒信經〉才是真正的起信，一個傳道就是再困難，也要勉強一般信徒都要相信其中的內容，那麼信仰才是有功效的。麥格那牧師，您比我更清楚〈使徒信經〉的內容，它正是這麼寫著吾人對耶穌應有的信仰：「我信耶穌基督，上帝的獨生子，我們的主；因著聖靈成孕，從童女馬利亞所生；在本丟彼拉多手下遇難，被釘在十字架上，死了，葬了；下到陰間；第三天從死裡復活；後升天，坐在無所不能的父上帝的右邊；將來要從那裡降臨，審判活人、死人。」這些簡單字句。我所說的信，僅指這些，再也沒有別的其他的信，就是用死刑威脅我，也不能動搖我的觀念。我深知我之所信，因為我已經用肉身看到、經驗到、感覺到活生生的耶穌，從此變成我的肉身的感覺經驗，不會再有改變，也不會再增減！

至於「認耶穌為主」這件事，那不是我們在受洗以前就已經考慮了過百遍的事嗎？而且也是在受洗時，確鑿地、明白地大聲宣誓過的一件事。正是我們可以在日常生活中可以被肉身感覺、理智辨證所經驗到的信誓旦旦的事！

77

我不但能用肉體、視覺、感受去體察保羅所說的「信耶穌死而復活」、「認耶穌為主」這兩件事，甚至也能體察到保羅在這段話裡沒有提及的「重生」這件事。

「重生」對一個基督徒有無比的重要性。記得我們山上教會裡，有一個來自門諾教派的教授，由於他的教派反對馬丁路德的「因信稱義」說法，就主張一個信徒一定要「重生」才能邁向罪被赦免的境地。他一直向我們提到「重生」的重要性，幾乎每堂課都要高喊「重生」幾十遍，頗引人發噱，同學就奉送了一個「重生喇叭」的封號給他；不過卻真正凸顯出「重生」對一個基督教徒的不可或缺。的確，在《聖經》〈約翰福音〉三章3節裡，耶穌是這麼說的：「人若不重生，就不能見上帝的國。」我能知道，自從我信耶穌死而復活後，聖靈正在替我造就一個自律性的生活，使我的道德從敗壞中扭轉過來。祂企圖更新我，就像把一個盜賊的手，從偷來的金銀堆中猛抽出來一樣，將手拉回、擺正、綁緊，不使它能再犯罪。它一樣能被我們的肉體、感覺，甚至在日常生活中經驗到，裡頭的奧妙如果不是親歷其境的人必然難以想像。

我記得，在承認耶穌死而復活之前，我還沒有所謂的重生經驗，還不是那麼能知道自己是個罪行深重的人，在自覺良好之下，總認為自己是標準的行為端正青年；可是，自己事實上已經由於酒、菸的濫食濫用，逐漸變成一個死者，正等待一個重生的機會，將我由那個死亡的境地拯救出來。這件極大罪惡的往事，和我大四時結識的一個實驗電影團體有關：

當時，我班上的一個男同學是校內「影劇社」的社長，一向對我的小提琴演奏很感興趣，因此我們在藝術的鑑賞上頗有匯通之處。大學四年級的下學期，有一次，他帶著我去西門町，參加了一個實驗電影團體所舉辦的座談會，地點就在那個團體的工作室裡。在逐漸被流行文化所淹沒的那個商圈裡，我們在紅樓區、電影街、KTV區、萬年大樓、萬國百貨繞圈子，最後在刺青街最偏僻的巷子一角，找到了座談的地點。因為這個實驗電影團體正推出一個新片，出席的人還不少，大多數是時髦青年、大學生、記者。主持人先放映了拍攝完成的電影片段。我一看，就被吸引了。那是以北台灣的老社區為背景所拍攝的實驗電影，大約是為了重現六〇年代的故事而拍攝的，紀錄性很強。影片以黑白兩色、安靜的畫面、節制的情緒、日常的對話、不動的鏡頭、地平線向上的視角被表現出來。這一段畫面，揭出了一個平常閩南人家的父親之死，背景是台灣北地小鎮，有灰白的老火車站；有二〇年代大正初期打造的紅磚拱廊老街；有長方形大石塊鋪就的街面；有穿木屐的小孩；有戴著鴨扁帽、穿著白色西裝、黑色大字號皮鞋的中年男士；有高而瘦扁的腳踏車；有低著頭安靜地走進拱廊，打開木造的門，走入室內，趴在靈柩前久久不起身的兒女；有裊裊的香煙紙錢繞著室內飛。影片像是一首無言的哀歌，不斷地重現六〇年代當初的情景，也不斷地沉澱入過往的記憶中。在某些片段當中，有些激動的情節故意維持了沉默，全無聲音，時間居然超過八分鐘，實在令人嘆為觀止。我當場就詢問那位同學，是否能加入這個實驗電影團體。

78

情況出乎意外的順利，這個大約只有十個成員團體的導演和我見面了，問我一些有關電影的常識，就讓我參加了他們的團隊。之後，我當然知道這個團體是日本「小津安二郎」這個電影學派的團體，導演和成員正打算把小津的電影技術廣泛推展開來，用來捕捉台灣的過去和現在的影像，並以戲劇重現它們。

我承認我所以加入這個團體，有一種不誠實的動機。其實，我對電影並沒有像這個團體裡的演員和導演一樣，有一種對電影的火熱信仰。有一點是：我一向覺得電影很麻煩，在拍電影的人這一方面，它使用了太多的人力、物力、金錢，所換來的共鳴並不大於一首好聽的音樂或一張優秀的繪畫；在旁觀者的我們這一方面，卻要花費兩個鐘頭的時間努力觀賞，去換得那一點點的情感共鳴，整個看起來，它都是浪費的。另一點是：它太過於簡單，我曾比較過托爾斯泰的小說《戰爭與和平》和金·維多（King Vidor）以電影拍攝的《戰爭與和平》，覺得金·維多簡直開托爾斯泰的玩笑，他所表現的故事簡直不到原作的百分之一，是一種肆意的竄改和誤讀了。在所有的藝術之中，我獨獨很難對電影表示尊崇，覺得這是很累人、很遲鈍的一種藝術。我所以加入這個團體，其實跟我熱衷台灣本地文化的探討有關。自從我認識了學姊阿紫以後，我就覺得必須致力於本地的文化認知，唯有認知了這個文化，我才能認知學姊阿紫。同時，我的母親也是本地人，我有必要通過認知本地文化，讓失去的母親的形象不斷活在我的心靈中。因此，在大學三年級時，我就開始買來大量本地的風俗、民情、歷史、地理、藝術、音樂……的資料和書籍，潛心研究，我想終有一天，我的本地認知一定會超越所謂的那些閩南或客家人士，直奔到他們的前面去。因此，當我見到這個以小津安二郎為美學基礎的團體時，我當然想要加入，因為他們對當地文化的追求和我的目標是一致的。然而，由於我不認為電影是一種很好的藝術，所以剛開始和他們相處時，總覺得無法十分融入，反覺怪異。當時我們團體裡的一個攝影師十分熟練小津一派的低視角拍攝，他的攝影機始終沒有離開地面半公尺，記得有一次，在一個淡水古蹟的房子裡演戲，他幾乎整天都趴在地面拍攝，最後胃弄壞了，痛得在地上打滾，許多人都過去安慰他，我卻感到好笑，竟然沒能為他說半句的鼓勵話（由此可以看出我本性的野蠻）。

然而，這種與團體疏離的現象忽然改變了。本來，我在團體裡的工作大概就是和編劇討論劇本情節構設，以及電影場景安排種種事項，因為我有辦法將那些抽象的情節和場景化成一張張具體的素描，提供給他們做參考，導演稱讚說我的素描具有黑澤明的八、九成水準。後來導演說我的外型還好，要我偶爾客串扮演一些臨時的小角色，最後竟說我還很能銓釋一些特殊個性的人物內心，就安排次要角色，使我能較定時演出。我並不知道我是否真能演戲，可是，為了演好角色，我就必須設想我是另一個人，去揣摩劇本裡另一個人的心境；同時也設身處地，讓自己進入一個逝去的時光中，不知不覺，我越來越陷身於一個共同的離魂世界。雖然在團體中，我不很重要，但卻被捲入了一個共同體之中，無法抽身，只要他們打電話來，不論是在室內或者出外景，只要地點還在北市，我都盡量出席。

79

這些情況，本來都還好，只要能用理性加以控制，我參與其中也不至於敗壞生活。壞的是，當時這個團體的成員們有酒、菸的習慣。

正是這個酒、菸的沾染，迅速將我帶向死亡的境地！

我還記得，當時，就在離開刺青街不遠的一條街道裡，有一家喝酒的小屋，是為了緬懷逝去的台灣舊文化所營造出來的休閒地方。小屋的外牆被修飾成鄉下的紅磚壁面，大紅大褐；裡頭的貼牆壁紙則是一片南部的青山綠水、鐵道小鎮風光；許多的舊日的台灣文化標記一應俱全，舊有的牛車車輪、簑衣、斗笠、書包、制服、商標、招牌、路牌……全部陳列在地面或牆邊；五顏六色燈光下的音樂都是六〇、七〇年代的台灣歌，所聽到的談話都是本土話，一走進裡面，叫人無法否認即刻就回到了深沉的泥土裡。我認為這都是好的，它算是台北虛浮文化中的一個綠地，也是大漢傳統文化底下的小傳統文化，雖然有一種俗氣，但是卻是屬於本地漢人令人懷念的俗氣。我喜歡那種環境，因為那裡叫我能體會什麼是泥土，甚至改善了我不道地的台語腔調。不好的是：來這裡的人都拚命地喝酒！即使到今天，我還猜不透，為什麼到那裡的人，一定要喝那麼多的酒。我就看到酒瓶由廚房擺放到餐廳的地面來，一罐一罐都是藍色酒瓶的海尼根或台灣啤酒罐。不論是正襟危坐的人，或者半躺在沙發上的人，或者已經濫醉倒地的人，一面哼著懷舊的歌，一面猛灌啤酒，就是我們這個團體的成員也不例外。

這還不打緊，團體裡的幾個成員在抽著洋菸之外，會在隱密的口袋裡，掏出用紙捲好的一兩支大麻菸，當著我們的面前抽起來，甚至有時傳遞到大家的面前來，要我們也抽一口。我不曉得他們的大麻從哪裡來，是誰供應給他們的。我曾問他們，一支紙捲的大麻價值多少，他們說因為裡頭差不多捲了一整片大麻的葉子，所以價格大約在八百元左右。我頓時嚇了一跳，一支大麻竟然可以抵得上十包的香菸價格，不曉得這些窮苦的藝術家哪裡弄來那麼多錢吸食這個東西！其實，我們十幾個人中有半數以上是反對吸食這種東西的。不吸食的這一派的人認為吸食大麻會帶來急性中毒，叫人產生記憶倒退、憂鬱、焦慮、多疑、失去方向感；長期吸食也能帶來幻覺、幻視、動機崩潰的毛病，最後就是身心一片懶散，是無可置疑的二級毒品。可是吸食的人也有他們的理由，他們之中有人到過荷蘭的阿姆斯特丹，在那裡，大麻是公開販售的，人人都有機會吸食一口，也沒聽說出了什麼大問題，比起德國人嗜喝啤酒所帶來的傷害性應該更低，他們說大麻有治療偏頭痛、經痛、失眠的效果，其實是一種不錯的藥，中國的古方「火麻仁」就很有名；他們還舉證說，在六〇年代，美國所以有反越戰、嬉皮士、敲打樂，和大麻的吸食息息相關，也沒有聽說反越戰的詩人都中毒死了；他們甚至挑釁地說：「不敢吸食大麻的人就不是真正的『詩人』！」我們就說：「自古以來也沒有聽說杜牧和李商隱靠吸食大麻寫詩。」他們就說：「你們怎麼能確定?!」雙方總是如此無聊地攻防，互不相讓，誰都沒有辦法說服誰。可是，最後輸的人當然是反對派的我們，雖然反對的我方人數比較多，但是導演和青春美麗的女主角都若無其事的抽了，反對一方的人只能困守在防線上，艱難抵抗，唯恐失守。有時當我們正在拍攝的影片邁入了新境界，那時大家情緒非常駭，我們反對派的人竟也當場順從他們抽起了大麻，情況變得非常的詭譎。我還記得，在大學畢業的前兩個禮拜，我去了那家懷舊的餐飲店回來，迷糊中睡了超過十二個小時的覺，醒來時，不知道為什麼，同寢室的同學都關心地圍繞在我身邊；那時，我才發現睡鋪底下都是空酒瓶，我的床下有一個彷彿吐過又被清掃過的地區，顯得很髒，就瞭解我的情況很不妙。同學說我深夜回來後，又買來大量的酒，喝了一夜，也吐了一夜，驚動了舍監，叫大家很無措。我非常慚愧，一直向大家說抱歉，可怕的是，對於一夜胡鬧的事，我竟毫無記憶。那時，我去書桌上尋找一樣東西，發現書桌桌面有一根菸，赫然就是抽了一半的大麻菸，當時同學和舍監竟然沒有發覺我也抽了大麻，否則事情必然無法收拾！

80

這種情況在畢業服兵役時停止了二年，因為沒有多餘的時間可以參加那個團體，我暗自慶幸，以為終於擺脫了他們。可是服役後，我在電腦公司上班不久，又重回到他們的團體。這時，我因公司工作的繁忙，已經沒能參與任何角色的演出，有時只能二、三個禮拜才去一次，但是還是去與他們討論劇本和場景；最重要的還是我們依然到那家餐飲店去狂飲、抽菸，我自己安慰自己，認為那是在繁忙的公司事務外，唯一能放鬆自己的時刻。

麥格那牧師，我不曉得人類的墮落的深度可以有多深，是我們可以測知的嗎？或者就像是《聖經》故事所描寫的不可測量！現在想來，我想當時的我正像《聖經》所描述的撒旦和黑天使一樣，正墜向不可測的深淵，只是我竟自覺沒有犯什麼罪！當我喝酒時，我安慰自己說，大家也同樣都喝了酒；當我抽了大麻時，我說不是我買的，我只抽半支或一口，是別人供應的。無論怎麼看，我都是好青年，是有理想的，是乾淨的，我好得不得了！在那裡，的確也有正面性：在那裡，我們有藝術上的抱負、有影劇圈的許多消息、有青年人的浪漫和幻想，更可以任意地揮霍我們的青春，在那裡我們解放了！即使偶爾犯錯，是可以原諒的，只要下次不再犯就可以！不過，在內心深處，我也會摸摸良心，覺得不應該再和那個團體的人廝混，我應該遠離他們，因為那種生活正不斷葬送我一向奉行的座右銘。我記得在大學時，有一個非常好的理工科的老師，也是一家頗大的電子公司的老闆，有一次我們問他有關一個成功的科技人員的自持之道以及生活態度，他送給了我們「克勤克儉」、「拒絕娛樂」這八個字，我們不解其意，後來他說：「所謂的科技人員這個名詞是一個比較好聽的名詞，以前就叫做工人；一個工人不肯克勤克儉和拒絕娛樂，就很難活下去了！」他這麼一說，獲得了滿堂彩，事實上他已經把他的成功之道都講完了。當時我曾將這句話刻寫在我的日記的薄木封面上，表示永誌不忘。可是這時，這個座右銘崩解了，我該怎麼去解釋?!不過，縱使我想遠離他們，但是似乎有一股力量又將我拉回他們那裡，心裡永遠鬥爭在「去」或「不去」的兩種選擇上，最後還是走向了罪惡；情況就像是保羅在《聖經》〈羅馬書〉七章所說的名言：「我是必朽的人，已經賣給罪作奴隸了。我竟不明白我所做的；因為我所願意的，我不去做；我所恨惡的，我倒去做。」這種情況在剛進入神學院就讀時，還是如此。雖然在來到山上教會住宿之前，曾經向父親、姊姊、阿紫保證，在沒有念完神學院以前，我會盡量少下山，努力充實自己；不過我還是敵不過那個團體的誘惑，每當他們需要我的時候，我就想辦法下山，又去濫飲、抽菸，事情很難善了。這個鬥爭在我聽說他們已經有人開始吸食白色粉末的海洛因時，更加激烈。我幾幾乎就要不去了，曾拒絕了一、兩次，因為想到海洛因，我心底就不由自主地戰慄起來。可惜，人的力量還是勝不過肉體的欲望，在他們熱情的要求下，最後還是順從他們的邀約。

就在那時，神聖的力量插手管起這件事了。

81

記得那是我向您承認說「我信耶穌死而復活」並且聖靈已經不站在我後面的一個週末，我又下山，去了他們的工作室討論一個場景的安排，到了夜晚，又去餐飲店。那天，餐飲店似乎比以往更要來得瘋狂，燈光加倍激烈地閃爍；由於一對有名的本土盲歌手到場演唱，一時之間，飲食店瞬間湧進了更多的客人，在那瘋狂又迷人的手風琴聲裡，酒喝得更加凶猛，我居然聽到有人開始違例地猜起酒拳。我們團體裡的成員已經不管一切，幾乎每個人都把大麻公然叼在嘴上，放聲地隨著歌聲歡唱起來。我覺得那些聲音好像千里浪潮，由遙遠海上轟然捲來，將人整個拋上、摔下，企圖使所有的東西都支解、碎裂……突然，我失去了聽覺，什麼也聽不到，周遭頓時陷入了一片奇異地寧靜當中。我嚇一跳，因為在沒有聲音的情況下，所有的人看起來變成陌生的木偶，只是在那裡拚命晃動，這種陰陽反差也未免太大。我本能地立即從唇上拿下一個女團員遞給我的半截大麻菸，因為毫無味道；我不信邪，拿起桌上的一支最濃厚的駱駝牌洋菸，點火，放到唇上，用力吸，依然沒有味道；我又不信，拿起桌上的甜點來試，竟也毫無甜味。於是我坐下來，無措地看著眼前的一切。團體裡的一個成員忽然看到我呆呆地坐在那裡，走過來問我是不是身體不舒服；由於聽不到他的聲音，我只好叫他用筆在紙上寫字給我看；我告訴他，我的情況有些不妙，大概是大麻發揮了破壞力，我的整個聽覺和味覺都消失了。他似乎大笑了一陣子，去向櫃檯要來一瓶濃烈的高粱酒，可是我連續喝了兩杯，依然感到像白開水，就不願再喝，又不知所措地坐著。這時，更多的團員都圍過來，表示關切，可是我聽不見他們的聲音，只看到他們狐疑又焦慮的一張張表情，感到無可奈何。其實我比他們更驚恐，感到我已經陷入了一個危機，也許我從此就變成一個殘障者，不禁焦慮萬分。由於留在那裡已經無用，我就說要先行離開，然後背起小背包，站起來，不信邪地又走到那兩個正在唱歌的盲歌手的身邊去，想要聽出一點點手風琴聲或歌唱聲，可是萬籟俱寂，什麼聲音也聽不到，這時我確定自己已無疑地已經耳聾，就頭也不回地離開餐廳了。

我搭了計程車，一路回到山上的教會，已經深夜。沿途，我無法與計程車司機多說什麼，因為聽不到他的聲音；回到宿舍，有幾個晚睡的同學問我話，我也無法回應他們。我躺在床上，萬分懊惱和悔恨，不知道自己得了什麼病。

記得，到深夜時，我還是無法成眠，為了紓解焦慮，我順手攜帶著一杯隔日的茶水，走到湖邊，坐在一塊大石頭上注視著下游大壩上的微弱燈光，試想著從此成為一個聽障和味覺障礙的人，應該怎麼面對山上教會的沉重課程，我將如何面對上了年紀的父親、愛我的姊姊以及學姊阿紫。就在那時，我感到有山風吹過背後校園花木的聲音，儘管微弱，卻被我聽到了；接著更大的眼前湖水湧動聲也來臨了，我低頭，就看見朦朧月色底下湖水正隨著聲音不斷拍打岸邊。這時，我感到離開我甚遠的聖靈又回來了，祂彷佛一件輕柔的紗，披覆在我微涼的身體上，叫我身體暖和起來，跟著整個人都放鬆了。我打開茶杯，嘗了一口宿茶，感到有一種微弱的苦味。終於我開始放聲哭起來，情緒完全失控地大哭了。

82

麥格那牧師，人的墮落的確是無限的，而人的遲鈍和愚昧也是無限的。我的確是一個毫無靈性的人，假若我還有一點點靈性，就在我恢復聽覺和味覺的同時，我就應該察覺到那是聖靈對我的管制，祂正在警告我，企圖叫我「重生」，要我離開那個罪惡的場所和團體。不過，我當時沒想得那麼遠。之後，我懷疑我的短暫失聽、失覺是因為我的神經系統有問題。我請了假，不願讓人知道我的行蹤，到山下的一家有名的醫院去做聽覺、味覺的神經檢查，幾天以後，檢查報告出來，卻說我的聽覺神經和味覺神經都很正常，沒有任何的異狀。醫生告訴我，短暫的感覺失喪是可能的，濫用藥物、過度刺激、心理創傷都可能帶來這個結果；他要我檢點自己的生活。醫生的話立即提醒我有關狂飲、置身噪音中的這些實際的傷害，當中特別以吸食大麻最可疑，我立即把這些短暫的病狀指向餐飲店的荒唐行為了！

他們又打電話過來，邀我在放假時去團體裡商量一個電影裡場景細部安排的事，這次，我又無法推託，不過我表示，也許我不能再跟他們到餐飲店裡去，因為上次的感覺喪失叫我心生懼怕。他們表示諒解，說我可以看情況隨時離開餐飲店。我去了。不過，這次的情況來得更快，就在我踏入他們的工作室時，就開始失去聽覺，我很難順利表示我的意見，只能和他們在紙上對談；等到去到餐飲店，味覺隨著也喪失掉了，感受不到任何食物的味道。我非常恐懼病狀蔓延到視覺來，一但視覺也喪失，我就什麼都完了！因此，就迅速地離開了他們。這次，我沒有立即回山上教會，我先在百貨公司逛了一陣子，又在紅樓區的街道走了許久，然後走進一家書店內，翻看一些本土的新書，這時聽覺和味覺又回來了，然後我在書店的閱讀桌旁能感到聖靈像一首輕歌，款款將我圈住，我又哭了，這是第二次的哭！

這次回到了山上教會，我的情緒比較平穩，因為我忽然想到這種官能知覺的喪失與我去工作室和餐飲店有關，與那個團體的接觸當然更有關係，而所有的問題的核心還是出於我自己的肉體欲望，我是禁不起誘惑的人，這時我開始感到我有罪。當我意識到這一點，回到宿舍後，我翻箱倒櫃，把所有的那個團體吩咐我做的劇情修改、場景素描連同一切資料都清除出寢室之外，我到處搜找，看看還有沒有電影畫報、影劇圈的雜誌，特別看看是否還有大麻，凡是他們團體的東西，我都會郵寄回給他們，不願再與他們有任何關係。我完成了這個工作，感到輕鬆，就跑到教堂裡，跪在十字架下，直到深夜。

那個晚上，睡在床上，聖靈來了，給了我一個異夢：

我先被帶往一個陌生的地方，在半空中看到一個火災肆虐的地方，所有的草木都燒光了，斷垣頹壁的房屋都在冒火，土地也被大火燒成紅色。卻有許多獸類和人類爬行在那裡，雖然赤身裸體，身上著火，痛苦嚎叫，卻怎麼也死不了。在遙遠的地方，有一條細長的路，可以使他們脱離那裡，去到一抹殘山剩水的綠地。可是他們一逕往火裡爬，因為火裡有一望無際的正在焚燒的煙葉田，那捲向空中的火紅的煙毒龍捲風使他們都瘋狂了。然後號角在天邊吹響了，一連吹了三次，我就看到那焚燒的地面整個向下陷落，塌成一個深淵，形成極深的火湖，火在那深坑裡冒著，再也沒有人能逃得出去了。我非常震驚，就叫著說：「糟了！他們既逃不出去又死不了，他們要受到永遠的痛苦了！」之後，我就醒過來。

83

這個異夢完全打醒了我，這時，我才領悟出我的感官知覺的喪失完全是聖靈給我的懲罰，原來聖靈的管束竟是這麼嚴格，祂的「重生」命令是如此地無可違抗！麥格那牧師，我還記得有一次，您對我們提到聖靈也會管束我們，當時有人半信半疑，您卻大聲地說：「聖靈不會只給你甜頭，在最厲害的時候，祂還會擊殺人，你千萬小心，不要落入祂的管束！」您所說的話，正應驗在我的身上。

第二天，我立即寄出那個團體給我的所有東西，將那些迷惑了我整整三年的不潔的東西統統奉還。隔了幾天，團體的導演親自打電話來，他表示他們的團體還是不能沒有我，希望我回到工作室幫忙。我心裡非常恐懼，不敢或忘聖靈給我的嚴重教訓，我就說：「如果我的視覺喪失了，變成一個盲人，你們還要我嗎？」接著，我坦白地告訴導演說：人間的萬象，不一定只是黑白兩色，也不一定要安靜沒有聲音；事實上萬象的顏色多變，繽紛多彩，至於放在地上的石頭，固然沉默，我也期待它終有一天會發出聲音。過去事蹟的追尋，並不一定要通過鏡頭去追尋，我會用我的赤裸的眼睛去看；歷史也不一定是戲劇，而是瀰散開來的大地上的遺跡，我會用赤裸的雙腳去踩踏。我並不真的喜歡他們的電影，只是恰巧和他們在一個行路的交叉點相遇了，有了交集，但是現在就要分開；他們是那一邊世間的人，而我是這一邊山上教會的人；中間被劃了一道鴻溝，從此分道揚鑣了。我勸他不要再吸大麻了，因為那不能使一個藝術家看清世界，只能混蒙著著自己的眼睛過日。我也要他去看泰戈爾的詩篇，因為一個無欲的詩人方能在一粒沙子裡看到一個宇宙；也要他去看《白鯨記》，因為一個清教徒，才能仔細地描繪捕鯨的真實生活。總之，我說：「再見了導演，回頭是岸！」

日後的一段時間，我偶爾還是去西門町的，在那些街道上逛逛，但是就是不再能接近那個工作室。聖靈彷彿做成一道堤防線，在我接近刺青街的時候，渾身沉重，腳步抖動，不知不覺大腦就出現火湖深淵的景象。後來，我乾脆連西門町都不去了，它紅綠的光芒像一片迷霧，消失在太陽上升的清翠黎明中了。

之後，我幾乎就完全居住在山上教會念書，除了偶爾回去看父親以外，很少再到山下的盆地去。我完全回到了一個科技人員（或者說是一個工人）所應有的那種簡單和儉樸的生活，找回了自己的自信和愉快。我不怕日子過得太枯燥或無聊，相反的，當我感到生活最枯燥無聊的時候，也就是我最有創造力的時候，那時萬事彷彿都已經凋零，小提琴音樂就會返回心靈，我最喜歡的亨利客・維尼亞夫斯基（Henryk Wieniawski）和弗萊茲・克萊斯勒（Fritz Kreisler）的小提琴曲就會高揚在我的靈魂中，將我帶入忘我的境界裡：我也能用五線譜去捕捉我唱出的靈歌，將它寫出來，配上簡單的《聖經》裡的字句，寄到國外教會的音樂雜誌上發表，這對我並沒有什麼不好，反而對別人有益。我覺得我「重生」成另一個人，變成不折不扣的新人了。

84

麥格那牧師，您看，我對聖靈的「重生」和「復活」這種經驗是否還算深刻？最起碼它們都讓我的肉身經驗到了，讓我的感覺察覺到了，而且是日日加深之中。當我崩潰後，從北部流浪到中部再流浪到南部，一直到現在，這種「重生」和「復活」的肉體感覺，並沒有在我的身上消失，即使在瀕死的時候，那種溫暖的力量都還存在。我想我所以不死，正是因為有著這股「重生」和「復活」力量運行在我的身上所導致，這都是您的教導所帶來的，我不能不加感謝。

可是對於「得救」這件事，就超乎我所能經驗、體察、感知之外了。的確，我無法用肉身去體察什麼是「得救」！因此，就在看完您提示我念完保羅的那段話後，一直到現在，我沒有輕鬆過，反覺困擾！在懵懵懂懂的狀況中，我覺得有兩個問題使我失去了「得救」的盼望。

第一個是，我覺得我想以肉身去體會「得救」的滋味是不可能的！

當初，我剛見到這段話時，曾猜測，「得救」這個詞所指的意思應該是指「末日時被救抵達新天新地、新耶路撒冷聖城」的意思。

那麼，「末日時被救抵達新天新地、新耶路撒冷聖城」又是什麼意思？《聖經》的〈啓示錄〉二十一章曾對「新天新地」和「新耶路撒冷聖城」做了許多描繪。〈啓示錄〉認為：當末日以後，我們眼前所見的當前世界（地球和宇宙）都會被消滅，出現一個似乎是沒有邊界線的、存在著萬國的「新天新地」和一個比較有面積限制的、輝煌的「新耶路撒冷聖城」；而且「新耶路撒冷聖城」就存在於「新天新地」中。有關「新天新地」和「新耶路撒冷聖城」的實況，〈啓示錄〉也具體指出：「我看見一個新天新地。那先前的天和地不見了，海也消失了。我又看見聖城，就是那新的耶路撒冷，從天上上帝那裡降下來，像打扮好的新娘來迎接她的丈夫。……上帝要親自跟他們（注：指得救者）同在，要做他們的上帝。祂要擦乾他們每一滴眼淚；不再有死亡，也沒有悲傷、哭泣、痛苦，以往的事都已經過去了……那裡充滿上帝的榮光……有高大的城牆……城牆是用璧玉造的，而城本身是用明淨像玻璃的純金造的。城牆的基石用各種寶石裝飾：第一塊基石是璧玉；第二塊基石是藍寶石，第三塊基石是綠瑪瑙……城不需要太陽或月亮的光；因為城有上帝的容光照耀著，而羔羊（注：指耶穌）就是城的燈。世上各國都要藉著這光走路；地上的君王都要把他們的榮華帶到這城來。城門要整天開著，永不關閉……一道生命的河流，閃爍像水晶，從上帝和羔羊的寶座流出來，通過城裡的街道。河流的兩邊有生命樹，每年結果十二次，每月一次；樹的葉子能醫治萬國……。」我想，所謂的「得救」，就是抵達這種難以想像的新的伊甸園的世界中。

不過，既然是指末日時的拯救，那就是指這個拯救也許至少將要再經過十年、一百年、一千年或一萬年後才會發生的事，最起碼不是現在。由於不是能在當前發生的事，難怪無法被我現在的肉身經驗到或感知到，就像是一個人，你沒有航行到天王星，你就不可能感知道那裡的草地是如何的柔軟（假如天王星上也有草地的話），也不可能在肉身觸感上做成你的經驗。

因此，我想用肉體，如同「耶穌的復活」和「重生」一樣，去感知「得救」的滋味是極不可能的。

假如說要我相信保羅所說的「就必得救」，除非神可以在我未死前將我置放在新天新地、新耶路撒冷聖城中（神也許有這個能力），讓我嘗嘗其中的滋味，那麼或許在我有生之年就會相信我會「得救」。

對神做這個要求是刻薄的，但是我不能不這麼要求。

我本來以為我對「得救」這兩個字的猜測是錯的，就去翻查許多有名的註解本《聖經》，查看「就必得救」這四個字的意思，可惜所有的聖經註解都和我的猜測一樣，都說這是指「末日時的拯救」，那就叫我更加難以擺脫沮喪了！

85

第二個問題是，我覺得沒有人能保證誰一定會「得救」，就是保羅也不能！

我覺得保羅的話說得太滿，可能不是實話，只是因為在激情時，才衝口說出了這段話。據我的看法，當末日來臨時，我們是要先歷經耶穌的審判，之後才抵達新天新地或新耶路撒冷聖城的，在這個過程之中，我們沒有主權，所有的生死都操在神的手上，我們並沒有什麼實質的人的主權可以依賴，甚至連辯解的權利也沒有。

縱使在末日時耶穌果然因為我信祂而判我無罪，要讓我通過審判台；但是由於我以前在世上穢行甚多，日日行惡，雖然耶穌願意，可是當我要跨上新天新地時，神突然後悔了（《聖經》有許多地方顯示神是會後悔的），說要追討我的罪，要將我拋入地獄火湖，我該怎麼辦？

在當時，我曾想，這個情況是很可能的。因為自從「承認耶穌死而復活」後，我學會檢查我以往的二十六歲人生，發現我的惡行甚重，有些惡行是不能原諒的，比抽大麻菸那種更大的壞事我都做過，而且伴隨的日常小惡不斷。的確，在我的一生中，最潔白無瑕的歲月是嬰兒時期，因為毫無罪行，要犯罪也不可能；小學時就比較壞了，因為學會欺騙、偷竊、説不誠實的話；中學時就更壞，因為叛逆期來了，對許多關心我的人恩將仇報，心中存在著巨大的不滿；高中期更壞，因為情欲期來了，學會了羨慕別人有女友，永難克服淫亂汙穢的思想；大學時期最壞，吸食大麻等無所不做，可説活得越久，惡行越大。我因此就想到將來恐怕要更壞，因在社會的工作崗位上難免要與他人競爭，如果中年時有了家庭，就要養家活口、追逐金錢；如果壯年功成名就了，難免要保持優勢，自私自利，不顧他人死活；如果老年了，害怕失去一切，就會更加在財物上貪心……我的罪惡如今已經堆積如山，將來一定會高達雲端。在渾身罪惡下，是絕對難以進入新天新地、新耶路撒冷聖城的，因為神不是傻瓜！保羅在另一段《聖經》的〈羅馬書〉裡倒説得好：「他們存邪僻的心、行那些不合理的事。裝滿了各樣不義、邪惡、貪婪、惡毒。滿心是嫉妒、凶殺、爭競、詭詐、毒恨。又是讒毀的、背後説人的、怨恨神的、侮慢人的、狂傲的、自誇的、捏造惡事的、違背父母的、無知的、背約的、無親情的、不憐憫人的。……神判定行這樣事的人是當死的。」我認為我過去、現在、未來的情況正是如此。

除非神能「親口」對我説，祂未來一定帶我到新天新地、新耶路撒冷聖城，否則我就不能無條件相信。儘管保羅信誓旦旦地説「就必得救」，但是他説的也許是別人，不是我！

86

麥格那牧師，就是這兩點懷疑使得我先在「得救」上跌倒了，之後失去了盼望。不過，我卻深知，「得救」是基督教的最終目的，沒有了「得救」，我們的信仰都會變得徒然。即使神現在就給我半個地球的財富，並有移動天上星群的能力；可是沒能到達新天新地、新耶路撒冷聖城，一切到最後不過只是一場空虛。

同時，我又明顯地意識到，每當我強烈地向神要求能得到得救的「肉體感知」和「保證」時，我整個人都害怕得發抖起來，覺得我並不忠實於神，正拿著難題在考驗神。可是，當我覺得想得到這種「肉體感知」「保證」是萬般不可能的時候，就陷入深淵一般的絕望中。

我輾轉在困境中度日，一日比一日沮喪，覺得要信仰基督教即使不是所有宗教中最困難的，也是困難的宗教之一。雖然耶穌復活的大能和聖靈仍然繼續與我同在，不肯稍稍放棄我；可是我害怕終有一天，由於承擔不起沮喪，會突然掉頭離開基督教而去。

還記得去年暑假時，正是這個失去盼望的沮喪壯大起來的時候。那時，不知道是同學都離開校園或是連天下雨的因素所導致，我陷入了深度的虛無中。這種虛無是我大學時就有的感覺，這時又躡手躡腳回來了。那就是我幻想中的未來全然被一個浩大無邊的迷霧或荒野所占領的感受。只要我望向未來，就是空無一物或荒煙砂磧，再無一物可以把捉；並且除了一片無窮的死白以外，再無任何的紅、黃、藍、紫的色彩可以感知了。那時，就會引發我的內心的懼怖，在心裡會升起「我的未來就是這個結局吧！我死亡後的世界就是這樣吧！」的這種叫喊。在理智清明的時候，它會以隱藏的方式，縮小體積萎縮在我極內心角落的一點裡，這倒還可以忍受；在意識混亂時，就很難善了，它會擴大，有時像一條凶猛的蛇，反噬吃掉了我的內心，成為一個巨大的空洞，有時會升起如一團迷霧，將我籠罩，叫我失去方向，失去座標。那時，就覺得生存除了空虛之外，不再多餘。就像所羅門王在《聖經》〈傳道書〉裡所說的：「空虛，空虛，人生空虛，一切都是空虛。」這時，我整個人就無措而動搖起來。大學時，我會看尼采、海德格、沙特、傅科的書，正是因為他們思想所散發的空虛感和我一樣，我與這些哲學家正巧不是異類，而是同病相憐的友人，甚至是同一人。同時，往往在虛無的疾病引發的時候，為了排除這個不舒服的空虛，我會胡亂地去把捉一些什麼東西，企圖填補空虛、使空虛消失，就引發許多不可思議的行為，我會去西門町閒逛，去喝酒，吸大麻，正與這個感覺息息相關。

這個感覺，在我信耶穌後，大半的時候，受到了耶穌復活大能的阻擋，尤其是聖靈在我的身上運行後，它被遏阻驅除，幾乎到了再無立錐之地；不過，當耶穌與聖靈不與我同在時，尤其我想到了「得救」的希望全無，不知不覺，浩大的空虛感就又回來了。

在山上教會，偶爾這個虛空在我不注意的時候，來得特別深沉有力，它和大學時代我對虛無的粗淺體驗很不相同，它不但是瀰天蓋地，還增大增厚，擴及無邊，能夠實際上變成一個巨大的無邊流動實體，將我捲入裡面，使我失去身體、意志，難以自保，彷彿溶化了，就像一滴剛融化的冰水，泅泳在無邊無際的大海；那裡頭萬象都消失了，除了漩渦狀、動力性的虛空本身以外，什麼也沒有，我既找不到邊岸，也失去方向，只能在裡面隨波逐流，翻騰無法把持。它似乎就是萬象背後的存有者，所有的萬象的總和就是它，所有的萬物都被吸納在那裡面，就是任何人都難以逃脫。那是唯一、太一、基底的存在，它拘囚宇宙、星雲、天空、太陽、月亮、地面、湖海、花草、人類於其中，當然也囚禁了我在裡面；同樣的，宇宙、星雲、天空、太陽、月亮、地面、湖海、花草、人類也都只是由這個太一流生出去的一種東西而已，當然我也是由那裡流變出來！

那時，我就虛脫，只能無力地躺在床上，浸身在無邊泥沼的大虛無中，在心裡不住地大聲驚呼：「我的未來就是這個結局吧！我死亡後的世界就是這樣吧！」

具體地說，我生病了，必須不定時躺在床上，彷彿死人。

是的，這種感覺使我大感驚駭，我覺得我正一步一步走進異教的聖殿裡頭去！

87

沒錯！我正向著少人理解的異教聖殿在跨步走路！我不是不知道自己正走入險境，因為我修過「基督教思想史」的課程，首先知道一些異教的學說：

在西方新柏拉圖學派的學者裡頭，他們的靈魂人物普羅提諾（Plotinus, 205-270）曾說：「『上帝』就是太一，它包括了一切存在的事務，我們既不能說它是什麼，也不能說它不是什麼，這無限者是任何事務的根源，宇宙就是這個『上帝』的流溢物，是全能者必不可免的流射出來的東西，它甚至能流出（emantes）抽象的心智（Mind）和世界魂（World Soul），總之萬物都由這個『上帝』流變再流變而產生的，更無其他。」中古世紀天主教異端修士愛克哈特（Eckhart Tolle）則說：「如果你愛『上帝』，就應該愛它的本來面目，一個非神、非精神、非人、非圖像，把它當作一個更響亮、純粹、清澈的一，脫離二元性，是人類所容許的最高的、最接近的東西。如此，我們就為了愛上帝而放棄上帝。」近代的猶太教異端史賓諾沙（Spinoza）則用泛神論的觀點說：「宇宙與『上帝』是一而二、二而一的存在，『上帝』並非超越的存在，卻是與宇宙等同的實體，也是內在一切無限的心靈，為一切有限的心與物的基礎。」

這些對真實上帝的胡說都在說明我的體驗。

接著，我又在東方的宗教，看到了這種體驗的明顯蹤跡。在印度的《奧義書》或《吠陀經典》裡，明明白白論到：「宇宙萬物皆在大梵之中，大梵也體現在萬物之中，在此為彼、在彼為此，萬物一體，由一到萬，由萬到一，推至無窮，還歸於一。」在中國老子的《道德經》裡也寫著：「孔德之容，唯道是從。道之為物，唯恍唯惚。惚兮恍兮，其中有象；恍兮惚兮，其中有物。」

這些林林總總的神祕話語中，我認為在東方思想中，老子完全等同我對大虛無的體驗。的確，我對這個無邊無際虛無的體驗，正是道術專家的「道本虛無」一語可以概括，除此之外，不能再說什麼。

我也感嘆到，世界異教的神祕主義，不管是威脅基督教最厲害的諾斯底教派也好，或是與基督教毫無關係的中國大乘禪佛教，不管東方也罷，西方亦然，都出於一元，乃是我那個無邊無際的虛無的體驗，再無其他。

因此，我的罪也達到了最高峰的狀態了！

還好，聖靈並沒有放棄我，在我一步一步踏入極深的異教聖殿的時候，常常返身回來，叫我勉力看清基督教和異教的不同。這個區別還算明顯，只因異教的虛無體驗使我感到疲勞、神志混亂、空虛、懶惰、死亡以及自己被囚禁在密不通風的太一牢籠裡；而聖靈所給予我的恰巧相反，祂能給我力量、清醒、實在、勤奮、活力以及一切都被釋放了的感覺。

然而，瞬間的區別是容易的，虛無的桎梏是難除的，它如附身水蛭難以拔除，特別是當我想到失去了得救的盼望，大虛無就迎面撲擊而來，叫我無處躲藏。我猶如年輕時代的聖奧古斯丁，反覆衝突在基督教與異教的信仰中，百般無奈了！

88

麥格那牧師，我會不會把這個困難說得太淺薄？在豐富信仰生命的您的眼光看來，我的困境說不定就像一場兒童的遊戲。但是，對於只有兩年基督教教齡的我而言，這應該是個高比天際的困境。我發現，我的身上隱藏了聖境魔境，正進行永難結束的戰爭。

因此，您可以想見，當我去年暑假，與「國際先知佈道團」的成員一起工作時，是處在如何的一個爭戰的狀態，最後會得到什麼樣的一種結果：

「國際先知佈道團」果然如您所說，翩然地來到了山上教會了。本來，我以為這個團體的成員都是上了年紀的人，必定有如您一樣的老當益壯才對。不過，非常意外的，從成員的簡介看來，他們都很年輕，裡頭很少有超過三十五歲的人。後來我才知道，佈道團在近年做了一個改革，竭力使成員年輕化，為的是培養新秀，使佈道團能跟得上時代腳步，以適應今天更具全球化的生活。成員來自歐美、澳洲、印度、新加坡、韓國、台灣等地，概略分成講員、神蹟治療者、樂團、場地構築這幾組人員，大約有二十個人左右，是工作效率很高的一個團隊。由於他們彼此一向彬彬有禮，說話委婉，態度謙和，我忽然介入他們的團體裡，既生疏又無知，一時之間，我幾乎無法分辨哪個人是團體的主要角色，而哪個人又是配角。當中一位年紀最大的英國籍牧師曾對我解釋說：「我們團體作出計畫後，先徵求大家同意，在分配好工作後，就不需要有人發號施令，也沒有人敢過度張揚自己的主張。在這裡只有一個首領，就是耶穌。」的確，他們充分發揮了團契的精神，幾乎將世俗的團體階層觀念都泯除了。可能是大家對神有高度的體會，這裡沒有人會爭奪領導地位，他們似乎很害怕以自己為首，就像耶穌說的：「凡是自高的必降為卑，自卑的必升為高。」如果我沒有過度美化他們的話，我始終覺得這個團體就是這樣！

不過，在佈道大會的現場上，重要的人物就浮現出來了。因為聖靈給人的恩賜從來不會一樣，有的是這樣，有的又是那樣；有的也許能力平凡，有的人就彷佛高山，莫可測量其高度了。

我還記得，在一個暑熱稍微降低的週末、週日，我們在台北一個大學的室內運動場舉辦了二天二夜的佈道大會，由於免收門票，人群隨著場次的展開，越來越洶湧。尤其是最後一個晚上，由於我們事先宣布要做神蹟治病的服侍工作，來的人變成人山人海。來自全島各地的信徒將這個容納二萬人以上的運動場包圍住了：高十五公尺左右、長七十公尺左右、寬四十公尺左右的運動場地上，排滿了一列列的椅子，坐滿了人群，即使看台上也被占滿。許多病人都被安排在講台的最前面，要領受屬天的治療。我也為了看熱鬧，故意選了一個左側最靠近講台的地方，坐在最高的看台上，在那裡看著。

89

那天晚上的最後節目，由一個看似過度瘦弱的美國青年登場，和一位翻譯人員站在黑色為底的那個講台上。那位青年穿一件淺紅格子五分袖無領上衣，刷白扯破的搖滾咖啡色牛仔褲，腳下一雙綠紅線條的休閒布鞋。最醒眼的是：有一條大型的V字的藍黃交織的大領巾披垂前胸，邊緣飾著綠色流蘇，不斷搖動；露出的白色頸胸掛了一條白銀閃亮項鍊；頭髮金黃，短而蓬鬆。這是一套嘻皮和龐克混搭出來的街頭服裝，普遍而世俗，整個人看起來，就像街頭少年，全然不像一個牧師。然而，當他登臨在巨大的黑色系講台時，頓時四面的燈光都加倍地亮起來。他做了一個九十分鐘的演講，題目是「耶穌的醫治大能」。他由耶穌從一個叫做抹大拉的馬利亞的身上趕出七個鬼，再說到耶穌使一個赦罪池的癱者能行走，再說到耶穌叫伯大尼的青年拉撒路死而復活的事蹟，又講又跳。他屈身彎腰時的喊叫聲猶如俄羅斯男高音維塔斯（Vitas），聲音以五個高八度的音階，透過麥克風，由講台拉長發出，傳到運動場四周，再衝向高高的屋頂，形成一波又一波的擊打，震人心魂，群眾都隨著歡呼起來。我立即意會到，這個講員與其他的講員很不同。我不知道他瘦弱的身軀為什麼能發出那麼高亢又有節奏的呼喊，每當他呼喊時，群眾就駭起來了，隨著他的叫喊聲中，潮水般地發出了鼓掌和歡呼。在最後，他突然對群眾說：「你們今天也相信耶穌能叫我們大家有這些神蹟嗎？你們相信嗎?!」他一連問了好幾次，我們已經知道他要做神蹟醫病的事情了，所有的人都喊叫起來，大聲說：「我們信！我們信！」他很滿意，就轉身忽然跪在地板上，開始一連串的禱告。這時，樂團演奏起律動性很強的黑人歌曲，重音吉他和鼓聲乒乒乒乒的敲打，宛如一條硬石板的路面，被重擊的電鑽鑿開了，一時之間碎石飛揚。這時，我才發現，體育場已經被聖靈充滿，就像一個皮囊，灌進了過度飽滿的風，整個膨脹起來。我非常驚訝，不知道他為什麼有這個本事，居然能叫聖靈瞬間充滿巨大的運動場空間，我在心底就喊著：「大事要發生了，有大事要發生了！」他禱告完畢，站起來，大喊：「以前耶穌所做的，今天我們信徒也要一樣地做！」然後，他迅速地走下講台，走到最前排坐著的觀眾前面，將雙臂展開，像要展翅飛翔，就說：「金銀財寶我都沒有，卻有叫人復活的大能！」他放下手，就像灑水一樣，將手往身前四周揚開。我就看到聖靈彷彿一匹一匹的油一樣，由他的雙掌中潑灑而出，掉落在座位上的群眾身上，凡是被膏油潑濺到的人，都坐不住座位，他們忽然就傾斜了身子，閉眼在那裡抖動；有的整個人都掉到座位底下，躺在地上，無法起身。他一列一列走過群眾，一列列的人就都搖晃起來，倒在地上的人愈來愈多。我就看到有一個長長的橫列，當他走過去時，聖靈被長距離潑灑出去，彷佛畫出了一道優美的弧線，二十多位來賓就像一列骨牌，非常有秩序，一個個依序倒下去。他在底下的場子走了一半，就停止行走。走回講台上來，又用他特殊的高音大喊：「今天來的人，人人有份，聖靈都給你們加倍的膏抹！」這時，我看到瀰漫在屋頂的聖靈頓時結成了一滴滴的油，像是下雨一樣，嘩嘩剝剝降落在每個觀眾的身上，於是，看台的人和地面的人一樣，大半都坐不住位子，開始傾身，有的就直接倒在看台上了。

場面變得異常混亂，在一片哈里路亞聲、笑聲、哭聲、呼喊聲中，我看到有幾個無法行走的癱患呼嘯起來，站起身，在場子裡大步地奔跑起來。如此，使得整個會場更亂，有五分之三的人，傾斜身子在哪裡，倒在地上，其他清醒的人就得去照顧，場面很難收拾。工作人員反覆穿梭在群眾之間，要他們安靜，不要打擾那些正倒在地上接受聖靈內在、外在醫治的人。許久，我聽到樂團換了一首緩慢的電子琴音樂，彷彿在安慰著地上所有這些有著傷痛的人，燈光同時降低了亮度，噪音和叫喊也慢慢平息了。我才猛然驚覺，這個會場正是不折不扣的醫院，不管疾病的大小，我們沒有人能逃開疾病的束縛，任何一個人都不能！我們的身上或心裡原來都有著許多的病，我們唯有仰賴神的恩典，才能勉強再在人間支撐下去！

我在看台，第一次看到這麼混亂、難解、迷人的現場治病奇蹟，感到無比驚訝。當時空中的聖靈的油滴到我身上時，我幾乎要坐不穩，聖靈震動在我的整個身上，彷彿要診查出我的任何創傷，然後撫慰我、安頓我，哪怕一點點的創傷祂都不放過；當時我的身體雖然不停抖動，心裡卻感到彷彿圍繞著眾多飛翔的天使，萬般的平安。當場內安靜下來後，我從最高的看台緩緩起身，來到溫度略高的室外，站在運動場前面的廣場上，抬頭就看到台北盆地上空的滿天星斗，一顆比一顆更加耀眼。我想到了這個困頓的循環於世的種種生、老、病、死，以及耶穌、聖靈無限的慈愛，眼淚不禁掛滿眼眶了。

這位就叫做瓊・肯尼牧師，尚未三十歲，我算是第一次見到了他的大能表現；以後透過其他的人介紹，才知道他是美國新一代的佈道家，他來自美國西岸一個靈恩教派的家庭，有一個長途巴士團隊，在美國各地展開佈道。他成立了一個不小的基金會，得到許多捐贈。估計他將會慢慢躍升為美國前幾名的大佈道家。

90

在桃園市，地點是一個頗大的車子、人群雜沓的圓環附近文化廣場上，也有兩個晚間的佈道會，一樣轟動。

由於風聞我們將「釋放聖靈的語言大能」，附近縣市的信徒都駕了車或乾脆雇了遊覽車，趕來參加這個盛會，一時之間，遠方來的大小車輛堵塞了由圓環輻射出去的大街小巷；更多的是逛街好事的外邦人都圍觀過來，想一窺究竟，就使佈道會更加圍繞著幾千人，形成一圈又一圈的人潮。

最後的一個晚上，因為剛下完一場午後雨，到晚上空氣顯得出奇的乾淨，夜晚的天空萬里無雲，弦月和密密麻麻的星星高掛天穹，晚風習習，使人在暑氣中有一絲雨後的清涼感覺。

前幾個節目幾乎都是唱歌，使佈道會幾乎變成音樂會；最後一場由新加坡的講員出場，他的年齡仍然不超過三十歲，體型更加迷你瘦小。大概為了降低給人弱小的印象，他故意穿著一件白色大虎頭的T恤，虎頭的黑色眼睛狂野往前直視，炯炯有神；下身一件反摺格紋的八分西裝褲，綁繩無襪休閒鞋，卻顯出斯文的歐洲風味；頭上的髮染成半褐半綠，蓬鬆上豎。我想他大概想給人一種男子漢的感覺，上身打扮才如此陽剛，但是與下身的休閒打扮無法配合，顯得有些滑稽。最重要的是，他實在太瘦小，那些時髦的衣服都顯得太大，無論打扮如何，整個人看上去就像故意嚇人的稻草人，那麼怪異地站在講台上。

在群眾還不太清楚「釋放語言大能」是什麼意思的時候，他已經開始講解《聖經》〈創世紀〉十一章有關「巴別塔」的故事。大約是告訴觀眾說，挪亞時代歷經那場洪水以後，起初天下只有一種語言，因此人類都使用共同的一種話。當挪亞的後代們在東方一帶流浪一陣子後，來到了巴比倫的平原上，就定居下來。他們彼此就商量說：「來吧！我們來做磚頭，把磚頭燒硬。」於是他們用磚頭來建造塔，又用柏油當黏合劑，開始砌牆。他們說：「來吧！我們來建一座城；城裡有塔，高入雲霄，好顯揚我們自己的名，避免被分散到各地去。」於是，上主從天上下來，要看看這群人所建的城和塔。觀看後，上主就想：「他們如今已經聯合成一個民族，講同一種話；不過，這正是他們計畫做更大事情的開始，恐怕以後他們想做什麼，就能夠做什麼。」上主就對天使們說：「來吧！我們下去打亂他們的語言，使他們彼此無法傳達意思！」於是，上主把他們分散到全世界；他們就停止了建城的工作。因此，這城就叫做「巴別」，意思就是分散。從此，上主打亂了人類的語言，彼此再不能以語言團結而不利上帝了。他又特別補充解釋了上帝為什麼要如此懲罰這群人的另一個原因，在猶太教《舊約聖經》注解裡提到：當時這群建塔的人就叫做「分裂的一代」，他們認為神對人不夠慈愛，竟將天上高處留給自己，把低處的地面留給人類，因此，他們要建高塔，並在塔上設立一個偶像，叫偶像手拿利劍，向上帝擺出宣戰的姿態。因此，上帝就懲罰他們。這位講道者反覆強調人的無端自大和崇拜偶像的可怕，因為這正是一群人為自己埋下分散破裂的禍因。不過，他也強調，雖然《舊約》忌諱人類使用共同語言；但是來到新約時代，聖靈賜人一種能說共同的語言，甚至能說萬國語言的能力；既可以向上帝說話、讚美，也可以和不同種族的人溝通，這種語言能叫人在神的國度裡合而為一。任何人——哪怕是個目不識丁的外邦人都有領受這種能力的機會，只是很少人知道而已，他今天就協助大家領受這個

屬天的福氣

我站在他身後的一隊服侍的人員裡，聽他冗長地說著，群眾還是很不明白他說什麼。我本來不看好他，一來他真的太過瘦小，另外他彷彿策略性地在等待什麼，中文和英文混合起來的新加坡話語顯得過分緩慢凌亂，讓人無法看出他的精明。然而隨著說話的時間拉長，我感到會場四周的情況在不知不覺中整個都變了。首先我注意會場對面，幾條街道的招牌和霓虹燈似乎更加明亮；連同那天空的月亮和星星都異常醒目，就像剛被水洗過那麼潔亮。當他的話還沒有講完時，會場已經神聖了起來，有一種震波不斷由天空傳來，我正感到奇怪，抬頭就看到空中先出現了一顆小小火紅的星星，看起來就像是流星，不斷向地面奔來，然後在會場上空擴大成為一團燃燒的火紅的光球，在我來不及向大家警告時，就看到那團火在會場的上面散開，如同巨大的燃燒的舌頭，披散開來，降在每個人的頭頂上，彷彿要親吻每個人的嘴巴。瞬間，會場凌亂起來，三、四千人都搖晃起來，接著開始爆發混亂的言語，彼此說起大家都不明白的話。我聽到周邊許多人唱起靈歌，當中有許多極為高亢的歌聲劃破夜空，傳到了很遠的地方。我和旁邊的服侍者也都亂了起來，固然有人笑得很開懷，但是也不乏有人開始哭起來。我就聽到旁邊有一位外邦人長篇累牘地說起了希臘語，就像是一篇希臘演說家的演說辭，語音鏗鏘，可惜我來不及去問這個人為什麼有這個本事，因為那時我也陷入了不可自拔的許多的自言自語中，許多的話火熱地滾動在我的肚腹，就像一顆顆玲瓏剔透的珠子，相互衝撞，然後忍不住衝口而出，變成一種語言，仰著脖子，一直往高高的天空訴說，我覺得需要向上帝說話，但是我不瞭解我說什麼，我不覺得那是我自己在說話，而是有人在代我說出所有的內心的話，具體地說，我喪失了自己，完全被一股神聖的力量所掌控，不知道經過多久，也不知道說了多少話，不知不覺，我倒在那講台下，一切負擔都放下來了。

當我能站起來，講道者已經愉快地在詢問會場的人，有多少人要決定志向歸信耶穌。

這時，我才認清，原來我們壓抑在內在的話是這麼的多，我們從來不敢說出，也沒有能力和機會彼此說出。我們如同深埋地下的那些幾萬幾億無告的祖先，將滿腔的喜悅、歡呼、憤怒、悲傷、哀求都隱藏在胸腹，然後埋入深深的地下，那些無告如果可以用字計算，怕也要有幾倍的天文數字。這個宇宙是沒有嘴的，我們無處也無法訴說；就像是一個啞巴，我們目睹一切，但是我們發不出聲；然而靠著耶穌、聖靈，我們就什麼都可以訴說了！我這麼想著，就走到後台，默默地去擦拭著我的眼淚。

這位就是新加坡的郭文彬牧師，是一位出生於南美洲的華裔人士，五旬節教派傳道人。他生活刻苦自勵，後來在新加坡成立教團，一直在太平洋兩岸做事工，事實上是一位很有名的國際傳道人。我和他很談得來。

91

麥格那牧師，您當時也常常參與這個團隊，出入在北部各地佈道，您對這些成員當然都很瞭解，甚至曾見到我所未見的他們更大的神能；那我就不必再用更多的言詞來讚美這個團體。總之，在暑假時，我感到我的視野突然被這個團體的實際作為擴大，彷彿一隻被困於小河的魚兒，突然泅泳到波濤壯麗的大海了。

因此，暑假時，以一個稚嫩的初信者身分處身在這個團體裡，大概只能是學習，談不上能給出多少幫忙。只有在佈道會後，偶爾在棚子裡繁亂地為病患做醫治禱告時，我才勉強有一些些實際的功用。那時，往往人滿為患；困難於行的、長短腳的、關節痛的、腫瘤的、臟疾的、憂鬱症的、附鬼的……都擁進棚子裡，要求治療。我還記得，有好幾次，禱告團的成員犯了不該犯的錯誤。有時，聖靈並沒有真正地來到棚子裡，他們就開始面對病患施行醫治禱告，結果當然事倍功半，使病情沒有任何改善；我好幾次過去制止他們，勸他們再做祈求聖靈同在的禱告，靜候那聖靈真正地從天而降，才齊心合力面對病患禱告，這時病患就大大好起來。有時，在驅趕邪靈中，他們也難免會犯同樣的錯誤，由於不知道邪靈在哪裡，他們總是在病患的身邊高聲斥責，以為邪靈總是在病患身上，卻不知道邪靈隱藏在身外棚子的角落，結果引來病患身心的巨大壓力，病情只能加劇，我也只好勸他們轉移地方，朝著邪靈真正隱身的方向做禱告，病情往往即刻就有起色；我甚至告訴他們關於病患身上邪靈的數目，目前只趕出多少邪靈，還遺留多少數目的邪靈在病患身上。他們很驚訝我有這個才能，尤其是郭文彬牧師，一再確認了我真的有所謂「辨別諸靈」的能力。我想，一直到今天，我大概能真的知道自己有這種能力，而且僅止於這方面的聖靈能力。

大半的時間，我都和樂團處在一起，尤其是在忙亂為病患做冗長禱告後，為了恢復精神，我總和他們混在一塊。剛開始，我不習慣他們快速度和煽情性的演奏，只能在旁邊欣賞。後來由於樂團的確缺乏小提琴手，他們就勸我也加入當中去演奏，我拚命修改我的演奏姿態和演奏手法，才勉強跟得上他們，為此，他們說我是一個「好夥伴」。後來，我告訴他們，我寫了不少曲子，他們就要我拿給他們看。這個樂團事實上是一個流行音樂的團體，是以歌手、電吉他、電子琴、擊鼓支撐起來的樂團，本來就與我稍帶古典的作曲路數不合。不過，他們團體裡面有改編樂曲的高手，能夠在很短的時間將一首經典的古典樂譜改編成熱門歌曲，居然也頗能撼動聽眾。我因此就將以前所寫的樂曲都給他們，在短短的幾天，他們刪改節奏，配上歌詞，就開始演唱，很叫我意外。有一個晚上，甚至連續唱了我所寫的五首歌，好像為我做了一個歌曲現場發表會，叫我不知道要如何言謝，他們卻更加說我的確是個「好夥伴」。最後，我大膽拿了一些台灣本土老歌的曲譜給他們看，他們說很好，修改了以後，就在各地演唱，博得更多的掌聲；這些都是難以想像的。是的，歌聲是如此容易地穿越了國籍的界線，騶入了天聽，傳達到我們共同的上帝那兒，我沒有絲毫感覺到是處在一個五花十色的國際團體裡，而是感到我們回到了共同的父親那裡；整個暑假，我幾乎都與他們在一起。

92

然而，儘管如此，我答應了他們畢業後去參加西太平洋的服侍工作嗎？沒有，並沒有！

當第一次，郭文彬牧師一再向我提起這件事情時，我都說還要考慮，因為我自認還沒有這個能力！當第二次，樂團的人提起這件事時，我乾脆說我的情況很糟，自顧不暇，無法答應！固然，我並沒有把困境坦白地說給他們聽，因為我怕嚇壞他們；然而我也沒有欺哄他們，因為我陷身在大虛無的圍困中，一日比一日更壞，一日比一日更接近異教；即使與他們在一起最駭的時候，我仍無法泯除這種威脅：有時，我在這一刻與他們共同領受屬天的歡樂，下一刻心裡頭的

「得救無望」的想法就出現，那異教的無邊無際的空虛又都聚攏過來，迫令我的歡樂瞬間瓦解，變成一片無涯的沮喪，只想倒在床上歇息。我真的自顧不暇，甚至無法預料當我畢業時，是否仍是一個基督徒！

麥格那牧師，我多麼想當面向您說一千個抱歉，我辜負了您的期待，您早就知道我拒絕西太平洋服侍的這件事，不過您從沒有責備我，反倒更加關切我的病況，凡是我寫的論文報告，您都仔細批閱，密密麻麻地寫滿英文字，甚至找我仔細討論。我的問題甚至逼迫了您必須再重新閱讀康熙年間天主教神父傅聖澤（Jean-Francois Foucques）所譯的拉丁文《道德經》翻譯；甚至教您拿著不熟悉的中文古籍，一字一句和我討論《莊子》裡的齊物論了。

93

我不但辜負了您，也連累了其他的老師，甚至把沮喪所引發的怒氣，毫無道理地發洩在一些敬愛的師友身上，無端造成了他們的困擾，這就更加地不可原諒。還記得，暑假過後的那個秋天，我竟犯了一個天大的錯誤：

那時，已經是中秋過後，山上的氣溫低降，開始下霜，山上教會坡地上的樹葉落了滿地，漫山的綠色早已褪去；幸好還有幾列楓樹，據守在山坡上，層層深紅，依然為整個山區保留了血氣。師生們開始穿起了棉毛長衫、保暖夾克上課，將冷風中的身子縮進衣袖或領子裡去躲藏，在校園裡交換身影，忙碌地上下課。為了畢業論文，我的書袋越來越重，滿是書籍的提袋掛在肩上，使我身體感到暗暗的冷痛，我必須更加勤奮跑圖書館，一點一滴寫下文字，絲毫都不能放鬆。就在一個稍冷的還有太陽光的中午，我在圖書館前和教導我們「當代靈恩運動」的老師碰了面，他已經上了我們半個學期的課。這位老師姓溥，是台北萬華一帶的人，年齡也只不過大我七歲。他剛回國，出版了兩本書，傳達許多當前最前衛的世界靈恩運動訊息，引起教界的注意。我們山上教會和台灣目前的神學院一樣，事實上長年都處在保守的學術氣氛中；過多的上古、中古哲學以及馬丁路德、喀爾文思想的研究，占據了大半課堂時間，對當前的前衛性的靈恩運動比較忽視。溥老師的來臨，引發了許多學生的興趣。然而，他並不是專任的老師，因為他的家在盆地上經營著一個頗具規模的大賣場，沒有必要靠著授課來生活。他所以到這裡來上課，是受到了校方的請託，因為他是山上教會的傑出畢業生，也是這方面少有的新一代專家。

由於家事忙碌，他無法分身，常央我在圖書館幫他查一些期刊資料，因此我們常常接觸。他的脾氣當然是大了一點，但是還能讓人承受，因為他畢竟是專家，而且是我們的學長，我們很尊敬他，我和他很能彼此坦白。有時我們會到福利社前面的露天小咖啡座談天，說一些心底話。在基督教的體驗上，我們有共同的交集，而交集正在於他所教授的「靈恩」上頭，因為他認為我對靈恩有美好的經驗，很能聽懂他的話。他是徹底的「靈恩派」！

這次，我們在圖書館前相遇，他一樣要我再幫他查資料，然後又一起到福利社前的室外小咖啡座。天氣實在寒冷，正午的陽光都顯得有些畏縮，咖啡座人很少；只有一棵楓樹，立在一旁，兀自招展美麗的紅葉。他殷勤地去要了兩份熱可可、蒜味土司、雞塊，坐下來聊著。他說改天一定要請我大餐，以感謝我替他搜找那麼多的文獻。他先談到以前在山上教會的求學情況，又聊到在美南浸信會神學院念書的情形，告訴我要先找到一種很強的動機，才有辦法在研究的路上繼續前進的這些鼓勵的話。後來，大概他聽到有人宣傳說我有「辨別諸靈」的能力隨後又和「國際先知佈道團」同工的事，就問到我目前的情況。我就說：「我的情況很壞！」他聽了，吃了一驚，就說：「一個有靈恩的人不應該還有什麼問題！靈恩能解決一切。」然後，他要我說明情況。我本來不願談我的問題，對於得救的無望、異教的圍困、躺在床上的病況，除了麥格那牧師您以外，我不願對外人多說一句話。因為縱然我說了，別人也不一定懂；懂了，也不一定能幫我解決。可是他硬要我說清楚，在不得已的狀況下，我就說：「靈恩派的人也不一定能解決我的問題，因為他們不探討這個問題；福音派的人或許比較能瞭解，但是他們過分簡化了這個問題。」我乾脆簡單地歸納說：「我恐怕要下地獄了，因為我不能得救！」也許我的口氣不很好，或者我說的話有得罪靈恩派的地方，他聽了，彷彿很不高興。尤其是對於「我不能得救」這一點，他覺得很難理解。他就說，得救很簡單，「有靈恩」就表示「已經得救」。我反駁他說，耶穌或保羅甚至整本《聖經》從沒有說過「能說靈語或能行神蹟治病或能辨別諸靈就是已經得救」。他一聽，就改口說「重生」就是已經得救。我說：耶穌認為「重生才能見上帝的國」，並沒有說「重生就是已經得救」。他又改口說，「信耶穌」就已經得救。我就說，保羅認為「信耶穌就必得救」不是「信耶穌就是已經得救」。他大概以為我在和他玩文字遊戲，就生氣地警告我說：「你的想法很難理解！我們不必抽象地談這件事，我現在就做個示範：現在我坐在這裡，就已經得救！因為你知道我已經信耶穌，我已經重生，我還會行一些神蹟，我為什麼不能說我已經得救?!」我也不客氣反駁他說：「這麼說，你真的到過新天新地的和金碧輝煌的新耶路撒冷聖城囉！那麼描述一下你實際的感受和經驗給我聽！」他就說：「我沒去過！」我就說：「那麼神一定已經告訴你，說他到末日時一定要拯救你，你也描述一下神告訴你的時候的狀況！」他就說：

「神沒有告訴我！」我就說：「那麼你為什麼敢說你已經得救！」他一聽，立刻跳起來，掃開了桌上的盤子，咆哮地指著我的鼻頭說：「得救就是得救，還要說什麼！你在雞蛋裡挑骨頭！」我也被他激怒了，在萬般的沮喪中，脾氣變得比他暴躁，我猛力站起來，推開他的手，失去理智，大吼說：「你信耶穌到現在還不知道得救的真正意思，竟好意思站在講台！你這麼說得救，將來若是真的得救抵達新耶路撒冷聖城，耶穌還要責備你！」我已經不願和他再爭論下去，在冷風中扛起我的袋子，遺下一樹的楓紅，頭也不回地離開了！

94

我扛著書袋，回到宿舍後，病急速地又發作了一次，在沮喪中，異教的身心經驗又來圍攻，我躺在床上，垂死等待著無邊無境的厚重虛無降臨，將我拖入無底的漩渦狀的宇宙大監牢中，任由自己在哪裡頭沉淪生滅，我感到整個人都虛脫了。

二天以後，我又去上他的課，他遞給我一封很長的信，在信裡，他坦率地說在爭執過後，經過兩天的翻查《聖經》，把得救的經文都查出來，才知道我的說法是對的，他從不曾真正瞭解得救的實意，也過度簡化了這個問題。他應該說他只能靠著堅信，相信將來他必定得救；而不能說他現在已經得救。他希望我能原諒他。

麥格那牧師，我是該死的，我竟如此壓迫一個關心我的師長同意我的看法，這是如何一種叛逆師道的行為！在面對師長的詰問下，我可以沉默，也可以委婉地訴說，就是不應該爆發激烈的脾氣。雖然看完他的信，下課後，我馬上去研究室向他道歉，兩人流淚擁抱，但是當時的傷害已經無可追回。這豈不是證明聖靈在我的身上毫無作用。保羅在〈加拉太書〉五章22節明白地提到，聖靈會給人帶來美好的性情，他說：「聖靈所結的果子就是：博愛、喜樂、和平、忍耐、仁慈、良善、忠信、謙虛、節制。」然而我竟反其道而行，仍然無非是自大、傲慢、暴躁、凶惡、損人、放肆……這些老我脾氣，我的好德行在哪裡？我有什麼可以榮耀上帝的美德？我曾說我「重生」了，根本就是天大的自我安慰的謊話！我的病已經到了何種地步，即使有重生的任何果子，也一點一滴都蝕光了！

然而，這豈不是說明了得救希望的失去，在我身上潛藏如何巨大的危機！處在這種狀況中，再笨的基督徒都會禱告，希望神能夠把他從泥沼中拉拔出來。我禱告了嗎？的確，我禱告了，而且猛烈地禱告。我要求神能制止我的沮喪和凶暴，哪怕給我嚴厲的懲罰都行；我甚至向神直接要求讓我能獲得得救的「肉體感知」和「保證」，為此我常常跪在教堂不起身，或是終日喃喃自語，我說假若神能答應我這個不合理的要求，就是取走我的生命也甘心！

我得到了神的回答了嗎？有！祂曾給了我一個回答，不過看起來似乎只是一個小小的初步回答：

95

在今年初，剛過新曆年，天氣還在隆冬中，學姊阿紫已經準備好要動身到日本去進修課業。

臨行的前幾天，她邀我去淡水玩。我問她為什麼不到其他地方，她說只有港口才能給她家鄉的感覺，因為喜歡海，即使不是汪洋一片，只要接近海邊，看到漁船，就能略減她對家鄉的思念。我只能說：「是。」就下山，到校舍找她，而後就與她搭了捷運，往著淡水而去了。

這是幾百年前的凱達格蘭部族的故鄉，經過西班牙人占領，荷、鄭的統治，先變成一個禁錮於海峽的小港灣，到一八六二年因為清朝打了敗仗，才開放向外國通商，自此以後，開始繁榮起來，本身等於一個小型的台灣歷史。我開始大量研讀台灣本土文化，就是由台北這個小港口出發；我認為學姊阿紫早知道我讀了許多這個市鎮的風物，她暗中在鼓勵我實地考察，也等於暗中參與了我的研讀，我真感謝她的體貼。

因為是星期日，人潮比較多，我們一大早就出發，準備先在老街，再到紅毛城，再到漁人碼頭玩一整天，直到晚上才回來。

那天，天氣稍微回暖，冷風大減，太陽還露出了臉。我還記得，由於要出去遊玩，她背著一個輕巧的紫色皮包，臉上只化了淡妝，頭髮稍稍剪短，留了一個輕盈飄逸、散發知性的鮑伯頭，但是她的眼睛仍然顯得烏黑而深邃，宿含著一種顫動的靈魂，一直伴著她細長玲瓏的身子往上升高，不過她彷佛故意將那種靈動掩蓋在剪齊的額髮下，盡量收斂，彷佛怕人看到了那裡頭的美。她燙捲的黑髮分垂兩肩，細長玲瓏的身子穿一件卡其色連帽針織長柔外套，內搭白色毛領上衣，咖啡色緊身呢絨長褲，圍著一條卡其色圍巾，咖啡色平底鞋，總之是一身巧克力色的打扮，如此成熟而誘人。我穿了一套藍、白兩色搭配的外出冬日休閒服，背著咖啡色小相機。當我們抵達淡水時，已是早上九點。

麥格那牧師，我不知道一個女孩子會有多少細如髮絲的心思，也不知道她會有多少種不為人知的變貌，這些我都不太懂，因為我的軍人家庭叫我為人要耿直、莊重，祖父所教導的國家、領袖、責任、榮譽觀念都制約了我的行為，自幼以來接觸的女孩子太少。我和學姊阿紫是牽過手的，也背靠背坐著談心過，但是我對她仍然很無知。那天，我被她的變貌所驚嚇。她一點都不像是以往的提琴社社長，態度和談吐與往日很不相同。我猜想她大概是要暫別台灣了，不再被這裡的工作所束縛，所以她放開了音樂演奏家的身段，恢復成一個真正的單純的女孩子。由於穿平底鞋，身高已經比我略矮，她的崇高的味道不見，行動顯出了我想不到的靈巧敏捷。

她竟說她要「瘋」一下。

在淡水老街，我們彷彿放棄了基督徒的身分，在雕龍畫鳳的「福佑宮媽祖廟」、「落鼻祖師廟」和「龍山寺」參觀起來，這三家寺廟都是百年以上的寺廟，香火鼎盛，古老的浮雕、燻黑的神龕、風化的板岩，都烙滿歲月的痕跡，以旺盛的生命力，延續立足在這個地方。在祖師廟，她問我，為什麼那個神像叫做「落鼻祖師」。我就說我曾在風物介紹書籍裡看到，當中法戰爭時，由於這個神明要警告淡水的人防禦法軍，就犧牲自己，落下鼻子，告訴人們這個危機將至，果然不久，法軍就攻打淡水了。阿紫聽了，很驚訝，她就說這和耶穌犧牲自己拯救人類有共通的意思；她就說有一天要到淡水來傳教，說落鼻祖師就是耶穌的弟子，只是大家不明白而已；我就誇讚她很有想像力。在昔日繁華褪盡的媽祖廟裡，她愉快起來，說她來到了女性主義的聖地，就說要和我捉迷藏，她說她要當鬼，讓我捉她，如果捉到了，要犒賞我。我們於是就在寺廟裡奔跑起來，由前殿跑到後殿，由左側廂房跑到右側廂房，追逐不停，她被我抓到了，不甘心，就又重來一次。由於太瘋狂了，腳步驚動了熙攘往來的參觀者，竟以為我們出了什麼事。後來，我們奔出了寺廟，在中正路、重建街、捷運站附近快速溜達起來。阿紫不放過任何一個該參觀的地方，我們逛過淡水禮拜堂、馬偕石像公園、藝品店、電影院、傳統糕餅店、牛角麵包店、手工餅鋪、吃巨無霸冰淇淋……。到了中午，我們餓了，重回龍山寺附近的市場來，在喧鬧的攤販座位坐下，她叫來了蚵仔煎、炸粿、魚丸湯，吃完，不滿意，竟叫來一甕佛跳牆，大聲地說：「我不是淑女喔，我不是淑女喔！」然後大大地吃起來。我驚訝非常，想要制止她，開玩笑地對她說：「要是如此，將來你的丈夫一定會在幾天之內被你養胖，變成一個大腹便便的不倒翁！」她用美麗的眼睛盯著我看，就說：「這就是一般世俗人所說的幫夫運，我有幫夫運喔！你不相信嗎？」她哈哈大笑，又吃起來。於是我只能說：「是，是！」也不服輸地和她搶起佛跳牆了。後來她說吃佛跳牆就是捉到她的犒賞！

96

下午，在「紅毛城」，我們看得更為仔細。最早被西班牙人命名為「聖·薩爾瓦多」的這個城，到現在已經將近四百年的歷史了。但是最早的西班牙建築風貌已經無可揣摩。它應該是拆毀以後，由荷蘭人在原來的地基上再蓋起來的。它也不完全是荷蘭時期的原貌了，而是歷經了明鄭、滿清的改造，後來清廷又租借給英國人，做為英國領事館才變成如今的面貌的。據文獻記載，英國人租城以前，主城堡是一棟有著灰白顏色外牆的城，以後再改為紅色。主城以外，英國人於一八七七年在旁邊又建了一棟英國設計師所設計的領事官邸，也是二層紅磚建築，屋身較低，但顯然風格比較精緻講究。因此，我們就必須兩邊都加以考察了。

我們在主城的內部仔細用手撫摩過每個牆面，感到那歲月的腳跡依稀跳躍在我們的皮膚上。那主城內部的半圓筒形窟窿結構建築手法實在高明，阿紫看了很滿意，她說她去過歐洲許多次，有許多古老教堂邊的房子內部也有這種結構，對她來說，似曾相識，很有意思。我就告訴她，文獻上記載，在英國租借期間，主城的一樓曾經改為四間監獄，實際上監禁過許多人。阿紫一聽，驚訝得說不出話來。後來，阿紫說她又要「瘋一下」。這次她要扮成天使，消失在我的眼前，要我去找她。她有可能出現在主城的內外，也可能出現在旁邊領事官邸的一、二樓，她限定時間，要我找到她，如果找到她，仍然要犒賞我。我實在有些受不了，因為早上為了捉她，跑得有些累了。但是我不能推辭，就說：「好！」因此，我必須更加擴大規模，在兩棟建築的內外穿梭起來，忙亂地找她了。我們迅速的腳步震響建築的每個內部角落、外面走廊，完全不管參觀的人，引來許多的側目，他們大概覺得我們真的瘋了。在一個多小時裡面，我身上出汗，她也被我找到了許多次。後來，我們來到領事官邸的一個優雅的歐式會客室，內部有一個精雕長桌，和十張豪華高背繡花皮面椅子；桌面有十副潔白咖啡杯盤，排列整齊；旁邊有一個典雅的壁爐，上頭掛一幅淡水漁港風景；那精緻厚重的窗簾掀開，可以見到窗外的冬日草木；整體反映出昔日歐洲家居韻味的古色古香。阿紫跑到這裡，就不再跑。她居然拉開椅子，就坐在長桌主人座位上。我告訴她，這是官邸展示家具，不是給參觀的人坐的。一會兒，她才起身，狀極滿意。她說這個會客室真好，如果誰有這樣一個會客室，她就嫁他！我就說，那阿紫不就是嫁給歐式會客室了。她笑得很開懷說：「這只是表示我很有眼光！」我只能說：「是，是！」之後，我們走到外面的咖啡座來喝茶；再後來，我們到了冬日草坪上，背靠背，坐下來看冬日的天空，這時，我聞到了她的身體所散發的香味，就說：「阿紫，妳好香。」她就說這是對我的另一次犒賞！

97

不知不覺，黃昏來臨，我們走到了漁人碼頭來了。本來只是一個小小漁港，如今經過了改造，變成了漁業和觀光並行的一個現代港口。不論浮動碼頭或是半圓形的劇場或是景觀平台或是户外的雕塑公園或是防波堤上架設的三百公尺的木棧道，都具有很高的當代感。尤其是去年，橫越港區的人工大橋徹底完成，被命名為「情人橋」後，這裡人潮更加暢旺起來，這座流線型彎曲造型單面的斜張橋，彷彿張開白色風帆的一艘長船，遠遠伸張在天空與水色之間，更加深了這裡的流動感。我們靠近了鋼製的情人橋橋塔，要別人幫我們拍了照片，留下紀念；又在約五公尺寬的橋上行走，看著橋下的海水和漁船，真正感到我們的確已經離開了台北的喧囂和雜亂，有了一種清靜。

此時，正值冬季的枯水期，港口的水是少了一點，但是浮動碼頭邊的漁船仍然擁擠。一艘艘的船繫在圓形的木樁上，羅列在水上，猶如一張張休閒用的小床。我們並坐在港邊的行人座上，看著動盪海水的碼頭，甚感愉快。阿紫滿意地說，幼年念小學的時候，常常到故鄉的碼頭去送餐點給親戚，她被那些熱帶的彩色船迷住，就在那裡寫生和遊玩，往往忘記回家，她說碼頭給她許多的回憶。然後，她站起來，對我說她又要「瘋一下」。這次，她既不扮鬼，也不扮天使，她要扮人。她又宣布規則說，這次她要在廣闊港區四周走，她不躲藏，讓我始終都能看到她，但是她要先離我遠一點，叫我去追她，如果我能追到她，一樣要犒賞我。我不知道這個女孩子在想什麼，先前我們已經玩得那麼火熱，這時她也應該很累了，居然還有力氣玩。但是阿紫說得那麼認真，我就是不忍心推辭，就說：「好！」於是她以非常快的速度衝出去，在碼頭區奔跑起來，在遙遠的地方大喊：「來追我呀，來追呀！」我也不客氣，開始在她身後追起來。我從沒想到阿紫的跑步能力這麼高，她放足奔跑，猶如一匹小馬，充滿動力，腳程快捷，真的表現了海邊女孩那種赤足在海岸狂奔的能力。好幾次，我幾乎要趕上她，觸摸到她時，她都跑掉了，到最後，就只能遠遠盯著她，不讓她離開我的視線而已。有好幾十分鐘，我們就這麼維持了遠距離的關係，她一點點都不讓我靠近她，我只能一心一意，盯著她看。最後一個時段，我不甘心，下定決心一定要追到她，就更改策略，沿著港區緊迫釘人，鍥而不捨地急走，想要磨掉她的體力，她發現我的詭計，跑上了情人橋，在那裡高高看我。此時，淡水夕照早已經展開多時，天邊現出了金、紫、青、紅的雲彩，天色恐怕就要轉暗了。我馬上也追上去。不過，就在情人橋的尾端，要走下橋的地方，我發現她似乎突然跌倒，整個身子彎了下去，蹲坐在那裡，再也無法站起來。我非常震驚，立刻跑過去，發現她斜撐著身子，臉面有些發白。我迅速蹲身下去，把她抱起來，用右手一把攬住了她的腰，她斜躺在我臂彎，頭往後仰，左腳彎曲無力踩著地面。我大聲說：「到底怎麼了，阿紫，妳怎麼了？」她急速喘氣，說：「沒什麼，好像腳扭傷了，你不要放開我，扶我到底下小花園那裡去。」於是，我摟著她，朝著造景小花園往下走。這時，我才發現女孩子的腰竟然這麼柔軟，就好像接觸到滑動的深水，若有似無，虛實之間無法叫人用手指把握。這時我已警覺到我的手竟然放在她內搭的白色衣服上面，她腰間的體溫正透過薄衣，不斷傳到我的手掌上。我大吃一驚，差一點把手縮回來，忍不住對她說：「阿紫，妳的腰好軟！」她停止喘氣，對於我的卑劣行為渾然不覺，笑起來，說：「這叫做玉軟花柔，只有美女才會有的喔，你們男生不是最喜歡這樣嗎？」我真的怕她的腳繼續痛，聽了，只好趕快說：「是，是！」我補充說，她真的不要跑得那麼快，我又不是黑天使會吃她，何必怕我追到她，這樣一定會跌倒的。她卻說：「不這樣，你敢過來抱我嗎?你敢過來摟我嗎?傻瓜。」我聽了，臉似乎就熱起來，只能又說：「是，是！」就更加摟緊她的腰，往小花園走過去了。之後，她當然說摟她是給我的第三次犒賞！

98

到晚上，她的腳傷已經復元，我們重回淡水街上，率意地在街上走。她要我陪她去逛女性服飾店，一家看過一家，凡是試穿時，她都要我給她一些意見；她買了幾件要攜往日本的典雅冬裝，很有重量，我趕快幫她提著。最後，我們來到男性服飾店，她替我買了一條圍巾，卡其色的，就像她圍在頸子上的那條圍巾！

當我送她回到盆地底的學校時，已經深夜，商店都關了門，四周的人家都已經睡了，雖然冬風不大，但是仍感酷寒，街上行人稀少。

在校門口，我和她告別，她用手過來撫摸我的臉，低聲地說：「謝謝你陪我玩了一天，由日本回來後，希望你能再這樣地陪我玩一次，我覺得很好；我去日本後，如果想我，就寫信給我。」然後，又用眼睛盯著我看，說：「不要生病了，阿傑，萬事都有神為我們撐著，要勇敢走主的道路，就像今天一樣，起來奔跑，像保羅一樣，一點點都不要氣餒退卻，對吧，帥哥！」這時她在冬風中的手顫抖起來，好像心底有了重大的負擔，我竟發現她的眼睛裡有一串的淚。她的一句「不要生病了」這時打醒了我，我才醒覺，原來她已經知道我的病況，她必定已經由麥格那牧師您那裡探聽到我生病的消息，也一定知道我不定時會在床上發病的事。原來今天她所做所為，包括我們不停的奔跑，包括她扭傷了腳，都是為了要誘導我離開不振的世界，為了掃除我內在裡的陰霾，使我能重新振作行動起來。我竟叫一個好端端的女孩，犧牲了一天的時間來取悅我，我算什麼男孩子?!然而我竟也會在一天之內無知無覺！想到這裡，我非常震驚，我竟然不瞭解學姊阿紫對我的用心。我萬分愧疚，只能點點頭，顫抖地去抱她，說：「阿紫，不要哭。」

99

是的，阿紫對我的期待如此深重，她的情義足以讓我用一生去報答，而上帝小小的初步回答，就透過她那天給我的情義顯露出來了：

記得就在那個情人橋上，她腳扭傷坐在小花園旁邊不久，夕陽消失，她卻勇敢地站起來，堅持說要陪我看夕照。我趕緊攙扶著她，走到狹長的棧道上，靠著欄杆，望著西邊看。那時，夕陽早就下山了，所有的霞光只剩下暗金色，所有的西邊晚雲俱已烏黑，連同那海水也成為影子。我不禁開始為阿紫做默禱，希望她的傷勢立刻好起來；同時我也為自己的沮喪再做一次禱告，希望擺脫無邊虛無的異教大監牢。這時，由於冷風吹來，我摟著她的腰，並肩越靠越緊，阿紫的香味就從針織長柔外套暗暗傳過來，這時我感到很愉快，就又想要再一次告訴她說她很香。忽然就看到已經黑暗的西邊天際彷彿裂開了，一時之間，天光明亮，彷彿正午，眼前洞開了一片的汪洋大海，比碼頭外的大海更大，更加遼闊，一片無限的湛藍，我彷彿是在半空望下看，發現在那片海水中，有一個島，上頭許多高聳的海礁，有一個人站在礁石上，指著海面，那海面浮起「得救」、「南」這幾個中文字，然後隨著海流，悠然地流向遠方，直到不見，那視景就消失了。

我大吃一驚，倒退了幾步，在阿紫的背後說：「現在是正午嗎？是正午嗎？天空怎麼那麼亮？」阿紫回過頭來，笑著說：「不要胡說嚇人，現在已經是夜晚了！」我趕緊鎮定心神，閉口，趕快過去摟她，什麼也不敢再說了！

麥格那牧師，這正是另一個全新的異象，聖靈給我的的異象，那「得救」、「南」三個字正是祂給我的回答，似乎告訴了我，唯有我朝著「南方」，才能找到「得救」的答案。這也正是我如今來到南台灣的原因之一啊！

100

我在廂房的桌前，漫無頭緒胡思亂想一番，偶爾把這些回憶做成綱要，準備將來再仔細潤飾。這時，已經是早晨六點鐘，我收拾胡思亂想，趴在桌前假寐了一會兒，後來大概又倒在通鋪上睡去。

七點鐘時，阿幸大姊前來看我是否起身，我立即醒來，一再向她道謝。之後拿著牙刷、毛巾到後院的砂岩池子洗臉，才發現今天的天氣似乎特別好，雖然是清早，但是太陽已經完全離開暗青色的東天山脈，向著地面投射出浩浩的金光，古厝的內外一片的明朗清澈，所有的熱帶花木顫動在清晨的微風中。我能看到晨起的蚱蜢和金線蛙跳動在露水草地上和大葉香蕉下的姿影，多少叫我又想念起昔日山上教會的風光，只是昔日是在北部的山上，而現在是置身在極南部的平地小村了。

我洗完了臉，來到了飯廳，看見許阿金及阿幸大姊已經等著我吃早餐。此時，隔了一夜，阿幸大姊卻是一身翠綠的旗袍，髮髻梳挽得更加的黑亮。我特別注意到她眉毛故意畫得更加彎細，那原本稍陷的眼眶使臉蛋更有立體感，雙眼皮的眼眸更為烏黑，她彷彿蓄意把所有的往日祕密都隱藏在那雙眼睛裡，就像是阿金傳道一模一樣。我也注意到阿幸大姊的廚藝：在黑亮仿古的一張餐桌上擺了由銀亮鍋子所盛的番薯稀飯、一碟蔭豉牡蠣、一碟菜脯蛋、醬油滷豆腐、兩盤蝦米炒青菜、鮮魚壽司切塊、一碗什錦海鮮麵；特別是一道鹽漬的蛤蜊居然發出了新鮮的清白光芒，被置放在餐桌的中間，顯出了這席早餐獨特的風味。我猛然想起了阿紫學姊以前常帶著我們在北部學校附近的巷子裡所吃的古老台菜，這些菜色聽說都是她母親一代的婦人常做的閩南小菜，我不曉得年輕的阿幸大姊為什麼也會做這些菜，感到不可思議。

阿金傳道隨後也走進來，全然換了一身的打扮。他那種優雅的頹廢派偶像歌星的裝扮不見，今天他的頭髮梳得很妥貼，只是額際部分染了銀色，穿了一件灰色V字無領鬆軟T恤，大片裸露的頸前掛著一條銀色項鍊，下穿黑色捲腳七分褲，腳穿平底羅馬涼鞋外加一圈鉚釘，束了寬闊紅咖啡色鹿皮皮帶，casio手錶，一派青年雅痞裝扮，整個外觀看起來柔軟輕鬆。由於昨日的盛裝不見，今天顯得較為平實，身材似乎也矮了一些，實際上他是個文弱的人，沒有太多的人間煙火那種味道；然而最重要的是我發現他的神情略為青蒼，估計他昨夜必然像我一樣沒有睡得很好，我猜想大概是昨天工作太吃重的緣故。

我先向這對姊弟致歉，說我有晚睡的習慣，沒辦法早起，請她原諒。阿幸大姊笑著說：「不要緊，精神體力最要緊，不要勉強。」她聽王牧師說我不吃米飯，所以特別為我煮了一碗麵食。我連忙向她道謝，並且告訴她，由於王牧師勸導，我定意不再拒絕米飯，由於沒先告訴她，居然勞煩她為我煮麵，實在很過意不去。阿幸大姊叫我不必如此客氣。

101

當我們吃完早餐時，已經將近八點鐘了，庭院開始來了要改運的一些客人，料想整個早上，阿金傳道又要忙得不可開交。我們用完了餐，走到外面來。阿金傳道走到正廳那裡去了。我返回到廂房來，整理我混亂的背包，把幾本書和衣服都攤開來，一一地再數點一遍。自從我離開了山上教會，這個雅痞的背包居然還能跟在我的身邊，並且毫無損傷，實在是另一個奇蹟。特別是我又看到麥格那牧師您的著作《在台灣的基督教西洋傳教士》，頓時叫我又懷念起您來。

我在這裡幫不上什麼忙，就想必須到市集買一些日用品，我的內用衣物和一些梳洗的用具都顯得缺乏，牧師給我的一些錢剛好派得上用場；另外我也想到海邊一趟，繼續尋找花香的蛛絲馬跡，我必須使動亂的心境持平下來，好好地將自己安頓在這個陌生的環境裡，找到自己的重心，這樣我才有找到學姊阿紫的希望。我向阿幸大姊說要到古厝區外去逛一趟，在中午開飯前，我會

回來幫忙料理餐廳的事，請她放心。阿幸大姊叫我不要走太遠，一定要衡量自己的體力，千萬小心。我向她道謝，

於是，在通鋪上我又打開背包，將長筒的登山布鞋拿出來，自從牧師娘贈我這雙鞋子以來還沒穿過它，我將破掉的鞋子脫下，將它套入腳裡，再把過大的牛仔褲管紮入鞋筒裡，將鞋帶綁緊，感到沉穩而扎實，叫我想起在軍隊裡穿戰鬥布鞋的日子；接著，再把鑲金的白色麻紗上衣紮在牛仔褲頭裡。此時，我在房間附設浴室裡的鏡子前略為整理容貌，發現我的臉頰瘦得驚人，雙眼呈現窟窿狀，有著深深的黑色眼圈。有幾分鐘的時間，我驚訝地感到鏡裡頭的我的影像十分陌生，和山上教會時的雅痞打扮相距已經千里，我彷佛正逐漸變成一個失衡的衰颯青年，滿頭黑髮已經長到後頸衣領下緣。最令我感到震驚的是，我的身體的確是萬分瘦薄了，塌下去的前胸，乾癟的腰，瘦長的兩腿，已經找不到隆起的多餘的肉，彷佛就是一具骷髏。我才想到當初陳老醫生對我的那番診斷，其實他可以不必診脈，只要根據我的外貌，就可以看出我的症狀。

在這裡，容我誇口一下我以前的體格：

102

從外貌看來，相較於他人，我本來就是五官頗為分明的人，這一點自不在話下。然而，我的體格才是叫我最感到驕傲的地方。我從小就發現我的手指頭比一般的同學來得修長，關節也相對要大，因此，我總是比別的同學更能握牢一些東西或用手掌涵蓋一些東西。大概因為這個緣故，

祖父才送我去練小提琴。我還記得小提琴的老師也當面稱讚我說我有音樂演奏者的手，如果我學鋼琴，一樣是一雙很好的手。也因此，我身體的骨架也略大於一般的人，有較長的腳和手，也更有力，可能還有一種美感。我的大腿顯得很發達，髖股和關節也更厚實，好像長年奔跑於運動場上的人，同學常說我應該去念體育，而不是念神學。這一點和我的祖父、父親不一樣，他們的手、腳顯得短又圓，雖不難看，但應該是沒有美感的。家人也常開玩笑說，我長得很像娘家的舅舅。一聽到舅舅，我當面不屑地否認，不過心裡頭覺得有些道理。在我的記憶中，我的舅舅們的確是高壯的人，只是皮膚過度的粗礪而已。曾經有幾個朋友想邀我到健身館鍛鍊身材，他們認為我有健美先生的條件，這是對我一種正面的恭維。我的體格當然沒有為我的人生帶來什麼羅曼史，呆板無趣的個性以及奮戰於聯考的歲月，使得羅曼史永遠與我無緣；但是偶爾會叫一些人上當，混淆了他們的判斷。記得在國三時，有一次班上的同學決議在四十個同學中選一對帥哥、美女，投票的結果我居然當選了，叫我自己都嚇了一跳；還有那個曾將我帶到罪惡邊緣的實驗電影團體的導演，似乎看中了我，好幾次要我加入戲中去主演，他說只要我打扮一下，可以演一些「酷」角色。我想當中的因素就是我有一個好體格。

麥格那牧師，我很抱歉在這裡誇口，然而我若不如此說，就無法顯示出當前的我的體格是退化到什麼樣的程度；具體的說，一路的逃亡，我已經把身體摧毀到一個如何瘦弱不堪的境地來了。

我立即走出了古厝區，來到了前面的那幢有著燕尾裝飾的大廟，眼前立即熱鬧起來，這裡顯然就是半島村莊的中心點，有一個頗大的十字路口，所有商店幾乎都已開門，亮麗的招牌喧騰在每家的商店門口上，所有的人們也都上工了，在街道上穿梭不停。我向一個阿巴桑問明海邊的方向後，就走到一條新修的兩線道筆直柏油路，朝著海的方向慢慢奔跑起來。這條馬路大概也算產業小道，我能夠看出來砂石車的車輪痕跡重重地印在路面上，在這個早晨，已經有少數車輛奔馳在路上。離開熱鬧市集一段路程後，馬路房屋頓時變得稀疏，路的兩旁種著棕櫚、木麻黃、芒果樹，還有無數不知名的黃、綠花木，將道路裝飾得很有熱帶味道。路的兩邊，有一畦一畦的農田，也有魚塭，疏疏落落的人家分布在野地裡，越靠近海邊，房舍就越來越少。終於，我就看到了浩大的一個洋面，展開在前方。我攀上了高高的海堤，開始緩步行走。

103

這個半島和海洋交接的地方，的確被一個弧狀的海岸線所包圍，海岸線內陸有些荒涼，俱是廢棄的廣闊草地，許多凹下的地區變成小水塘，在太陽下發光；還有一些地方淪為傾倒垃圾的場所，廢棄物散落在草地上。只是有幾座巨大的風力發電機，豎立在荒涼的草地上，孤單而寂寞的旋轉著。

我開始由海堤的左岸走，海堤向著底下沙灘的斜坡，被放下成群巨大的石粽，將海堤鞏固起來。有些石粽浸泡在海水裡過久，生了綠苔，沾滿汙泥。我能想到這個村莊必是為了防止海水倒灌，海堤才日漸築高，石粽也越放越多。時值退潮，石粽底下就露出了狹小的沙灘，那細沙上遍布著貝類，還有眾多的咖啡色的蟹子在上面奔跑。有海防的士兵，正沿著沙灘而走，執行他的任務。

我在一個海堤的破口處停下來，坐下。才發現這地方散落許多紙屑、食物、釣具。雖然還不到九點鐘，但海堤下已經停了一輛黑色休旅車，沙灘上已經有兩個人坐在矮椅上，立著綠黃色大傘，開始垂釣了。我猜測這裡是少有的開放出來作為垂釣的地方，平常必出入許多的釣客。在南側不遠的地帶，有一個木麻黃的防風林，生長得非常的整齊，有許多黃色的簡單房子被建在樹林裡，那裡的海堤破處更大，荒草不見，沙地廣闊，沙子由陸上一直延伸向海水，有一個半傾斜的高高看台還豎立在沙地上。這裡大概是一個廢棄的游泳場，以前一定是很重要的半島村莊的遊樂場。

這個半島的海岸向南北兩方向延伸，直到海岸線陷落在遠方的霧裡。但是在北方遙遠處，有幾支巨大的煙囪躍起，吞吐的濃煙，甚至還看得見火光，那裡必是一個工業區；另外南方海岸線上有成排的風力發電機，也正在旋轉，那裡必是海風特別猛烈的地方。

除此之外，眼前的海洋一望無際，太陽光撫遍了每一吋海面，叫那海洋的水整個深藍起來，巨大的海面起伏不停，有如母親溫暖的胸脯。我能感到海洋的氣息不停擴散在這裡，它們不斷出入在我的呼吸裡，要我與它們連結在一起，生存在一起，埋葬在一起。我感到萬象羅列的神奇，因而想到造物主的鬼斧神工，不禁在海堤上禱告了起來。我希望花香能再度現身一次，好讓我知道應該走向何方，我該如何決定我的行程。

可惜，我仍感知不到花香！

我在這裡禱告甚久，起身，繼續沿著海岸線行走。

104

當我走完整個弧形的半島的海堤，到達盡頭，不知不覺，全身都出汗了，時間已經接近十點鐘。我舉頭，就看到眼前的一個船隻的管制哨，戍防在這裡。巨大的海堤被修築成一個寬廣的水泥平台，上面蓋有簡單的漁具的儲藏室。有一條小河由這裡出海，兩岸的河道都鋪上水泥，河床被挖深，因此水量充足，在海口處停了八、九艘的漁船，繫了幾個竹筏。河口之外，就是一個淺小港灣，有兩艘船通過檢查，正要駛出港灣，走向外海。我看到船哨邊，許多的漁民或者在五顏六色的大涼傘下躺著休息，或者正在打著四色牌，或者正在修補船具。我在檢查哨和士兵談了一些話。他們問我來這裡要找人嗎？或是有些什麼事。我向他們道歉，說我只是觀光的人士，隨便看看。有個阿吉桑要我坐下來喝茶，我也和他坐了一會兒，也問他這個村落小港口附近有沒有姓潘的大家族，他們搖搖頭說這裡沒有姓潘的人家。我和他們又聊了一會兒，想到不能再耽擱太多的時間，就起身和他們告別。

我又循著原路慢慢跑回直通半島村莊的馬路來。

此時的柏油路上，陽光更為猛烈，所有路邊的樹木在逐漸熾烈起來的陽光中更加油綠，樹葉似乎更加茂盛。由於身上出汗，感到酷熱，我在路旁一棵巨大芒果樹下的商店喝了一杯冷飲，在商店外仰頭就看到遮天蔽地的這棵綠葉芒果樹，已經開了淡黃色小花，料想不出一個月，這棵樹一定結實纍纍。

將近十點半的時候，我又回到半島村莊的市集附近來，此時，街道更加熱鬧。

我走過小學、托兒所、西藥房、汽車站、糕餅店、電器行、茶葉店、神像雕刻店、小銀行、包子店、牙醫診所、家具行、計程車行、7-ELEVEN、釣具行、小書店、麵包烘烤店……最後來到了鼎沸的市場，想要以有限的金錢買便宜貨。因為不久家庭主婦就要煮中飯，所有買菜的人都在這裡加倍地出入，人潮把鐵皮、水泥牆搭構的低矮市場占滿了，外面的吆喝聲甚大。正當我要到達市場入口時，猛然被市場的街對面的一個大隊人馬所吸引。

105

此時，街對面排了一列長長的陣仗，有運載著許多偶像的花車，有罕見的高頭駿馬隊，有車鼓陣，還有穿戴著黑紅變形古裝的男女成群結隊在那裡呼喊。最引我注意的是，一個宋江陣在哪裡表演傳統武術，在鑼鼓喧天中依然可以聽到槍戟棒棍的敲擊聲音，雄渾有力。我暫時忘了要買東西，就走到街對面，混在人潮中觀看。又是一聲大喊，掛在寬闊門口的幾串鞭炮被燃起來，無數的鞭炮齊飛，聲響霹靂啪啪地炸開了，所有方圓幾公尺以內的街道頓時被濃煙籠罩，許多不怕鞭炮的穿拖板的小孩穿梭在地上搶奪未炸開的鞭炮。我就看到那燃放鞭炮的家門口，騎樓下排滿了一張張桌子，每張桌子都放了鮮豔的花籃，黃節根蘭、彩虹菊、黃花喇叭水仙、千代蘭、百合花、木春菊、鳳仙花、滿天星……鋪滿了桌子，彷彿一個花卉的展示場。炮聲過後，我看到一位卅多歲，腰身玲瓏，穿著藍色高跟鞋、銀紅色無袖旗袍，梳著黑亮高髮的中年女士走出來，大概由於她掛了一副少見的流蘇樣的銀色耳飾，閃閃發亮，我就被吸引住了，不禁盯著她直看。此時，她手上提著乳色的一個鉛桶由室內走出來，我本來以為她要盛水，不過她擠過人潮，卻停在騎樓下的小水溝，慢慢地將水倒向水溝裡，裡頭有無數的魚都被倒出來了，有些進入水溝，有些卻停留地面。

此時，我明顯看到了一群五顏六色的大型熱帶魚翻滾在地面。有一條紅尾鴨嘴的大型鯰魚就翻滾在水溝邊，咖啡色的背部和白色的腹部非常顯眼，這隻南半球來的魚胡亂竄著，嘴鬚怒張，發出了憤怒神情，好像朝著許多人叫囂著；有一隻南半球的鱷魚型火箭魚，身上布滿黛藍色的一撮撮花紋，尖長的嘴裡緊咬住一隻小魚，嘴裡的利牙發出了白光，不斷在地上翻滾；最引我注目的是有一尾白珍珠劍尾魚，牠的身體非常修長，幾乎有四十公分，胸大腰細，有燕子一樣的尾巴，渾身都是絲絨般美麗的黑色，那身上無數白色的珍珠斑點，更使牠美麗而詭異，牠不斷向空中游泳，好像要叫自己婀娜多姿的身體上升，又忽然掉落地面，在那裡躍動，這尾魚當然也是來自南半球。還有許多不知名的斑爛小魚也掙扎在那裡，形成一個奇異的妖豔的畫面。這些都是熱帶魚，應該都很名貴，怎麼會被倒掉呢？我懷疑這個女士有問題，立即走過去，制止她說：「大姊，很抱歉，請不要再倒了，妳沒有看到水桶裡有許多魚嗎？」那女士看了我一眼，千嬌百媚地笑了起來，說：「唉，年輕人不要看走眼！哪有什麼魚？這是一桶拜拜完的用水而已。」這時，我再看地面，那些魚都不見了，我大吃一驚，連忙向她道歉。我就問她說：「這個典禮是武術館的開幕大典嗎？」那女士指著門楣上正中間的一塊牌匾說：「哪裡是武術館？是拜拜的地方。」我舉目一看，就看到那個匾上寫了斗大的字：「五龍神堂。」我一時之間穎悟過來，也知道我看到了什麼，我趕快收斂精神，不能再問她什麼了。

106

我趕緊又走回街對面，走進喧鬧的市集，買了兩套內衣褲，和一些臉面的修飾用具，同時買了粗面寬闊的一條銅製圓頭扣環皮帶，換掉過分細面的深藍馴鹿皮皮帶，我把它紮緊在我細瘦的腰部，使身子比較穩定舒服。然後，立即向古厝區跑回去，我還回過頭去看那家「五龍神堂」，就看到那些熱帶魚雜駁顏色的亮光仍然盤旋那個五龍神堂的堂前。

當我回到了古厝區的佈教所，已經超過了十一點。眾多的車子仍像昨天一樣，停滿在牆外的四周，所有前來改運的人雜沓地出入在古厝內外，伴同前來參觀古厝的人士，使古厝一樣的熱鬧。我把買來的日用品，放在廂房的角落後，就跑到廚房，與前來幫忙的姓丁的阿吉桑開始打掃餐廳，整理餐桌，幫忙刷洗盤子、碗筷，最後把一道道煮好的食物端到餐桌。到了阿金傳道為所有的來客做了簡單的禱告後，也正是十二點左右。之後，吃過飯，我和阿吉桑又收拾碗盤，清洗飯後的殘羹，忙了一段時間，所有的來客的車子就又慢慢離開了古厝區，庭院又恢復了平靜。這時已經是午時一點半左右。

我回到了廂房，感到完全鬆懈下來，在廂房略為休息，感到雖然早上詢問學姊阿紫影蹤仍然一無所獲，但是略為瞭解了這個半島村莊的地理，未始不是一個收穫。

阿幸大姊又來看我，問我早上去了哪裡，我詳細地把早上所去的地方告訴她一遍，連同我在「五龍神堂」所看到的靈異現象都告訴她。阿幸大姊聽了，笑了笑說，在這個鄉下地方，什麼怪

廣 告 回 信
板橋郵局登記證
板橋廣字第83號
免 貼 郵 票

235-62

新北市中和區中正路800號13樓之3

印刻文學生活雜誌出版有限公司　收

讀者服務部

姓名：________________ 性別：□男　□女

郵遞區號：________________

地址：________________

電話：（日）________________ （夜）________________

傳真：________________

e-mail：________________

INK

NK
UBLISHING

讀者服務卡

您買的書是：____

生日：　　年　　月　　日

學歷：□國中　□高中　□大專　□研究所（含以上）

職業：□學生　□軍警公教　□服務業

□工　□商　□大眾傳播

□SOHO族　□學生　□其他 ______________

購書方式：□門市______書店　□網路書店　□親友贈送　□其他 ______

購書原因：□題材吸引　□價格實在　□力挺作者　□設計新穎

□就愛印刻　□其他 ______________（可複選）

購買日期：________年________月________日

你從哪裡得知本書：□書店　□報紙　□雜誌　□網路　□親友介紹

□DM傳單　□廣播　□電視　□其他

你對本書的評價：（請填代號　1.非常滿意　2.滿意　3.普通　4.不滿意）

書名______　內容______封面設計______版面設計______

讀完本書後您覺得：

1.□非常喜歡　2.□喜歡　3.□普通　4.□不喜歡　5.□非常不喜歡

您對於本書建議：

感謝您的惠顧，為了提供更好的服務，請填妥各欄資料，將讀者服務卡直接寄回或傳真本社，我們將隨時提供最新的出版、活動等相關訊息。

讀者服務專線：（02）2228-1626　讀者傳真專線：（02）2228-1598

事都會發生，這就是她要我小心的緣故。我立即向她道謝。

我們正談著，忽然聽到庭院外有車子開進來的聲音。阿幸大姊走出去招呼來客。

我斜躺在廂房的牆邊，略做午寐。

半個鐘頭以後，阿幸大姊又來找我。

她說阿金傳道現在就要和來訪的客人去卓厝莊一趟，問我要不要跟他們前去。阿幸大姊說，卓厝莊是「使徒復興教會」南邊的佈教區，越過了海邊卓厝莊這條線，「使徒復興教會」的信徒就比較少了。阿金傳道本來就有意思要帶我去逛一趟，這次及早利用這個機會，帶我前去看看，也許能加深對他們教會的理解也不一定。我點了點頭說：「好！」阿幸大姊很高興，說：「那就請你立刻準備一下，一起和他們過去。」我再對阿幸大姊道謝。

其實，有機會到較遠的地方走走正合我的本意，也許我能在途中打聽到學姊阿紫的消息也不一定，只要我能打聽到這海邊有姓潘的人家，問題就容易解決。

於是，在無暇整理容顏時（事實上也不曉得要怎麼整理），我把長髮統統撥向後面的肩背，抓起背包，就迅速走到庭院中了。

107

庭院裡除了阿金傳道以外，另有兩個人。當中有一位是上了年紀，身材略矮的阿吉桑，他上身穿一件亞麻布扣的白色本島衫，下身一件黑色西裝褲，咖啡色皮鞋，淡黃色細長皮帶，臉上掛

了老花金邊眼鏡，理了小平頭，髮色略為花白，看起來有一種地方公務員的味道，也有一種老年人的安詳。然而他隱藏在眼鏡底下的臉龐稜線分明，顴骨略高，眼窩略陷，顯然是很具相貌特色的人。阿金傳道說這位就是卓向先生，今年六十歲，剛從鄉公所的土地單位退休，現在全力經營一家便利商店，是卓厝莊教會的元老執事。站在卓向後面的是一個年輕人，廿幾歲，比較高大，戴著黃色青年紳士帽，穿著外露黑白細格紋的短袖襯衫，深綠色及膝短褲，無襪高筒帆布鞋，戴著四方形綠面手錶，一身街頭青年打扮。他的臉面和卓向有些相似，只是外露的下腳頸細毛叢生，顯得更有力。阿金傳道說他叫阿德，是卓向先生的最小兒子，剛從南部大城回來看父親，順道陪父親到這裡來，他受父親影響，剛受洗，也是「使徒復興教會」的信徒。

卓向老先生立即過來抱我、握手、問安，他說能夠在這裡看到神學院的學生非常高興，如果他有一個念神學院的兒子，一定使他備感光榮。他客氣地說有關卓厝莊的教會現況去到他的寒舍就知道。

於是，這對謙卑的父子走到庭院中的那輛藍色日產小車，發動車子，先行離開了。

阿金傳道要我等他一下，他跑到圍牆的右側的車庫，駛出一輛流線型四門設定的黑色轎車，向我招手，我跟著也打開右邊車門，坐在他的身邊，他發動引擎，車子朝著外頭的馬路，迅速的駛離古厝區。

起先我對他的車子沒什麼感覺，等到車子彎彎斡斡的駛過市集熱鬧的馬路時，才開始感覺他駕駛的是一輛名貴的車子。這輛車的車內裝潢典雅華麗，盡是高檔皮革，座位寬敞舒適；前方控制台上有極大範圍的面積鋪設了木紋飾板，帶來高級的車室氣氛。在行進時油門被踩到底，變速箱會迅速降檔，轉速針輕快的向上攀升，相當流利暢快，一會兒竟能達到一百六十多公里以上的速度：在引擎轉速拉高之際，車尾雙排氣管傳來厚實的排氣聲浪，成為優美的樂音；路面的彈跳幾乎傳不到車內；在轉彎時，傾斜度很低，穩定到了極點。剛剛在上車前，在耀眼的陽光下，其實我已經略微被它復古與現代融合起來的獨特車身線條吸引住了，它的兩側車頭有雙圓燈式設計，車側自前輪拱上方拉出一道明顯的鈑件摺線直至車尾，刻畫出一條優美的拋物線。車頭還有大型橫柵式鍍鉻水箱護罩，加上正中央大型鍍鉻三星廠徽，根本就是標準的賓士轎車。我不知道阿金傳道為什麼有這輛車子，說不定要好幾百萬才買得到吧！以前我在電腦公司上班，老闆也有類似的許多車子，我們也常坐他的座車。那時，我們年輕的員工看老闆常換車，就以他的車子為話題指指點點；不知不覺，我們員工彷彿都變成賞車的名家。

108

我這麼的環顧車內四周，仔細打量，臉上露出驚訝的表情。阿金傳道或許也感覺到了，笑起來，說：「你一定在猜測，我怎麼會有這輛車子。其實，這輛車子還不能算是我的，只能勉強算是信徒轉讓給我的，什麼時候商量還給他還不知道，車主就是南邊市鎮的縣議員蔣政焜弟兄。四年前我和阿幸大姊來到這裡，剛開始，我們由西部小島上帶來了一輛跑山路的古老山葉機車，沿著海岸線傳教，很辛苦。有人勸我們買二手轎車來代步，可是因為實在沒有多餘的錢，一直無法購買。有一次，我們的機車在沿海的村莊的轉彎處出事，機車被一輛貨車攔腰截斷了，所幸我和阿姊都沒有受傷，不過傳教變得很不方便。三年前，蔣政焜弟兄受洗不久，聽到這件事，恰巧當時他要換一輛新的捷豹車子，就將這輛車以極便宜的價格讓給我。到現在已經三年，每年的牌照稅仍由他繳納，甚至幫我做保養的工作，包括車子裡的裝飾都是他替我們做的，他非常的熱心，總說不能讓別人輕視使徒復興教會的傳道，輕視我和阿姊就等輕視了他。我們無法拒絕，就順著他的意思。蔣弟兄是個豪情義氣的人士，出手一向闊綽，我曾勸他改正這個習慣，可惜到現在改正還是有限。有關蔣弟兄的現況，將來你一定會見到他，那時你就會明白。」

阿金傳道這麼說，叫我放心下來。這麼看起來，在表面上追求時尚的阿金傳道的身上，可能還隱藏有更多的祕密。不過，我已經漸漸習慣了他的神祕，他一定還有更多不為人知的事情，也許我再努力探查他，都無法完全瞭解。

他說完，加速了賓士車，我們沿著半島的環海小路，越過先前見到的日漸失去地基的海邊房屋，完全離開了半島村莊。

現在我們的車子奔走在寬廣的海邊公路上，向南走，左側是一片敞開的狹長平原，可以見到更遙遠的中央山脈的南尾端隱藏在日光中；東邊則是海洋，許多的魚塭羅列在海岸線上，一列列的防風林和各種色彩的房子躍起在風景線上。太陽已經逐漸強烈起來，將所有景物更明晰地雕刻出來，大地明晰而亮麗。

我在車上問阿金傳道有關卓厝莊到底出了什麼事，為什麼一大早就必須勞煩他前去解決。

阿金傳道聽了，臉色轉成了一片濃郁的憂色。他說卓厝莊的事不是最近才發生，它牽涉到「使徒復興教會」與外教的糾紛，已經輾轉鬧了幾個月以上，最近這幾個禮拜卓厝莊的信徒再度團結起來，恐怕事情又有變化。囿於「使徒復興教會」只是一個新興教會，在本地的根基並不穩固，外教卻是人多勢眾，情況如果沒有改善，「使徒復興教會」就會被壓制，最後可能難以在海邊生存下去，這件事給了他很大的困擾。於是阿金傳道一面開車，一面為我約略解說了這件事：

109

原來，在阿金傳道尚未來到這裡傳教以前，已經有一個叫做「五龍信仰」的新宗教在這裡生根。創教的人士是一個地理學的教授，叫做劉國棟。劉教授大概是本地人沒錯，不過幼年時隨著家人遷往北部，最終變成一個學者，在北部大學執教。但是五年前，他回到E港附近，傳播一種新的信仰，神祇的名稱就叫做「五龍神」，到底是五個神或是一個神並不很清楚。他自認他的神來自赤道附近地帶，也是這個地區原來神祇的母神，他有義務將這個地方的信仰統一起來，將所有的其他的北方神都驅離這個地方，讓祖先信仰可以有個回歸。劉教授提出了一個「赤道北移」的理論，認為南方神祇壓服北方神祇是一種當然的趨勢，幾百年前他的最早祖先將神祇由南方帶來北方是第一個步驟，是萌芽期；如今他則執行第二個步驟，就是茁壯期。劉教授過度深奧的理論其實沒有多少人懂，不過他在半島村莊以南幾十公里的地方蓋了巨大的「五龍廟」以後，展現了許多的神蹟，包括治病、驅邪、制煞、預言、改運、求名、求子、求財……都很有效果，除此之外，五龍廟還能展示一些超能的表演，實際上讓信徒可以看得到、接觸到。慢慢的，許多與他有親族關係的村莊都被吸引，最後向其他非親族的村落蔓延，擴大成為一個海邊龐大的信徒集團，在地方上很有名，甚至在半島村莊附近也有五龍廟所屬的造園建築公司，實際上是一個頗大的財團。「使徒復興教會」剛到這裡來傳教時，並不知道這個狀況，等到一段日子以後，才知道情況的嚴重，因為教會的傳教核心村莊顯然和五龍廟重疊。凡是「使徒復興教會」極力傳教的村莊，也就是劉國棟佈教的親族村莊。阿金傳道不無感慨的說：「事實上，劉國棟的親族就是我的親族，因此，紛爭就經常發生。」在卓厝莊裡，五龍廟的信徒不少，但是也有許多的「使徒復興教會」信徒，雙方勢均力敵，因此糾紛特別嚴重，甚至發生肢體衝突，勞動了警方問話，事情鬧得很大，卻始終無法解決。因此，兩個多月以前，阿金傳道就毅然撤銷卓厝莊的教會，凡是信徒就轉到其他村莊聚會，避免多生事端。不過二個禮拜前，卓向先生和信徒不願屈服，又自動集會起來，今天特地邀請阿金傳道再前去同意是否恢復聚會的這件事。

我一面看著窗外的風景，大概心神不專，一時之間不太能懂得阿金傳道說什麼，這些地方上的瑣事，對於外鄉來的我而言，是完全陌生的，甚至是神祕的。所謂的「親族村莊」這個詞的實際所指我完全不瞭解。

我就問：「你剛說你和劉國棟是一些重要村莊的親族，這意思是說你們彼此也是親族嗎？」

阿金傳道苦笑說：「應該是！」

我又說：「那麼這個糾紛就是你們親族內部的宗教糾紛囉！」

阿金傳道仍然苦笑說：「大概可以這麼解釋！」

我又問：「你還說對方能演示神蹟異能，是嗎？」

阿金傳道聽到我最後這句問話，臉色轉成青蒼，他重重點頭，說：「正是如此！」

我想了一會兒，就把早上在「五龍神堂」前所看到的靈異事情對他說了一遍，並且強調五龍廟的勢力已經來到半島村莊了。

阿金傳道聽了，臉上的憂色就更深了，他點點頭說：「這件事我最近也知道了！」

110

窗外的風景不斷向後移動，阿金傳道的賓士車速度很快，實際上已經越過了一個比較大的沿海公路市集，和許許多多模糊視野中的海邊村莊。我記得阿金傳道曾指著幾個遠方的村莊，包括「巫厝莊」、「方社村」、「加社村」……，他說那就是他的親族村莊，那裡有許多「使徒復興教會」的信徒，當然有更多的五龍廟的信眾。

約在八點三十分左右，我們離開了寬廣的海濱公路，轉進了一條細長的柏油小路，往海邊的方向彎彎斡斡前進。

麥格那牧師，阿金傳道剛剛所說的經歷，勾起了我內心深處的感觸。我能感到阿金傳道當初進入這個地方佈道的迷離境況，其實他那時對處境的知覺應該與我現在對處境的知覺相差無幾。我們都突然被投入了一個異鄉，對於實際的環境並不瞭解，如同一個朗朗乾坤底下的人，忽然進入了蠻荒叢林地帶。雖說這裡既不是蠻荒也不是叢林，但是相對基督教而言，這裡的信徒幾乎達不到百分之一、二，說是基督世界的蠻荒叢林，是無可否認的。也正是如此，要定睛去看清一件事，是不容易的。整個處境彷彿是一個巨大的夢，永遠無法測知下一刻的夢的情節會是什麼。在迷離的情況中，什麼錯誤的事情都會發生，當錯誤揭開來的時候，我們也不知道它的來龍去脈。

我憶起了前不久前在山上教會時，我們上您的「在台灣的西洋傳教士」的課程。您提到了馬雅各和馬偕在台灣宣教的困境，要我們注意到，凡是進入一個非基督世界的陌生地方去宣教，容易遭逢的兩件事：一個是舉目無親；另一個是與異教的糾紛，宣教士唯有克服這兩種困境，宣教方能有所進展。然而要克服這兩個困境，即使是使徒保羅也不見得全然有能力。保羅在公元一世紀初期，進入了希臘地區去傳教，那時希臘地區的許多城市尚沒有任何基督徒，保羅為了克服舉目無親的困境，就必須找到猶太教的會堂，攀了猶太人的這條親戚裙帶，才勉強能夠宣傳基督的福音；至於雜沓而來的異教挑戰、栽贓、迫害則如影隨身，什麼時候遭到殺害，也難以預料。為了佐證您的話，您一面說著，一面翻到《聖經》〈使徒行傳〉十六章11—24節，大聲地念著保羅在腓立比的一個遭遇：「我們（注：指保羅、西拉、路加一行人）坐船從特羅亞出發，直開撒摩特喇，第二天到尼亞波利。從那裡我們往內地走，來到馬其頓第一區的一個城市腓立比；這城也是羅馬的殖民區。我們在這裡住了幾天。安息日，我們出城到了河邊，心裡想，那裡可能有一個猶太人禱告的地方。我們坐下，向聚集在那裡的婦女們講道。聽眾中有一個從推亞推喇城來的女人，名叫呂底亞，以販賣紫色布匹為業。她一向敬拜上帝；主敞開了她的心，使她留心聆聽保羅所講的話。她和她一家人都領受了洗禮。隨後，她請求我們說：『如果你們認為我是真心信主，請到我家裡來住。』於是，她堅決把我們留下。有一天，我們又到那禱告的地方去，一個女奴迎著我們走來。這個女奴有邪靈附身，能夠占卜將來的事，因此替她主人賺了好多錢。她一路跟隨著保羅和我們，大喊說：『這些人是至高上帝的僕人，要對你們宣佈那得救的道路！』她一連好幾天這樣喊叫；保羅覺得不勝其煩，就轉身過來，對那邪靈說：『我奉耶穌基督的名，命令你從她身上出去！』那邪靈立刻就出去了。那女奴的主人知道他們的財源從此斷絕，就揪住保羅和西拉，把他們拖到廣場上見官，帶他們到羅馬官長面前，指控說：『這些人都是猶太人，竟來擾亂我們的城。他們提倡違法的規矩，是我們羅馬人所不能接受的，不能實行的！』群眾也附和著攻擊他們；長官就吩咐剝他們的衣服，鞭打他們。士兵狠狠地把保羅和西拉打了一頓後，就把他們關進牢裡，並命令看守人嚴密看管。看守領命，把他們關在內監，兩腳都上了腳鐐。」您念到這裡，情緒顯然略為激動，沙啞地對我們說：「這就是我們佈教者最須要克服的困境！我們必須克服它啊！」

我想，阿金傳道現在就是陷入了這個困境！

111

車行不久，我們已經到了海邊，這裡有更多的路，通向海邊的聚落。先前在路上我們還能看到狹長的農地，但是這裡則完全是魚塭，還有隱蔽在木麻黃林裡的一些魚場，海洋就展開在海岸的右邊。阿金傳道選擇了一條兩邊都是蓮霧園的狹窄道路，慢慢前進。不久轉進了一個乾淨的大村子中心，住家立即密集起來，在一家叫做「以琳屋」的現代建築的便利商店旁，我們下車，將車停在村道的一側。阿金傳道說這家便利商店就是卓向先生經營的商店。

看來這個村莊至少有四百多戶以上的人家，紅綠燈明亮地在幾個十字路口閃爍著。在不遠的地方有一家規模不小的小學，一個十字路口附近有書店、西藥店、服飾店、速食店、麵攤、電動玩具店、小市場。不少檳榔樹、榕樹植滿在路旁，伴同每戶人家門口的一些熱帶的紅綠花木盆栽，將這個村莊裝扮得頗有格調，諒必是經過了一番的社區營造，顯出了現代感。

一般來說，可能是為了避免海風的吹襲，我所見過的海邊的老房屋總是蓋得低又矮，窗戶都相對的窄小，卓厝莊也是一樣。有許多人家的住宅不免都是低低的門楣，門口前堆滿各種廢棄的食品紙盒，許多婦女正在大榕樹下修補漁網，剝著牡蠣。那些榕樹都十分高大，也許是用來作為屏擋海風用，自從不為人知的時代就種在這裡，如今它們遮天蔭地，均勻的遮在附近一些平房的門口，樹皮皴裂，但再生力量高強，叫人無法猜出它們有多少樹齡，由此可以看出這個村莊的古老。可是，有許多新蓋的現代建築就很不一樣，幾乎都是幾層樓高，門庭寬闊乾淨，和一般台灣內陸的住家並沒有兩樣。我不禁想到新的現代建築物會不會已經更改了海邊的特色，叫所有的漁村失去了它應有的特色。

「以琳屋」便利商店旁邊有一棟紅瓦白石子牆面的三樓現代建築，騎樓下磨石子的地板很乾淨，有一個「使徒復興教會卓厝聚會所」的招牌被拆下，放在牆腳。我猜想就是卓向先生的住家。我們還沒有踏入門口，卓向先生就走出來，看到了我們，笑得很開懷。之後帶我們進入鋪了大理石地板的大客廳。裡頭的擺設簡單有力，在明亮的吊燈下，有二十幾張的鋼製椅子排成了幾列，郁郁發光：正面牆壁上高掛了一個十字架，還有一個半人高的油漆木製講道桌放在十字架下；左右兩邊的牆面就像書店，鑲入了一格一格的小書架，架裡放了許多大開本《聖經》還有一些教會刊物；門口的這面牆壁大窗下，有一列矮書桌，書桌旁邊還有低矮的幾張沙發，是供休息看書用的。此時，有一個黑髮秀氣的八、九歲女孩，穿著白衣黑裙，精神奕奕，坐在沙發椅子上看書，底下還放一個有著「卓厝小學」字樣的大書包，必是卓向先生的孫女，她一看見我們，起身，大聲的問我們平安，我們才發現她有一對漂亮的大眼睛；我們也大聲的向她問好，並稱讚她很漂亮。大家都很高興地笑起來。她似乎和阿金傳道很熟，走過來，就一直拉著阿金傳道的手，再也不肯離開。卓向先生立即說這個女孩叫阿娥，是他的長孫女。

112

阿金傳道對我說，這個客廳就是以前卓厝莊的聚會所，以前外頭還高掛一個不小的「使徒復興教會」的招牌，如今因為撤會，招牌也拿下來了。

卓向先生說他已經邀了莊裡「使徒復興教會」的人家到這裡來，一起討論要不要恢復聚會的事，過了十點鐘，他們就會全部來到這裡。

阿金傳道詢問卓向先生最近村莊裡的信徒們的動向，說這一、兩個月虧待了他們，由於五龍廟對教會的確有敵意，他不能不息事寧人，希望這一、兩個月之間，信徒們還能到其他村莊聚會，仍像以往一樣，對自己的信仰能堅持到底。阿金傳道的話滿是歉意，也帶著很深的感慨，過分年輕優雅的臉顯露了一種倉皇。卓向先生卻一點都沒有氣餒的神色，他說他和幾個受洗的弟兄仍然不時的在這個客廳裡聚會，並沒有向五龍廟屈服，他祥和純真地笑起來說：「我們才不怕劉教授裝神弄鬼的把式，我們的恩怨太多太久，彼此也太瞭解了。這段日子，我們又知道他許多不為人所知的一面，他嚇唬不了我們的！」

阿金傳道拉著阿娥說要到外面去一下，他說他和阿娥很「麻吉」，是看阿娥長大的，這段時間他不來卓厝莊，阿娥常打電話給他，希望能見到他。如今見面了，不能給阿娥失望，他要買一些文具給她。卓向先生要阻擋已經太慢了，阿金傳道和阿娥已經走出去了。

卓向先生因此去沏了一壺茶，放在窗下的矮桌上，我們坐在沙發上聊了起來。

我問卓向先生為什麼信了基督教。

卓向先生嘆氣的說，他本人是卓厝村的「原始居民」。這裡有一半的人姓卓，和劉國棟的恩怨也正是起源於這個姓。他說，這村莊的卓姓人家歷史古老，在這裡立足已經幾百年了。

在三年前，那時，他還沒有信基督教，卓厝莊外圍的一個非卓姓的人家農田裡意外掘出一個遺址，裡面有先民的遺骨以及一副石棺，應該是卓家二百年前的墳墓。這件事沒有引起官方的注意，倒是引起了卓姓宗親的震動。因為墳墓的東西可以證明二百年前卓家就在這一帶立足。

卓姓族人不願這個遺址被破壞，想購下這片農地，將村莊裡頭的一家小小的祖祠遷移到那裡。可是農地的主人不願意賣出，只允許劃定一個範圍，以繳租金的方式，讓卓姓的人家建祠。卓家族人推出了他在內的三位理事，經過一番的籌措資金，終於建成了樸素的卓姓祠堂，想保住遺址。

113

這是一件大事，因為祠堂裡頭保存了古老祖先遺物，一時之間成為地方的美談，許多的觀光客甚至不計路程的遠近，跑到這裡來探訪，給了卓厝莊很大的榮耀。可是，劉國棟來到這裡，立即被這塊農地吸引。按劉教授的看法，認為這是一塊福地，竟設計要取得它。劉教授先以極高的價格向非卓姓的人家買下這塊農地，再和卓姓祖祠的理事們談判，最後要卓家將祠堂遷走，否則聲請法院裁決。理事們非常沮喪，央請議員出面調停，但是劉教授置之不理。後來逼得沒辦法，在理事們的帶領下，向劉教授抗議示威。這個事件一鬧就是幾個月，雙方都不退讓。法院也裁決了祖祠既不遷走，所有土地上的財產都歸劉教授所有。在法理上，劉教授站得住腳，卓家反而變成了違法的一群。他感慨地說：「那時，我剛從鄉公所的土地單位退休，比較有時間管這件事，我以土地的知識找劉教授談判，希望他能網開一面，允許祖祠繼續保留在那裡。可是劉教授說他做不到，因為他也要建廟了。」劉教授開始破土動工後，固然歸還了卓家先民的遺骨，卻將原來簡單的祠堂建築毀掉，在原有的地基之上建了一棟玲瓏的五龍小分廟，並宣傳說他的神才是卓家的祖神，凡是卓家都應該前來祭拜，不應該再拜什麼卓家的祖祠。劉教授有一套理論，來說明何以他的神明是卓家的祖神，不明就裡的少數人就被劉教授吸收，實際上變成五龍神的信徒。他和理事們在生氣之餘，失去理智，有一次帶了許多人，闖進五龍小分廟，破壞了廟裡的設施，並在五龍神的偶像面前大罵一番。劉教授也非常生氣，他當著理事們的面前說：「你們三個人有禍了，即使現在後悔也無濟於事，你們再活不久了！」果然，從那時開始，他們三個理事都陸續生病了。他感慨地說：「是一種突如其來的病，感到渾身都被一種柔軟的東西所綑綁，無形無狀，很難掙脫，有時綁得太緊，連呼吸都有困難，彷彿溺斃於深海，四周回游著不知名的魚類。人就那麼的枯萎蒼白下去，好像身上的養分都被吸光了，人就那麼一步一步朝死亡逼近。」一年後，兩個理事開始形銷骨立，被醫生認為是癌末期的細胞擴散而死去了。他的身體比較硬朗，勉強還撐著，可是距離死期也已經不遠。

那時，阿金傳道已經在這一帶佈道，有一次，到他的便利商店來買東西。一息尚存的他很困難的在貨物架上拿一瓶可樂給阿金傳道，卻身不由己，失去力量，跌在地上。阿金傳道過去拉他起來。那時，他感到阿金傳道的手傳來一種震動的力量，在身體裡形成一種熱流，身上的綑綁就像斷線的風箏，一絲一縷地紛飛斷裂，飄走了，他感覺那種細綁已經卸除大半，竟能站穩起來。阿金傳道問他說：「先生，有某種東西綁住你，已經很久了對不對？」他只能驚訝的說：「是啊，就是一種無法掙脫的束縛，到現在才被鬆開。我剛剛發現你身上有一種力量將那個細綁消除了，你真是一個神人。」阿金傳道說自己只是一個渺小的傳道者，傳播一種不太受歡迎的宗教，但是如果他還有求生的心，自己很願意教導他脫困的方法。於是，就在那天，他信了基督教，之後，靠著阿金傳道所教導的禱告方法，很快的消除了一切殘餘的病痛，他的健康完全恢復了，復原了他原本輕鬆的身體。之後，在他和阿金傳道的努力下，有二十戶左右的卓姓家庭也歸入教會，最近非卓家的人又來受洗，情況持續而穩定，直到最近又和五龍廟發生衝突為止。

我聽了，大感驚訝，不是驚訝於阿金傳道有這個能力，而是驚訝於劉教授有降禍的本領，我想這就是阿金傳道懼怕他的原因。

114

看到卓向先生談論不堪的往事，使人不忍心，我就問：「這麼說劉教授很不簡單，他所信仰的神究竟是什麼樣的一種神？他的神真的就是你們的祖神嗎？」

卓向先生啐了一口，感嘆地說：「劉教授有一套深奧的理論來說服信徒，也在離開卓厝莊幾十公里的潟湖旁邊蓋了五龍大廟；他並且能以第三眼看到異世界的東西，並與所有的鬼神溝通，也有降災的能力；同時他有一個十三、四歲大的小孩神力更大，這些都是實情。此外，他的本家也的確住在這裡，現在也舉家都回來居住，說是這裡的親族也沒錯。但事實上他的神和我們的祖神相距甚遠。不錯，我們的神來自南方很遠的地方，但是卻是女性的神祇，這一點和男性的五龍神是不一樣的。其次，我們不拜偶像，我們只供奉草花，因為我們是一群愛好大自然的人，沒有必要用偶像來汙染我們的心靈；這一點和他們花花綠綠的偶像崇拜也很不一樣。再其次，我們族親除了母神以外不拜其他的神，儀式簡單；五龍廟卻不然，它和民間的神合作，敬拜的神一大堆，儀式上都是敲鑼打鼓。總之，我們親族的人只是因了愛好自然、孝順父母，才拜我們的祖神，其他功利的想法都沒有。阿金傳道說我們的信仰很接近了基督教，不同於其他的民間信仰，是好宗教。雖然如今我們許多人都已經歸信了基督，但是其實我們還愛著母神，阿金傳道也允許我們參加每年的歌舞慶典。也因此，卓姓的人家除了少部分外，事實上大半不信劉教授的說辭，他在我們村莊裡的信徒還是以非卓家的比較多。唯一遺憾的是，我們的母神沒有多少神蹟法力，而劉教授的五龍神卻能神威赫赫，他們的信徒甚至常用詛咒恐嚇我們，能造成我們的緊張，這是他們厲害的地方。」

我就說：「面對劉教授，你們的壓力一定很大。」

卓向先生說：「要說沒有壓力是騙人的，光是不遠的地方有一座五龍小分廟，就構成了我們很大的壓力，這就是劉教授的另一個本事。他不愧是地理學者，很懂得地緣的威力。他事實上是蓋廟、蓋墓園起家的，每到一個地方，他就搶土地蓋個廟，慢慢形成一種勢力。我聽說最近劉教授想奪取阿金傳道佈教所前面的那口池塘，如果真的被他奪走了，只要他蓋了小廟，阿金的佈教所就會崩潰，至少也要遷移到其他的地方去了，我已經向阿金傳道警告了許多次！」

我聽完，概略知道了這起糾紛的內幕，不禁也替阿金傳道擔心起來。我也能想到劉教授必是一個學者和商人複合起來的典型，有一副彬彬有禮、能說善道、略微福態、手戴金錶、白皙皮膚的外貌，他在各地以「赤道北移」的深奧理論說服信眾，同時背地裡卻運用金錢和建築的手段擴充他的企業。

115

我們正談論著，許多人陸續地來到卓向先生的家門，估計來的人很多。我們走出門外，去打招呼。

這些人由一個年逾半百、體格強健的婦女帶頭，諒必是卓向先生的妻子；她後面站著兩對體格強健的年輕夫婦，諒必就是卓向先生的兒子媳婦，因為裡頭有一位就是早上到過佈教所的青年阿德。後面跟著二十幾位上了年紀的阿吉桑、阿巴桑和幾個年輕人，大抵都是海邊人的打扮，穿著樸素，言談有力。當他們走入了客廳，非常有序，立即將椅子上的座位占滿，彼此談話問安，就像一般優良教會的信徒聚會一樣。

卓向先生的夫人向我說抱歉，因為她和兒子媳婦們出去邀請教友前來與會，沒時間招待我，望我原諒。我說她太客氣了。

大家坐定以後，阿金傳道和阿娥也由外面進來了，他們買了些東西。阿娥向我們展示她的獎品，包括一盒彩色筆、一卷圖畫紙、華麗的卡通小美人魚畫冊。她說上次在電話中和阿金傳道約定，只要她月考進入全班前三名以內，阿金傳道就送她這些東西。我們就說她很聰明，也開玩笑地說她很會向大人指油。阿娥說：「不能這麼說哦，這是事先的約定，我也是要很努力才考進前三名的哦！」她閃動著大眼睛，靈巧地辯解著，惹得我們都愉快地笑起來了。

阿金傳道一一和大家問安、握手，之後就站到小講桌前。大家都為他鼓掌加油，之後有人說難得今天又見到了阿金傳道，要求他先講一些《聖經》的道理，然後再談是否恢復聚會的事。

於是，阿金要我們拿《聖經》，翻開到〈使徒行傳〉十四章1節，開始講解經文。這是一段有關保羅在小亞細亞宣教時遭到猶太人和外邦人逼迫的往事。故事是這樣的：「同樣的事（注：指被迫害的事）也發生在以哥念。保羅和巴拿巴到猶太人的會堂去；他們有力的言論使許多猶太人和外邦人成了信徒。可是，那些不信的猶太人煽動外邦人，使他們厭惡信徒。兩人在那裡住了好些日子；他們大膽地談論主的事。主賜給他們行神蹟奇事的能力，藉此證明他們所傳關於他的恩典的信息是真實的。城裡的群眾彼此分裂，有的站在猶太人一邊，有的卻擁護使徒。可是，猶太人和外邦人連同他們的領袖決心要對付使徒，想用石頭打死他們。使徒知道了這事，就避往呂高尼的路司得和特庇兩城以及附近一帶地區，在那些地方繼續傳播福音。」阿金傳道非常詳細解釋了這段經文，他提到，猶太人之所以反對福音，並不見得完全基於真理的立場，如果大家有理性，願意按照真理來論是非，就不會有任何為難彼此的事發生。問題是，這裡頭牽涉到現實利益問題，猶太人不願意信徒被搶走，當然就不顧一切，反對基督徒的宣教。至於外邦人所以排斥基督徒，也是基於世俗的利益，無關真理對錯。古代是這樣，如今仍然是這樣。在這種情況下，基督徒的保羅雖然能行神蹟，很能顯示真理於大家的面前，結果仍然遭到排斥，甚至那些人隨時隨地都要取他的生命。「用石頭打死他們」這句話是很嚴重的，在《舊約》裡，只有干犯嚴重罪行的人才可以用石頭砸死他，這說明了保羅被當成不可赦的罪人，是該死的。最後保羅選擇不與這些非理性的人對抗，就離開以哥念。所謂的「離開」，也不是說不再回來，將來是還有機會的，只是暫時避開這個風頭罷了，因為沒有必要為了這個衝突犧牲太大，那不是基督徒的宣教原則……。

116

阿金傳道這麼說著，我們當然知道他事實上在談論卓厝莊與與五龍廟衝突的這件事，也看出了阿金傳道「以忍為貴」的行事風格，這當然適合於基督教的原則。我們一時都陷入了思考中。最後，阿金傳道講完道，就直接說他答應可以恢復卓厝莊的聚會，但要遵行三個原則：一個是仍不掛「卓厝聚會所」的看板招牌，以免招搖；二是不得再發生肢體的衝突，因為這對於教會的形象有害；三是對五龍廟要更堅忍，他前進一步我們就後退，直到我們退無可退。

由於阿金傳道同意恢復聚會，一宣布完，大家都高興起來，互相拍手歡笑。

接著，阿金傳道開始為大家作禱告服侍，因此，許多需要禱告的人都站到講台前面來了，眾人就圍上去幫忙禱告，大廳內就熱鬧起來，充滿了聲音。

我站在旁邊，一一看著每個人，並沒有發現任何人有問題，他們的靈命都很健康，很喜樂，就感到卓向先生和阿金傳道很不簡單，他們很能使信徒往光明的大道前進，實在是了不起的教會事工；因此，我只能為幾個弟兄姊妹做祝福的禱告，希望神能加倍給他們平安、興旺。

正當我們禱告進行得很熱烈的時候，外面來了兩個人，正探頭問說能不能進來。卓向先生立即走到門口去，很快地把他們接進來。

卓向先生指著右手邊的那位說：「這位是曲有義老先生，住在村南，他的麻煩比較大，請大家多為他代禱。」卓向先生這麼說，我才注意那裡果然站著一個老人家，由一個年輕人扶住。由老人家的外貌看來將近八十歲了，雖然身體的骨架甚大，能叫人看得出年輕時期必有勇健的體魄，但現在已經是白髮蒼蒼，佝僂枯瘦；他穿一件寬鬆的黑長褲和灰色的汗衫，坐在那兒，臉上盡是發霉的肝斑，叫人更覺得他正面臨著風燭殘年。不過，他還是很勇敢的撐著。我看他很難站穩，就拿了一張椅子，叫他坐在右牆邊。

卓向先生告訴我，說曲有義老先生的故鄉是大陸廣西桂平，在動員戡亂時期加入國軍，當時年紀只有二十歲上下。五〇年代，隨著國軍的敗退，轉戰到台灣，以後加入了救國軍，共七次返回大陸沿海執行任務，憑著堅強的體魄，在海岸線出生入死。七〇年代他的年事已高，轉任到卓厝莊附近的海防部隊來當班長，當時，經過媒人的介紹，他和村北的一個與他年紀相差十幾歲的寡婦結婚，八〇年代退役後，就完全住進了卓厝莊，在魚塭工作，再也沒有離開過一步。他的太太很賢慧，對他很照顧；前夫的小孩都很聰明，對繼父很尊重，讓他很感窩心。這二十幾年來，曲有義常到卓厝莊的雜貨店裡（當時還沒有整修成便利商店）來坐，和村人建立了很好的友誼，雖然他不姓卓，但是他太太的前夫和兒子都姓卓，大家還是把他當成親族來看，甚至邀請他加入了宗親會。對於宗親會，他該出錢就出錢，該出力就出力，貢獻很大，從沒有第二句話。當年卓姓建立祖祠的時候，他幫忙說服地主出租土地，出力甚大。後來劉國棟興建五龍小分廟要毀掉祖祠時，他曾和劉國棟談判，最後鬧得不歡而散。卓向先生感嘆的說：「那時，我患了大病，曲老先生每天都來雜貨店看我，給了我許多的鼓勵，否則我的日子必更難挨。不過當我的病被阿金傳道治癒後，患病的人反而變成了他。」

117

接著，卓向先生又說，曲老先生的病起於一年前在魚塭的岸邊跌倒，開始不良於行。之後，血壓一直不正常，開始吃了大把的藥，身體就衰弱了下去；除此之外，心神開始失衡。他常感到在大陸戡亂時血腥的戰場畫面常常出現於眼前，死難的軍隊同袍又回來找他，弄得生活很不安寧。三年前，囿於曲老先生還只是一個傳統的信仰者，到過許多廟宇抽籤問卜，希望能驅除心魔，他聽了齋堂的勸告，茹素了一段時間，可惜不見功效，卻由於茹素使體力更加不足，幻象就更多；後來又聽從寺廟的建議，念了咒語，企圖將心裡的雜念清空，可惜功效短暫，當心魔又來時，幻象就比前一次嚴重。卓向先生曾為他找了精神科診斷後也只是吃藥，並沒有辦法找出根本原因。早先，卓向先生想介紹他到半島村莊的古厝去求治，可是曲老先生傳統信仰堅定，不相信洋教能幫他什麼忙。幾個月前，他的病更嚴重，才徵得他的同意，讓「使徒復興教會」的弟兄開始為他禱告，卓向先生也教了他禱告的方法，幻象慢慢減少，可是腿傷始終沒法改善。卓向先生嘆氣地說：「可憐的他的右腳幾乎等於殘廢了，要舉起來都有困難，他今天來到這裡，是他的繼子花了力氣才把他扶過來的，他同意阿金傳道為他做一個建議。」

聽卓向先生這麼說，我才注意到曲老先生的身子相當異樣，他一直往左邊傾身，彷彿右邊的腳上繫了很重的東西。同時，卓向先生說他是廣西桂平人，也引起我的注意，因為那裡正是我的祖父的故鄉。我離開沙發，走過去，蹲下來，小心地把他的右腳放在我的腿上，好讓他不至於傾斜得更厲害。這時，我聞到他滿身草藥的味道，諒必右側的身子都貼滿了膏藥。我在他耳邊說：「曲老先生是廣西桂平人啊，我的祖父也是。」聽我這麼說，曲老先生很艱難地笑著，彷彿很高興，低聲的說：「真的？你祖父的名字是什麼？」我說出祖父的名字。他聽了，睜大了眼睛，似乎覺得很驚奇，說：「原來是老長官，在大陸時，他是我的營長，後來他一路當到了將軍，他還好吧！」我說：「作古了，十幾年前左右離世了！」他更驚訝，說：「唉！我真該死，這件事竟不曉得，當下屬的人真是該死！」他連連嘆氣，沙啞著聲音對我說：「你有機會要帶我到他的靈前去祭拜。」我說：「一定帶你去！」

客廳裡的人看到我們這麼親暱都笑起來了。

118

阿金傳道也走過來，蹲身，然後微微拉起曲老先生右腳的褲管，這時我才看到曲老先生的腳十分乾枯，皮膚萎縮蠟黃，青色的血管整個暴露在皮膚表層，猙獰難看。阿金傳道卻好像握住了自己父親的腳一樣，仔細的搓摩著，一會兒，他站起來，優雅的笑一笑，說：「曲先生，現在你只有腳傷的問題，沒有什麼精神上的問題，換句話說不是有什麼老戰友回來要找你，這一點你可以放心，至少我從你的身上感知不到，你信得過我嗎？」曲老先生聽了，似乎放心不少，連續點幾個頭，說：「我信，謝謝！謝謝！」阿金傳道笑一笑，又說：「所以，你以後可以不要再念咒語了，也不必再清空心裡的所有雜念，假如真的有什麼邪靈附在你身上，這樣做只會更糟，耶穌行道的時候曾作了一個比喻說：『有一個邪靈本來附在一個人的身上，後來被趕走了，那邪靈走遍了乾旱的地區，尋找棲息的地方，可惜都找不到，就說：「我要回到原來的屋子去。」於是邪靈就回去找那個人，發現屋子還是空著，而且打掃得更乾淨更整齊。它就又出去，帶回七個比它更凶惡的邪靈來，跟它住在一起。那個人後來的情況就比從前更壞了。』耶穌這段話的意思就是告訴我們，沒有人可以長久清空他心裡的念頭，只要他自覺心裡什麼也沒有，下一刻就會面臨更凶惡的雜念的侵襲，不知道曲老先生能相信耶穌所說的這段話嗎？」曲老先生聽了，更用力的點頭，他說：「我信！先前我的情況就是這樣。」阿金傳道接著說：「所以你應該把耶穌這個名字記在心裡，倒不是想祂長得怎麼樣，穿著又是怎麼樣，只要把名字記在心裡，有時間就向祂禱告，這樣慢慢就會好起來。老先生可以這樣做做看嗎？」曲老先生聽了，很高興的說：「我會努力這麼做。」阿金傳道說：「老先生放心好了，我會為你禱告，說不定就是一天或兩天或者三天以後，我會提供更好的意見，讓你參考。不過等一下我要先去你家看一看，讓我對你有更進一步的認識，你能帶我去嗎？」曲老先生連忙說：「一定帶你去！」阿金傳道說：「謝謝！」

之後，阿金傳道回到他原來的座位。

這時，站在老先生身旁的年輕人也向阿金傳道致謝，卓向先生馬上對我介紹他是曲老先生的繼子。這位青年有一副修長的體格，腳上穿著一雙testone的咖啡色休閒皮鞋，上身穿一件幾隻蝴蝶素描草黃汗衫，白色的薄長褲，腰間繫一條非常難見的名貴的鴕鳥皮的皮帶，在簡單的夏裝中顯露了一種高格調的品味，必然是一個成功的青年。

119

阿金傳道接著問在座的弟兄姊妹還有沒有什麼困難必須要他代禱，於是，許多人又說了他們的問題，阿金傳道一一為他們按手禱告。接著阿金傳道做了一個結語，他說從今天起，每個禮拜會抽一個晚上的時間前來參加卓厝莊信徒的聚會，他決定再回來這裡傳教。弟兄姊妹一聽感到高興，卓向先生隨後也甚為有力地說：「諸位，你們不必再到別的村莊聚會，在這裡聚會就行。只要小心不惹事，我們就不怕五龍廟。先前我們不怕五龍廟，現在就更加不怕了。我們應該邀請更多的族人來參加聚會，將我們的力量擴散出去。」

接著卓家的家人為大家準備的許多小點心和水果都端出來。阿金傳道做了一個謝飯禱告，開始招呼大家吃東西。我們開始拿了碗盤，在桌上取食用餐，大廳裡又恢復了熱絡，這時已經接近下午四點左右。

阿德和阿銘顯然是很熟的朋友，他們一面吃著餐點，一面走過來問我一些話。我自我介紹說是北部的一個神學院的學生，來這是為了尋找一個人。我順便問他們說，卓厝莊附近有沒有姓潘的大家族，他們想了想，說他們知道在靠近山的那邊有潘姓人家，至於卓厝莊附近，他們還沒有聽說過。

他們這麼說，我當然感到有一些失望。

吃了餐點後，弟兄姊妹一一離開客廳，阿金傳道站到門口一一的送別他們。阿銘扶著曲老先生往外走，在卓向先生的門口，阿金傳道走過來對阿銘說：「你先載曲老先生回家，我和阿傑馬上要到你家去一趟，你告訴我們你家的位置。」阿銘聽了，很高興，他說：「就在水泥橋附近，卓厝莊最南邊，我們家在魚塭旁邊，白色房子那地帶，你問附近的人，就可以找到我家。我先回去等你們。」阿銘說完，一再向阿金傳道和我道謝，扶著曲老先生坐進芒果樹下一輛Wrangler的越野車，向我們揮了揮手，慢慢駛離卓家。

我們也向卓向先生一家人辭別，此時我有點捨不得離開這個有著平安喜樂的聚會所，他們的勇敢和信心等於是為我上了寶貴的一課，我很少遇見過這麼能面對壓力的基督教團體。卓向先生一再地和我握手，表示今天能和我結識令他難忘，希望我神學院畢業後到這裡來傳教。

120

於是，阿金傳道走到室內向阿娥說了一些話，直到阿娥滿意讓阿金傳道離開為止；然後他就走到了停賓士車的路面來，這時，我們才發現旁邊有一家幼稚園，裡面有一位老師和一大群小孩在上課，歡笑的聲音十分響亮；那幼稚園裝扮成一個歐洲城堡的模樣，牆面有巨大的長頸鹿、大象、白雪公主、七矮人的鑲嵌，紅綠的顏色在陽光下閃閃爍爍。當中有一個駕著雪橇的巨大的聖誕老人的剪貼掛在門口，一棵聖誕樹還留在門口，顯然是去年聖誕節留下來的裝飾。阿金傳道特別在這個幼稚園的前面停了一會兒，和裡面的小朋友打了招呼。阿金傳道笑說近年來台灣也流行慶祝聖誕節，小孩大抵都知道聖誕老人的由來，卻沒有幾個小孩信基督，這是非常奇怪的。他表示今年的聖誕節，一定要到這個幼稚園來辦一場慶祝會，讓他們更加知道聖誕節的含意，我說這是好主意。然後我們雙雙坐進賓士車裡，駛離了這個村莊中心。

麥格那牧師，如果我今天沒有到這個卓厝莊，我恐怕無法理解人的率直和純真可以到怎樣的一種地步。記得您在課堂講述「耶穌行道事蹟」時，陳述過早期基督徒的本真，那時，您翻開了〈路加福音〉第五章，講論西門（注：就是彼得）如何很快地信了耶穌的故事，經文是這樣的：「有一次，耶穌站在格尼撒勒湖邊，人群擁上來，要聽他宣講上帝的話。他看見兩條船停在湖邊，打魚的人離開船，正在岸上洗網。耶穌上了西門那一條船，吩咐西門把船撐開，離岸幾步。耶穌坐下來，從船上教導群眾。講完後，他對西門說：『把船划開，到水深的地方去，然後你跟你的夥伴下網打魚。』西門說：『老師，我們整夜辛勞，什麼都沒有打著；你既然這樣說，我們就下網吧！』於是他們下網，捕到一群魚，漁網差一點破裂。他們就打手勢，招呼另一條船的夥伴過來幫忙。他們來了，把魚裝滿那兩條船，船幾乎沉下去。西門彼得看見這情形，就跪在耶穌面前，說：『主啊，請你離開我，我是個罪人。』他和其他夥伴對打到這一大網魚都很驚駭。他們的夥伴西庇太的兒子雅各和約翰也是這樣。耶穌對西門說：『不要怕，從今以後，你要得人了。』他們把船靠岸，就撇下所有的，跟從了耶穌。」您說這些漁夫是何等的率真，見到真理顯現眼前，就不顧一切追隨而去，當中「撇下所有的」這幾個字，更可以看出以前的人見道而行的勇氣，是完全不同於錙銖必較的現代人。說到這裡，您問我們說：「現代社會還有這種人嗎？現在還有這種人嗎？」當時，我們沒有一個人能肯定地回答您。然而，我現在所看到了卓厝莊的這些人，正可以肯定地回答您說：「有！現在還有。而且他們也大半是漁夫。」

121

我們沿著早上進入村莊的路線，再轉進小路，向著南邊的水泥橋直走，不久就看到出海口的海洋，我們在水泥橋的旁邊略停，這時的陽光明晃晃，正加緊照在海面上，遠方翻躍著更多銀色的海浪，就像一艘艘的小船，閃爍在一望無際的藍水上，潮水的聲音仍然是那麼浩大。

之後，我們轉入了一個小柏油路面，發現了左手邊有一片魚塭，和海岸平行，大概是開闢已久，一畦畦向前方羅列，層次分明，設備齊全，在最靠近馬路的魚塭修葺得極其整齊，周邊大半以水泥和卵石鋪成，田埂上幾乎都覆蓋了一層綠草和矮灌木，每一口池塘都停了幾架的抽水機，水花高濺空中，和藍色的池水構成一種優美的畫面。在魚塭區的盡頭有個小聚落，顯然就是曲老先生所住的地方。由這裡更清晰的看出聚落的美麗，它坐落在如煙似霧的熱帶樹木之中，露出了紅灰牆瓦，在魚塭和聚落的交界處矗起一排新舊不一的房子，有幾棟牆面皆白的現代屋子特別高大，在陽光下反射著光芒，顯示了這裡因為魚塭事業致富的人很多。阿金傳道為我介紹說：「這個地區的魚塭大多飼養虱目魚，是傳統式淺坪養殖，漁户收入雖然豐厚，卻很忙碌。你看那裡有人正撒著飼料，大抵都是米糠、花生粕、麵粉這些東西。其實，在這之前漁户更忙，從去年的初冬，他們就必須放乾池水、曬坪、整地、施肥、殺蟲、注水、在魚塭底層培育海藻，林林總總的工作，整整忙了兩個季節。一直到春末，才開始養育，現在才開始能有收穫。由於是淺坪式的養殖，魚塭的水深頂多在十五到四十公分，保溫相對的困難，虱目魚又不耐低溫，即使在攝氏十度時，就可能造成死亡。為了這個原因，這個地區的居民可說費盡了苦心。」

阿金傳道表示，三年前在初春時候就發生了一次災害，那次，寒流過境，這地區的溫度在幾天以內降低到攝氏五度以下，甚至到了兩度，幾乎所有的魚塭都無法倖免於難，至少有三分之二的虱目魚苗死了，即使在魚塭旁挖了深水溝，將虱目魚趕進溝裡頭，再加設防風屏來保溫也沒有功效，漁民叫苦連天。阿金傳道笑一笑說：「也就在那時，我進入了卓厝莊傳教一個月，村莊的人愁雲慘霧，當我開口講上帝的道理時，沒有人要相信我，他們都說這個世界已經沒有神，所有的神都死光了，才叫他們蒙受這個災難，幸好那時遇到卓向先生，否則我的傳教必然一無所獲，這是我最感到意外的傳教經驗。」阿金傳道又說：「不過這個事件後，我開始注意到這片魚塭的生態，在初冬時，我一定要到這裡來一趟，那時，他們會放乾這裡的池水準備曬坪，廣大魚塭區，只留淺淺的幾公分池水，所有的漁家都跑到這裡來撈魚，小白鷺都飛來覓食，一大片的白色羽毛會覆蓋住半乾的水池上，相當壯觀。」

阿金傳道說，根據他猜測，曲老先生的家就在魚塭和聚落的交界處；因此，我們加快速度將賓士車停在高大的木麻黃道旁，選擇了小路，彎彎斡斡的朝聚落幾家白色的房屋走去。

122

臨近聚落的魚塭的小路果然整齊，我們走了一段時間，在這春末初夏的時節，居然沒有遇到雜草的阻礙，草木乾淨整齊，和海邊的砂磧小路完全不同，甚至小徑上還看到許多的小花開在旁邊，陣陣的南風吹來，在每個池塘上泛起了一波波的水紋，閒適的熱帶味道濃厚。在幾棟白色房屋附近，我們看到有人正在起網捕魚，幾個人拉著漁網，逐漸向著岸邊靠近，被驅趕的虱目魚夾帶水花，蜂擁著跳離水面。我們在岸邊問一個老人家有關曲老先生的住處，他說：「就在那邊的馬路旁，那兩棵龍眼樹後面就是他的家。」

於是我們按老人家的指示，看過去，就發現路旁有一個古老的院落，夾在幾棟白色的現代化的高樓之間，雖然顯得略老，卻相當特別。我們立刻來到小院落的前面。果然，我們看到了圍牆外的龍眼樹下停了阿銘的Wrangler越野車和廢棄的一艘竹筏。小院落的兩側已經不是古厝，是現代化的建築，連同這個古老的院落也翻修了，成為低矮的淡紅磚瓦屋，但是樣式樸實無華，頗為乾淨，仍有古意。左側屋前的庭院有一棵大花紫薇，形成一個扇形樹冠，適值花期，六瓣紫花異常美麗，如同大群的蝴蝶撲飛在樹上。但是正身並沒有毀棄，是一個三合式的正身，屋頂覆上樸素的灰白屋瓦，沒有燕尾和剪黏的裝飾，但是門框以花崗石板構成，變成一個厚實的門口，門邊屋牆由細磚和石頭構成，樣式古老。那門楣的花崗石上刻有「里仁居」三個赭色的字。

小院落除了南風偶爾颳過和鳥叫的聲音以外，並沒有其他的聲音，它寂靜在熱帶的太陽之下，除了大花紫薇根部生長的地面以外，院子裡大都鋪了乾淨的水泥，曝曬著許多魚兒的飼料和許多的裝魚的籮筐，海腥味濃重。

阿銘果然站在門口等我們，他一見到我們，立即走到庭院的前面，帶著我們來到正廳，在跨過門口的時候，阿金傳道叫我先進去，他好像被兩扇門上的古銅環所吸引，似乎看到了什麼，在門口停了好一會兒。

當我踏進屋子，發現光線暗淡，古老的鋪著閩南磚的地面略為潮濕，不過客廳高大寬敞，大半都是磚塊和石頭的牆面，洗刷乾淨，通風良好，暑氣因而在裡面被削弱了大半。有幾張古老的精雕的楠木桌椅陳列在裡頭，乾淨的供桌前有阿銘家祖先的牌位，兩側掛著逝去的兩幅父母親的遺照。由房子的內外看來，從前的這個阿銘的家最起碼必定是小康之家。

123

曲老先生就坐在大廳左側的低矮的古舊靠背藤椅上，這回他拄著一支枴杖，支撐住右邊傾斜的身子，略暗的光線使他的臉龐更加的老態，灰色的衣服更加灰色，終而整個身子也顯得萎縮而老化不堪了。他見到了我們，顯得有些慚愧，招手叫阿銘過去，示意他蹲下身子，然後附在兒子的耳朵邊細聲的說了一些話。阿銘站起來，告訴我們說：「我繼父說謝謝你們光臨，不過他覺得很不好意思，因為我家在你們的眼光中一定很不乾淨，尤其客廳裡還有神案和先人的遺照，他希望你們能原諒他。」阿金傳道聽了笑起來，說：「曲老先生放心，你還不是一個受洗的信徒，按風俗習慣這麼做並沒有什麼錯，尊宗敬祖也沒有什麼不好。我還感到你家裡一切都很乾淨，是一個很重禮義的家庭。」曲老先生一聽放心下來，笑得很開心，他叫我也蹲身下來，沙啞著聲音說：「阿金傳道真是慈藹的人，不過他恐怕是同情我吧。」我趕快按照我的意思對他說：「阿金傳道一向如此，他很讚揚人家追念祖先，因為這表示對先人有義。他剛剛說的話不是同情你，他誇讚你的家是個禮義之家，這不是隨便說說的。『義』，也就是你名字上的那個『義』字，就是指公義、公道、公平，在基督教裡頭是很重要的，神第一個要拯救的人就是義人。阿金傳道的話似乎還有一個意思，就是說你在老年的時候其實不應該有這場疾病，因為這樣很不公平。」曲老先生搖了搖他衰弱的手，說：「很感謝你們這麼說，不過這都是謬讚，我這一生罪過不少，這裡也對不起人家，那裡也對不起人家，生這場病是應該的。我想神一定知道我打從年輕時就不怕死，所以特別用病來折磨我，要我還債，這才是真的。」我就說：「我祖父以前生病也常這麼說！」曲老先生聽了，笑了，沙啞地責怪我說：「我哪裡可以和老長官相比！」

阿金傳道這時也蹲過身來，對曲老先生說：「您的病應該是可以治癒的，剛才我在門口的時候看到一個異象，所謂異象就是一個類似夢的景象，它是神給我的一些提醒，我們基督教的人是很信這個的。我似乎看到您在一個醫院的病床上動手術，不是很大的手術，這個您可以放心，因為部位只是大腿骨的地方。您相信我所看到的這個景象嗎？我現在可以看看您的腳嗎？」曲老先生聽了，點點頭，叫阿銘把他老人家寬鬆的右邊褲管徹底捲到腿部，於是我們便看到他整個大腿處都是紅黑色的大塊斑痕，宛如凝血了一般，一直延伸到腰際。阿金傳道說：「您必是大腿骨皴裂了，您願意到醫院一趟嗎？在那裡醫生自然會治癒你的腿病。」曲老先生猶豫了一下子，最後下了一個決定，說：「好，我聽阿金傳道您的話，去一趟。」於是，阿金傳道站了起來，從他的上衣口袋中拿出名片，叫阿銘到他的身邊，說：「這裡有E港鎮C教會王牧師的電話，你打電話給他，要他帶你們到教會醫院診斷治療，請哪個醫生動手術你們不用擔心，一切由王牧師幫忙安排即可。我會再打電話和王牧師聯絡。」阿銘連忙說謝。

124

這時，曲老先生慢慢的由座位拄著柺杖站起來，大概由於做了決定，心情變得比較輕鬆，他說要到外面買一些東西送給我們，我們趕快勸阻他，但是他執意要去，於是我們放開他，看著他很困難地一步一步走到庭院外頭去了。阿銘轉過頭來，說：「我繼父就是這個脾氣，很執意他決定的事，是很有原則的人，等一下他會回來的。現在請到側面的房子坐坐，那裡的光線比較好。」

於是，我們一起走出了客廳，到大花紫薇旁的房子來。在這裡，阿銘先要我們脫鞋進入。這個房間的設備完全不同，我們剛踏進房門，就看到整間的房屋鋪了柏木地板，天藍色的四壁都放了矮書櫥，各種的書籍分門別類的擺在裡頭，從小學一直到大學的書籍都有；放字典和百科全書的一個書櫃尤其醒目，種類琳琅滿目，被擺放在門口的對面牆壁矮櫃裡，書脊上藍紅不一的字兀自發光。再細看之下才發現所有的書都經過細心呵護，老舊的書都加了護貝，光彩如新。在寬闊的柏木地板上擺著一張足夠七、八個人看書的巨大原木書桌，大概是檀木所造的關係，一直散發一種細微的木香，極為貴重；桌旁有五張楠木靠背矮椅，因為年代已久，凡是略為脫漆的部分都重新補修過。在三個邊牆開了三扇鋁門窗，每個都有一個半捲的天藍色百葉窗，由空隙望出去，可以看到隔壁鄰居院落的熱帶花木，裡面的空調宜人。與其說這裡是會客室，不如說是精細的閱覽室。

我們在原木桌前坐了下來，阿銘已經為我們準備了一壺咖啡，裝在一個透明的雕花玻璃瓶裡，旁邊有五個透明玻璃杯，杯裡都放著冰塊。當阿銘背對著百葉窗為我們倒咖啡時，我和阿金傳道一齊向他說謝。

阿銘喝了一口咖啡，說：「這個書房就是我們一家五個兄妹小時候念書的地方，以前比較簡單，現在經過我們的整理比較亮麗，這個房子有我們無限的眼淚、歡笑和記憶。」於是，阿銘告訴我們這個書房的故事：

125

原來，阿銘的家本姓卓，父親本是鄉鎮漁會的職員，又經營屋前幾口祖先留下來的魚塭，在卓厝莊還算有名望，五十一歲的那年，在濱海公路出了一個頗大的車禍，送醫後不治死亡。當時，家裡已經有五個小孩，阿銘年紀最小，年僅十歲，其他尚有大姊大哥念高中，二姊二哥念國中，正是家庭經濟最吃重的時候，當父親的遺體埋葬後，整個魚塭的養殖工作和小孩的教育就全落在了母親的身上，一時之間，母親難以應付這麼多的負擔。阿銘說：「那是一段愁雲慘霧的日子，叫母親無法承受，可是，又不知道要如何擺脫。」當時，大伯父和二伯父一直想分擔憂勞，可是終究他們有自己的事業，無法照顧周全，尤其是小孩的課業和未來，他們無法可管。母親的年紀已經四十幾歲了，小孩成群，談不上再嫁這回事。為此，兩位伯父傷透腦筋。

那時，大伯父在海邊經營養蝦事業，和海邊的班哨很熟，因而認識了曲老先生。當時曲老先生五十幾歲，是班哨的班長，曾和大伯父有來往，喝了幾次酒，兩人有了不錯的情誼。就在那時，曲老先生準備退休，大伯父就突發奇想，為他的弟媳作媒。曲老先生不是一下子就答應，當時，退役的老兵流行和山地的年輕女子結婚，而且已經有媒婆為曲老先生作了安排。可是，因為大伯父一再提起這件事，曲老先生拗不過大伯父的情誼，只好答應了下來，不過曲老先生說他不是很有把握，只能先住一段時間再看，結婚的事情先擱置再說。於是，在家裡的客廳，繼父和母親見了面，雙方都點頭答應了這件事。

阿銘說：「我繼父退休後來到我家，就像客人一般的陌生和羞澀。」當時，大哥大姊都不表樂觀，因為繼父表面看起來只是個粗俗的人，對這個家根本不理解。

可是，出乎意料之外，曲老先生是一個很肯學習的人，他說話的聲音一向很小，但對許多不懂的問題都問得很仔細。剛來時，他就稱呼母親大嫂，有關魚塭的經營，他一點一滴都向母親請教，然後一絲不苟地去做。那時，曲老先生的體力很好，一個人可以做兩個人的工作，事情既做得快又很精確，叫人嘆服，不出幾年的功夫，他已經是附近精通虱目魚養殖的漁戶。

126

阿銘一面勸我們喝咖啡，一面繼續說：「繼父對我們的教育也很關心。本來他識字不多，完全不懂教育，不想多管我們的學業。可是，當他知道父親生前很愛看書，也很注重我們的教育時，就改變態度，他曾對我們兄弟姊妹說過：『我不能對不起卓家。』」阿銘說他繼父開始關心他們的課業，凡是他們用過的書籍，他都仔細收藏，考過的考卷一定要詳細看分數，之後裝箱封存。到目前為止，他們曾用過的書和考卷沒有一本一張丟掉，至於獎狀，更是每張都收在一個鐵箱裡頭，有時他會一張一張的看，絲毫都不厭倦。他們兄弟姊妹也沒有叫繼父失望，功課一向名列前茅，為此，繼父更不敢怠慢，凡是考試前的一個星期，他怎麼也不准小孩離開課本，當然也不准小孩做魚塭工作。當時，他們做功課的地方是大廳的供桌，五個小孩擠在一塊，很不方便，光線也太暗，繼父很快的解決了這個問題，阿銘說：「這張原木桌已經有二十幾年以上的歷史，就是他來我們家一年以後，花掉了一大筆退休金特地從山邊家具行買回來的，當時在村莊非常轟動，因為沒有任何父親會購置這麼昂貴的書桌讓小孩念書。鄰居都認為我家太奢侈，可是繼父仍然低聲的説：『我不能對不起卓家。』二十幾年來，繼父從來不准任何人在這個桌上喝酒談天，除了我們兄弟姊妹以外，他禁止任何人使用這張桌子。我們也很能知道繼父的苦心，為此，在功課上就更加用心，我們兄弟姊妹五人如今都大學畢業，也都就業了。回想二十幾年來，繼父確實曾意氣風發過一陣子，當時，他常代表我家出入宗親會，和卓厝莊的卓姓宗親會有很深的交誼，也承擔很多的責任，深受大家的愛戴。可是，人終究會老，尤其母親在六十四歲那年死了，繼父似乎老化得更快。我們看得出母親的死給繼父很大的打擊，繼父是從來不哭泣的，只有兩件事情使他泣不成聲，一次是退休後的第三年，他海邊的班哨發生了暴行事件，一個老兵將班哨裡的老弟兄都消滅了，為此，他痛哭了幾個晚上，頭上添了許多的白髮；另一件事就是母親的死，當時他年屆七十五歲，為此，又大哭一場，整整有一個月不出家門一步。他是深愛母親的，而且是百般敬愛，他們後來總算是結婚了，但是他還是稱呼母親大嫂。當母親死後，他就失去了堅決的主意，尤其近一兩年來，老化得特別快，幾乎喪失了活下去的心意，對自己身體的疾病已經沒有耐性，讓我們很擔心。本來，我們兄弟姊妹都希望奉養他，想接他到我們各自的家去住，好就近照顧他，但是他老人家就是不接受，他不願意打擾我們年輕人的生活，總說魚塭需要他的照顧。因此，我們只好輪流回來看他，我在E港鎮的銀行上班，距離老家比較近，臨時發生什麼事情，我會先回來，再通知遠方的兄姊，他們也都會立即趕回來看他。綜觀繼父退休後的人生，幾乎都貢獻給我家了，老來什麼也沒有得到，就是僅剩的生命也不珍惜了，今天幸好有阿金傳道勸告他，要他動手術，否則情況只能越來越壞。」

阿銘濕濡著眼眶這麼說著，我們聽了感動起來，在不知不覺中，我沉沉的想起祖父失去祖母的那段老年的日子，那時他就病了，緊跟著昔日輝煌的將軍儀態也流失得點滴不存，他恢復了一般人的脆弱，眼神常空茫望著我們這些子孫，隔了幾年，果真去世了。我後來才領悟出，在祖父的俠骨裡，應該存在著等量的柔情，才能使他的一生保持平衡，當這個平衡被打破後，他再也無法安放他的生命於人世上，他尾隨他摯愛的人而去，寧非是最自然的事。我這麼想著，趕緊和阿金傳道去握阿銘的手，一再安慰他，要他寬寬心了。

127

不過，雖然曲老先生的老化令他的兒子女兒擔心，但是我卻暗中為他能有這個晚年感到驕傲和慶幸。我想在民國三十八年後來台的我們第一代外省人下層士兵中，要有曲老先生這麼好的晚年大概不多。他有這一大片的魚塭產業（雖說不見得是他個人奮鬥得來的），也有這麼孝順的五個兒女（雖說不是他親生的），但是整個事業都這麼順利，家庭成員都這麼和藹謙恭，在地方上這麼受人愛戴，至少是很難得看見的。我就想起以前在眷村裡的一個老人家的事情，那個老人家一樣是下層士官，有曲老先生這種樸素面貌、堅毅的個性、正直的品德，但所得到的卻和眷村外的曲老先生完全不同，那位老人家的家庭悲劇，總叫我難忘：

麥格那牧師，我不曉得您對「眷村」瞭解多少?毫不誇張地說，它就是我與父親成長的搖籃。一九四九年，政府與中共在大陸的角逐算是全盤輸掉了，內戰中的國府所屬各省軍民和人員都被遷退到台灣，到了一九五〇年遷入的人口大概有一百三十五萬之多。為瞭解決這麼多流離失所軍民的居住問題，政府開始興建了各軍種、各職業、各屬性的聚居群落，住户大約就是公務人員、軍人，及其眷屬，就叫做眷村。從眷村的名稱，可以反映每個聚落的職業背景。比如說陸軍就叫做「陸光」，憲兵就叫做「憲光」，聯勤就叫做「明駝」，空軍就叫做「大鵬」、「凌霄」。婦聯會捐款成立的就叫做「婦聯」、「華夏」、「慈仁」；商業機構也捐款成立的叫做「貿商」、「台茂」、「貿易」，不一而足。大的眷村可以容納四、五百家的人家，等於是個小鎮；小的只有十幾家。我家屬於聯勤這種眷村，有一百個住户，算是不大不小。剛開始，這些眷村大抵都是隨便而破落的，據祖父說，那時建築就是以泥塊或竹編為牆，上刷石灰構成外觀，後來再改成磚牆，藍、白、紅的色彩和反共標語就塗在那牆上，異常醒目。屋頂則是鐵皮、茅草覆蓋，後來再改成木梁，遮小風避小雨是可以的，但大風大雨則有所不能。我們眷區裡有日本人留下來的一排房屋，比較高階的軍官，就抽籤住入了裡面，之後，又抽籤進來許多下層士官，他們只能住在周圍另外搭蓋起來的簡陋的房子。因此，它變成一個地帶人家似乎比較高級，一個地帶就比較低陋了。雖是如此，但是由於眷村裡有共同的苦難意識，十分團結，因此不分彼此，形成了堅強的團體，共存感十分緊密。我父親說，在他們小時候，眷村是不分你家我家的，他們小孩就群體穿梭遊戲在每一戶人家裡，由隔壁人家的廚房跑到另一家的客廳，再跑到另一人的後院，玩瘋了。我父親還說，眷村裡的眷屬不但有山東、河北、河南、廣東、福建省籍的人，事實上也有閩南人、客家人、山地人的太太，形形色色，不同地區的人，構成了五花十色的文化，常聽到不同的地方口音，響亮在幾條橫直交叉的小巷裡，這是一個奇妙的世界。然而，我們也不容易與眷村以外的當地住民溝通，外地意識綑綁了我們，使我們無法很快地進入廣闊的世界，更擔憂與外界為敵。我父親說，當他懂事時，就知道眷村被包圍在一個他所無法融入的異文化世界中，對他而言，那是陌生、不解、敵意的一個世界。因為眷村以外的周遭地方，正是住了一大片又一大片的閩南和客家住家。

128

我說的那位老人家姓盧，聽人家說，他來自抗戰的聖地盧溝那個地方，就住在我家對面那排房子裡。薄薄的水泥牆，黑瓦的屋頂，構成了房屋；門口種了兩棵小柑桔樹，還有幾個經常落葉的盆花，還停著一輛賣麵食的攤子，他有一個來自山地略為沉默的妻子。盧老人家賣過許多的冰水和餐食，後來以包子最有名，是眷區裡最受喜愛的餐點。因為受歡迎，他甚至在眷區以外的地方也賣，生意仍然不錯。他生了一男二女，也都讓他們念了高校。在我懂事以後，我就喜歡他的兒子盧煥文叔叔，我叫他文叔，因為他很疼我。由於父親和他都是獨生子，又居住在對面，他們好像是一對至親兄弟。父親多次說，他和文叔一起讀書，一起串門子，一起遊玩，度過了整個美好的童年。不過，文叔後來和父親走上完全不同的道路。我父親在高中畢業後，按著祖父意思，去報考軍校，被錄取了。但是成績一向不差的文叔卻走了岔路，進入了黑社會。起因是從初級中學開始，文叔就與眷村外的一批本地人有了過節，這裡頭的原因可能是他隨著父親到眷村外做生意遭欺負的緣故。總之，文叔開始招呼眷村裡的少年，和眷村外的本省少年槓上了。盧老人家對小孩管教很嚴，常責備文叔，但是，收效不大。文叔在高中時，加入了一個外省掛，實際上開始踏入刀光劍影的社會裡。後來，又脫離外省掛，在縱貫線上跑單幫，隨身攜帶著手榴彈，不畏任何角頭勢力，大肆介入綁標、圍標的重大事件。在我上了國中時代，台灣曾流行所謂幾大槍擊要犯，文叔居然名列在內，他成了最狠的江湖角色。其實，自從我國小三年級後，就已經不常看到他了，他似乎離家不再回來。

我記得在我國小四年級，那時，父親已經是三顆梅花的營長。有一次，父親由軍營裡回來，換了一身的西裝，告訴我說：「文叔回來了，順便要看你。」我就說：「在他家嗎？」父親說：「不是，在一個約好的地點。」於是，我也換掉了學生服，和父親去到人聲喧鬧的金華街。我們走進一個略顯黯淡的咖啡廳裡。就在那裡，我看到了好幾年不見的文叔，他看起來，比我記憶中的文叔似乎來得更為高大強壯，穿著黑色的風衣，戴著一個墨鏡。他過來緊抱我，拍拍我的背部，讓我覺得很溫暖。他從他的鱷魚皮的手提袋裡，拿了許多日本製的多色原子筆、削鉛筆機、鉛筆盒給我，說他早聽到我的成績名列前茅，很尊敬我，所以在日本特地買這些東西給我。我就輕輕在他耳邊說：「文叔，我好想念你，要常回來眷村看我們。」他很高興，就說：「文叔離開眷村只是暫時的，將來還要回老家住。」而後，父親和他談了許多話，當中他們似乎有一些紛歧的意見，我記得是父親勸他不要再繼續做那些事，但是文叔卻說他已經是無路可退的人了。後來，他們彼此看著，一起苦笑。離別時，他給了父親一個紙袋子，要父親轉給盧老人家，然後就走了。我事後才知道，那些是幾十萬塊的錢。後來父親說，當他把錢拿到盧老人家的前面，盧老人家一腳踢翻桌子，沙啞地罵起來，說什麼也不要這些來路不明的東西；他警告父親，不得和文叔再來往，否則父親的名譽就要被文叔拖垮。總之，父親是被老人家轟出了屋外，什麼話也不敢說了。後來，我父親只好把這些錢轉給文叔的姊妹，謊稱是她們的錢，一點一滴交給盧老先生，可是據說，後來連這對姊妹的錢，盧老先生都不收了。我的印象最深刻的是國小六年時，那時，祖父已經去世，父親卸下軍職，轉任一般的兵役辦事單位，每天都回家照顧我。有一次冬天，深夜，他帶了一個人穿著夾克，腳蹬普通布鞋，戴著低低運動帽的人回來。我正在貼滿標語的客廳飯桌上寫功課，抬頭看這個人，嚇了一跳，原來是文叔。父親說，文叔剛從菲律賓回來，要見盧老人家一面，問我看到盧老人家回來了嗎？我說剛剛看到老人家在家裡。他們兩人很高興，就走出去了。後來，我聽到對面的盧家有動靜，趕快過去看究竟。當時，盧老人家大餐桌上放著一鍋子的肉餡、一鍋子的碎菜，還有堆疊成山的麵皮，狹小的客廳地面擺了許多麵粉袋，還有各式各樣的湯湯瓢瓢，非常凌亂。我就看到文叔跪在狹小的客廳僅餘的空地上，盧老先生拿了一個巨大的楠木粗板子，啪啪啪地打在文叔光裸的背上，壓低了聲音，沙啞地罵著：「不孝子！黨國的敗類！」我看到那板子打在文叔的身上，就泛紅、出血。是真的打的，直打到皮開肉綻。我知道，在凜冽冬天的寒氣中，這些傷口必定很痛。這時候，父親不知所措地站在那裡，只能畏縮著，不敢過去勸他。盧老先生打了一陣後，板子斷了，才歇手。然後，緩慢地走進旁邊的室內，拿出了一些白色的藥膏，抹在文叔受傷累累的背上，流著眼淚說：「兒子，我們雖有父子的名目，但是我們是無緣的。你是不該回來的，我就算是已經沒有你這個兒子。我沒有教好你，對不起黨國，你就永遠離開，不要再回來看我！」文叔什麼話都沒有說，他站起來，不敢穿上衣服，淚流滿面，叫他老人家保重，抄起上衣和夾克，由父親攙扶著他，靜靜地走離了盧家，也永遠離開眷區了。盧老人家去世以前的那幾年，一直在生病。我已經念了高中，常過去看盧老人家，他的情況和我現在看到的曲有義老先生相差不多，但是他說他還不想死，他一定要看到自己的兒子伏法，那時他才對得起黨國，才願意瞑目。果然，我高中行將畢業時，文叔在一場綁標事件中中彈，死了，屍體也沒運回來。隔年，盧老人家就去世了。

129

麥格那牧師，人活在世上，是否什麼事都很難說呢？這些老人家都是這麼正直、有義，就像是一個標準基督徒，但是命運的結果卻全然不同！我也想到所謂一個人的幸福問題，就像盧老人家有親生兒女，能與更多的同袍住在一起，就叫做幸福嗎？或者是像曲老先生孤單身處在陌生地方，並且深愛過這個陌生地的一草一木，貢獻了自己給別人才是幸福？我沒有一個定見，這些都不是我所能簡單做出判斷！

我這麼想著這兩個老人家，不禁就眼眶濕濡。

阿金傳道過來拍拍我的背，說安慰的話。

我說：「不要緊的，是曲老先生叫我不由想起了祖父那一輩的人而已。」

我們繼續和阿銘攀談目前銀行業的狀況。阿銘說目前金融市場競爭很激烈，拓展業務除了必須瞭解目前國內的經濟狀況外，還必須具有國際視野以及未來的眼光，他身為銀行的襄理，可說費盡心力，卻往往感到力不從心，他謙虛的說他大概已經黔驢技窮了，希望我們多為他禱告，教他更能在業務上增強信心。

這麼談論著，不知不覺中，我們喝完了阿銘為我們泡好的具有拿鐵風味的咖啡，唇邊甜甜的，奶香久久存留。這時，我們看到曲老先生回來了，他出現在書房的門口，身邊跟著一位和他同齡的老人家，不同的是那位老人家身體比較健壯，兩手提著兩個相當別致的淺藍色透明塑膠袋，裡頭裝著幾盒用保麗龍封箱的東西。曲老先生叫那個老人家把東西放在桌面上，他拄著枴杖，附在阿銘的耳邊，吩咐說：「這是我買給阿金傳道的冰品，你叫他帶回去給佈教所的人吃，用不著客氣，以後我還會叫人送更多的冰品過去。」

我們仔細一看，果然看到那淺藍的塑膠袋上有一灣漂亮的海岸線風景圖，風景上有一尾彎身跳動的藍色鮪魚，上書：「海產冰品。」阿金傳道極其惶恐，為曲老先生的破費再三致歉道謝。

阿銘笑了笑說：「沒關係，這些冰品是我繼父他們一大群老兵生產的，旁邊的這位老人家是趙老先生，以前還在海防部隊服務時也是班長。」阿銘介紹這家海產冰品的來源，他說在卓厝莊和E港鎮這一帶，這家冰品店一直很有名，在七〇年代的末期一群退役的海防老兵合資先在這裡買下了一家製冰工場，本來是供應冰塊給E港鎮的魚市，後來他們應這裡小學校的要求，將一些海菜和魚油加進冰裡，生產海產營養冰棒，廉價供應給小學生食用，誰知竟大受歡迎。於是，他們進一步把許多不同的水果加進海產冰品裡，變成獨一無二的產品，行銷在海岸線上，極為熱門，他們一大群老兵的生活也因此過得較好。近幾年，有人開始仿製這種冰品，所以生意略為低落，但是老兵年紀都大了，除了已經去世的人以外，老的都已經老了，也不在乎生意被搶，即使不賺錢也不在乎，他們現在生產這種冰品更加顧及真材實料。阿銘笑著說：「繼父就是這個脾氣，他送你們冰品，其實是找機會向人誇耀他們曾經做過這麼一樁事業，這個事業可說是他們一生中天大的成就，所以阿金傳道絕不可拒絕他的好意。」阿銘這麼說，我們都愉快的笑起來。

之後，阿金傳道還是一再勉勵曲老先生要到醫院做一次檢查，一切由醫師做主處理，我們都一起鼓勵著他，曲老先生一再地點頭說：「好！好！」

阿金傳道說他還要趕著辦一件事，不能不走了，將來他會到醫院去看曲老先生。

於是，阿金傳道和我再為曲老先生、阿銘、趙老先生做了一次禱告後，就提了冰品，離開了庭院，循著魚塭的小路，走回了木麻黃林下。這時，下午的海風已經颳起來了，我們意識到已經在卓厝莊耽擱太久的時間。於是，我們坐回車內，發動了賓士車，向著來時路，離開卓厝莊。這時，已經是午後五點半鐘了，太陽明顯的已經略為偏西，即使陽光再猛烈，在照射洋面時，慢慢失去餘威，那海面上，已經有捕魚船收攏他們的漁網，逐漸向著海邊駛回。

130

在離開卓厝莊時，阿金傳道在車上對我說：「我們必須趕回半島村莊去辦一件事，我和一個人約好了。」

我問：「是誰？」

阿金傳道的臉色立即嚴重地憂鬱起來，說：「就是剛成立的五龍神堂的范姓執行祕書。」

我知道這件事的嚴重，就說：「好。」

此時，天色已經不早，當我們又回到這裡時，天色稍稍要轉暗了。在這個黃昏時分，仔細看，半島村莊直通濱海公路交接處又是另一種風情。我猜測，半島村莊本來應該是舊的村莊，但是開了幾條大柏油路後，成為濱海公路附近四通八達的一個歇腳處，許多建商在這裡開始蓋起了房子，人就慢慢住進來。尤其直通濱海公路的地方，路都很開闊，有許多現代的高樓被興建起來，住戶還沒有很多，疏疏落落散布在大馬路的旁邊，許多的熱帶大樹垂下了樹蔭，覆蓋在道路的兩側。很顯然將來這裡一定會繁榮起來。

我們到了市場一帶，阿金傳道把賓士車停在市場前，這時買賣早就停了，很少有人出入，低矮的市場房屋，幾近空蕩。我們再走到街對面剛成立的五龍神堂來，這時，阿金傳道指著五龍神堂上面高高的三樓，說他約好的人就在那裡等他。我這時抬頭，才看到二樓高掛的五龍神堂招牌上，又掛了一個招牌，叫做「玉龍泉造園建築公司」，顯然這個建築公司就是五龍神堂的附設機構。

我對這個的名稱感到很陌生，也感到古怪，就問阿金傳道說：「那是做哪類的營造公司。」

阿金傳道憂慮地說：「等一下你就會知道。」

既然要到三樓，我們就踏入了五龍堂底層的大廳來。

進入這個大廳，我吃了一驚。它比我所想像的要寬闊，因為它顯然是兩個人家的住宅敲掉隔牆合併起來的樓房，可以容納的面積是一般住家的兩倍，裡頭安放了一個巨大的金色神龕，地上鋪了高級紅色地毯，橫陳的咖啡色神案桌寬闊，跪拜用的黃色墊椅排成一列，十分闊氣。特別是那神龕，幾乎占滿了整個壁面，彷彿一個橫陳的宮殿，橫披窗、抱邊花柴都是螭龍雕鳳，一律貼了金箔。兩根落地龍柱底座蟠龍吐珠，柱面上書：「五教皈依自此黑潮南來天下太平；龍神現身從今赤道北移國泰民安。」兩行楷書墨寶，雄渾有力，不禁使人敬畏。此時，室內在燈光的照耀下，現出了滿室金光，輝煌無比，已經有許多人在燃香拜拜。有五個二十歲左右的年輕人，一式穿著，他們抓出一個蓬鬆頭，上身穿著白色間著長條斜黑色塊的T恤，外搭黑色條紋硬領無扣背心，灰色窄管的丹寧褲，黑紅相間的無襪休閒布鞋，手戴不鏽鋼的橘色面錶，我無法猜測這種服裝要花多少錢，卻是很時髦的白黑色系列休閒服裝，氣派高雅。他們一見到我們，露出年輕的笑容，走到我們前面來。但是有一個婀娜多姿的成熟婦女比他們更快，走到五位年輕人面前，問我們要找誰，她對我說：「我們早上好像見過面對不對？」我一看，原來是我早上看到的倒出一桶熱帶魚的那位女士。我就說：「小姐您好，我們的確見過面。我們阿金傳道要見你們造園公司的執行祕書范先生，事先約定的，您能帶我們去見他嗎？」她笑起來，很客氣地說：「請上三樓。」於是，我們進入神龕後頭的迴旋樓梯，望三樓走，五個年輕人就跟在我們的後面。

131

到了三樓，又是另一番景致。這裡不愧是造園公司的辦公室，寬廣的地面上鋪了淺咖啡色的地毯，一組巨大高級柔軟的乳白色沙發在邊牆擺成了U字形；中間置了玻璃桌面的檀木低矮桌子，上面有一些乾燥花和一組乾淨的咖啡杯。之外，有一張乳白色桌子，四張咖啡色皮座椅擺在另一個牆邊。穿透性略藍的落地長窗，懸掛了透明的窗簾，隔離南向的日光，使空間有一種水色的感覺，典雅之中有一種寧靜。那女士到客廳後面的一個辦公室敲門，走進去。不久帶出了一個三十幾歲的中年男士，他的穿著和那五位青年類似，但是添了更多的名貴裝飾，我就看到他的手指有一個鑽石指環，另外他戴著金邊眼鏡，頭髮向後油亮梳光，很有練達於事的氣派。

他先和阿金傳道打了招呼，然後給我公司名片，要我在沙發上等待。然後和阿金傳道就進入室內，那五個年輕人一字排開，就站在客廳邊牆，沒有離開。那位女士到最後頭的廚房，替我泡了咖啡，告訴我不用客氣，還說她看得出來我是一個很有愛心的人，五龍廟就是需要我這種人。我說她太客氣了，事實上到處都是我這種人，我若有善心，還要向別人學習。然後她就下樓了。我一邊喝咖啡，一邊看名片，那裡頭赫然出現了納骨塔、墓園的字樣，我豁然大悟，就知道「玉龍泉造園建築公司」是做什麼事業的。

差不多有二十分鐘之間，三樓一片寂靜，諒必每個房間都有隔音設備，我聽不到房間裡頭有阿金傳道和那位中年人范先生的談話。不過，二十分鐘之後，我忽然聽到范先生的房間有了吵架的聲音，接著碰地一聲，好像有人摔了東西。接著門打開，我看中年人范先生滿面怒容，金框眼鏡歪斜，大聲吼著阿金傳道說：「你不見棺材不流淚，吃軟的你倒是不肯，非逼人家要你吃硬的！」他一把將阿金傳道推出了門口，也不管對方踉蹌或跌倒，又指著阿金傳道的臉，大罵一番。這時，我看到那五個青年臉面沒有了笑容，動作很快，馬上抓住了阿金傳道的胳臂，將他推向客廳，一路半挾持著他，沉默地再把他推向三樓的樓梯，正要往下走去。我立即站起來，拿了一個玻璃咖啡杯，一個健步，拉住阿金，將他與五個年輕人隔開，大喊：「你們幹什麼！」由於我的喊聲或許太大，或者被我披頭散髮的容顏驚嚇住了，他們倒退幾步，完全放開了阿金傳道。

我警告他們說：「你們剛來到半島村莊，就欺負這裡的人，當心你們吃虧！」我下意識抓緊玻璃杯，做勢嚇阻他們。

我帶著阿金傳道，一步步走下樓梯，到一樓拜拜的大廳堂，人立即多起來，那幾個年輕人不敢再跟上來。我問阿金傳道說：「剛剛那位執行祕書范先生沒有傷到你？他為難你什麼？」

文弱的阿金傳道臉色慘白，他說：「還好，他沒有傷害我，只是一再逼迫我要賣出佈教所前面那口池塘給他們。」

我說：「原來如此！」

我們走到門口，此時，天色已暗，華燈初上，各種顏彩的招牌光芒迅速地籠罩著街面。

阿金傳道就在門口的地上跪下來，向著五龍神堂的外面禱告，希望神能原諒這些五龍神堂的人，並解決這個困境。他再三禱告，不肯起身。

我也只好跪下來，一起做禱告。

那位中年女士就站在騎樓下，疑惑地看著我們，不知道其中的原因。

我覺得文弱的阿金傳道實在很可憐！

七點鐘左右，我們回到了佈教所來，不願把這件事告訴別人。

阿幸大姊來招呼我們吃飯，當我吃了第一口米飯後，才發現，我的嘴角已經很久不再流出血了！

132

接著兩天，我的「大空無」的疾病又發作了一次。也許是五龍神堂前的那個靈異現象引發了我的不舒服，或是我對那五個年輕人發了大怒氣的緣故，夜晚在古厝廂房整理手札的時候，就感到身心整個渙散起來，在深夜睡覺時，那無邊無際的空境又來造訪。我憶起了在高中念力學時，老師曾經為我們解釋了笛卡兒所提出的神祕的「宇宙力場」問題，如果我還能做個比喻，我就是墮入了那個無數漩渦狀的力場世界中，在那裡浮沉。我整個人都虛脫了，任由那渾渾浩浩的空無將我的身體、自我、意志都溶化掉，我在那世界中，尋不到定點，找不到方向。我想大聲呼叫，卻找不到嘴巴可以出聲；我要出拳，卻找不到我的身體。這是一個大監牢，或是墳墓，將我和萬物囚禁在他的牢籠裡。我感到悔恨、憤怒、不滿，但是完全無可奈何。具體地說，我不知道患了什麼大病，也無法自我診療，我被不知名的一種東西一口吞食吸納了。

可是，這次我學聰明了，不願束手就逮。在我尚未被吸納入那個世界時，事實上我能模糊感到那個無窮渾厚的虛空裡有一種東西，它竟不是完全的空無，而是存在著某種物。我用老子的那句話來加以解釋，老子說：「道之為物，唯恍唯惚。惚兮恍兮，其中有象；恍兮惚兮，其中有物。」這裡所說的「象」、「物」，就指出了這個所謂的宇宙本體（道）裡不是完全「無」的，它還存在著什麼東西，我肯定老子的說法是對的。不過即使老子本人，也沒有指出這個「象」、「物」是什麼。後來我知道有許多道家的解經者都強行解釋，大略就說是「萬物的未成狀態」。

這種揣測不難理解，我做個比喻：假如說萬物都是泥塊，現在我把泥塊都打破、研細、加水、用力攪拌，使它成為糊狀，那麼這個渾厚的糊狀體就是「道」，如此，當然糊狀體可能就隱約有泥塊的「象」或「物」。不過，我認為這些解經者只是妄加揣測，缺乏深究。老子所說的「象」或「物」絕非這麼單純，只要我細加體察，終有一天，它必定會暴露出真面目。我想這個宇宙本體就是個監牢，它企圖吞噬我，囚禁我，可惜就是沒有辦法殺死我，但是有一天，我必會正面發現它的本質是什麼。我帶著一種痛苦，在無法掙脫中，感到十分惱怒和不平。

133

麥格那牧師，我記起了在山上教會的一次生病時，您來到我宿舍的床邊所說的一段話。那時，我又一次告訴您說，我被一個宇宙的監牢所捕獲、所囚禁了。您和藹地坐在床邊的椅子上說：「孩子，我所見過的人當中，沒有一個像你這麼敏感，也沒有一個能像你一樣困知勉行的人。你說宇宙就是一個大監牢，這種說法是對的，一點都沒有偏差。」您說宗教追求的目標無非就像是馬丁路德所說的「獲得大自由」，如果站在這個觀點上，所有不追求「大自由」的宗教都不是好宗教，也不是正確的宗教體驗了。你說，在您還年輕時，尚未篤信基督以前，也追求過異教形形色色的神祕體驗。那時，您遠離了歐洲學術的本位主義，由小亞細亞向東，一直尋求異教的神祕經驗。您搜找一切的英文、德文、西班牙文、法文、古希臘文、古希伯來文的書籍，甚至學習了梵文，考察錫蘭文，研究中文，企圖找出所有神祕教的究極體驗，也迷上了那些體驗。然而，最終仍感到那些形而上的神祕主義者都很淺薄。就像是我說過的普羅提諾、愛克哈特、史賓諾沙、老子、大乘禪師、《奧義書》作者、《吠陀》撰述者……，都患了同一個毛病，他們只追求到一個所謂的「宇宙的本體」，就耗盡了他們的想像力，就像走累的一隻老馬，在半路休息下來，不肯再走，終而宣稱他們已經走到了目的地。其實，他們前面的路途還遠。照這些非創造論的神祕主義者，包括如今歐洲的尼采和海德格，本身就不具辨別力，在他們行路之前，已經有人立了一個「自然本體」的界碑在前面，當他們走到這個界碑時，當然就認為他們抵達了終點，從而終老在那裡，再也不評估這種體驗帶給他們什麼壞處，甚至把疾病當成成就，這是多麼叫人覺得惋惜的事。在異教有名的人士中，似乎只有生於公元前六世紀的原始釋迦牟尼願意再往前走，他的教義大聲疾呼這些形而上的神祕主義者都是「被繫縛」的人，他們的見解都是「被繫縛的見解」，而呼籲著所有的人都應該離去那種全然不正確的學說了。麥格那牧師，那時，我還記得，您談及異教的淺薄時，語氣當然充滿了不滿，然而我也聽到那裡頭含著無窮的感嘆和憐憫，我沉思良久，不禁對您肅然起敬起來。

之後，您就回歸到了基督教的本位來。您對我說：「孩子，我並不知道你為什麼得了這個病，也無力為你解縛，這種苦果並非所有的基督徒都要領受的，只有心細如髮、充滿辨證一如聖．奧古斯丁這類的人才會遇到。」不過您說耶穌就是去掉一切束縛的能手，能夠剷除我所有的折磨。說完，您去我的床邊的書桌上拿了《聖經》，翻到了〈路加福音〉四章16—19節，要我仔細查看，這段文字記載了耶穌在他的故鄉拿撒勒的猶太會堂所說的一段話，耶穌說：「主的靈臨到了我，因為他揀選了我，要我向貧窮的人傳福音。他又差遣我宣布：被擄的，得釋放；瞎眼的，得光明；受欺壓的，得自由；並宣告主拯救他子民的恩年。」麥格那牧師，我真要感謝您對我的教導，使我在大疾病的失望中有了希望。

134

在這兩天之中，儘管我身體有不適，但是阿金傳道還是用那輛名貴的賓士車載著我，跑了幾個村莊，使我對這個南部地方和「使徒復興教會」有更深的認識。比如說我們去到了一個鐵路車站旁的小村莊，叫做「北洋厝」，由眾多傳統廟宇看來，顯然是閩南人的聚落。那裡算是熱鬧的地方，如今有了許多「使徒復興教會」的信徒。阿金傳道說，這裡本來很難找到基督徒，可是，三年前，他在一所停業的酒家門口前遇到了一個簡姓的老人家，他自稱是這個酒家的經營者，就彼此談話。這位風燭殘年的人滿臉蠟黃，有無數的肝斑。他知道阿金是基督教的傳道後，就請求為他做禱告。臨別時，阿金傳道把禱告的方法告訴了這位老人家，幾天後，聖靈降臨了簡姓老人家的身上，他本來在床上跪著，聖靈使窗户都譁然震動，接著整個身體都凌空彈跳起來，跟著疾病居然慢慢好轉。當阿金傳道再到北洋厝的時候，簡姓老人家全家和幾個他收養的義女家庭，都願意歸信受洗，成了基督教徒，隨後更多人家都加入教會，也成立了一個聚會所。這位簡姓老人家其實已經七十幾歲，滿頭白髮，頗有老紳士風味，年老的身上還有風月場所的那種奢華。當他帶我們來到他昔日經營的酒家門口時，我吃了一驚。它顯然是街角三角窗的一棟日式建築，具有巴洛克的那種歐洲風味，只是山牆上的雕飾已經剝落了，舊的牌匾寫著「浮水紅樓」，相當好的一個名字。他說這是日本時代日本人經營的酒家，戰後由他父親繼續經營，以聲名響亮的台菜招攬沿海地方喜愛漁色的顧客，六〇年代轉到他手上，實際上早就是附近這裡有名的風月場所。當時許多大商家、政客都出入在他的酒家談事情，確實曾有一段繁華的歲月。九〇年代後因為城市興起酒廊，傳統的顧客年紀已老，他的酒家生意衰退得很厲害，再也難以支撐。小孩也都不做這個行業了，他也得了肝病，就停掉了營業。這棟房子準備捐給縣政府的古蹟保護單位，作為歷史紀念。簡先生客氣地說，他信教後，才知道自己是罪惡深重的人，雖然也許他曾救濟過許多酒家女，甚至也收養她們成為義女，也為她們安排了終身大事，同時他這一生也為地方做了公益事情，對地方盡了一些不足道的心力；然而酒色原來就很傷身，不知道他這一輩的人有多少人因為這個酒家而喪命，如今他有了肝病，算是神對他的處罰。他現在什麼事情都不做了，就每天讀經，希望神可以緩和對他的怒氣。

麥格那牧師，我聽著簡老人家的滄桑敘述，再走過酒家面前的這個村莊和鐵道，彷彿踏過了長長的這個土地的真正歷史，感到接觸到真實土地的震顫和訝異。我想到在這個世界上，每個人的生命本來就都是一種奇蹟，而能夠洞察到自己生命裡深深的罪惡，則是奇蹟中的奇蹟。

雖這麼說，這兩天，阿金並非就是完全愉快、無事。

我看出來阿金傳道其實不輕鬆，雖然我身體不適，但是他的精神狀態可能更壞。我注意到他的偶像明星一般的臉整個都瘦了，憂愁甚深。他面臨逼迫，正在禁食禱告，三餐幾乎不吃，尚且還沒有得到神的任何回答。劉教授的壓迫正在摧毀他，翦除他，驅逐他，叫他沒有立足之地！

我總覺得，古厝的佈教所正面臨一場即將來臨的狂風暴雨！

135

第三天，我如常七點鐘在廂房起身，就發現早霧把整個古厝區都包圍了，而且正值濃厚，五步之內，看不出前面的物體。我摸索著去洗衣的井邊梳洗，又摸索到餐廳，和阿金傳道、阿幸大姊吃了早餐。又回到廂房時，霧仍濃厚地包圍了四周。我只好坐在廂房的椅子上看著您所著的《在台灣的西洋傳教士》一書，靜等濃霧轉薄。

到了八點半鐘以後，朝陽逐漸猛烈，使霧逐漸散去，我能看到比較遠的景物落在大霧中。這時，忽然聽到庭院外傳來陣陣的喧鬧聲，夾雜著敲鑼打鼓和叫喊聲。我感到很意外，就走到大廳來，向阿幸大姊問明什麼事這麼吵鬧。阿幸大姊先說：「沒什麼事，大概有人對佈教所不滿，又來鬧事。」阿幸大姊雖這麼說，但是我感到她美麗的臉孔有一種不安，或者說是一種恐慌。隨後，阿幸大姊附在我的耳邊叮嚀說：「阿傑，等一下阿金可能要出去處理這件事，或許要勞駕你在旁邊照顧他，你出去之前記得要穿好你的鞋子，紮好你的腰帶！」我聽了，知道事情臨到了，就迅速離開了餐廳，回到廂房，在轉薄的霧中越過庭院時，順手在地上撿起一支尺長的九芎角木，將它帶回來廂房。這時我在通鋪上又將長筒的登山布鞋套入腳裡，檢查了我的寬面皮帶，將它束緊；同時，我將角木插在腰際的皮帶上，再把鑲金的白色麻紗上衣拉出腰帶之外，蓋住腰際。此時，我再用橡皮圈把頭髮束成馬尾，無暇整理難看的容顏，就走到庭院來。

在逐漸蒸溶散開的霧中，緩步到敲鑼打鼓的庭院前，要看看究竟發生什麼事。

霧仍然濃厚，但是轉薄快速，雖然浩渺沒有邊際，不過已經能夠看出比較遠的大物體。排列在道路兩旁的古厝的輪廓仍然可以浮出來，後面市集的代天府燕尾如同騰雲的異物，若隱若現在霧裡的空中。

在霧濛濛中，我看到池塘邊所砌的結實的磚塊堤岸邊站滿了人影，幾乎把巨大的池塘包圍住了。不過，馬上我也看出這些人不都是一夥的，應該是兩派對峙的人馬，他們各自站在池塘的兩岸，相互叫陣。很意外的，我看到三天前見過面的卓向先生和丁姓的阿吉桑也站立在北邊的池岸；尤其是卓向先生看來十分激動，一直指著對方的人馬喊話。他一見到我，立即走過來，迅速的將我拉到池邊，叫我站定一個位置，於是我看到了我和卓向先生的兩旁，一排二十幾個「使徒復興教會」的人，很有秩序的散開，把北邊的池岸占領起來。我問卓向先生究竟發生了什麼事。

卓向先生說對方是潟湖旁邊「五龍廟」的信徒，來這裡鬧事已經好幾次了，阿金傳道為了息事寧人，從沒有嚴厲的苛責他們，不料對方越來越囂張，三番五次到這裡敲鑼打鼓，人數和道具一再增加，鬧得這裡很不安靜，「使徒復興教會」的成員只好組織起來，在這裡和他們對抗，希望趕走他們。昨天他就知道今天有更多人馬要來，所以他早就已經來到這裡，想要協助阿金傳道。

136

卓向先生說，本來佈教所和五龍廟沒有直接的瓜葛。但是在半年前，一位五龍廟的信徒生了大病，劉國棟雖曾為他燒符進行治療，也許是漫不經心的緣故，沒有改善，就到古厝來向阿金傳道求治，經過許阿金長久耐心的禱告竟治癒了，後來居然變成受洗的教徒。由於這位弟兄是潟湖一帶的養魚大户，以前每年樂捐給五龍廟的金錢十分巨大，受洗後就停了樂捐，劉教授無法諒解這件事，把憤怒轉向「使徒復興教會」，開始阻絕阿金傳道在潟湖一帶的傳教，表示一旦阿金傳道出現在那裡，要對他不利。後來又有一次，當阿金傳道在佈教所的大廳為所有的訪客禱告時，聖靈大大降臨，使客廳的桌椅都搖動起來，恰巧有一隊五龍廟的獅陣由佈教所前面的馬路通過，所有獅陣的人都被擊倒在路面，爬不起來。雖然事後，阿金傳道向他們道歉，但是劉教授不願罷休，他就把矛頭指向佈教所，揚言要買下這池塘，逼迫許阿金傳道離開古厝。他三番兩次前來古厝要找許阿金傳道比賽法力，想將阿金傳道的名聲壓低，同時他宣稱如果阿金傳道在法戰中輸了，就應該把古厝前的這口池塘轉賣給他。他唆使古厝的舊屋主的兒子，宣稱古厝在賣給阿金傳道時出價太便宜，按舊屋主原來的意思，賣出的部分應該不包括屋前的這口池塘，現在應該將池塘還賣給舊屋主。劉教授也已經說服古厝的舊屋主，答應要高價收買這口池塘。雖然這些都是劉教授的如意算盤，本來就和土地契約不符合，不過「使徒復興教會」的人都擔心，因為大家知道劉教授的法術不但多樣且極其神驗，阿金傳道除了禱告治病以外，法力有限，怎能在逼迫中取得勝利？在劉教授的逼迫之下，說不定阿金傳道真的就放棄了這口池塘。劉教授如果取得這口池塘，將來必會把池塘填平，蓋了一家五龍分廟，整天焚香做法，敲鑼打鼓，那麼阿金傳道的佈道活動必將瓦解。阿金傳道一向不願和劉教授正面衝突，也不接受任何的挑戰，企圖拖延這件事。五龍廟在得不到回應時，一個月以來常在這裡鬧事，每次都將池塘團團圍住，在池邊作法焚籙，干擾阿金傳道的佈教。「使徒復興教會」的人也曾央請議員來調停這件事，但劉教授拒絕；也有人想向警方告發，但是被阿金傳道勸下來，為的是不想使雙方的怨恨越結越深。這幾天，五龍廟對阿金傳道的逼迫日甚一日，他們對外宣稱，五龍神已經進駐這一口池塘，將要消滅許阿金傳道所服侍的北半球神祇，他們要加緊到這裡來迎神做法，使五龍神更加有光彩。五龍廟的謠言相當厲害，無法分清虛實的半島村莊的人開始疑神疑鬼，竟有人說曾在這口池塘看到五龍神現身。

教會的弟兄們感慨的說，想不到這口名不見經傳的池塘會生出這麼多風風雨雨，成為民間宗教和「使徒復興教會」的衝突點，大家還不知道許傳道有沒有辦法應付這種衝突。

137

我們談話的時候，霧裡頭開始滲入了太陽紅色的光線，這些光線使霧慢慢變成白色透明了，當紅色光線轉成金黃時，霧就消散了。太陽已經高升，東邊山脈就露出了青色的姿影，大地恢復了明晰，近處的屋宇、檳榔樹、藍天纖毫可見。這時，池塘對面五龍廟的舉動就完全暴露在眼前。

對方果然人數眾多，起碼有百人，站在南邊的池岸上。當中最醒目的是一條幾十個人抬著的大黃色變形的中國龍，最起碼五十公尺以上，鱗片以黃色為底、藍色鑲邊繪成；龍鰭則是紅色；龍頭、龍尾的顏色仍以黃色為主，間雜有一些其他顏色。最特殊的是龍角有五支，形狀彷彿是鹿角，每支都分叉成兩小支，因此容易叫人誤以為是十支角，全都漆成黃色。整體個看起來，就是一條鮮豔的大黃龍。它非常巨大，一直由池塘的一邊延伸到另一邊，因為太長，加上圓滾的黃色身子，看起來就像是一條大蛇，聲勢驚人，只是世界上大概也找不到這麼巨大的蛇類了。至於抬龍的人，一律身穿黃色寬大衣褲，腳穿黃色布鞋，頭綁黃色布條，腰身綁紅色腰帶，極奇躍動有力。五龍廟長久以來，就是以這個龍陣壓服其他寺廟，凡是節慶或鬧事，他們就把這條龍抬出來，一面舞龍，一面燃放鞭炮敲鑼打鼓，在硝煙瀰漫中穿梭叫陣，極其囂張。這條龍出現在這裡已經不是第一次。卓向先生說五龍廟的人號稱這條龍有一百節，是台灣唯一的巨龍，但是實際上它違反了一般龍的製作，因為民間有規定，凡是龍身一定不得超過九十九節，況且節數只能單數，不可以雙數。有一次，有人大聲的責問他們的龍不符合民間規定，劉教授不在乎，他說這是五龍神的意思，不是他規定的。

果然，即使外行的我，也看出在池塘靠近馬路的這一邊，還有一群變相的八家將。說是變相，因為他們共有九位。卓向先生說，所謂的八家將，任何人都知道是「范、謝、甘、柳」四將軍以及「春、夏、秋、冬」四季神，頂多加上差役、文武官、判官，共有十三位。但是五龍廟故意在八位以外又多出一位龍將，而且龍將置中，使其餘八家將都成為左右護法。卓向先生說，曾經有一家潟湖附近代天府的八家將對這件事情很不以為然，親自到五龍廟興師問罪。可是，五龍廟的八家將聲勢奪人，一場比賽下來，代天府扮演八家將的人都陸續生了病，查不到病因，似乎還有人很快就亡故了。這件事抬高了五龍廟的聲望，叫人更加相信五龍廟的法力。

我還看到池塘不遠處的馬路上停了兩輛搭著篷子的大卡車，裡頭有許多的座椅，大黃布條結在車外，顯然是運送信徒前來鬧事的卡車。

此外在池塘邊、馬路邊、古厝的圍牆邊還有大約百來個人，或者穿了拖鞋，或者穿著便鞋，很隨意的站在四周，這些人並不是五龍廟的人士，而是前來觀看的本村人士。阿吉桑說，這些人有小部分對於五龍廟破壞居家安寧很不以為然，但是對於「使徒復興教會」也沒有很深的認識，無法仗義執言，倒是湊熱鬧而來的比較多，說不定有人正期待著五龍廟能將「使徒復興教會」一舉打敗。

空氣隨著太陽的高升燥熱起來，五龍廟的人士開始在池邊燃放鞭炮，鑼鼓笙鈸都響起來，好像就要做一場法事。

138

這時，我看到阿金傳道和阿幸大姊由庭院中走出來了，「使徒復興教會」的信徒有人跑過去跟在他們的身邊，橫過馬路，走到對面的這口池塘來。很意外的，阿金傳道雖然精神尚未恢復，但他換下了平常的服裝，又穿上我第一次見到的那套優雅的裝扮——軟黑長西裝褲，黑色的皮鞋，黑色的外露的麻紗薄短上衣，腰間繫一條銀色的鏈帶，拉高的黑色領子下的頸子掛了一條極細的金鍊子貼緊皮膚，兩個手腕也掛著綠色手鐲，左右手都戴了綠翡翠的戒指。臉面恢復到頹廢派偶像明星那種打扮。也許是太陽光強烈的緣故，我看到許阿金的黑色麻紗衣服和長筒靴似乎更加的黑亮，而阿幸大姊翠綠的衣服更加耀眼生花。

他們兩人站在池塘邊的馬路，我們當中一些人由池塘邊迅速跑過去，將他倆圍住了。卓向先生臉帶憂慮地說：「他們又來鬧事了，這次人數最多，恐怕這次沒有辦法那麼容易善了。」阿金傳道的臉色蒼白，卻安慰了卓向先生一陣子，說：「這是人之常情，因為我們低調，就一定會引起他們更加驕傲。也許從開始以來，我們的做法就錯了。我不該什麼都不答應他，這次我希望正面回應他們的要求。」阿金傳道表示要前去和對方商談。卓向先生一聽，更露出憂慮的臉色，說：「不，不！你千萬不可以答應將池塘還賣給他們，這是他們的陰謀，以前我們已經討論過，不可上當。」阿金傳道說：「您放心，我不會這麼做的。」這麼說著，阿金傳道走出我們的包圍圈，向著對岸的五龍廟信徒走去。

這時，阿幸大姊拉了拉我的衣角，示意我跟在阿金的後面。於是，我也走出人群，緊跟在阿金傳道的後面，向著五龍廟的信徒那邊走。當我們這麼做時，對方五龍廟的人立即停下了他們的鑼鼓，彷彿準備廝殺似的擺好陣勢，空氣頓時完全寂靜起來。

我開始緊張了，阿幸大姊已經告訴我，對方有一些人對阿金傳道很不客氣，恐怕會動手，要我特別注意他們的動作。當我和許阿金傳道走到八家將的前面，果然他們塗滿顏彩的臉孔一起轉向我們。我看見帶頭的就是那位龍將，他的臉以鼻梁分開，以紅色為底，用白色的顏料，各畫出了一幅流利的符咒，如果不用宗教的眼光來看，這的確是一幅很好的抽象畫，不過他戴了一頂金色的冠冕，上面飾以五支黃角，看起來就有一點要壓迫人的味道，何況他的手上還執著一把兩面尖利的鯊魚劍。不過我的注意力不在他的身上，我相當在意旁邊那位戴著白色高帽，上書「一見大吉」的范將軍，他穿紅色的長褲，外紮兩片白色畫符的長褂，腳蹬白襪白鞋；白色薄上衣一邊有大長袖一邊完全無袖；腰際紮一件畫八卦的肚兜；肩上披了紅底黃字的范將軍肩帶，就像是一個軍營裡的值星官；尤其他的臉上以白色為底，彩繪黑色的翅形圖紋，十足帶著侵略性；手上拿著一個頗大的紅色權板，可能是用堅硬的木板打造。我們每走一步，他就緊緊跟著一步，彷彿要對阿金傳道不利。我緊張起來，把手伸到衣服底下，緊緊握住腰際腕粗的角木，以防萬一。我先用眼睛瞪他，大概我的臉也很難看，他先被嚇住，又看到我的衣服底下隱藏了東西，所以倒退了幾步，一直維持著大概五步的距離，不敢欺身上來。

139

阿金傳道對這些渾然不覺，他一逕走到八家將與大黃龍所處的交界地帶，這裡站著大大小小幾個穿著十分體面的人，我絲毫不曾看見過他們，不過可能就是五龍廟比較重要的人士；另外旁邊立著一頂黃光燦爛的小神轎。阿金傳道羞澀地笑著，向一個站在神轎旁的人打招呼說：「劉教授，你們今天又來，真是辛苦了。」當阿金傳道說完，我立即往前站在他前方約一步的距離，監視著那個人。顯然的，他就是劉國棟教授。這時我吃了一驚，他就站在那裡，完全推翻了我猜測中的商人或學者的那種印象。這個人大概已經六十幾歲，相貌驚人，頭髮黑白間雜，髮絲粗而密，像頑強的鋼絲一般披散在後肩，額頭寬大皺紋密佈，圓大的眼睛陷在凹凸分明的臉龐裡，眼眶深陷，皮膚棕黑。露在短袖衣服外面的胳臂相當粗壯，手肘和手掌的關節特大。雙腳似乎也比一般人長，似乎很有力量。總之他有一種威壯高碩的外型，在照面之際，我誤以為他是外國人。他穿了一身的迷彩服裝，不小心看就以為是海軍陸戰隊的衣服，其實是一套叢林探險裝，有許多的小口袋，布滿在上身的衣服上。腰際繫了四個指幅寬的綠色厚皮帶，掛了一個迷彩水壺，還有空的迷彩藍波刀的刀鞘。總之，他彷佛是一個終年穿梭在熱帶叢林中探險的人，叫人感到神祕而不可測。此時，他不失教授風度，笑意盈盈說：「非常抱歉，這次又來打擾。這本不是我們的意思，一切都是五龍神的主意，希望你們包涵。」阿金傳道聽了，小心地說：「劉教授不愧是有信仰的人，很善於聽從神意，我也略懂得人在神國身不由己的道理，不會責怪你們的。」劉教授點點頭，指著己方所有的人，說：「謝謝許傳道的寬宏大量。其實我們也都是講理的人，只怪你對我們提出的要求完全不理會，才會變成這樣。譬如說上次，我們帶來幾個腫瘤和脊椎彎曲的人，想和你比一比神蹟治病，你卻推辭了，所以我們只好又前來一趟。假若當初你能即刻將那幾個人治好，我們在佩服之餘，絕不敢再前來打擾，也不會再提要買下這口池塘的事，從此五龍廟和你井水不犯河水。」阿金傳道搖搖頭，說：「不不，你們誤會了。其實不是我不治療他們，而是我真的沒有這個能力。」劉教授開始不高興起來了，說：「我們明人不說暗話，我不認為你沒有這個能力，你還是很行的。事實上是因為你怕治療的速度輸給我們，所以你拒絕了比賽。聽說你治病都要經過幾天的禱告，還不一定有效果，而我們治好病只需瞬間。不過，你的逃避只會使事情更複雜，換來的只是人們的嘲笑。今天，我仍然要請你和我們做一場比賽，你覺得如何？」阿金傳道說：「這麼說你們又帶來了一些病患對不對？」劉教授惡戲地笑起來，說：「如果這次我又帶來病患，那就顯示五龍廟毫無創意。今天我們換一個戲碼，我們和你比賽水上行走！」劉教授說完，把他身旁穿著中學生制服的一個十三、四歲的小孩子拉到面前，說：「他是劉正南，我的兒子，五龍廟先知二世。他的年紀還小，沒有時間讓他長久浸淫在神的大能中，因此法力有限。但是今天就由他和你比賽。比賽的方法是由你們兩人，不依賴任何的工具，完全憑著一雙腳，他由南邊這一岸走到你們北邊那一岸，你則由那一岸走到我們這一岸。不計時間，只要腳掌以上兩指幅不沒入水中，能走得到對岸，就算獲勝。你認為合理嗎？」劉教授若無其事的說完他的話，周邊站立的人，包括八家將全都露出驚訝的神色，可能是他們從沒有聽說過有人可以用腳行走在水面的這種怪事，不要說他們，就是我也大吃一驚。我注視眼前這個平常打扮的中學生，他穿著白色的繡有校名的短上衣，卡其色的短褲，理了十分合格的短頭髮，而且長得眉清目秀，料想他在學校必是品學兼優的學生，完全看不出他的異樣，劉教授必十分疼愛這麼好看的孩子。正因為如此，我感到阿金傳道遇到一個極難纏的對手。果然，阿金傳道一直搖手，他說：「不行，不行。我哪有這個本事，假如我真有這個本領，那麼我何須辛苦為人改運，我只須表演這種技術，一定有許多人跟著我信教。這種技術除了被釘十字架以前的耶穌可以做到以外，我還沒有聽說過有任何的信徒可以做到。」劉教授聽了，哈哈的笑起來了，他說：「李傳道不愧修行到家，處處謙讓。不過，你說出一個事實了，除了耶穌外，貴宗教沒有任何人可以做到這一點。然而被你們視為極難的事，對於我們卻十分容易。這樣好了，我也不為難你，只要由我的兒子走過水面就行。換句話說，如果我的兒子能由這邊的岸上下水，走到北岸，那麼你們就輸了，你必須賣出這口池塘給我們；如果不幸他走不到對岸，我們就輸了，我們從此不再到這裡來鬧事。我可以指天發誓，說到做到，你覺得還公平嗎？」劉國棟教授說完，五龍廟的重要人員和八家將都竊竊私語起來。這時，本來站在四周觀看究竟的村民開始有人圍過來，要聽他們兩人的談話。阿金傳道聽了，遲疑了很久，臉色非常艱難，說：「真的嗎?你真的要劉正南小朋友走過這口池塘嗎？」劉教授聽了，用強健多骨節的手，在迷彩裝的一個口袋中拿出兩張事先印好的紙張，遞給阿金傳道，說：「當然真的。這是契約，我們雙方的承諾都寫在上面了，只要你我簽字就行了。這裡有這麼多人為證，我不會毀約的。」

140

我這時才真正感到不安，因為我看出來劉教授早就計畫好了這件事，而且胸有成竹，否則他不會事先寫好這張契約。也就是說，劉國棟對劉正南能行走水面這個本事一定有十足的把握，可能事先已經演練了許多次。我對劉正南能行走水面一事持保留看法，但是再傻的人都不可能做沒有把握的事，這個比賽還是五龍廟的勝算比較大，我不希望阿金傳道上當，他應該拒絕這樁賭注。我向阿金傳道搖一搖頭，意思是叫他千萬不要中計在契約簽字。阿金傳道知道我的意思，把頭轉過去面對劉教授，他說：「既然有這麼多貴寺廟的人和村莊的人為證，那麼我們也不必簽什麼契約。也就是說，今天劉正南小朋友能不能走過池塘，我不知道，但是假若他走過了，對於賣池塘這件事，我不會不加以於考慮！」阿金傳道說完，就不再說了。劉教授冷笑了一聲，說：「很好！那麼我們就在眾人的見證下，池上見真章。我也不怕你不賣出這口池塘！」於是，劉教授示意他的陣頭做了準備。阿金傳道蒼白著臉，向我使個眼色，我們迅速的退回到原來的這一岸來，和卓向先生、丁姓的阿吉桑並肩站在一起，注視對岸。

所有的「使徒復興教會」的人一起擁過來，問我到底發生什麼事。我大略告訴他們說，阿金傳道和劉國棟教授的兒子將要進行一場爭戰，按規定如果劉正南走過水面到達這一岸，那麼五龍廟就算勝利了。大家聽了，頓時喧譁起來，當中有幾個人不相信劉正南有這個本事，開始罵五龍廟是騙子。但是一位在潟湖附近經營魚市的弟兄說他曾經在五龍廟的廟埕看過劉正南的表演，這個小孩在一個請神的儀式中，叫自己能站在一盆浮木上達三分鐘之久。我問卓向先生說是否有這件事，他說他也曾聽過許多人這麼說。這時，風聞劉正南這個小孩要走過水面的村民都走向兩岸，想詳細觀看究竟，情況因之變得亂了起來。卓向先生問我對這場爭戰的看法，我對許阿金沒有信心，感到有些沮喪，只能說：「情況對阿金傳道應該很不利！不過因為池塘這麼廣闊，我也不完全相信劉小朋友有這個本事！」

此時，霧已經消失很久了，空中的太陽越升越高，變成銀白色，藍天又高又闊，一絲絲的雲也沒有，只有一架銀針樣的飛機無聲的在天空緩慢行進，尾巴拖著一條又長又細的白煙，大地顯得非常明亮，磚紅的古厝區到處反射著刺目的光線，池水呈現了黝藍的色彩，岸邊的稀疏的檳榔樹一動也不動。

141

對岸鑼鼓聲響起來，緊跟著一連串驚天動地的鞭炮燃放了，在煙霧中，出現了一個四人抬的十分妖嬌的黃色小神轎，我剛才看過它。神轎四角各有一尾黃龍，上面端坐一個黃色的神像，臉面一片金黃，頭戴一頂黃色的冠冕，想必就是五龍廟的主神，今天既然被抬到這裡，必然是打定了非贏這場爭戰不可，它在煙霧中衝撞了一陣，而後又放回到架上。接著一個小孩出現了，仔細一看，原來就是劉正南，但是已經不是先前學生的模樣。他頭綁黃色布條，臉上略施脂粉，露出一種普通兒童少有的英氣；同時他又換了一套長袖輕薄麻紗白上衣，外披上一件澄黃色紅邊的無袖短褂，那短褂有翻轉捲曲的紅黃色薄軟衣領，如同一團花絮，漂亮地圍在頸下，短褂邊緣一律飾著紅鬚。白上衣繡著兩隻青龍，護住一個紅色的八卦圖。他的下身穿著寬大的澄黃色燈籠褲，蹬著純黃色小鞋，左手拿著書寫著龍字的黃色大三角旗，右手按著一支佩劍，軒昂的站著，有如少年英雄，遠遠看過去十分帥氣。他開始在神轎前踏步做法，先以神轎為中心點，跨出右腳在五個方向畫著五道符，再面對神轎，拔出佩劍，舞出一趟流暢的劍法，完畢後，將左手的令旗插在後頸，又在桌上取了一疊的紙錢，刺穿在劍尖上，轉頭面對池面。鑼鼓樂器響得更大聲了，伴同嗩吶和絃樂，讓人完全分不清是南管或北管樂；又一陣的鞭炮聲，煙霧瀰漫，我看到巨大黃龍的身子在煙霧中被舉高三次。劉正南舉劍向天，大喝一聲，劍尖的紙錢不知道為什麼，竟自動地熊熊燃燒起來了。

我有些被震懾住了，眼睛一直盯著劉正南小朋友的動作而無法移開。只見他醉酒一般狂亂的在池塘邊踏了一陣七星步，隨著圍觀群眾的叫喊聲，向墨藍色的池塘裡跨出了步伐。這時，我感到有一陣風從南邊的池岸掃過來，使得原本不動的池水泛起了陣陣的波紋，檳榔樹葉也跟著窸窸窣窣的搖動起來，四周充滿海腥味。我明顯感到有一種熟悉的靈異景象就要現身，四周彷彿陷身在一個深沉水域裡，耳朵充滿盈耳的水聲，彷彿有許多的大型熱帶魚出沒在身邊。我一時不舒服起來，雖然想要站穩不動，卻有些力不從心。阿金傳道看我有了異狀，趕快叫卓向先生過來扶住我；同時他也站著禱告起來。

劉正南小朋友居然沒有沉沒下去，他的一雙純黃平底步鞋彷彿就像踏在一個平面玻璃上面一樣，輕輕的站立在池面上。當他小心翼翼緩慢的邁出步伐時，手中劍的紙錢燃燒更為旺盛。隨著他每跨一個步伐，池面的波紋就越來越大，池裡面似乎有一股力量或魚群源源不絕的支撐著他，將他舉起來，一直讓他如履平地地往前緩步。不久，他即將來到池子的中線。幾乎所有的人都拍起手來，為這個小孩子加油。我看到對岸的劉教授背著手，所有鋼絲般的亂髮都膨脹飛揚起來，似乎和劉正南小朋友連著一條無形的線，他不斷的點頭，相當滿意。

142

麥格那牧師，我還記得在山上教會時，您曾經提過類似基督教的神蹟偶爾也會發生在異教的身上，因此，基督徒在誇口自己有神蹟的時候，千萬要持一種謹慎態度。您要我們翻到《新約聖經》的〈馬太福音〉十四章22—32節，看一則有關耶穌行在湖面的故事，您唸著：「事後（耶穌以五餅二魚餵飽了五千人以後），耶穌催促門徒上船，先渡過（加利利湖）對岸，等他遣散群眾。群眾散了以後，他自己一個人上山禱告；到了晚上，還留在那裡。這時，船離岸已經很遠了，遇著逆風，波浪顛簸。天快破曉的時候，耶穌在湖面上朝著門徒走來。門徒看見他在湖面上走，非常驚駭，以為見了鬼，都害怕，喊叫起來。耶穌立刻對他們說：『放心吧，是我，不要怕。』彼得說：『主啊，如果是你，讓我走到你那裡去吧！』耶穌說：『來！』於是彼得從船上下去，在水面上朝耶穌走過去。但是他一看風勢猛烈，心裡害怕，開始往下沉，便喊叫：『主啊，救我！』耶穌立刻伸手拉住他，說：『你的信心太小了，為什麼疑惑呢？』他們上了船，風就停了。」當時，您唸完，曾問我們，說當今還有人有這個行走水面本事嗎？我們一時之間難以回答，因為我們沒有親眼見過。您卻說，您曾見過。您說曾在一次西太平洋之旅時，「國際先知佈道團」來到了接近赤道的沙巴半島。這個半島以前由英國治理將近八十年，一九六三年獨立後，與新加坡和沙勞越合併組成馬來西亞聯邦，成為大馬的一個州。在現代化的今天，它有公路貫通海岸和鄉間，交通不能說是不方便。這個半島的日間平均溫度可達攝氏三十三度，只有高原上才能降到二十一度，同時熱帶雨非常旺盛，事實上是非常燠熱潮濕的地方。境內有三十多個部落，分隔居住，語言複雜，估計在兩百萬人口中，就有八十多種語言，其中馬來西亞語算是官方語言。佈道團沒有在亞庇或古達（Kudat）或山打根（Sandakan）這些繁榮的市鎮多停留，直接就到了三大部族中的「毛律族（Murut）」的地區宣教，位置就在島嶼的南部偏西的內陸裡。這個族群有紋身的風俗，被稱為獵頭族，因為以前的祖先有獵人頭的習慣，直到近代才慢慢被禁止。居民以捕獵和游耕維生，很能使用矛、吹筒、毒箭來捕獵野獸。毛律人的生活區散布廣闊，現代化的腳步又很快，其實很多地區都可以找到教堂，所以旅程並不寂寞。但是佈道團希望能盡量往偏僻的高處宣教，在導遊的帶領下，佈道團開始在熱帶的叢林中穿梭，看到了那炫目的野生蘭花、五顏六色的玫瑰、奇形怪狀的仙人掌、神祕的豬籠草和遮天蔽地的闊葉熱帶林木，最後來到了一個甚為偏僻的山區大村莊。這個村莊的人還住在許多傳統的幾十公尺長型的屋子裡，是一種竹子、木頭搭構起來的巨型房屋，屋頂蓋了茅草，許多户的人就共同住在裡頭；如今現代文明進入這裡，裡面的設備也相對乾淨。房子的中間就是客廳，架上了一個可以比賽彈跳的床，部落的人就爭相和佈道團玩彈跳的遊戲，看誰可以跳得更高了。還好，佈道團的人也找到了「旅社」，是一個低濕的沼澤上圍繞著大棕櫚樹的架高房子，由頗講究的竹片搭構而成，裡頭有乾淨的蚊帳和油燈可使用。第一天，佈道團在熱帶叢林一個小湖邊向毛律人傳道，透過翻譯說了許多的神的話語，倒是能夠感動他們。不過部落裡的人彷彿在等待什麼，在講道時不斷竊竊私語。當講道結束的時候，族長跑來，說要和佈道團做一個比賽，看基督教的神厲害還是他們的神厲害。那時，就看到一個女巫師走出來了。非常令人驚訝，這個女巫師只有十八歲，可能是現代化的關係，外貌非常漂亮，雙眼皮的眼睛又大又亮，皮膚顯出了淺棕色。她盛裝出場，有一頭黑色油亮的短髮，一條傳統的紅黃編織長帶束緊在額際，上身穿著黑色為底紅黃色條紋編織的無袖上衣，下身是黑色為底銀綠色橫紋的裙子，頸上除了戴著編織花帶以外，還掛了一顆精工雕琢的小骷髏，頭上插著鮮花，裸著美麗的雙腳，雙手掛著一個叮噹響的環鈴。她笑意迎人，可惜礙於語言不通，她什麼都沒有說，簡單做了一個優美的唱跳，叫人折下岸邊一株大棕櫚葉，拋入湖中。說也奇怪，那棕櫚枝葉不沉入湖中，就那麼漂在水上，而後女巫師就下水，若無其事地躺在翠綠茂盛的葉子上，人就漂在水上，體態優美到極點，還示意岸上佈道團的人做同樣的事情。岸上的牧師和傳道都嚇住了，沒有人知道應該怎麼做，佈道團的敗北已是明顯的。最後，澳洲籍的女傳道不甘心輸掉這場比賽，忍不住就跳下水，舉高了腳，從那女巫師的身上往下踩，那女巫師和棕櫚枝葉就都沒入水中了。那天晚上，佈道團因為輸了比賽，大家就收拾行李，準備離開，那族長竟跑來邀請他們留下來，透過翻譯才知道，自古以來，沒有人敢破壞巫師的施法，卻只有佈道團的人敢這麼做，顯然佈道團的神比較厲害；因此，要佈道團的人留下來向他們傳道。之後幾天，你們傳道都很順利，這時才曉得毛律人是個非常熱情，非常率直善良的民族。

麥格那牧師，我想起您所說的親身經驗，就覺得若要勝過劉正南小朋友，除非有人進入池塘拖他下水以外，大概沒有其他辦法了。無奈，沒有人敢這麼做，因為這裡畢竟不是毛律人的部落，五龍廟的信徒也不是熱情的人。

143

當劉正南尚未走到池塘的一半時，我想阿金傳道即將輸掉這場的爭戰，就轉頭去看他。阿金傳道的臉上都出汗了，顯然他也被這個小孩的神蹟震懾住了。不過，當劉正南即將走到池塘中線時，阿金傳道的禱告變得流暢起來，就像是唱起一首輕快的靈歌一樣，我注意到他的臉色開始放鬆下來，緊張不見，彷彿出現了一種極大的平安。起初是不明顯的，但是慢慢我看到他身上所穿的黑色衣服開始鼓脹起來，如同灌進了風一樣，身上的飾物和頭髮也輕輕飄動起來。我頓時感到有不平常的事要發生。然後他的雙膝忽然軟軟的跪下，跟著身子也趴下，就像一根羽毛無聲無息的落在地面一樣，彷彿要親吻池邊的泥土。我大惑不解，不知道他要做什麼。這時，他伸出了手指，去觸摸池水，忽然，我覺得有一股力量由他的手指上的戒指傳遞出去，在池水中推展開來，使池水泛起陣陣漣漪；並且以他為中心，捲起一股力量圈住了周遭的一些信徒，迫使站在他身邊的一些人不由自主的搖晃身子。我也因這股力量，獲得支撐，不舒服感頓時不見了。

在意識朦朧中（不！應該說一部分的意識朦朧，但一部分意識極為活耀），我聽到有天上的音樂聲傳下來，彷彿眾多的天使都飛下來了，四周頓時神聖起來，聖靈在池塘的周遭盤旋得越來越厲害。這時，我藉著聖靈降臨的力量，才明顯見到池底有兩陣的光芒彼此相互爭戰。池水以中線為界，一分為二，這個北邊半個池塘擴散著白色的光像一道牆，將那南邊半個池塘的黃色的光擋住。那黃色的光遇到阻礙，分成了五股小光，想尋求突破點，到處亂鑽。於是，整個的池面以中線為界，顏彩分明。也就在那個時候，劉正南似乎遭到阻擋，彷彿站在懸崖上，面臨深淵，停了下來，躊躇的無法再邁出腳步。

岸邊的人都鼓譟起來了，我聽到五龍廟的鑼鼓聲催得更急以及劉國棟教授大喊著要劉正南勇敢邁進的聲音；而這邊的岸上，所有「使徒復興教會」的人也開始禱告，聲音顯得十分高昂。

差不多僵持了三分鐘，阿金傳道優雅的站起身來，我看到他緩緩拔下右手指上的綠寶石戒指，向天高舉雙臂，面容變得非常美麗，大喊：「向著地面墜落的黑天使，你的伎倆窮盡了！奉耶穌的名，你離開這個小孩和池塘吧！」他說完話，拔下戒指，用力往湖心丟去，在空中畫出了一道優美的綠色弧線。就在剎那，我看見池底現出了一個綠色玻璃杯大的六角形小井，白色光芒的水一直由小井中冒了出來，就像源源不絕的泉水一樣，跟著整個池塘的水都慢慢沸騰起來，冒著光輝。池底的黃光受不住煎熬，收斂回小孩的身上，接著從小孩的頭頂上衝出了五道光芒，又合而為一，如一支流利的黃箭，向著西南潟湖方向的天空疾射地逃逸而去。

麥格那牧師，我不曉得阿金傳道為什麼也有你呼喚聖靈的能力，他的神蹟手法應該和你相差不遠，這究竟是什麼緣故，憑著淺薄的我是永難理解的，我只能看見這一切，卻說不出其中的原因。

就在同時，劉正南小朋友如同無人支撐的傀儡一般，整個人癱軟下來，急速的沒入水中。對岸的鑼鼓聲停了，劉教授也不再叫喊，因為他也和劉正南小朋友一樣，如同離手的傀儡，整個人倒在神轎下。

此時，四周頓時寂靜無聲，沒有人跳入池中去救劉正南小朋友，因為大家以為他還可以浮上來，時間拖延甚久，一直到發現情況不妙時，丁姓阿吉桑趕快脫掉皮鞋、捲高褲管和幾個信徒大聲叫喊，衝進水中去救小孩；對岸的人大夢初醒，也爭相跳入池中。

有個教會信徒先搆到了小孩的身子，將他抱到這邊的岸上，接著對岸所有五龍廟的人都圍攏了過來，要看劉正南小朋友的情況。

此時，劉正南的身上都是水，盛裝的黃色衣服吸了過多的池水，渾身濕淋淋，就像泡過水的一大把脹開來的黃色醃菜。他的臉上的脂粉褪盡，轉成了驚人的白皙。丁姓阿吉桑和阿幸大姊將他放下，讓他平躺，然後壓迫他吐出吃進去的池水。旁邊五龍廟的人十分焦急，已經忘記喧譁和吶喊。

144

阿金傳道此時才過來查看我的狀況，同時拍拍我的肩膀，說：「阿傑，你看到五色光芒嗎？」我說：「這次我又看到了，它們向西南方向逃逸。」卓向先生在一旁說，西南那個方向就是五龍廟所在的方位。

於是，阿金傳道立即拉著我和卓向先生走向車棚，說：「現在就去五龍廟一趟。」

我問為什麼去那裡？阿金傳道只說：「聖靈昨晚提示了我。」

這時，我才看到阿金傳道的臉面和後頸布滿了汗珠，大概剛剛的爭戰十分吃力，叫他渾身都淌出了大汗。不過他現在沒有了不安和遲疑，走路的速度相對很快，我也拉著卓向先生立即跟在他的後面。

剛坐上車，我問阿金傳道何必這麼匆忙行事，因為情況顯然有些混亂。然而阿金傳道傳卻說：「如果我的猜測無誤，那些光芒已經回到潟湖那邊的五龍廟，如果放過它，將來還會有事！」

阿金傳道說完，加速了賓士車，我們沿著環海小路，離開了半島村莊，由卓向先生引路，向著西南方向疾馳。

我們在海濱的公路奔馳，半個鐘頭後，轉進海邊小路，又越過卓厝莊的外圍，向南走在堤岸邊的小柏油路上，沿路上盡是一片蓮霧園和棕櫚樹的海邊景色，小路兩旁散落了低矮的人家房屋，房子的右邊就是一望無際的藍色大海和跳動的浪花，時值漲潮，潮水轟然碎裂在堤防邊，聲勢撼人，海腥味十分濃重，不斷由打開的車窗流瀉進來，我們感到周身都被海草纏繞住了一樣，恍惚之間，叫我又想起劉正南小朋友作法時的情況。車子輾過了地上的砂磧，發出嗶嗶剝剝的聲音，顯然路上散落了大量的牡蠣殼和海邊貝殼；不過，路況越來越開闊，蓮霧園和棕櫚樹的風景漸漸消失了，被兩旁的木麻黃取代，而房屋也稠密起來，小路也加寬了，海邊風景開闊起來，賓士車宛如滑行在海上的船隻，迅速來到了一個潟湖臨海的地方，停在一個海口鐵橋上。

鐵橋位在潟湖與海岸的交界處，底下的出海口，可以吐納海水，一會兒是海水流入湖裡，一會兒又是湖水流入海裡，海水因之在這裡交相激盪，反覆難測。鐵橋底部的河床鋪上巨大的鐵板，形成流暢的主水道，相當堅固。主水道的兩端漩渦突起，深淺莫測，有很大的危險性，任何人都可以知道這裡是魚群出入的地方，有幾個釣客正在這裡布下釣線。

145

我們將賓士停在橋端，走到橋上，卓向先生說這個橋梁是「南勢村」的一個標誌。橋大約三十公尺，的確是個鐵橋，由厚重的鋼柱和鋼板構成，牢牢的豎立在這裡，顯示它的建造花了相當的功夫，每當海水衝擊過來，橋底下就捲起波濤，跟著耳邊響起了轟然的水潮聲，緊繃的橋梁就有小小的一番震動，讓人感到正凌駕在激烈的波濤之上。當我們站在橋上察看這個附近地帶的景致，真是氣象萬千。

左手邊的大海一望千里，熱帶的天空仍然像早晨時一樣，看不到一絲的雲影，海面在天空的反照之下，如同藍色墨水池。右手邊的潟湖則是纖毫畢露，遠近皆明。阿金傳道說，這個潟湖本是海洋的一部分，因為旁邊兩條溪水一再由上游帶來泥沙，先填成一個突出外海的半島，但是一條黑潮的支流由南而北不斷移動沙子，再經西南季風不斷狂吹，沙子被捲起堆積成長條型的堤岸，終於包圍成一個囊狀的湖灣，變成了這個潟湖，面積大約也有五、六十甲之廣。我由橋上看過去，也發現這個潟湖根本就是一個廣大的沼澤地，湖裡的蚵架星羅棋布，幾乎遮蓋了一半的水面，蚵架與蚵架之間的水道有許多的竹筏和塑膠筏正穿梭而過，甚至還有幾艘垂釣的船靜停在水道上。在湖的中心點上有人利用箱網在養魚，可能要花掉大把金錢，料想他們所養的魚都是這裡出名的高級海魚。阿金傳道向我指出，湖裡的養殖也只是這個潟湖的一部分價值。像這種罕見的湖，它的價值還在於它的生態。阿金傳道指著湖岸兩旁，形成綠色腰帶一般的樹林說：「那就是海茄苳樹林。四年前我在這一帶佈教時，曾找時間蹲身在岸邊來看它們。這是紅樹林中最有適應力的品種，如果是新枝的時候只是一種樹叢，但是當它們變成老樹時，樹幹會彎曲，甚至高大有如一棵榕樹，夏天就開出橘黃色小花，綠色的果實彷彿蠶豆。海茄苳的旁邊也會生長土沉香，整個樹叢群就是鷺鷥、蝦貝、沼蟹的溫床，候鳥都會前來棲息。假如你在夕陽西下時來到這裡就會感到這裡的魅力，那時，整個湖區都黯淡下來，只剩黃亮的夕陽停在湖中天空，反映在湖裡，變成兩顆夕陽，餘暉就像破掉的蛋黃，流入水中，使湖面變成暗金色，鷺鷥們飛回來了，叫聲響徹天空，集體投入樹叢，你頓時能感到萬物各歸其所，得到最恰當的安息的那種味道，可說是千金難換。只有這裡的植物、動物稀少了，才是無可彌補的損失。」

146

阿金傳道說他不曾到過五龍廟，許久都不曾到潟湖這裡來了，並不知道正確的位置，自從劉國棟教授的勢力在潟湖這裡崛起後，他就禱告不要遇到五龍廟，因為五龍廟有人威脅過他。卓向先生則說五龍廟就在潟湖邊，當初他們為祠堂的事與劉國棟談判時，他倒是來過一、兩次，很容易就能找到。他指著村外遙遠的天空處，有一個模糊的燕尾影子，說那裡就是五龍廟的所在。

阿金傳道將車子打了個彎，朝著潟湖旁邊的道路走，路的周圍遍布了棕櫚樹，湖邊的石砌岸下，整齊的排著一艘艘的竹筏，繩子就繫在岸邊。不久轉進了一個乾淨的村子，住家立即密集起來，在村莊的活動中心，我們下車，將車子停在馬路上。

這裡，就是「南勢村」的中心地帶，從周圍外觀看來，這個南勢村和卓厝莊竟有許多雷同的地方。卓向先生說這村莊也有他們的族親，當然更是劉國棟教授的本家。

卓向先生帶領著我們越過了許多的漁户人家，仔細一看，幾乎每個人家的門口都貼著五龍廟黃色的小令符；有幾個指示牌一直指引抵達五龍廟的方向。

在一家插有黃色三角大旗的樓房前，我們略停了一會兒。卓向先生指著令旗上「五龍奇蹟」四個大字說：「劉國棟常以能治療百病自我標榜，並要求每個被治好病的人一定要在大門插上這樣的一支令旗，以為答謝。不過，他們治病時會開立藥劑給信徒，事實上兼做密醫工作，這件事頗早就引人好奇。我相信有許多地方的神廟多少有治病的能力，但是不太敢相信五龍廟有什麼治病奇蹟，這個急速剝奪人命的五龍神所帶來的只是災難，怎麼有可能是解救？它一定是民間所說的瘟神，而不是福神。因此，我和卓家的幾個人開始調查這件事。我們拿來五龍小分廟的藥劑，請來專家化驗，結果發現藥劑裡有大量止痛藥和鎮靜藥的成分，我們曾向新聞界揭發這件事，地方報紙也登過消息，可惜沒有引起大的回響。劉國棟仍然自認清白無辜，絲毫沒有反省心。他說那是小分廟擅作主張造成的錯誤，和他的五龍本廟無關。不過紙包不住火，他還有許多的祕密，將來我們一定會揭發他！」卓向先生補充說，即使劉國棟再對他施什麼法術，再怎麼恐嚇，他也會周旋到底；自從他熟練了一些禱告的技術後，五龍廟已經無法威脅他，那些無形無狀的邪氣再也近不了他的身，他早就不怕五龍廟了。

這麼說著，我們就來到村外一片田野的大柏油路，通過一座棕櫚樹和椰子樹構成的薄薄的防風林之後，我們的視野豁然開朗。我們來到了瀉湖出海口相對的一端，也就是瀉湖的底部。在這裡，瀉湖又一次顯露了另一種姿色。

在這裡，潟湖與濱海公路之間廣大的陸地，到處都是魚塭。幾乎所有的土地都被開發成方塘，飼養著蟳類和貝類，阡陌在天空下縱橫交錯，打水機的水花在塘裡飛揚。潟湖就在不遠的地方，由於陽光更加的明豔，湖水已經呈現深藍，湖面上立著蚵架，竹筏滑行姿影清晰；湖邊的海茄苳渲染出一片茂盛，使潟湖增添蒼翠的顏色；那遙遠的木麻黃防風林形成低矮的一條線，被畫染在潟湖與海洋的模糊交界處。

在海天一色中，不遠處的馬路旁邊，現出了一座出人意料之外的輝煌的廟宇，卓向先生說：

「那就是五龍廟。」

我們走得更快，正當抵達到廟前時，倍感驚奇。

147

這座廟占地不小，起碼有兩甲土地。廟前並沒有一般寺廟的山門或牌樓，只是一個頗巨大的廣場，鋪上一塊又一塊多顏彩的雲石，相當乾淨。四周很有秩序的種了一圈熱帶的椰子樹和棕櫚樹，樹下間或有許多花草，甚至有幾個小花園，種滿了改良的沙漠玫瑰和小花黃蟬等植物，處處開著黃白紅不一的熱帶巨大花朵。由於這時並不是進香熱季，不見人潮，大略停了幾輛濱海公路來的遊覽車，所以廣場看起來比較寬闊，它連接著潟湖的底端，就好像能吸納潟湖四周的空氣一般的敞開在那裡。廣場底端，有五十級以上的白色石階將寺廟整個托高，四周皆用白色曲折的迴廊護住；迴廊的每根白色柱子，雕有變形龍紋，上面密密麻麻的插著黃色的五龍旗，隨微風飄揚。寺廟主身是四層閣樓式的玲瓏建築，每層的屋簷覆著金色的瓦片，層層的屋簷越來越高，燕尾彎曲高聳，彷彿就要在空中飛翔起來。在最上層的屋簷如一頂王冠，鑲塑各種顏色的釉瓦，正脊上有將軍坐騎、八仙雙鳳的剪黏；最為醒目當然是五龍搶珠的雕塑，高高的矗起在正中央的空中。其他重重屋脊上大都塑有綠色水草魚蝦的裝飾，但至少都盤據著一條黃龍。在主建築的兩側還有兩座玲瓏的亭子，以供信徒焚燒紙錢，也採四重簷的設計，如同待飛的金樹，簷上的屋瓦依然是金色，依然有許多的龍塑。看起來這是一座精工的廟宇，竟彷彿是古代帝王高遠的翔雲宮闕。

廟前有一個巨大的圓形銅製香爐，使用了龍爪高腳，暗金色的外殼，左右各攀了一尾黃龍，做翻捲式，很有活力。爐中所插的香枝密密麻麻，隨時都會整爐燃燒起來。

我們拾級而上，在廟門前左右各有兩個龍柱，將屋簷撐住，雕刻與一般大不相同，每個龍柱都有五條龍盤據，蟠爬在龍柱的上下，雕刻細膩。有三個門，和一般的寺廟一樣，中門是哼哈二將，兩側門是文武官神，只是和一般的畫作不同，它們是木雕再被合併在門板，顯得比一般平面的門神更要生動；門與門間的牆壁尚有仙人浮雕，結滿花果。凡是浮雕的幅框一律刻有龍紋。屋簷下滿是精緻的木雕，斗拱壽梁上頭的海草、花木、魚類的圖紋遍布，藍綠黃紅的彩繪叫人看花了眼目。走入門內，則是空曠的大堂，有巨大的幾根藍色梁柱撐在寬廣的空間，柱上刻有海浪圖紋。四面牆上有美麗拱型的玻璃窗，將熱帶陽光引進室內，使室內一片光亮。牆壁尚懸掛許多信眾贈予的匾額，匾額下不乏有麒麟、猛虎、鳳凰、墨寶的浮雕，甚至有幾幅海上圖畫，皆是浩渺洋面的行船圖，塗上金漆，意境高遠。寬廣的天花板採用五個方田的天壇裝飾，每個天壇浮一個淺色巨大的太極圖，淺印摻在上金粉的高貴乳白色的噴漆上。

148

祀神的大殿就設在大廳最裡面的牆中央，此處地板鋪成略高的一個方形寬台，從地面到屋頂，一片金碧輝煌。屋頂上的木棟架和一般的寺廟一樣，做了三通五瓜，瓜筒線條有力，相當豐碩飽滿，顯然是名家的手筆。疊斗多達九層，斗拱遍佈，蝻虎攀爬的數量難計，實在罕見。簷下則有一對八角蟠龍柱皆有五龍攀爬。

殿內空間寬廣巍峨，以檜木精雕各種水草魚類花果構成，相當莊嚴。神案上有一塊巨大的檜木當底部，檜木上盤據著黃龍，檜木上的五龍神已經不在，大概一大早就抬往古厝去參加爭戰了。不過殿內的背景是一幅浩渺的海圖，畫有五個鱗身的男神，手執長戈，踏波前進，眼望五方，神采奕奕，頗有氣派。神座之前，有兩張連接的八仙桌，用一幅精工刺繡的桌裙將桌子圍住，上繡金碧的金龍戲海圖。前桌有許多法器，後桌則放著許多圓形的籤筒，分別有「外科」、「內科」、「小兒科」、「事業」、「功名」、「婚姻」、「家庭」的不同，以供信眾抽籤。

卓向先生感嘆地說：「這個廟哪裡像我們簡單的慎終追遠的祖祠，侍奉的也不是我們的祖神，它和一般民間的輝煌廟宇沒有兩樣。劉教授必花光了他的錢財，方才蓋成這家廟宇，他的這座廟除了帶給他信仰上的虛榮之外，並無其他。」

由於五龍廟的人還沒回來，此時寺內還有幾個服務人員，非常忙碌。牆邊幾個玻璃櫃擺著香燭，信眾很慷慨的買著金銀紙錢。

我們看了一會兒，登上右邊的磚造樓梯，爬到了二樓。

這裡的空間較小，但是裝飾仍然富麗堂皇。牆壁上的浮雕都是台灣民間的傳說，包括八仙過海、精忠報國、木蘭從軍、三國人物……具有本土風味。當然殿裡頭的神像包括了媽祖、關公、王爺、呂祖……都赫然在列，來這裡拜拜的人也很多，顯示五龍廟信誓旦旦的「征服北半球的神祇」說辭只是唬人的空話，為了贏得更多的信眾，五龍廟正在建構一個無所不包的多神教，和民間的諸神聲氣相通。

我們繼續爬上三樓，這裡的空間更小，但也更加乾淨，牆邊秩序井然的放著民間宗教節慶的各種道具，卻已經不再有偶像，不過卻有一個許多抽屜的大木櫃倚靠在牆邊，每個櫃子都標示一種草藥的名稱，櫃前一個彩繪桌子，桌面有一疊幾百張的黃色符籙、一個紅色墨盒、一枝硃砂筆，桌前以書鎮壓住一張紅色的紙片，寫著「籤藥處」，很顯然的，這個三樓就是開立藥方的地方。

我們想繼續爬向四樓，這裡已經是個小空屋，沒有什麼可觀之處，只好退回三樓來。

149

這時，阿金傳道有所感觸地說：「這棟富麗堂皇的寺廟叫人大開眼界，劉國棟很不簡單，他在五年之間竟能創下這麼大的基業，真是匪夷所思！四年以來我非常努力佈教，可惜信徒仍在半島村莊附近的海域，跨不出一個縣份，但是劉國棟教授的信眾已經達到台灣南北兩地，由此可見五龍神的神力並非虛名。」說到這裡，阿金傳道疑惑的表示，雖然一樓二樓或者三樓都很適合民間的神祇居住，但是他明顯的感到五龍神現在並不住在這棟建築裡，他認為這個殿堂只是一個殼，五龍神另有居所。他說這只是一種感覺，希望這個感覺不會有錯誤。卓向先生聽了，若有所悟，忽然說：「還有一個地方，就在後面，那裡有一個池子，劉國棟將它整理成林園，不常開放那地方，但是如果有人要求去參拜，廟方還是會答應開放門禁的。」

我們回到一樓的大殿裡來，走到了賣金銀紙錢的櫃檯來，詳細詢問一位中年的男性管理員是否可以開放後面的水池讓我們參觀，這位中年人起初毫不考慮的就拒絕，但是當卓向先生說他是卓厝莊的鄰長時，他躊躇了起來，後來拿出了一串鑰匙，吩咐一位小姐帶我們去參觀。於是，我們跟在她後面，把正殿旁邊的偏門打開。

我們的眼前現出另一個陡峭的白色幾十級石階，一直通向地面，這裡的景色更加的開闊優美。站在幾十級的高階上，居高臨下，廣大的魚塭風景盡露眼前，到處都是揚起的水花。迤邐的濱海公路一直伸向遠方，前方中央山脈的青山肌膚清晰可見。在石階下果然有一個小小的林園，四周以白色的圍牆圍住，由於花木扶疏，只能略為看出裡頭似乎有個水塘，一條溝渠由遠方流過林園旁邊，匯通了潟湖。

當我們逐步走下了石階，到了底部地面時，回頭由後面看五龍廟時，更覺得它的玲瓏細緻，它四周的牆面皆白，迴廊托住了層層金碧的廟身，宛如振翅欲飛的凌霄寶殿，堪稱是一棟非常難見的建築。

由最底下的石階起，有短短的一條雲石路通向小林園。當我們來到門前，才感到白色圍牆的高大，它把林園完全的包圍了。左右緊掩的兩扇紅色大門被鎖住了，只能看到牆上攀爬著一些黃花綠葉樹木。

150

帶路的小姐很細心的打開了門上的銀色大鎖，我們信步走了進去。當我們抬頭時，頓時被嚇住了。池塘的最前端左右各站著兩隻雄偉的龍頭牛身動物石雕，正作勢待奔。那龍頭和中國龍並無差別，只是頸子過長而扭曲，宛如蛇頸，有力地由下往上扭轉。血盆的大口也更大，各流下一脈潺潺的池水；同時有兩顆巨大的眼睛，憤怒地瞪視著來客；牛身則肥厚有力，腳底則是龍爪，猛力的抓緊地面。這兩個石雕真是鬼斧神工，不論表皮或筋脈都彷佛活物。

裡頭比我們想像的還開闊，池塘最少也有半分地；池岸用白色的細石子砌成，岸邊豎著短短的刻有麒麟紋的短柱，以鐵鍊串連起來，圍住造景池塘。不過有兩座巨大的珊瑚石隨意擺在池子裡，石頭表面的蝕洞凹凸不平，如同骷髏眼睛，池水由石上嘩嘩地流下來，似乎還有生命，渾身布滿青苔。四周都種滿熱帶灌木，到處種著金葉黃槐、大葉丁香、小花黃蟬……。這些低矮的黃色花木此時正是開花的季節，把整個林園映成一片的金黃，變成一種奇觀。牆邊則有幾個木架，任由鐵線蓮這些紫色藤類沿牆攀爬；尚有高大的幾棵喬木，仔細看才知道是有顯赫名氣的台灣欒樹，此時也是開花期，那花葉攀過圍牆，展開在高高的空中。池中的池水由哪裡來，我怎麼也看不出來。在一個角落裡，有個砌在牆邊的白色平台，上面有一個銅製四角香爐，大概是供參觀的人燒香用，裡頭插有一片還在燃燒的沉水香，上有幾個酒尊也陳列在上頭，裡頭有酒，此外，左右邊各有一個細頸瓶，裡頭插著黃色的兩束菊花。

我們蹲身下來，詳細查看這裡的一切。

我的心裡頭想著：像這樣的林園，如果開放了，說不定也是一個極好的藝術品，可能會有更多的人來參觀也說不定，可是，劉國棟為什麼緊緊鎖住大門，不讓太多人進來呢？真令人想不通。

我這麼想著，才發現這個林園異常寂靜，本來這麼多林木的地方，應該有鳥類來棲息才對，但是四周寂靜無聲。再說，此時的陽光相當猛烈，照遍在林園裡，可是當我們進入園中後，並不感到炎熱，那熱氣彷彿在這裡稍稍稀釋了，反而有了一種陰冷的感覺，那一絲絲陰冷的感覺會穿透熱氣，攀爬在皮膚上，好像貼身在冷玻璃之上，很叫人感到不自在。

最異常的是池水，它看起來非常乾淨，除了綠色的幾縷水草之外，清澈可以見底，但是卻好像凍住了一般，除了珊瑚石滴下的水以外，並沒有流動的跡象。按我的判斷，這個水應該是引進外面溝渠的水，再排入溝渠流進瀉湖裡，可惜我始終察覺不到入水口和出水口處在哪裡。

151

此時，我發現了卓向先生有些異樣，打從他進入這座林園後，就不再健談，臉面逐漸蒼白起來。好幾次，他下意識的去摸自己的皮膚，好像要趕走什麼似的。終於，他拉著阿金傳道，在池邊蹲身下來，去觸摸池水，說：「不知道你們的感覺如何？如果我的感覺無誤的話，那麼現在

『它』一定在池裡。這個池水有一種很叫人不舒服的冰涼，有一種黏性，就像當初我被綑綁的時候一樣，一被沾上，就很難擺脱。」阿金傳道也低聲的説：「您説的不錯，的確，我也感覺到了。像這種害人的東西，不應該讓它存在這裡。」

阿金傳道臉色凝重，站起來了，一身黑色的麻紗衣服在豔陽下顯得格外湛黑，身上和腕上的金銀配件閃閃爍爍。他先在池邊繞一趟，然後走來放置香爐的平台邊，把他的金色項鍊放在上面，他低頭禱告了一會兒，又用衣袖把燃燒的沉水香都打熄，隨後，他拉著我和卓向先生，走到池塘前端的龍頭牛身石雕前面來。他説：「平台底下就是入水、排水的地方，連接溝渠，再連接瀉湖，這個黑天使自有它悠游的一片天地。現在，我要驅趕它離開這個林園，阿傑你們幫我看看它這回又會逃向哪裡！」

當這些話説完，阿金傳道又奉著耶穌的名低聲禱告了一會兒，然後伸手按住一隻獸的頭顱，大聲地説：「墮落的天使，你從來不是天空或水中掌權者，交出你一切虛假的權柄，回返到最初的巢穴吧！」此時，一種震波又將我和卓向先生圈住，叫我們不由自主的震動了起來，這次我的心裡有所準備，所以意識非常清醒。我看到許多的力量又由空中降下來，擊打在水面上，進入水裡，阻絕了所有通道，彷彿不讓任何魚類由水中遁走一樣。就在那時，池水捲起來了，五道黃色光芒找不到出路，最後由池底直衝空中，會合後，向著西邊沿海的方向逃走了。

「行了！」阿金傳道説完，離開獸的石雕，繞道平台去取回項鍊，又掛在頸上，回頭向剛才為我們開門的小姐致謝，那位小姐一直站在池邊，顯然被當時我們奇怪的舉動所驚嚇，她露出茫然的眼神連問了好幾句説：「你們到底在做什麼呀！」我們沒有回答她，只是請她不要張揚我們的事。然後，我們走出了林園，門又被重新鎖上了。小姐問我們要不要回到大殿去參拜，我們説不必了。之後，我們走出五龍廟，又到了前面的廟埕來。

152

我明白地告訴阿金傳道說黃色的光芒逃向了西邊方向，也就是我們剛剛經過的南勢村莊的西邊，可惜不知道逃向哪個地點。阿金傳道思索了一陣，說：「這次五龍神必定逃回它原來的居所。我沒有十足的把握說它一定逃向哪個地點，但是昨天晚上聖靈給了我一個景象，彷彿那是一棟L形的俗稱『單伸手』閩南老厝，有左護龍，但是沒有右護龍，它的L形開口正面對著一片整齊閃亮的墓園。有這種房屋嗎？」卓向先生聽完，不假思索地說說：「有有！那就是劉國棟祖父母以前所住的老家，那地方以前的確有單伸手的一棟古厝，劉國棟買了五龍廟這塊地皮後，也買下他老家附近的土地，現在老家右護龍改建新式的三間平房。但是開口朝向墓園並沒有改變。那棟古厝位在村莊最西端幾乎是靠海的地方。」阿金傳道說：「那麼我們不妨去看一看！」

於是，我們又跑回南勢村，穿過許多的住家小路，沿著村廓的一條種滿芒果樹的大馬路，向西方直走。

卓向先生說，劉國棟所以要搬回老家住，裡頭隱藏著一些不為人所知的祕密。一來是劉國棟在回南勢村以前，他的母親就病倒了，病因不詳，只是躺在床上無法走動，應該是半身不遂那種病，劉國棟怕村人見到他的母親的病況，所以就住在村郊老家；二來可能和炒作墓地有關，村人都知道劉國棟投資不少金錢，翻修了老家附近的一塊古老墓地，他引進新墓園的建造技術，將墓園修整得很有秩序，大半賣給五龍廟的信徒埋葬祖先；同時他大肆宣傳這個墓園是個龍穴，吸引鄉人前來觀看，經過經營和炒作，賣出的金額越來越高，手法的確高明。

卓向先生這麼說，我如夢初醒，不禁嘆服劉國棟的才華，他簡直是無所不能。

不久，道路彎進了村莊之中，我們已經置身在村莊的西邊偏僻的地帶。這裡遠離村中心，住家幾乎不見。不過還是有幾個小漁户，聚住了一些上了年紀沒有上工的老人。卓向先生說這裡屬於劉國棟的勢力範圍，要我們特別小心，因為這裡的住户與劉國棟更有親戚關係。聽他這麼說，我開始注意到這裡的每家門口果然都插有五龍神旗，在正午的太陽下黃光閃爍。有一個漁户的人看我們走過，跑出來指指點點。我緊張起來，緊握著腰間的四角木棍。

153

走到了村莊的最西角落後，我們看到一大片的海濱墓園出現在眼前。這片墓園建在一個頗有斜度的小沙丘上。顯然的，這個小沙丘仍然由海砂堆積而成，它擴散得很遠，一直銜接到甚遠的南邊沙灘。整個小沙丘長滿海邊的雜草，但是靠近南勢村的這邊，有一大片的沙丘很有秩序的被墾成墓園，整個用白色的矮牆和鐵鍊圍住，斜坡植被了紫色的細葉雪茄花，密密麻麻的小紫花構成了一圈的絨毯，將墓園的邊緣圈住了。靠近路邊，開始種了一列的台灣欒樹，一直向沙丘頂端延伸，變成墓園邊際一列美麗的行道樹，黃色花朵迎空搖曳，枝葉成蔭。墓園裡的幾個地帶，小花黃蟬盛開，葉片翠綠。那被七里香的小徑隔開的一畦畦墓園上，有各式的墳墓，長滿各色的藤草，銀色的墓碑文字，正在太陽下發出光芒。許多的鳥類飛翔在墓園天空，蟬鳴不斷，有幾個工人正在整理花木。整個看起來，在海濱雜草的世界中，這個墓園如同化境，引人遐想。

果然，在墓園對面馬路邊，有一户L型房屋的人家，拆掉的右護龍有三間平房，但正身和廂房也已經翻些成了水泥平房，牆面白色。房屋的開口處的庭院廣大，除了近屋處鋪了柏油以供停車外，全被墾成花園，栽種了許多的灌木，洋繡球、紫茉莉、馬纓丹、沙漠玫瑰，很有秩序地植栽著，很有品味。這個庭院的花木做為墓園花木的延伸，可說是恰到好處。

由於我們是陌生的訪客，不敢貿然進去拜訪，我們三個人停在馬路邊，在庭院旁頗躊躇了一陣子。

正當我們徘徊之際，就看到一輛風格極為簡約的紅色NISSAN國產車停進了庭院，走下了一個四十幾歲的中年婦女。她略為畫了眉毛，有一雙明亮的眼睛；提著一個旅行用大咖啡色手提包；穿著咖啡色的香替葉蕾絲花邊及膝裙子，相當細膩合於腰身；配一件銀色的大立領的短袖直線褶紋薄襯衫，暗暗顯露一種獨立英挺氣質。大概由於天氣太熱，她將波浪狀的黑色的長髮全部束在後面，前額因此顯得高而光亮。她的打扮可說是極其簡約，與其說是要別具一格，不如說是相當保守而不願引人注意。但是，我們猜得出來，她一定是使用腦力謀生的上班族。

她看見了我們，很大方的穿過花圃走過來，說她是劉國棟的妻子，問我們有什麼事。卓向先生向前去和她握手，介紹自己是卓厝莊的鄰長，同時介紹了阿金傳道。她驚訝的說：「啊，原來是阿金傳道，我常聽劉國棟談你。你們三位請到裡面坐。」

於是，在她的帶領下，我們走過花圃，到前面的平房客廳前面。

154

這正身的平房外觀出奇的簡單，並不高大，中間是客廳，兩邊是臥室。房屋以磚牆建成，牆面和屋廊下的幾根柱子都洗了潔白色的細石，已經有了年代，因此，遠遠看起來，房子是舊的，門口的邊緣以一圈紅磚構成，門楣上也以紅磚鋪上，上面以藍色的草書刻鏤「五龍居」三個字。屋頂鋪以紅瓦，和一般的民宅並無不同，卻與五龍廟的富麗堂皇有天淵之別。

我們走到廳堂門前，在大理石鋪成的門階前脫下了鞋子，劉太太前去開門，走入了客廳，就完全和外觀不一樣，裡頭的設計完全走現代簡約的風格。地板全鋪了咖啡色的柏木，有一堵低的黑檀木電視牆隔開了外面客廳與內面的餐廳。電視牆底下墊著原色楠木的一列矮長櫃。在客廳的這一邊，面對電視牆陳列著一組沒有靠背的L型淺黃沙發，沙發前有一張低矮的小桌，上面放著一塊綠底玻璃，玻璃上有四方型的空玻璃花瓶。在可以看見的內面餐廳的那一邊，一組深咖啡色的餐桌擺在中間，盡端的不砌牆壁，改以四扇古銅色鋁框落地玻璃窗，可以看到窗外遼闊的熱帶海濱風景，窗的兩邊收斂了兩束天空藍的窗簾。整個客廳和餐廳的天花板採用方形淺井設置，沿著井邊，安裝八顆小燈泡，一組吊燈由天花板垂了下來。牆壁都漆了乳白色的水泥漆。整個客廳和餐廳裡的線條都相當乾淨順暢，橫直都非常明朗。除了這些，客廳裡再也沒有其他。不過卻顯出了一種簡潔溫雅的氣氛。

在沙發坐下來，劉太太開了冷氣，到餐廳裡一會兒，不久，端了冷開水和一組綠色茶具出來，還剪了幾枝紅白不等的鮮花插在空花瓶上。她也坐下來，為我們一一倒茶。我們一起向她致謝，並稱讚她這個客廳很叫人感到舒服。

劉太太謙虛的說這個客廳是她設計的，因為不想和一般人一樣，才會做得這麼簡單，希望我們能習慣。她也說能見到阿金傳道非常意外。阿金傳道則說自己是不速之客，應該為自己貿然來訪多多致歉。他說：「恐怕在劉太太的眼光中，我不是什麼好人。」劉太太聽了，不禁笑了起來，說：「不不，我對阿金傳道沒有意見，雖然劉國棟常批評你，但是我持保留的態度，我由別人的口中知道你是正派的人，好幾次我也勸劉國棟不要為難你，可惜他不大能聽得進去，最近他說要去半島村莊找你理論，不知道去了沒有？」阿金傳道說：「今天早上去過了。」

於是，我們簡單的把今天早上所發生的事講了一遍。劉太太聽了，剛開始非常驚訝，後來聽說劉正南出了事，顯得很緊張。

阿金傳道說：「劉正南小朋友不會有事的，請劉太太放心。我看得出來劉正南是個了不起的小孩，像這種小孩應該讓他多念書，不適合這麼早就涉入那麼神祕的宗教事務裡。」

劉太太聽了，稍稍放心下來，她說：「我早知道我先生會有這個結果，卻沒有想到溺水的不是他，竟是劉正南。」於是，劉太太嘆了一口氣，說起了許多有關劉國棟的事：

155

劉太太說，她本性鄭，和劉國棟一樣，現在任教於南部的一所大學，是地理系的老師。她說她本來是北部人，來到南部，完全是跟隨劉國棟回來的。她說和劉國棟結婚之前，從沒有想到會有今天這種局面。

她說她還沒嫁給劉國棟之前，就在北部的大學擔任助教；恰巧劉國棟也在同一個系裡任教，那時劉國棟將近五十歲，剛由國外回來，非常有衝勁，是一個頗有前途的學者。當劉國棟向她求婚時，她很快的就答應了婚事。同時，她和劉國棟結婚還有一個理由，就是她是一個天主教徒。當時劉國棟也有天主教的背景，他的父母、祖父都有天主教的信仰，他甚至說他的遠祖在荷蘭時期就是多明會的信徒。所以她當然就毫不懷疑的嫁給了他。可是，問題就出現在信仰上。

當時劉國棟對外固然聲稱他是天主教徒，實際上缺乏信仰的根基。不過，他卻自認天生就懂得天主教的道理。他不須禱告，也不用上禮拜堂。對於《聖經》所記載的文字，他也有一套自己的看法。他認為《聖經》的文字雖淺顯，卻是一種密碼，必須具有深刻的眼光的人才能將其解密，洞徹其中的真意。他所謂的深刻的眼光即是他的地理學。

剛結婚時，劉國棟已經出版了教科書，很受學生的歡迎。他所寫的論文最少也有五、六十篇以上，大半集中在地理學的水文上面，他對世界各地主要的海洋、河川所加諸於生物的影響格外有瞭解。

結婚以後數年間，他受到了妻子虔誠的天主教信仰的影響，也開始察考《聖經》，終於出版了《聖經裡的海洋和河川》一書，將《舊約》以及《新約》裡的水文做了詳細的學術考察，受到了教會人士的讚譽。不過隨後，他又出版了一個小冊子，叫做《上帝的居所》，闡發聖靈和水的關係，並附帶論述上帝和水文的關係，按他的看法，上帝的實體遍在所有的海洋和河流中，宣稱「海洋乃上帝的居所」是無法辯駁的事實。

他的看法引起教內人士的討論，毀譽參半。有一位主教祕書要求見他，詳細駁斥他的理論，認為他的理論是一種泛神論，和異教的河神或者海神的信仰並沒有兩樣，主教祕書勸告他停止對《聖經》的穿鑿附會，返回到教父的道理上來理解《聖經》才是正途。可是劉國棟無法接受，他發了一頓脾氣，將對方趕走，並表示從此以後斷絕與天主教的任何關係。

那時，他們仍在北部教書，有時會回到南部這個老家常住一段日子。

前幾年，劉國棟縮小了他研究的範圍，將研究轉向了赤道的洋流，他跑遍了熱帶海洋，對於赤道一帶的潮水和生態做了細密的考察。這個研究也使他回到了台灣本土，因為台灣就在熱帶，同時深受黑潮的影響。他開始撰述有關黑潮對台灣影響的文章，受到重視。他更加夜以繼日，循著台灣的海岸線，做詳細的調查。他甚至想辦法搭乘漁船，偷偷出入在各個海域，做第一手的研究，他已經是名列大教授的行列中了。

156

有一次，秋日，他和一批學生放膽的租了一艘漁船，沒有經過申請，由基隆沿著台東海岸線繞過恆春向北航行，沿途以高功能的錄影機進行資料蒐集。當他們在黃昏時候走到潟湖一帶，被海岸管制的軍隊發現，在一陣的海上追逐後，被強制帶回岸上，那時，他正想拍攝潟湖正對面海上的黑潮支流，以及受黑潮衝擊的海岸變化，沒想到不能如願，他對軍方發了一場脾氣，揚言要控告軍方妨害他的教學工作；軍方也說他違反海岸管制法，難免要吃一場官司。在潟湖邊的海灘，這群上岸的師生如鬥敗的公雞，垂頭喪氣。當時，秋涼大浪，黃昏來臨，他們渾身溼透，四處找尋漂流木，點火烤乾身子。當木材燃完時，夜幕已經低垂，他們準備離開海灘。

可就在那時，有一陣透明的黃色火光出現在海浪上，就像是倒出的一線燃燒的油，從海中向沙灘燃燒，之後將師生們圈圍住了，在猝不及防中，所有的人都愣住了。那團火光聚集在劉國棟的周身最久，在夜空中，使他宛如一個燃燒的光體，而後，這陣火光飛向防風林裡，消失得無影無蹤。

這批師生原本並沒有張揚這件事，他們認為這只是大自然的突發現象，不足談論。可是幾天以後，許多的學生開始嘔吐、發抖、胡言亂語、意識昏迷，只好到處找尋神壇為他們驅邪。

劉太太回憶說：「那真是一段大混亂的日子，在北部學校，每隔幾天就有學生由家長帶著來找劉國棟，他們要問明到底發生了什麼事，竟然叫他們的孩子嚷著要自殺；甚至有人懷疑是劉國棟對學生洗腦，使這些學生產生厭世感。足足有兩個多月，為了應付這件事，鬧得家裡面雞犬不寧。」可是，劉國棟的情形也很糟糕。自從在海灘回北部之後，他開始講一些很難理解的話，他說他終於發現河流和海洋的真正實體，這個實體和《聖經》所說的上帝毫無關係，乃是北半球人們的未識之神，這個神已經指名他為先知，要他全力宣揚它的名，並以它的名征服所有北半球的信仰，這個神的名字就叫做五龍神。他自認活了大半生，現在才知道自己的任務很重大，也知道他的人生最終的目的。整整有好幾個月，劉國棟提到自己的任務時總是一陣的哭泣，幾乎是淚流滿面，有時不出房間一步，在房裡喃喃自語，幾乎到了廢寢忘食的地步。

家裡的人非常驚慌，因為他所談的神和天主教毫無關係。他們也邀請有經驗的神父來和劉國棟懇談，希望能挽回他的信仰。可是劉國棟都藉故逃開；或者乾脆指責神父迫害他的信仰自由，揚言要控告教會。

157

他開始用更多的時間旅行到南方的海域，甚至出入在南洋的一些島嶼國家海岸線，一去就是幾十天，據說是要探勘黑潮的動向；他甚至在潟湖旁邊賃租了一個房屋，夜以繼日的從事論文的撰寫。

這時，他的論文已經突破了百篇，可惜已經超出了科學的範圍，他甚至能神祕的畫出了黑潮所經過的海底地形以及海底生態，宛若是一個海底的探勘家。不過已經沒有人可以瞭解他寫的是什麼，因為沒有人可以證實他所寫的到底是真或假。

有一次，一位北部新來的外國駐堂神父突然來到他們北部的家，那位神父事實上身材高大，孔武有力，有一些名氣。他們見面時不說一句話，就在客廳裡對峙起來，進行了一場爭戰。劉太太說：「那場面真是混亂，所有的椅櫃都奇異的發出聲音，桌上的杯盤無端的動搖起來，引來左右鄰舍的觀看。最後發生扭打，那位神父雖高壯，卻全身的衣服都被撕爛，劉國棟以極大的力量將他結實地摔出一樓的窗户之外。」至此以後，天主教的人就不再到他們的家裡來。

這場爭戰以後，劉國棟就更少回家，一向沉默，他大半的時間都待在南方潟湖一帶。五年前，他徹底搬回南部這個老家，開始了他的佈教，已經有一些村民跟隨了他。她也只好回到南部的大學來任教。

劉太太說，她是目睹了丈夫奇言怪行最多的人，但對於這些言行卻毫無理解的能力，她在恐懼中曾想到要離家出走，但都被公婆好言的慰留下來。還好的是，劉國棟畢竟是知識分子，對她的怨言不以為意，還能理性地和她相處。不過她已經感到丈夫離她十分遙遠，正逐漸走離她的生活範圍，一步步抵達一個甚至劉國棟自己也無法把握的世界裡去了。

五年前，劉國棟的父親去世了，生前這個老人家是一家頗有名氣的藥廠老闆，也是南部人士赴北奮鬥成功的典範，在北市留下了相當廣闊的工廠地皮、大樓以及許多的票券、現金，都由劉國棟繼承下來。這時的劉國棟早已經無心接續祖業，他先賣出了票券和廠房，在潟湖旁邊買了土地，聘請了各地的建築名家，全力蓋了巍峨的五龍廟，並開始經營和五龍廟有關的事業，包括了潟湖旁邊的這塊墓園，最近他還在進行中、北部五龍分廟和墓園的興建。到目前為止，劉國棟的投資並沒有完全的回收，已經在銀行舉了一大筆債，估計這個債務還要繼續擴大。

劉太太感嘆的說：「劉國棟毫無悔意，他自認這一切作為皆是為了貫徹五龍神的神諭，為了這個神，他什麼都可以放棄。」

說到這裡，劉太太的眼眶紅了起來，她說她是新一代的婦女，對於夫家產業的崩解，她不會那麼在意，即使丈夫將祖先的財產全部耗光，她仍可以自立維生。她說：「最讓我感到難過的是，現在劉國棟竟然將兒子也引入他的信仰裡，變成五龍廟的一個乩童。我很難原諒他。」

158

原來，在北部時，劉正南是學校的資優兒童，五育都非常健全，劉太太要先生立下規約，不得向兒子提到五龍神的事。可是，自從遷居到潟湖後，劉國棟就背棄這個規約，他藉故要教導兒子建築常識，開始帶著兒子巡視五龍廟的興建，和兒子說些即使是大人也很難理解的道理。劉正南原本就是一個追根究柢的小孩，在問答中逐漸被引入了神祕的世界，這個內在的改變，沒有人可以事先察覺出來。有一次下了熱帶雨，潟湖一帶整個籠罩在午後的暴雨中，放學時，劉正南背著書包回家，當他進入家門時，她去脫掉兒子的雨衣，竟發現雨衣上沒有任何的雨珠，她感到不可思議，打開門，門外的雨還轟然地下個不停。接著是學校導師來訪，好奇的問一些有關劉正南的事情，導師說劉正南是否學了什麼打坐技術，為什麼可以在椅子上浮升上來。從那時起，她才知道兒子不妙。果然，劉正南開始參加五龍廟的節慶，變成了跟隨在劉國棟身邊表演法術的小乩童，即使是資優兒童，功課也已經大不如前了。劉太太說她對兒子的美好盼望被打斷了，一時間好像失去了半個自己，她永遠都不能原諒丈夫這種作法，也無法同意五龍神這種胡作非為。最近劉國棟和五龍廟的聲名越大，她就越感到害怕，她決心不想看到這一切，除了更加勤奮的上教堂以外，她把大半的時間投入校務裡，不願理會劉國棟做什麼。如今，她已經不知道要如何繼續在這個家待下去！談到這裡，劉太太又一次去拭她的眼淚。

我們聽了非常驚奇也很難過，卓向先生趕緊安慰她，說這些事都還不是壞到不可收拾的地步。卓向先生也把他受害的事說給了劉太太聽，要她不必氣餒，他說：「除非人真的死了，否則總有改善的一天。就像當時的我一樣，即使已經油盡燈枯，卻忽然痊癒了。」

劉太太聽了，不再流淚，反而代表劉國棟一直向卓向先生道歉，她說：「想不到五龍廟還隱藏著這種詛咒他人死亡的壞行為，真是可怕。提到你曾患過的病，叫我想起我婆婆，她的病情和你有些相似。」她說自從搬到潟湖以後，她婆婆就病倒了。本來健朗的身子一下子萎頓了，紅潤的臉龐逐漸失去了血色，後來只能躺在床上苟延殘喘，終至於連翻身的力氣也耗盡，靜躺在床上等著死亡的來臨，他問阿金傳道說：「我能請你看一看我婆婆嗎？」

阿金傳道說他很想看看，老太太是主內的老姊妹，任何的弟兄都應該前來看護她。

159

於是，我們起身，走出了溫馨舒適的客廳，頓時掠來一片銀色的炫目的午間陽光。我們沿著門邊的屋廊，走向右護龍新蓋的平房。這時，庭院花園裡，熱帶的灌木綠葉異常鮮亮，散發著一種清新的味道，許多鳥鳴聲不斷傳來。

在右護龍的中間一個房子，劉太太去敲了門。隔了一會兒，門被打開，門口站了一位削了短頭髮的亭亭少女，還有稚氣，打扮簡單練達：穿著芥末黃的燈籠短裙、寶藍色無袖上衣、掛著黑色兵籍牌的項鍊，腳著露趾的紅色低跟鞋，大約二十歲左右，皮膚略近咖啡色，紅潤的嘴唇，略為高聳的天庭下有兩顆靈活深邃的大眼睛。匆匆的照面之間，我以為她必是劉國棟的親戚。劉太太為我們介紹這個少女叫做克莉絲汀娜，是雇請來照顧婆婆的菲籍護士。她說在克莉絲汀娜來到這裡以前，連續有二、三位菲籍的看護也曾來到這裡，可是都待不久就辭職，因為除了老太太的病一直沒有起色以外，她們也住不慣這個必須面對墳墓的環境。劉太太說克莉絲汀娜是菲律賓的天主教徒，信仰虔誠，念在老人家是天主教徒，就繼續留下來。克莉絲汀娜本來也要辭職，但是常和她一起去教堂做禮拜，對於老人家的病，克莉絲汀娜比她有信心，從沒有失去盼望，只說有一天老太太一定可以從病床上起身。

我們一聽，覺得克莉絲汀娜很了不起，一齊向她致敬。克莉絲汀娜很高興，她的笑容十分美麗，紅暈一直印染在淺淺的酒窩頰邊。

這時，我們才看到這間古老的房子被整理得很乾淨，空調恰當，必是劉太太和克莉絲汀娜悉心的布置。天花板已經換上新式的天藍薄木塊，嵌入了幾盞水銀燈泡；地板磨了一層石子，四周圍的白色牆壁都被擦拭得很乾淨，右壁上打入幾根釘子，吊了幾盆一線排列的蝴蝶蘭。在那一線蝴蝶蘭底下則有一個擺在一張寬大黑檀桌上的透明方形玻璃魚缸，十分巨大，幾乎占據半個廣闊牆面，使室內宛如水族館，水質乾淨，水聲滴滴答答；缸裡的造景也很出色，水草縱橫漂浮，許多色彩鮮豔的熱帶魚往來穿梭，一派悠閒自得。靠外的牆邊的大鋁門窗也掛了薄薄的半掩綠窗簾，可以看到窗外竹架攀爬的一大片紫色強健的天堂花。窗下有一組藥櫃，上放醫藥工具和藥劑。藥櫃的左右各一張紫檀木長方形桌，桌上放著藍色瓷瓶，插著外面花園剪來的白色百合和白色重瓣茉莉。左牆邊就放著一個上下調整的鐵製大病床，整個看起來就是一個很專業的高級病房，空氣裡含有輕微的消毒水的味道。

160

老太太就躺在白色的床墊上，覆著藍色的床單，正吊著一劑點滴，只有頸子以上的頭部露在外面，她的頭髮都白了，臉上的皮膚乾枯，緊緊黏住臉龐，就像一張隨時都可以被撕起來的蠟紙，眼睛緊閉，身子一動也不動。我們無法斷定她是否知道我們的來臨。當我們走過去掀開被單，就發現她的手臂瘦而細，皮膚一樣乾枯異常。

阿金傳道問克莉絲汀娜說院方認為老太太得什麼病。克莉絲汀娜說還不很清楚，有時被斷定是一種白血病，有時又說是骨骼組織的病變，有時又說是免疫系統的病，不過依她的看法，老太太的病情和這些疾病都有一些出入，所以治療的效果一直沒有多大進步，只能一直躺在這裡。

卓向先生很仔細的看著老太太，嘆口氣說，他能直覺的感到當初他的病很像是老太太的病，人被綑綁了，身子不斷的削瘦下去，最後當然毛病百出，要說有多少的疾病就有多少的疾病，是一點都不難理解的，至於真正的病是什麼就是當事人也難以明說，他問劉太太說：「劉教授對外總是宣稱五龍神能治百病，為什不能治癒老太太的病？」劉太太說：「我也曾問他這個問題。可劉國棟總是顧左右而言他，不正面告訴我原因。有一次他說這是五龍神的意思，家裡總要有人犧牲，才能顯示他對五龍神的忠誠。我不瞭解我丈夫這句話真正的意思。」卓向先生聽了，略為惱怒的說：「我看是五龍神綁架了老太太，威脅劉國棟才是真正的意思；幸好劉國棟還沒有背叛它，否則老太太早就死了！」卓向先生這麼坦白的說，室內的氣氛頓時凝重起來。

阿金傳道向劉太太和克莉絲汀娜致歉，他說他不是醫生，所以看不出所以然。其實，這次所以到這裡來也不是為了看病而來，而是因為發現有一種光體進入了這個古厝，所以才跑到這裡來，他還不明白為什麼光體會逃到這裡來。阿金傳道說完，靜默了很久，忽然問劉太太說：「你們這棟屋子裡有沒有私藏什麼偶像？」劉太太聽了，想了一會兒，說：「應該沒有。因為我曾經告訴劉國棟說，我和婆婆都信基督，這裡的家是我們最後的堡壘，不准放置有關五龍神的任何偶像，否則我們只好搬出去。劉國棟也很明理，他說他有一個那麼大的寺廟可以放偶像，已經滿意，他會遵守我們的要求。」卓向先生聽了，補充問劉太太，說：「阿金傳道說的偶像不一定指一般的神像，他的意思應該說有沒有比較奇特的東西？一些叫人奇怪的物品。」

劉太太又想了一陣子，若有所悟，說：「提到物品倒是有一樣，不過大概不能算偶像。」她指著牆上蝴蝶蘭底下的大玻璃魚缸說：「那裡頭有一樣東西，你們看一看吧！」

161

隨著劉太太所指，我們果然立刻在那個巨型的魚缸裡發現有一株略近尖枝列孔珊瑚海石，將近有七十公分的高度，是否南太平洋的產物不得而知，它糾纏在濃密的綠色水草中，不注意看會以為是造景的一部分。魚缸裡的造景原本算是不錯，很有意境，有一個覆蓋了大白雪的礁石海岸風景被雕塑在裡頭：一脈雪山在遠方，礁石上有一個穿著簑衣、戴著斗笠的漁翁正在垂釣，意境頗為高遠。可是裡頭那株海石太大，和造景不成比例，居然占領了魚缸四分之一的體積，使得造景變得侷促起來，放曠自然的味道被削減了大半，顯然這塊海石是後來放進去的。同時，這塊海石樹呈現了黃色，通體透明，也破壞了白色的雪景。我們近身去看，就發現那海石和一般百千枝枒的珊瑚大不相同，它有一個頗大的底盤，穩穩的固定了樹身，上頭再生長一截巨大的樹幹，不知道有多少的樹齡，只覺那樹幹十分粗礪扭曲，如同海蛇，身上卻彷彿長了鱗片。在樹幹最上端，類似頭嘴的地方，開始歧出五枝粗大的雙叉的樹枝，分向五方伸展，相當有力，似乎還活著。由於是少見的乏少枝枒的透明海石，如果擺在展覽場上，一定會吸引許多人的注目。

劉太太說，五年前，在翻修護龍這三間房子的時候，劉國棟由海邊搬回這棵海石樹，就在婆婆的房間設置了魚缸，把它放進去。剛開始，這株海石樹常無端地在魚缸裡震動，有時半夜裡發光，使她婆婆很不安寧，曾經想把它移走，可是，由於很具重量，她們婆媳很難將它從魚缸中拿出來。同時，劉國棟也一直央求婆婆不要這麼做，他認為這是正常的現象，就是許多的貝類也會在半夜裡發光，本來就不足為奇。為此，劉國棟曾在魚缸外加了一層薄黑紗布，隔絕了黃光。後來黑紗布拿掉，加種水草，可是她的婆婆已經生病了，再也管不了那株海石樹是否仍在室內，這麼一放就是五年，她們已經很習慣。劉太太說：「我和婆婆並不那麼珍惜這棵海石樹，如果可能，我倒希望你們能幫忙處理掉它。」

阿金傳道看到了這株海石樹，臉色放鬆了下來說：「難得老太太和劉太太這麼能捨，像這麼奇特的海石樹，沒有哪個人不喜歡的。既然你們要割愛，那麼我們就將它帶走好了。」

我聽阿金傳道這麼說，感到有趣，立即說：「讓我來吧！」我搬來了一個椅子，站上去，準備將海石樹從魚缸中拉起。可是，由於魚缸太深，我一直抓不到它，直到水把短袖衣服弄濕了，才觸到歧出的向上生長的枝幹。

就在那時，在我的眼界裡，突然看見有一尾頗大的海蛇現身在一片汪洋大水中，張著嘴咬住了我的手，在電光石火中，我大叫一聲，將手用力的抽回，將那條海蛇摔入水中。這時，我恢復了鎮靜，看到室內的人張著驚訝的眼睛看著我。

162

卓向先生趕快過來問說：「怎麼了，發生了什麼事嗎？」我驚魂甫定，不敢說出實情，就說：「不知道，也許我的手抽筋，好像觸電了。」

阿金傳道對卓向先生說：「阿傑沒事，你去幫他一下，不要碰觸海石樹即可。」於是，卓向先生去拿了麻繩，圈繞了它，將它由魚缸裡提起來，穩穩地放在地面上。

這時，魚缸的水已經被我們潑濺了一地，克莉絲汀娜只好拿了一塊大的抹布，去擦拭地面上的水，我一直向她說抱歉，也同時擦掉額上的汗珠，感到好像被人無意中擺了一道，心裡有些茫然的羞愧。

劉太太走到另一個房間裡去，不久，拿了一個灰色的帆布大提袋，放在海石樹的旁邊，說：「這個提袋就是當初劉國棟帶著海石樹回來的提袋，勞煩你們同樣將它裝在袋裡頭，將它帶走。」

阿金傳道向她說謝，即刻將海石樹裝入袋中，提到門外，再回來室內說我們就要走了，他走到病床前，掀開被單，彷彿很捨不得老太太的樣子，用手去輕輕觸摸劉老太太已枯萎的手腳和臉龐，做了一個禱告。

阿金傳道先將手按在劉老太太的身上，低聲禱告。起先是站著禱告，大意是說老太太信仰十分堅定，一生都信奉天主，從來都不曾忘記她是神的婢女，即使是病入膏肓時也一樣，當她的兒子轉而信奉異教時，她也未曾有一次崇拜過兒子所拜的偶像，她理當是個義人，也理當是神所愛的人，沒有被邪靈綑綁的理由……阿金傳道反覆這麼喃喃的說著，之後卻跪了下來，他的雙手置在胸前，身體蜷縮，語音變得十分急切，終而淚下如雨，他說：「墮落的天使遍地遊行，如同獅子，隨時吞噬人類的生命，牠們利用了人性的弱點，先吞噬兒子，再吞噬兒子的母親，實在是墮入地獄深坑亦難贖其罪，神豈有罷手不管的道理！」

如此許久，我們才離開了劉家。

阿金傳道背起了海石樹和我們一起向劉太太、克莉絲汀娜告辭，走到庭院的外面來。

163

這時，更近午時，太陽更加赤豔，藍空更加高遠無際。庭院中的洋繡球、紫茉莉、馬纓丹、沙漠玫瑰完全盛放，到處是紅一團、紫一團、白一團，十分美麗。我們從這些灌木花叢穿過，站到了庭院外面的馬路。

卓向先生問阿金傳道要怎麼處理海石樹。阿金傳道笑一笑，說：「如果沒有錯的話，我希望將海石樹帶回它原來上岸的地方，你知道黑潮支流在哪個地方看得最清楚嗎？」卓向先生立即指著墓園的海邊沙丘說：「山丘視野最遼闊，我們到那頂上看看。」阿金傳道說：「那麼我們由墓園走過去吧！」

於是，我們離開了馬路，往墓園左邊緣的那行黃花盛開的台灣欒樹小道走去，越走越高，這時，我們才真真正正看到劉國棟這座墓園的廣大和精緻。

當我們在較高的地方向下看墓園時，首先感到這個墓區顯然和一般民間的墳區相同，大多是規劃好的一畦畦小墓園子，以七里香小徑區隔，小園內並排羅列低矮乾淨的小墓，再以紫色細葉雪茄花隔開，墓上的青草非常翠綠整齊，顯然是墓園的工人花了不少的時間才照顧起來的。這些墳墓雖然比一般墳墓好看，但是並沒有太大的特色。可是在山丘的高處，卻有幾座高大的巨墳，修葺得十分堂皇，引人駐足觀看。

當中有一座占地半分的墳墓，它的修築相當奇怪，它沒有一般的墓庭，墳前就是一片綠草如茵的草地廣場，草地上規律的種著五行的紅花灌木，花朵鮮豔；墳墓本身卻好像一塊圓形蛋糕被刀子整齊切半，墳墓正面如同一個平面山崖，是一片平板的巨大的雕塑，中央部分當然是最高，兩側依次遞減它的高度；它共浮雕出了二十二根的希臘式圓柱，圓柱與圓柱之間浮雕有二十一個拱圈，類如一座西洋式建築的正面。在山牆的最中央，做一個勳章，中刻一個「林」字，旁邊飾以麥穗，旁邊再飾以台灣熱帶的花果，以挽回過分的西洋氣氛；山牆前，林立了白色的九根方形尖碑，上刻華文和英文對照的文字，尖端部分都有一個龍嘴；墳墓前的廣場左右兩側、後面各一片高大相思林，綠葉成蔭，鳥叫聲不絕。這座墳墓是一個高級官員的墳墓，想不到會建在這裡，他生前一定已經皈依了劉國棟的五龍教，頗叫人驚異。

還有一座，它的面積更大，類如綠色的山丘，前面的大埕也十分廣大，一律都栽培了青草。

但是墓的本體前端，凹進去一塊頗大的區塊，設了拜庭。這座拜庭類似廟宇前的牌樓，十分高大，有八根亭柱，略具西洋風格，但是採用了完整的閩南式歇山屋頂風格，雕刻精細，花鳥魚草的剪黏繽紛，四個飛簷高聳天空，各盤青龍，金光燦爛，叫人彷佛到了五龍廟；拜庭的兩側牆上各自蹲伏一隻獅身龍頭像，雄健有力；之外就是兩邊的墓手，雕刻有台灣的動植物，品類紛陳。總之，這個墳墓有五龍廟的影子，不知道要花多少錢才能做好這個墳墓。

我們甚至看到一個具有巴洛克建築的墳墓，那個建築的玲瓏大概只有歐洲才有。

在我們離開墓園，踏上海邊沙丘的頂脊時，卓向先生回頭望了望剛剛看過的墓園，略顯激動說：「像這樣的一個墓園，足以看出這幾年五龍教發展的一般情況，可惜除了多發一點財以外，劉國棟又教導給他的信徒多少為人處世的道理？這個漂亮的墳場又能帶給五龍教信徒的子孫什麼真正的保佑？」

164

這時，我們已經站在了小山丘的制高點，由這裡直望向海邊，後面就是南勢村、潟湖和無數的魚塭；左邊就是壯闊的彎曲海岸、幾處如煙如霧的海邊森林、羅列整齊的魚塭；右面則是山丘延伸出去的海邊高地，由於受到海水鹽分的浸淫，長不高的野草雜亂地生滿高地；有幾個地方留有人們放火燒過的痕跡，如同黑色的坑洞；但是有幾個地方菅芒特別的茂盛，在初夏的豔陽下顯得生氣勃勃，綠葉招展，好像一列列的綠色長槍隊伍。高地過去就是遙遠的幾座養蝦場、幾個蓮霧園，被海邊的棕櫚樹防風林所包圍，露出了它們或者是紅色或者是灰色的屋瓦，若隱若現在高地之下。前方就是午時的海洋，壯闊的藍色一直從沙灘被推向遙遠的水平線，之間銀色的浪花翻飛，聽得到浪拍岸的轟然聲音；甚至有幾艘船寂然的走在水平線上，船廓清晰可見。

卓向先生叫我們蹲下來，他指著湛藍的墮在太陽光輝底下的海洋說：「你們看，在那藍色的海面上，有一條好像帶子一樣的更為深藍的潮水，一直往這個方向流，終止於潟湖附近一帶，那條帶子就是黑潮的支流，平常不容易看到，但是今天天氣不錯，很明顯的就呈現出來，它是促使潟湖產生的一個重要原因，對南勢村而言，它特別的重要，我們村人行船時，也很注意它的動向。」

本來，我和阿金傳道看不出藍色海面有什麼玄機，經過卓向先生這麼說，我們果然看出了這條支流，的確，它如同一條深藍的絲帛，從更南方遙遠水平面的那一端以東北東的方向朝海岸線流過來，它必然是帶動這個地帶海岸地形起變化的主因，頗為特殊。卓向先生表示，有時候在冬天，南勢村的溫度會比周邊略高，原因是受到這個支流的影響，潟湖的生態和這條支流息息相關。

阿金傳道說他以前就注意到這條支流，但是這次看得最清楚，像這麼強勁的水流就足夠將一些有重量的東西帶到海邊來，他指著沙丘下的沙灘說：「我們到底下去吧！我們要好好的處理一下這棵海石樹。」

於是，我們沿著人們曾走過的小徑向下走，因為芒草很高，我取出腰間的角木，走在前面，沿途撥開亂草，幾分鐘以後，我們來到了小丘下的防風林，再穿過一個狹長的砂磧地帶，來到堤岸下的沙灘，這時，更可以看到在海面上捕魚的幾艘船隻，連他們撒網的姿態都清晰可見，左邊不遠的地方，有一個海防班哨隱藏在幾戶人家之間。

阿金傳道放下了肩上所背的海石樹，面對海水站著。這時我們才發現阿金傳道居然可以毫不費力的背著它，而且一路行來，絲毫沒有聽他說過海石樹十分笨重的話，叫我們覺得佩服，然而他必定很累了。

165

我問他怎麼處理這棵海石樹。阿金傳道先是遲疑了一下，而後迅速的打開了灰色提袋，提出了海石樹，放在沙灘上。這時，我們便看到它比我們在老太太房間裡所見到的時候更為漂亮，因為通體透明，在陽光的照耀下更綻放著純粹的光芒，如同價值連城的玉石，我們很容易聯想到當初劉國棟見到海石樹的那種狂喜，阿金傳道表示將要驅除五龍神，叫它不再有任何的巢穴。他吩咐我們去撿拾一些乾燥的東西過來。

於是，我們撿拾了大量乾枯的芒草鋪在沙灘，再將漂流木層層擺放於芒草上，最後將海石樹放在上面。這時，浪潮一次又一次，轟然有力的打在岸邊。

阿金傳道遲疑了很久，終於站在海石樹前，奉了耶穌的名，做了緩慢低沉的禱告，他說：「墮落的天使，就是你也終於遇到旅行人世間的困頓了，這是你在地上躲藏的最後一個居所，但還不是你罪惡生命的最後居所，聖靈將你帶走吧！……」此時，陽光更加猛烈，那條黑潮的支流更加的明顯，就像一條飄浮在空中的絲帶。在轟然的潮聲中，阿金傳道的聲音隱藏在轟然的潮水之中，變得飄浮起來，好像整個海邊都瀰漫著這種細碎的低吟。

於是，我看到有一種力量發出了銀亮閃光，自空氣中竄出，迅如閃電擊打在海石樹上，驅迫著一道分叉的黃光倉皇飛出了海石樹，那黃光本來想竄逃向防風林，但似乎遭到有力的阻攔，又匆匆向著廣闊的海面飛去，在海面盤旋幾圈，最後衰弱的落到那條黑潮的支流，漂浮在潮水之上，將一處藍色的海水映成淡黃，如同一隻疲倦的黃色大鳥棲息在柔軟的藍色樹叢中，然而也沒有多久，就被銀亮的光帶走了。

卓向先生立即在堤防邊撿來兩顆大石頭，在芒草裡擊火。煙在沙灘冒起來，火勢猛烈。那海石樹立即發出了嗶嗶剝剝的聲音，很快的燒成灰黑色而崩塌了。

我們默默的注視著海面，如釋重負。轉身，走上沙灘，朝著南勢村的方向，一路走回村莊。我們再度來到了村莊的十字路口，五龍旗依然插在多數人家的門口，可是直覺上感到這些旗幟已經不是那麼有神。

回到傳道所已經四點半左右，當我們將車子停當在古厝的右邊車庫時，才發現古厝區還停留一些人，大概都是打聽這場爭戰情況而來的人，阿金傳道一路招呼他們，由招呼的話語中，我約略瞭解這些人中有些是鄰近村莊的「使徒復興教會」信徒，他們或近或遠，在爭戰後都趕到這裡來支援，可惜慢了一步，爭戰就結束了，他們更不願離開，非要親自看到阿金傳道回來說幾句話不可。

166

當我們走進庭院，阿幸大姊很快的由大廳裡走出來，她好像放下了心裡的一顆石頭，對著我們問了許多的話。我和卓向先生告訴她大概的情形，請她放心。

阿幸大姊說劉教授和劉正南都離開佈教所了，劉教授情況好像比劉正南更糟，彷彿一下子老了十幾歲，由許多人抬著他上了卡車走了。

我們彼此慶幸這件事並沒有釀成更大的禍事。

卓向先生還很不放心，整個晚上一直待在佈教所，想辦法打聽五龍廟的消息。後來有人打一通電話給他，似乎提到了五龍廟的神龕突然由中間裂成兩半的瑣事，他並不感到奇怪，只回答說那是神對劉教授的責備。

深夜時，卓向先生走了，我的身體和精神都超過了負荷。我準備就寢，阿幸大姊來看我，她告訴我說現在正是佈教所的多事之秋，阿金傳道經過了一番思索，覺得不應該讓我在這裡多停留，兩天後蔣政焜弟兄會接我到他的家中住，蔣弟兄的家在更南邊的一個市鎮裡。

我就問她為什麼非要是蔣弟兄的家不可。

阿幸大姊說：「因為蔣弟兄的夫人姓潘！」

§

敬愛的麥格那牧師，這是我的第二份手札，寫得更加地凌亂，但是我一樣必須寄去給您。我也要感謝您給了我一封回信。您說靠著同學的幫忙，終於瞭解了札記全部的內容，使您一個月的擔憂得到了釋放。您一再誇讚我手札裡所引的《聖經》章節，說那些章節都用得恰到好處，和內容相得益彰，足見我已經能夠把《聖經》運用在自己的生活上了；尤其對您說過的話能精簡覆述，句句精要，不辜負您上課時的一番心血。為此，您格外珍惜我的手札，甚至推薦同學仔細閱讀起來了。

我真要感謝您的寬宏大量，您不但不責備我，反倒鼓勵我繼續待在南部，直到我的大半問題都獲得解決時，再回北部繼續上課；您並且說會為我請假，甚至幫我向校方說情，把我的南部之旅當成畢業前的一種實習來看待。凡此，都讓我驚訝非常，我沒想到您對我如此地寬容。您唯一擔憂的是我的身體，還有那股強烈的自棄意識，因為那種意識可能會造成無法彌補的憾事，最後教任何人都後悔莫及。因此，您一再叮嚀我務必多做禱告，以神意為我意，一切都不能任憑己意行事，尤其千萬要以教會為念。

您也說學姊阿紫的確回台灣了，曾到山上教會找過我一次，由於我不在，她詳細問了我的狀況後，非常擔心，就離開了。同時我的父親和姊姊也為了我，去到山上教會和您懇談，現在因為瞭解我的行蹤而放心不少。我的姊姊也拿到了我的住址，在幾天之內，會寫信給我，並且將寄來一些東西，包括外出所需的一切用品；同時她也會將她這幾年所寫的日記寄給我，給失望中的我做勉勵。望我能多想念他們，在困難中得到安慰。

麥格那牧師，您的信使我暗自飲泣了一陣子。其實，我始終都不願意離開你們。我是一個溫室裡長大的人，一旦離開溫室，要行路也難；但是心境逼我變成如此，我也只能按著心境而走。我會加緊禱告，讓神來解決一切的困境。

時光不知不覺來到五月，初夏的南台灣正在一片亮麗的顏色裡，更多的花都要開了，瞬間到處都是蟬聲。我也要默禱北部的山上教會更清翠，更為漂亮；而您更有神的恩典，比往昔加倍強健；而同學也在您的教導下，能如幼苗茁壯起來，終而展葉開花，結實纍纍了。

INK PUBLISHING 文學叢書 325

天上卷軸（上卷）

作　　者　宋澤萊
總 編 輯　初安民
責任編輯　洪玉盈
美術編輯　黃昶憲
校　　對　吳美滿　洪玉盈　宋澤萊

發 行 人　張書銘
出　　版　INK印刻文學生活雜誌出版有限公司
新北市中和區中正路800號13樓之3
電話：02-22281626
傳眞：02-22281598
e-mail : ink.book@msa.hinet.net
網　　址　舒讀網http : //www.sudu.cc

法律顧問　漢廷法律事務所
劉大正律師
總 經 銷　成陽出版股份有限公司
電話：03-3589000（代表號）
傳眞：03-3556521
郵政劃撥　19000691　成陽出版股份有限公司
印　　刷　海王印刷事業股份有限公司

港澳總經銷　泛華發行代理有限公司
地　　址　香港筲箕灣東旺道3號星島新聞集團大廈3樓
電話：852-27982220
傳眞：852-27965471
網　　址　www.gccd.com.hk

出版日期　2012年 5 月　初版
ISBN　978-986-6135-93-4

定　　價　360元

國家圖書館出版品預行編目資料

天上卷軸（上卷）/ 宋澤萊著；
－－初版，－－新北市中和區：INK印刻文學，
2012.5　面；15×21公分（文學叢書；325）
ISBN 978-986-6135-93-4　（平裝）
857.7　　101008623